Newton Compton Editores

Título original: *The Tuscan Secret*

© 2019, Angela Petch. Publicado por primera vez en el Reino Unido en 2019 por Bookouture (Storyfire Ltd.)
© 2024, de la traducción por Melina Márquez
© 2024, de esta edición por Antonio Vallardi Editore S.u.r.l., Milán

Todos los derechos reservados

Primera edición: mayo de 2024

Newton Compton Editores es un sello de Antonio Vallardi Editore S.u.r.l.
Pl. Urquinaona, 11, 3.º 1.ª izq. Barcelona, 08010 (España)
www.newtoncomptoneditores.com

Gruppo editoriale Mauri Spagnol S.p.A.
www.maurispagnol.it

ISBN: 978-84-19620-78-1
Código IBIC: FA
DL: B 21.212-2023

Diseño y composición de interiores:
David Pablo

Impreso en mayo de 2024 en Puntoweb s.r.l., Ariccia (Roma), en Italia.

Angela Petch

La chica de la Toscana

Traducción de Melina Márquez

Newton Compton Editores
Barcelona, 2024

En memoria de Paul Francis Sutor

Quant'è bella giovinezza
che si fugge tuttavia!
Chi vuol esser lieto, sia:
di doman non c'è certezza.

LORENZO DE MEDICI (1449-1492)

¡Cuán hermosa es la juventud
que huye y nunca espera!
Que sea feliz el que así lo quiera:
pues del mañana, incierta es su virtud.

[Traducción de la autora]

Prólogo

Un búho ulula y, en la distancia, oigo a los lobos en la montaña de la Luna. Me los imagino reunidos en la cima, con el hocico levantado y aullando su canción melancólica, mientras las estrellas parpadean a sus espaldas en el oscuro azul de la noche. Sé que, por mucho que me esfuerce, ya no volveré a sumirme en el sueño; los recuerdos emergen y me atacan. Es un patrón que no puedo romper.

En la escuela del pueblo solo había una profesora y nosotros éramos treinta y tres criaturas de todas las edades apretujadas en una única aula. En invierno, una estufa de fuego nos calentaba; en verano, las ventanas, construidas en la parte alta de las paredes para evitar distracciones, se abrían de par en par para dejar entrar la brisa de la montaña.

Soy hijo único, siempre anhelé tener un hermano, pero la barriga de mi madre no volvió a crecer. Y, por eso, me hice amigo de un chico más pequeño que yo con el que compartía pupitre. Le guiaba la mano para formar letras en la pizarra y lo protegía de los abusones en el patio de la escuela. Compartíamos nuestra humilde *merenda*: rodajas de pera seca o un trozo de pan del día anterior.

Cuando se hizo más mayor y no había escuela, acampábamos dentro de una cueva, donde las salamandras se escondían entre los fríos muros que brillaban en la noche. Madrugábamos para ver cómo los pájaros migraban a Friars' Peaks y pisábamos con suavidad para evitar que nuestros pies crujieran sobre el marrón dorado de las hojas y las castañas. Tanto sigilo nos fue muy útil para enfrentarnos, como compañeros de armas, a los nuevos peligros y batallar contra el mal.

Años más tarde, con el sueño que me evita, recuerdo una noche en la que escalé hasta la cueva, con cuidado de esquivar a los centinelas. Pasé tan cerca que hasta oí sus susurros ininteligibles. Quería encontrármelo sentado en una roca, a la espera de que el sol saliera por encima de nuestras montañas violetas. ¿Era una locura desear un solo día de paz? Habíamos leído en la escuela que en la Primera Guerra Mundial los alemanes y los británicos pactaron una tregua el día de Navidad y jugaron al fútbol; las trincheras se convirtieron en los límites de un campo improvisado. Recé por que estuviera allí arriba, mirando por encima de la niebla que envolvía las colinas ocultando la brutalidad de abajo. ¿Era tener demasiadas esperanzas?

Me detuve justo al lado de una enorme roca y el hedor a carne podrida me obligó a taparme la boca. Había un cuerpo boca abajo en medio del camino, medio escondido entre las hojas, con la cabeza apoyada sobre las manos, como si durmiera. Le di la vuelta, con el corazón en un puño. Pese a faltarle la mitad de la cara, supe que no era él.

Sin embargo, al darme la vuelta hacia nuestro pueblo ocupado, donde las humildes casas se habían convertido en barracas y depósitos de armas, oí sus gritos. Jamás podré borrar de mi cabeza el sonido de su agonía. Venía de la escuela del pueblo. Había luz en una de las ventanas altas con rejas. Cuántas veces de pequeño había visto aquella escena desde el aula y había observado cómo las copas de dos cipreses se mecían mientras deseaba poder estar fuera, sobre las laderas cubiertas de hierba. Me subí a un cubo para escudriñar el interior y resbalé; el cubo de metal retumbó en la noche e hizo ladrar a los perros.

Los guardias que salieron rápido para detenerme pertenecían a mi propia gente, lo que lo volvió mil veces peor. Hombres y niños con los que había crecido, contaminados por políticas equivocadas, vestidos con uniformes de la milicia. Me arrastraron dentro mientras pataleaba, maldecía y escupía en sus traidoras caras.

Lo habían torturado. Atado con un cable a una silla demasiado pequeña para un hombre adulto, tenía las rodillas arqueadas y se veía lo que le habían hecho en sus partes más íntimas. Me lancé hacia él, pero me sujetaron. Afortunadamente, se había desmayado; su cabeza ensangrentada colgaba hacia delante, como si rezara.

Pero la peor traición fue la del hombre que me miró con lascivia y me dijo que yo era el siguiente. No podía creer su perfidia. Sentado a la mesa, balanceó el martillo para machacarme los dedos y yo grité de agonía y miré por la ventana para apartar los ojos de su camiseta negra cubierta de sangre. Apreté los dientes de dolor y observé los cipreses mientras me negaba a creer que no volvería a ser libre. No volvería a ir de caza con mi joven amigo ni abrazaría más a mi chica.

Capítulo 1

Febrero de 1999

En una lúgubre tarde de febrero en North London, Anna por fin tiene un día de descanso después de dos malas noches. Oye a la gente que pasa por la calle de vuelta a casa del trabajo y casi se regodea de no tener que formar parte del ajetreo.

La vida parece inestable. Ha perdido el trabajo y su madre acaba de morir. Dicen que no hay dos sin tres y se pregunta qué será lo siguiente.

Justo cuando se está quedando dormida, suena el timbre. Mientras suspira y murmura «Ya voy, ya voy», deshace el enredo de sábanas y abre la puerta principal de su piso en la segunda planta.

–Un paquete para usted, señorita.

El joven repartidor sonríe con suficiencia y la mira de arriba abajo con una amplia sonrisa mientras ella se ata mejor la bata. Tras coger el paquete, le cierra la puerta en la cara con firmeza, repiquetea en el suelo de la cocina con las pantuflas y enciende el hervidor de agua.

El paquete es voluminoso. Era algo que había estado esperando, pero que había relegado al fondo de su mente. La semana pasada, en la lectura del testamento de su madre, el abogado mencionó que, además de cincuenta mil libras, le había dejado una carpeta con documentos varios. Sus hermanos, Harry y Jane, se habían quedado con todo lo demás. Mientras Peregrine Smythe, de Smythe & Sons, hablaba enfundado en un arrugado traje Savile Row, Anna observaba una mosca que revoloteaba ante el cristal de la ventana. De vez en cuando, miraba a sus hermanos mayores sentados frente a ella y pensaba en lo gordo y calvo que se había puesto Harry y en el aspecto anticuado y de mediana edad que tenía Jane, con ese pelo inmaculado lleno de laca, tieso y crujiente. Nunca se había sentido muy unida a ellos. Cuando nació, ellos ya estaban en edad de ser padres; fue una niña sorpresa que llegó cuando su madre estaba cerca de los cuarenta y que puso patas arriba la dinámica familiar.

Se prepara una taza de té *earl grey* y se la lleva a la cama junto con el paquete. Dentro del papel de envolver hay una caja de cartón; la tapa está atada con un cordón viejo de zapato del que ella tira para abrirla. Un sobre marrón lleva su nombre, con las florituras de la caligrafía de su madre, y contiene cuadernos y montones de papeles enrollados con una goma elástica podrida y un trozo de tela doblada.

Saca del sobre una hoja barata y decrépita con renglones y un ramo de violetas impreso en la esquina superior izquierda. Su madre había escrito en inglés, un idioma que hablaba con un acento muy fuerte, pero que escribía a la perfección.

Willow's End, 16 de agosto de 1997

Mi querida Anna:

Si estás leyendo esto, ya habrás asistido a mi funeral. Quizá se hayan derramado lágrimas, pero espero que también haya habido momentos de alegría, algo de mi música italiana favorita en la iglesia y una spaghettata. *Imagino que habéis compartido historias. Quizá la familia haya recordado mi impetuoso carácter y mis espantosos errores en inglés. No importa si la gente ha sido amable o dura conmigo.* Pazienza! *Fue difícil para mí aprender a ser paciente.*

Tengo mucho que contarte. Quizá esta es una manera cobarde, escribírtelo en lugar de decírtelo a la cara. Es difícil saber qué es lo correcto. Si hubiera contado mi historia sobre lo que pasé durante la guerra, podría haber desatado un cataclismo. Cataclísmico, disastroso... Son casi las mismas palabras en italiano. Hay muchas cosas parecidas, pero, ¡oh!, mira que somos diferentes los ingleses y los italianos. Eso lo descubrí la primera vez que vine aquí.

Cuando los doctores me dijeron que mi cáncer no se podía operar, decidí organizar los papeles y reunir todos estos trozos de mis memorias, anotados aquí y allá dependiendo de cuándo sentía la necesidad de escribir. Digamos que son una especie de diario. En la lectura del testamento, mi abogado habrá mencionado que estos papeles son para ti. Quizá te has sentido excluida. Además del dinero, Harry se ha quedado también con Willow's End. Sé que podrá apañárselas con ese viejo y mal ventilado lugar, siempre le ha encantado, y le irá bien con su nuevo puesto de director de la compañía. Jane tiene mis joyas. Desde que era pequeña, siempre le ha encantado ponérselas.

A ti te dejo esta caja que contiene mis garabatos. Mis perlas de memoria. Te las doy. Espero que, para cuando termines de leer, entiendas que nunca quise excluirte, querida mía. Quizá algunos detalles se me han olvidado con el paso del tiempo. Habrá algunas lagunas. Nunca he podido hablar abiertamente sobre mi vida, pero ahora siento la obligación de hacerlo. Y la única manera de hacerlo es a través de este diario.

Léelo cuando tengas tiempo. Haz con él lo que quieras. Ahora es tuyo.

Un abrazo,

Mamma

Anna, intrigada, se recuesta sobre la almohada. Está enfadada con su madre por ser tan enigmática. Su relación siempre fue difícil. Su madre era apasionada, con cierta tendencia al drama.

A veces la abrazaba con fuerza, pero, en otras ocasiones, era distante, inexpresiva: las dos caras de una misma moneda. Era típico de ella hablar de cataclismos.

Anna recuerda una ocasión, con unos seis años, en que, tras abrir la puerta del salón donde Ines, su madre, estaba escribiendo, le preguntó:

—¿Cuándo vas a tener otro bebé, *mamma*? No tengo a nadie con quien jugar.

Ines cerró de golpe el cuaderno y se dio la vuelta para coger en brazos a la niña.

—*Mamma* es demasiado mayor —le dijo, cubriendo sus mejillas de besos—. ¿Y de dónde sacaría más amor para compartir? Tú lo acaparas todo, mi pequeño tesoro.

Lo recuerda con viveza porque las palabras de cariño de su madre eran escasas y muy distanciadas en el tiempo, especialmente cuando Harry y Jane estaban cerca.

Sus hermanos iban a lo suyo. Eran mucho más mayores y no eran conscientes de su falta de sensibilidad cuando se metían con ella. «Fuiste un accidente, un gran error», le dijo una vez Jane, como si nada, y Anna se lo tomó a pecho. Había crecido sintiendo que la querían menos que a ellos, que era poco más que una molestia la mayor parte del tiempo. Se quedaba sola durante largos ratos mientras sus hermanos, ya adultos, salían a bailar o iban al cine con sus amigos.

Por extraño que parezca, había sentido que la unión con su madre era mayor cuando ya vivía en la residencia Claremont, donde había muerto. Cuando Ines estaba confusa, Anna sabía cómo calmarla.

—Háblame de tu vida en Italia antes de que vinieras a Inglaterra, *mamma* –le preguntaba, en parte por curiosidad, porque sabía muy poco de esa época de su vida, y en parte porque había descubierto que su madre se calmaba cuando hablaba de su origen italiano.

Algunas veces Ines aceptaba, aunque Anna no era capaz de seguir todas sus incoherencias. Otras veces se negaba a hablar y se conformaba con mirar por la ventana a los jardines y al mar. En una de las últimas visitas antes de que Ines muriera, estaba cansada y se perdía en un dialecto que Anna no entendía. No le importaba cuando su madre estaba callada. Había espacio de sobra para las dos en su silencio y ambas permanecían sentadas, cogidas de la mano, mientras Anna le daba espacio a su madre para que vagara por sus pensamientos. A veces un sonido, o un olor, parecía desatar un recuerdo y hablaba de ello como si fuera algo que acababa de ocurrir. Quizá una moto pasaba zumbando por el paseo marítimo y, entonces, era como si la hubieran lanzado al pasado.

—Los otros han bajado hoy a la ciudad. Hace demasiado calor para bailar, pero los alemanes ya están en el siguiente valle. Han estado vaciando las aldeas...

Anna le seguía la corriente y trataba sus historias como acontecimientos rutinarios.

—¿En serio, *mamma*? ¿Y qué pasó después?

Pero había momentos en que se sentía una intrusa al escuchar lo que parecían episodios privados.

–Si se enteran, me meteré en problemas, pero hacía mucho calor. La blusa se me pegaba al cuerpo, el pelo flotaba en el agua como la hierba. Él me agarraba fuerte...

Anna no respondía. Cambiaba de tema o tomaba la caja de fotos que su madre tenía sobre la mesilla y miraban las fotos juntas.

Había tardes en que su madre lloraba y Anna le limpiaba las lágrimas con delicadeza. Ines se aferraba a su hija.

–Ha vuelto, Anna, ha vuelto. Pero nunca te dejaré. Eres una buena chica. Mi regalo especial.

Anna, mientras hojea la pila de papeles, recuerda lo difícil que era entender qué pasaba en el interior de la mente confusa de su madre. Y qué pena que su madre pareciera sentir más amor por ella al final de su vida, casi como si no pudiera contener más sus reprimidas emociones. Emociones que Anna habría preferido conocer de pequeña.

El agudo sonido de su móvil la hace saltar del pasado al presente.

–¡Anna! Siento no haberte llamado anoche. Estuve hasta arriba de trabajo. Pero ¿por qué no me esperaste?

No le apetece calmar a su amante. Ahora mismo no le apetece tener que explicarle a Will cómo, de nuevo, se cansó de esperarlo en el restaurante, cómo la incomodaron las miradas compasivas de los camareros mientras se bebía la copa de vino e intentaba que le durara lo suficiente hasta que él apareciera.

–¿Puedo ir ahora? –le dice–. Estoy en el taxi. Estaré allí en, digamos... ¿quince minutos?

Mira su reloj. Cinco y media de la tarde. Hace unas semanas habría dicho que sí, pero ya no se siente satisfecha con pasar tardes sueltas con Will ni con estos planes de última hora, como si pasar tiempo con ella fuera la última opción.

Él baja el tono de voz. Probablemente, el taxista escucha a escondidas a su famoso pasajero, cuyas facciones son fácilmente reconocibles por sus constantes apariciones en las noticias del Canal 4.

–Puedo quedarme a pasar la noche, cariño.

–Hoy no me encuentro bien, Will. Me duele la cabeza –miente–. Te llamo pronto.

No tiene energía para discutir y, antes de que él pruebe a convencerla de lo contrario, cuelga el teléfono, lo apaga y lo lanza sobre la cama junto a la gran pila de papeles de su madre. *Mamma* nunca quiso hablar mucho de su vida en Italia. Parece tarde para hacerlo. Ya está en la tumba y solo puede hablar a través del diario y de sus enigmáticas notas. ¿Es que hay algún trapo sucio que Anna deba conocer?

Coge la primera hoja del montón. Su madre ha escrito copiosamente, la caligrafía está corrida y es difícil leer algunas partes. Hay otra nota escrita en inglés grapada delante.

Anna, en los años de la guerra, llevé un diario durante un tiempo. No debía poner nada por escrito, pero lo hice. Si lo hubiera descubierto la gente equivocada, habría tenido represalias. No lo he mirado durante años y, al leerlo ahora, casi no me puedo creer que yo fuera la autora. Espero que seas capaz de entenderlo, porque algunas partes están en un italiano un poco anticuado. Tienes que recordar que todo esto pasó hace medio siglo. ¡Cómo han cambiado los tiempos!

Con solo un vistazo a las primeras líneas del italiano escrito con la letra confusa de su madre, Anna sabe que le costará entenderlo. *Mamma* le había enseñado un poco de italiano básico, pero los tres hijos se habían criado con el inglés como lengua materna. Consigue leer alguna que otra frase, pero enseguida le resulta evidente que va a necesitar un buen diccionario. Solo tiene una edición de bolsillo y muchas palabras las tiene que adivinar.

No puede pensar con claridad. Da vueltas en la cabeza a la tarea que su madre le ha encomendado. Páginas y páginas de italiano que traducir, ¿y con qué objetivo?

Mientras se mete bajo el edredón, piensa con tristeza que habría sido mucho más fácil si *mamma* le hubiera hablado más cuando estaba viva. Pero no lo había hecho, y ahora ya no estaba y había dejado un vacío mucho más grande de lo que Anna podría haberse imaginado. Le cuesta mucho dormirse, y, cuando lo hace, sueña que su madre todavía está cerca de ella, tras una cortina ondulada de gasa, pronunciando palabras que Anna no comprende.

Capítulo 2

Todavía está oscuro cuando el largo pitido de la bocina de un coche despierta a Anna. Con los ojos entornados, comprueba el reloj despertador. Para su sorpresa, ha dormido durante casi veinticuatro horas.

El paquete de ayer se ha caído de la cama. Un montón de papeles, cuadernos y sobres se han salido de la caja, algunos de ellos numerados con lápiz rojo. El número uno es un gran sobre marrón. El número dos es un cuaderno usado de ejercicios del colegio. En lugar de líneas, las páginas están divididas en pequeños cuadrados, como el papel cuadriculado. Recuerda a *mamma* explicándole los diferentes tipos de cuadernos que usaban en la escuela, en Italia; la recuerda riéndose mientras describía los babis y las grandes pajaritas que tenían que llevar en primaria, incluidos los chicos. Ines le había enseñado algunas palabras simples en italiano cuando era pequeña, pero nunca delante de su padre. Se ponía furioso si escuchaba decir algo que no fuera en inglés.

—Los confundirás. ¿Cómo tengo que decírtelo, mujer? —le gritaba a su esposa mientras la cara se le ponía morada.

Luego, se producía una discusión. Siempre hubo muchos gritos. Anna se retiraba al fondo del jardín y trepaba por el haya cobriza, o se escondía debajo de las escaleras y apretaba su osito de peluche muy fuerte contra el pecho.

Sentada con las piernas cruzadas sobre la cama, persevera en su intento de traducir las palabras de su madre.

Rofelle, 8 de septiembre de 1944

Él aún está en el establo. *Mamma* ha hecho un plato extra de pasta con calabacín en conserva de la primavera pasada y, cuando ha oscurecido, me ha dicho que me pusiera una bufanda y que llevara conmigo un cubo de comida para los pollos por si acaso alguien me veía y me preguntaba qué estaba haciendo a esas horas de la noche. Sé que está aterrada por si alguien descubre que estamos escondiendo a un *inglese,* pero dice que tenemos que hacerlo porque, de lo contrario, morirá.

Todos tenemos mucho miedo. La semana pasada oímos que dispararon a los Benucci porque no querían evacuar su casa. Los alemanes solo dan un día de aviso. Pobres almas viejas. Se negaron a irse porque, de todas maneras, no tenían adónde ir, y la vieja *signora* sufría de reumatismo y no podía caminar mucho.

Son crueles esos *tedeschi.* Tenemos miedo, pero Capriolo dice que no romperán nuestro espíritu. Usamos ese nombre para él porque la Resistencia nos ha dicho una y otra vez que no lo llamemos por su nombre real. Ejecutarán a su familia si descubren su identidad. Se ha apodado a sí mismo con el nombre de un ciervo, uno ágil y rápido que corretea montaña arriba. Escribo el nombre de Capriolo sin pensar, pero me despellejaría si supiera que estoy escribiendo esto. Reventaré si no se lo cuento a nadie, así que se lo cuento a mi diario, que escondo detrás de una piedra suelta en la hornacina de mi habitación. Nadie lo encontrará jamás. Y si lo hacen, pensarán que es mi viejo libro del colegio.

Anna tarda casi una hora en traducir esta sección. Y no está segura de haber conseguido exprimir todo el significado. Tampoco sabe qué pensar. Por mucho que lo intenta, no llega a imaginarse a esta joven chica de pueblo que fue su madre ni puede identificarla con esta voz del pasado. ¿Quién es Capriolo? ¿Y el hombre inglés al que están escondiendo? ¿Podría tratarse de su padre? Tiene muchas preguntas. Se pregunta qué más descubrirá en el diario.

Hay muchas páginas que abordar. Mientras las hojea, encuentra algunas secciones que datan de después de la guerra, pero preferiría leerlo todo en el orden correcto. Si va a descubrir algo más sobre sus padres, es importante no mezclar acontecimientos. Con el tiempo llega a la conclusión de que tendrá que pedirle a alguien que traduzca las partes en italiano.

Dentro de un libro de registros con tapas duras de piel encuentra un par de páginas escritas en inglés. Al abrirlo, cae una hoja de papel.

Anna:

Estas pocas páginas de aquí son una pequeña parte de la historia de tu padre. Las encontré en el cobertizo cuando estaba organizando sus pertenencias. ¿Recuerdas que era un lugar prohibido para todos nosotros? ¡La guarida sagrada de tu padre!

Nunca supe que pasaba el tiempo escribiendo allí dentro. Pensaba que solo huía de nosotros con la excusa de arreglar una u otra cosa.

Las he leído y creo que las escribió después de la guerra. Tu padre nunca llevó un diario como yo. Estuvo en muchos sitios y nunca habló demasiado de lo que había sufrido. No fueron tiempos fáciles para ninguno de los dos.

He decidido añadir esto a mis propios archivos para rellenar las lagunas de nuestra historia. Dicen que todo el mundo tiene un libro en su interior, un libro que no es ficción, sino la verdad. Y creo que nuestra historia merece ser contada. La guerra aún arroja su larga sombra sobre nuestras vidas, aunque ocurriera hace más de cincuenta años.

Me ha puesto triste leer las palabras de tu padre. Por un momento, he regresado a la época en que nos enamoramos. Cómo cambian las cosas. Cuántos obstáculos nos pone la vida.

Mamma

A Anna le resulta extraño leer esas palabras, «nos enamoramos». Solo puede recordar a sus padres discutiendo y, siendo honesta, siempre le tuvo un poco de miedo a su padre. Tiene una memoria muy vívida de cuando era pequeña y eso aún la atormenta. Recuerda que su padre realizaba otro tipo de actividades en el cobertizo, además de escribir y arreglar muebles de segunda mano. Tenía unos nueve años. Una tarde su padre había dejado la puerta del cobertizo sin cerrar y ella consiguió colarse. Había una revista abierta sobre el banco de trabajo y la página mostraba a una mujer abierta de piernas con los pechos al descubierto. No entendió aquellas fotos groseras, pero no podía dejar de mirarlas, embobada. Mientras salía de espaldas del cobertizo, tropezó y se arañó la rodilla. El dolor la hizo gritar. Su padre, que estaba cavando en el huerto, levantó la mirada y se precipitó hacia ella.

–¡Creí haberte dicho que nunca entraras ahí! –gritó, mientras le tiraba de la oreja.

La golpeó fuerte en la parte de atrás de la pierna que se había arañado y ella corrió camino arriba hasta la cocina, sollozando. Con la radio encendida, *mamma* escuchaba música mientras planchaba.

–Cariño, ¿qué pasa? –Desenchufó la plancha y la dejó a un lado, sobre la mesa de la cocina–. ¿Te has caído? Déjame ver.

–Lo odio, lo odio.

Su madre la cogió en brazos y la puso en su regazo, limpiándole las lágrimas con la esquina del delantal.

–Cuéntame qué ha pasado, tesoro. Deja de llorar; si no, no te entiendo.

Su padre entró como un huracán y cogió el tarro del aparador donde metían la calderilla.

–Le consientes demasiado a esta mocosa. La próxima vez que me la encuentre en el cobertizo, le daré tal paliza que no podrá sentarse durante una semana. –Se puso la chaqueta–. Y tú no me esperes para cenar. Salgo y volveré tarde.

Se marchó, dando un portazo.

Escucharon sus pisotones por el camino de la entrada e Ines suspiró y abrazó a Anna.

–No importa, lavaremos esa pobre rodilla y después tendremos una cena especial a solas tú y yo, con nuestros espaguetis y un *gelato* de postre.

Agarraba a su hija fuerte para mantenerla segura y a salvo, y Anna escuchaba el tictac del reloj de la cocina mientras su madre la acunaba.

–Lo digo de verdad –sollozó Anna–. Lo odio. Siempre está enfadado. Creo que él también me odia.

—Chist, no hables de odio. —Ines deshizo las trenzas de Anna y las rehízo mientras buscaba las palabras—. Tu papá no te odia. Ni un poquito. A veces es la vida la que odia... ¿Cómo te lo explico? Ahora sé una chica grande. Escucha lo que te voy a contar e intenta entenderlo.

Levantó a Anna de su regazo y se dispuso a hacer la salsa, empezando a cortar las cebollas, el apio y las zanahorias.

—Ven y ayúdame con la cena. Tendremos una pequeña charla.

Juntas prepararon la salsa tradicional y, ahora, siempre que Anna come pasta al ragú lo asocia a la extraña conversación de aquella cena. Después de eso, se sintió menos niña, como si su madre le hubiera dejado echar un vistazo a lo que era ser adulta.

—Papá no ha sido siempre un gruñón. Pero la guerra te cambia, ¿sabes? Ocurrieron cosas horribles durante la guerra. Fue difícil para todo el mundo, pero los jóvenes soldados vieron cosas crueles que la gente hace a veces en la guerra. Tenemos que permitirle el mal genio. Ahora pon la mesa y comamos.

—¿Qué cosas crueles, *mamma*? —le preguntó Anna.

—Demasiado crueles para nombrarlas, mi niña.

Su madre no dijo más sobre el tiempo que su padre pasó en la guerra; jamás volvió a hablar de ello con Anna.

Su infancia estuvo llena de gritos, de portazos, de fuertes peleas y discusiones constantes entre sus padres. Había silencios tensos durante las comidas y, después, momentos en los que su madre de repente la acurrucaba en brazos, la mimaba y se ponía a hablar en italiano como si necesitara soltar todas aquellas palabras. Pero eso ocurría rara vez y solo cuando su padre no estaba presente.

En una ocasión, cogió un ramo de flores rojas de las plantas de judías pintas para *mamma* y lo colocó en un jarrón sobre la mesa de la cocina. Su padre se puso furioso.

—Estúpida, niña estúpida —gritaba. Le dio un azote y la mandó pronto a la cama—. Ahora, por tu culpa, no darán fruto. No habrá judías este año.

Nunca estaba ahí para jugar, como los padres de otros niños; no había partidos de críquet en el jardín de atrás ni cosquillas sobre la alfombra del salón. Cuando estaba en casa después de largos periodos fuera, siempre se quejaba del ruido.

–¡Aquí no puedo oír ni mis propios pensamientos! ¿Es que no podéis callar? –decía.

Era su frase habitual.

Su padre murió de repente de un ataque al corazón cuando ella tenía diez años y no le permitieron ir al funeral. Desapareció de sus vidas y poco después se mudaron a Willow's End.

–Empezaremos de cero –dijo *mamma* mientras quitaba la foto de su padre del piano y la limpiaba, antes de meterla en una caja.

Fue como si lo hubiera borrado de su mente.

La escritura del libro mohoso es clara, con una caligrafía pequeña y muy recta, lo opuesto a los garabatos artísticos de su madre. Su padre era un hombre meticuloso que regañaba a la familia cada vez que dejaba cosas por la casa.

–Ya no estás en el ejército, Jim –le soltaba su madre mientras él enderezaba los cubiertos y los vasos en la mesa a la hora de cenar, o cuando pasaba un dedo por encima de una puerta para inspeccionar el polvo.

Las memorias de su madre le devolvían las imágenes de su infancia y todas las emociones contenidas desde hacía mucho tiempo. Anna cogió los papeles y, con un profundo suspiro, siguió leyendo.

Campo Fontanellato, 2 de septiembre de 1943

La pierna herida me sigue dando problemas, pero Bob dice que subir a la litera de arriba es buena terapia. Necesito recuperar la fuerza en la maldita pierna para cuando dejemos este lugar. Es la hora de la siesta y hay silencio durante un par de horas. Aunque estamos a principios de septiembre, aún hace calor y las cigarras en los campos están armando un tremendo barullo. Tumbado aquí sobre una manta que pica, observo las pinturas al fresco del techo de esta villa en la que estamos confinados. Me devuelven la mirada unos querubines desnudos y vírgenes con el pecho medio al descubierto, con arpas y rodeadas de guirlandas, fruta fresca, esponjosas nubes blancas y tiras de lazos. Una decoración provocativa para un dormitorio lleno de hombres frustrados que han pasado encerrados juntos demasiados meses.

Este lugar es mejor que el último agujero. Aquí el comandante italiano habla un poco de inglés y permite que nos quedemos con nuestros paquetes de la Cruz Roja.

Las ventanas tienen rejas. Mi última huida fue efímera. Fingí estar enfermo con delirios durante tres semanas y me escoltaron hasta el hospital local. Como uno de mis síntomas imaginarios era la diarrea, hacía varios viajes al baño cada noche y los guardias se acostumbraron con el tiempo a mis tambaleos por la sala arriba y abajo. Una noche, me subí hasta la ventana del baño y salté. No contaba con la desvencijada albañilería del alféizar, y caí en una postura rara. Me gané una noche de libertad en una alcantarilla, soñando con regresar a mi pelotón. Fue una noche muy incómoda, pero fue la prueba de que escapar era posible. Me llevé de recuerdo la herida de la pierna derecha. Como era de esperar, el comandante no quiso que me volvieran a mandar al hospital y supongo que la maldita pierna no volverá a ponerse en su sitio.

–¿Qué será lo primero que hagas cuando seas libre? –le pregunto a Bob.

Encima de mí, me responde con un gruñido. Su nariz está metida en un libro, como siempre. Hay varios libros manoseados en el campamento y nos los pasamos unos a otros en orden. Bob los ha leído todos tres veces.

Es culto, un soñador con un cerebro educado que lleva relucientes gafas redondas. Ha estado preparando nuestra siguiente huida y nos ha enseñado algunas frases en alemán. Creemos que fuera de aquí podríamos pasar por alemanes, ya que muchos de nosotros somos rubios y tenemos la piel clara, como ellos.

Los hemos apodado *frizts;* los italianos, a quienes nosotros llamamos *eyeties,* los llaman *tedeschi.* No tiene sentido intentar pasar por *eyeties;* somos demasiado altos.

–¡Bob! ¿Qué es lo primero que harás cuando vuelvas a Inglaterra? –le pregunto de nuevo.

Deja el libro a un lado. Últimamente tenemos muchas de estas charlas estúpidas, quizá por los rumores. Hace unos dos meses oímos gritos de celebración que provenían de las habitaciones de los guardias. Luego, uno de ellos, al que llamamos «Joey», aunque su nombre real es Giuseppe, nos dijo:

–Mussolini ha sido depuesto. *Il Duce* ya no es nuestro líder. –Hizo un gesto obsceno con el brazo–. Los *fascisti* están *finiti*.

Eso fue en torno al 21 de julio y, desde entonces, no hemos vuelto a oír nada. El plan de huida está en espera.

El oficial sénior británico se reúne con nosotros a menudo.

–Tenemos que permanecer juntos de manera ordenada. –Así es como lo plantea–. No queremos prisioneros de guerra huidos por todas partes, sufriendo por toda la campiña italiana.

Ahora hay una atmósfera diferente en el campamento. Los italianos han pintado encima de todos los eslóganes fascistas. Se han vuelto más amables y el oficial sénior británico nos ha dicho que pronto seremos libres. Estamos esperando a que los *eyeties* firmen el armisticio. Hasta entonces, aún somos prisioneros de guerra. La espera es frustrante.

Le pregunto al viejo Bob otra vez:

–Venga, dime, ¿qué harás?

–Usaré ropa limpia y me comeré un plato de salchichas, puré de patatas y sopa con cebolla cortada en juliana. Y me daré un baño caliente con más agua que aquí, que nos la racionan.

Estoy de acuerdo con él.

–Ropa limpia y no más malditos piojos.

Nos hemos convertido en expertos en deshacernos de los insectos durante la siesta. Cuando nos quejamos al comandante, se encogió de hombros como hacen los *eyeties*. Colocó las manos con las palmas hacia arriba y nos dijo que sus hombres tenían el mismo problema y que dejáramos de quejarnos. Dijo: «No hay nada que pueda hacer al respecto, *signori. Niente*. Es *normale*. Mis hombres también viven con esas molestias».

–Ropa limpia y una voluptuosa mujer de piel suave –digo yo.

Bob me tira desde arriba un calcetín sucio.

–No empieces, Jim.

Nos interrumpe una estampida de pies que suben por las escaleras hasta nuestro dormitorio. Irrumpen los *eyeties* blandiendo rifles.

–*Fuori, fuori, fuori tutti...* ¡Todo el mundo fuera!

Todos los hombres que descansan en las literas gruñen y gimen.

–¡Cañones abajo, tíos!

–Ya no se puede ni hacer la siesta en paz...

Bob está hablando con los guardias. Habla un italiano pasable, al igual que alemán.

Los *eyeties* están más irascibles que de costumbre: gesticulan y gritan.

–¿Qué pasa, Bob?

–Parece que por fin han firmado con los Aliados. Ya no somos prisioneros. Están abriendo las puertas y cortando la alambrada de la parte de atrás del campo de ejercicios. Podemos irnos.

Luego se producen apretones de manos con los guardias, que desandan sus pasos, retumbando escaleras abajo con más gritos de entusiasmo.

Al principio hay euforia, luego un silencio de estupefacción y, después, alguien intenta abrir la puerta. No es un truco. Está abierta de verdad. Otro encuentra las llaves de la cocina y preparamos un festín improvisado de pan y queso fresco, que engullimos con un vino avinagrado. Parece que la Navidad ha llegado en el mes de septiembre, incluso aunque el vino esté asqueroso.

Nuestro oficial sénior da un golpe en la mesa y se pone en pie. Es un buen tipo, aunque le gusta usar grandes palabras para presumir de educación.

–¡Caballeros! Ahora es el momento de llevar a cabo nuestros planes. Hay riesgo inminente de que los alemanes ataquen el campamento. Ninguno de vosotros quiere que lo lleven a Alemania. Aunque los italianos deberían defendernos, preveo un contraataque alemán mucho más fuerte. Por lo tanto, propongo establecer turnos de guardia en la azotea. A la primera señal de avistamiento alemán, se hará sonar la alarma y marcharemos en orden hacia el pueblo. El comandante me ha proporcionado un mapa y necesito a seis voluntarios para hacer el reconocimiento. Mientras tanto, caballeros, sugiero que seamos inteligentes. Así que depongamos esas botellas de vino avinagrado y preparémonos para partir. Empaquetemos una bolsa pequeña con lo esencial. Debemos viajar ligeros y veloces. Nuestra ruta es hacia el norte, por los Apeninos, hasta llegar a Suiza. Y el camino va a ser duro.

Cojeo escaleras arriba con Bob, que sube de tres en tres los escalones. Enseguida reunimos las cosas más necesarias.

Los paquetes de comida de la Cruz Roja los recibíamos de manera esporádica, pero los italianos siempre agujereaban las tapas de las latas, porque sabían que la comida enlatada era útil para una huida. Bob y yo inventamos una receta vital de proteínas y vitaminas. Sabía fatal. Mezclamos grasa de beicon con pasas, cacao, margarina y leche condensada, y lo derretimos todo en una especie de barrita. Dentro de los tarros de crema antiséptica Germolene habíamos escondido dinero envuelto en celo. El dinero provenía de los guardias que compraban nuestros cigarrillos. Unas cuantas barras de vitaminas van a mi mochila, junto con los calcetines de lana.

En casa les sorprendería saber que en Italia las temperaturas caen bajo cero en las montañas. Me enfundo mi jersey reglamentario. En el último minuto, guardo un cuaderno y meto dentro una foto de Phyllis, mi chica. La ausencia hace que el corazón se enamore más; su compañía me vendría muy bien ahora. Es una pena que a mamá y papá no les guste. Bob ha hecho una brújula con un viejo botón y un imperdible magnetizado que nos será útil para encontrar el camino de vuelta a nuestro pelotón. Hemos tenido suficiente con la prisión y la inactividad forzada, y tenemos ganas de aportar nuestro granito de arena otra vez. No hay duda de que el aire libre nos resultará extraño después de haber estado encerrados con un grupo de hombres, pero hemos anhelado la libertad y, sea lo que sea lo que nos espera, lo aceptamos. ¡A por ello!, como dicen los yanquis.

Capítulo 3

Anna busca más historias escritas por su padre, pero no encuentra nada y piensa que es una pena que eso sea todo lo que dejó escrito, a la vez que se pregunta por qué no siguió escribiendo. Leyendo podría haberlo entendido mejor y haber llenado los vacíos. Era un hombre complicado.

Se sienta durante un tiempo a mirar las páginas con renglones escritas a bolígrafo; la tinta está difuminada, pero no los acontecimientos que sus palabras evocan. «Los niños tienen una imaginación ilimitada —piensa—, pero no la experiencia de vida para entender por lo que los adultos tienen que pasar». Se pregunta qué más aprenderá sobre él, si es que eso ocurre. Y qué caja de Pandora de la memoria corre el riesgo de abrir con ello. Sabe que su padre era un prisionero de guerra fugado cuando conoció a *mamma*, pero sus padres nunca mencionaban ese periodo de sus vidas. En lugar de eso, solían describir la escasez que había durante la guerra para hacer que sus hijos se terminaran la cena, a la vez que les recordaban la suerte que tenían.

—No podías permitirte ser quisquillosa cuando yo era una niña —solía decir *mamma* después de que Anna le pusiera mala cara al hígado y al beicon—. Si no te terminabas lo que había en el plato, alguien lo hacía por ti y ya no había nada más hasta la siguiente comida.

Hablaban de los cupones y las cartillas de racionamiento, y de cómo registraron a Harry como vegetariano cuando era bebé para poder recibir porciones de queso más grandes.

Aunque los escritos de su padre se lean como un cómic de aventuras, su corazón palpita acelerado, porque sabe que está leyendo sobre acontecimientos reales. El atormentado y huraño padre que recuerda, vestido con una ancha rebeca y con olor a tabaco, es totalmente opuesto a la imagen del joven pícaro prisionero de guerra de sus notas.

Piensa en cómo los jóvenes creen que siempre serán jóvenes y que los viejos siempre han sido viejos. Sabe que es una noción ridícula, pero nunca se ha imaginado a sus padres de jóvenes. Ahora que ha echado un vistazo a su pasado, a un periodo del que ha oído hablar muy poco, le pica la curiosidad. ¿Qué pasó realmente durante los años de la guerra?

Si los acontecimientos sobre los que su madre y su padre escribieron en esos papeles no deben ser nombrados, si son un cataclismo, como *mamma* los ha descrito, entonces, ¿por qué se los ha dejado a ella para que los lea? Anna pone todos los papeles en un montón; está decidida a encontrar más información. Se pregunta si su hermano o su hermana pueden darle más detalles; al ser más mayores que ella, lo más seguro es que recuerden algo.

Marca el número de Jane y deja que suene para darle tiempo a su hermana a llegar al teléfono en su gran casa.

—Anna, ¿qué tal estás? Qué sorpresa. ¿A qué debo este honor? Dos veces en el mismo mes, una en el funeral y la otra en aquella espantosa reunión con el abogado. ¡Qué deprimente!

Ignora el sarcasmo habitual de su hermana. Puede oír el repiqueteo de los platos mientras se mueve por la cocina; se la imagina vaciando el lavavajillas con las manos enfundadas en unos guantes de látex de color rosa, con el teléfono encajado bajo la barbilla y el hombro levantado para sujetarlo. Le molesta que Jane ni siquiera intente concentrarse en la conversación, pero no tiene sentido empezar una discusión; no ganaría nunca. En lugar de eso, le habla de los documentos.

—He empezado a echar un vistazo a los diarios de *mamma*. La primera parte está en italiano y me temo que es demasiado complicado para mí. Sin embargo...

Jane la interrumpe:

—Pero yo creía que siempre estaba parloteando en italiano contigo;

deberías ser casi bilingüe. Era de muy mal gusto cuando las dos os poníais así, solía sentirme bastante aislada.

–Solo sé lo básico, así que sus diarios están muy por encima de lo que puedo comprender. Voy a hacer que los traduzcan.

–¿De verdad vas a perder el tiempo? Quizá sean solo divagaciones sin sentido. Ya sabes cómo estaba *mamma* al final. Cuando iba a visitarla a aquella espantosa y apestosa residencia de ancianos, nunca podía sacarle nada que tuviera sentido. Y Harry me dijo que era una total pérdida de tiempo para él ir a verla. Nunca lo reconocía y con el horrible tráfico de la autovía M25, le llevaba todo el día. Siempre acababa harto de tanto perder el tiempo. Hace que me hierva la sangre cuando pienso en ello. ¡Es injusto! Él heredará Willow's End y tú y yo tenemos solo una pila de papeles viejos y joyas baratas...

Anna se quita el teléfono de la oreja cuando las frases de su hermana se vuelven cada vez más largas y el tono de su voz se eleva. Decide que no va a contraatacar. Jane casi no visitó a *mamma* en la residencia, pero no va a ir por ahí.

–¡Anna! ¿Estás ahí?

–Sí, Jane. Solo llamaba para saber si alguna vez te hablaron de la guerra. *Mamma* también incluyó un par de páginas que escribió papá. Sobre su tiempo como prisionero de guerra. Son increíbles, como una aventura de la revista *The Boy's Own*. Y creo que *mamma* podría haberse relacionado con los partisanos.

La risa de Jane es más bien un bufido de burla. Anna se da cuenta de que la conversación no va a ninguna parte y se pregunta si obtendría más de su hermano Harry. Pero él siempre ha sido difícil de localizar, siempre está ocupado con sus inversiones inmobiliarias y, muy a menudo, en el extranjero. Supone que cena fuera de manera frecuente y mete las facturas en los gastos de la empresa. Se oye de fondo el timbre de la puerta de Jane y su hermana termina la frustrante conversación.

–Tengo que irme. Ven a cenar este sábado y quédate a dormir. Harry y Cynthia también vendrán. Puedes hablar con tu querido hermano sobre Italia y así yo no tendré que hablar mucho con la espantosa Cynthia. Te dejo, que tengo partida de *bridge*.

Cuelga el teléfono y durante un rato Anna escucha la línea vacía al otro lado antes de pulsar el botón rojo. La historia de sus padres debe de ser más extensa de lo que creen.

Al día siguiente, está sentada delante de un espejo en el salón de belleza, al que acude cada seis semanas. Le explica a André que está harta de su pelo.

—Haz algo con él, por favor. Lo que sea. Quiero un cambio.

Él pasa los dedos entre los enredos de color castaño oscuro y Anna ve en el espejo cómo hace muecas, lo que no ayuda a su autoestima.

—He intentado que te lo cortaras durante una eternidad, Anna. No te realza la figura y esconde tus brillantes y preciosos ojos. Además, necesitas acentuar esas mejillas. ¿Qué tal si te hago unos reflejos? Un toque de bronce y caoba. ¿Y le doy un poco de forma por aquí, en la parte de atrás? ¡Te va a encantar!

—¡Adelante! —dice ella.

Él empieza con su parloteo habitual.

—¿Algo planeado para el finde? ¿Ya has reservado las vacaciones? —Después se detiene y observa su reflejo—. ¿Qué te ocurre, querida? Pareces triste.

Normalmente suele esconderse detrás de una revista llena de artículos sobre la última boda de algún famoso, pero hoy agradece la oportunidad de hablar con André.

—¿Tan obvio es? Lo siento.

—Sí. Venga, Anna, suéltalo. Úsame como si fuera un saco de boxeo, cuéntamelo todo. Todo el mundo lo hace. ¿Sabes? Podría escribir el próximo bestseller, plagado de detalles del cotilleo suburbano más impactante y chismes con los que no podrías ni soñar. El problema es que no sé escribir.

Ella se ríe y él coge las tijeras y empieza a cortar la larga melena.

—Así me gusta. ¡Una sonrisa! Ahora, cuéntaselo todo a papá. Exterioriza el problema.

—Mi madre murió hace un par de semanas y ahora he perdido mi trabajo y mi vida amorosa es un gran desastre —suelta de golpe.

–¡Oh, cariño! ¡No me extraña que tu pelo esté tan soso y apagado! –La mira con una preocupación sincera–. Cuando mi querida mamá murió, yo estaba perdido. Si no hubiera sido por Marcus, me habría lanzado por un acantilado, y no bromeo.

Ella le habla sobre el diario y lo que ha empezado a leer. Él deja de cortar y de dar forma y, con las manos en las caderas, la observa en el espejo.

–Vaya, eso es maravilloso, querida. ¡Qué emocionante!

Da un paso hacia atrás para observar su trabajo y mira fijamente los dos o tres pelos desordenados de la nuca. Acto seguido, empieza a cortar otra vez.

–¿Y vas a ir a Italia, al lugar donde ocurrió todo? Qué fascinante, ¡una madre partisana! Es como uno de esos peliculones que echan en la tele durante las tardes de invierno. Me encanta.

–Siendo honesta, no había pensado en ir a Italia.

–¿Y por qué demonios no ibas a hacerlo? ¿A qué estás esperando? No trabajas en este momento. No estás casada, ¿verdad? No tienes niños ni ataduras... Ve a por ello, mujer. Sería un disparate no hacerlo. Yo estaría muriéndome de ganas de saber más al respecto. Movería Roma con Santiago. Oh, qué afortunada, todos esos hombres guapos y la maravillosa ropa. Gucci, Versace... ¡Y la comida! Para morirse.

Mientras habla, sigue cortando y dando forma más rápido que nunca; el pelo marrón castaño cae al suelo del salón. Ella espera que esté concentrado.

–Podrías ir allí en una especie de... ¿Cómo lo llaman? –Mueve las tijeras mientras piensa en la palabra–. Año sabático o algo así. Un pequeño y bonito paseo por la campiña toscana. Todo ese vino y esos colores hermosos: ocre, terracota...

Alza el espejo para que Anna vea su nuevo aspecto y lo coloca a un lado para que pueda apreciarlo desde todos los ángulos.

–¡Ya estamos, señorita! ¿Qué te parece?

Tenía razón. El corte de pelo le ha quitado años de encima y parece estar más cerca de los veinte que de los treinta y tres. Antes, el pelo le llegaba por debajo de los hombros y se hacía un moño para trabajar. Ahora tiene un corte *bob*. Le encanta. Al levantarse, se abalanza sobre él, abrazándolo, y le planta un beso en la mejilla.

–Haces milagros, André. No sabes cuánto me has ayudado.

No habla de su nuevo corte de pelo. André le ha plantado el germen de una idea en la cabeza. En verdad, no hay ninguna razón por la que no pueda ir y pasar un tiempo en Italia. Vive de alquiler, así que solo tiene que avisar y pedirle a Jane muy educadamente si puede almacenar sus pocas pertenencias en una de sus habitaciones libres. Tiene la herencia de *mamma*, cincuenta mil libras, algo menos después de los impuestos, que le permite vivir con comodidad hasta que encuentre otro trabajo. Sale de la peluquería con el corazón más ligero y le lanza otro beso a André. Baja los escalones del metro a toda prisa. La sensación de un nuevo propósito la inunda mientras camina.

Sentada en el tren, planea qué le va a decir a Will más tarde cuando lo vea.

Cuando Anna empezó a trabajar en la agencia inmobiliaria, iba a ser algo temporal. Planeaba organizar más tarde su carrera de una vez por todas, quizá apuntándose de nuevo al curso de profesorado que había empezado años atrás, pero que había abandonado. Desde entonces, había ido de trabajo en trabajo con la intención de descubrir lo que realmente quería hacer. Pero entonces conoció a Will y, cuando se quiso dar cuenta, llevaba dos años en la agencia, porque el trabajo le permitía quedarse en Londres cerca de su chico.

Se conocieron en su tercera semana en el trabajo. Un día él entró en la oficina y ella creyó haberlo visto antes en alguna otra parte –había algo familiar en su aspecto arrugado, el pelo entrecano y aquellos fascinantes ojos azules–, aunque no podía recordar dónde. Nunca veía las noticias del Canal 4; de lo contrario, habría caído. Eso le atrajo de ella, le dijo después: el hecho de que no supiera que era famoso le resultó una novedad. Le gustaba por quién era y no por lo que era.

Anna le enseñó un apartamento en el último piso de un edificio de estilo eduardiano que lindaba con Clapham Common. Él le gustó enseguida; la diferencia de edad lo hacía incluso más atractivo.

–Hablemos sobre la venta mientras cenamos juntos esta noche –propuso él.

Sin embargo, no sacaron ese tema durante la cena. Él habló sobre su desgastado matrimonio y el posterior divorcio después de que los tres hijos abandonaran el nido. Se estaba preparando para la siguiente etapa de su vida: la jubilación. Le ponía nervioso hacerse mayor.

A cambio, Anna acabó contándole cómo escapó por los pelos del matrimonio cuando apenas tenía veinte años, cómo casi llegó hasta el altar. La iglesia y el banquete estaban listos, solo quedaba concretar algunos detalles sobre las flores y la distribución de los asientos. Su prometido le hizo saber, en una carta que metió por debajo de la puerta, que había cambiado de idea, que no estaba preparado para el matrimonio y que, quizá, nunca lo estaría. Había tenido novios desde entonces, pero, en cuanto las relaciones amenazaban con volverse serias, ella cortaba.

–Gato escaldado del agua fría huye –le dijo ella–. Yo no hago promesas.

Los meses transcurrieron sin un hombre en escena y ella era feliz con su espacio. Pero Will llenó un hueco. Disfrutaba de las comidas fuera y de los conciertos ocasionales. Siempre era un caballero: le abría la puerta, le ofrecía la silla en los restaurantes... Por su trabajo en el Canal 4, había conocido a muchas personas interesantes y sabía cómo contar una buena historia. Todas eran infinitamente más interesantes que estar a solas cenando comida recalentada en el microondas delante de la televisión.

Era una relación sin complicaciones. De vez en cuando, sentía la insistente duda de que estaba siendo vaga al quedarse con alguien de quien no estaba enamorada, solo porque era encantador y bueno en la cama, pero era experta en empujar sus preocupaciones hasta el fondo de su mente. Un día vio una foto en la que salía con una mujer glamurosa en una revista. Cuando preguntó sobre ella, él le explicó que era su exmujer, Tricia, con la que se veía para hablar de los hijos y para ayudarla con las finanzas. Ella se sorprendió ante la elegancia de la preciosa y canosa ex. Y, siendo honesta consigo misma, se sintió celosa ante el hecho de que él aún tuviera necesidad de verla.

Will ha reservado la mesa habitual en Chez Nous, dispuesta con elegancia. Anna ha llegado un poco pronto y ha pedido una copa de Pouilly Fumé. Se sienta a esperarlo y mordisquea el pan. Se pregunta cómo de tarde llegará Will esta noche. El restaurante está bastante lleno para ser martes. ¿Cuánto tiempo en total la ha hecho esperar Will desde que se conocen?

–Lo siento, Sooty. –Se inclina para plantarle un beso en los labios–. Tenía que terminar un informe. Están a punto de estallar grandes noticias sobre Blair.

La apodó Sooty, «ojitos negros», después de una de sus primeras cenas juntos. Se le corrió el rímel bajo la lluvia torrencial mientras esperaban un taxi y le dejó manchurrones negros debajo de los ojos.

Se pregunta cuántas excusas diferentes podría añadir a la «lista de llegar tarde» que había creado en su cabeza. Esta noche le molesta que él dé por hecho que ella va a estar ahí. Y está enfadada con ella misma por soportarlo durante tanto tiempo.

–Pareces diferente –dice él mientras se quita la chaqueta y se sienta frente a ella–. Es tu pelo. Hum... Está más corto, ¿no?

Anna se toca la nuca.

–Me gusta –dice–. Es una especie de liberación. Necesitaba un cambio.

–Oh, querida, eso suena bastante agorero. –Se ríe y coge el menú–. ¿Has pedido ya?

–¡No! –exclama–. Te esperaba.

Él echa un vistazo rápido a la carta y después llama al camarero.

–¿Cuál es el especial de hoy?

–Tenemos la ternera como plato especial. También los mejillones están deliciosos... y el *boeuf bourguignon*.

–Ternera, tomaremos la ternera. –Will cierra la carta–. Y tráenos la botella habitual de Châteauneuf.

Normalmente le gusta que Will tome la iniciativa y pida por ella, pero esta noche no.

–Yo no quiero ternera. *Poussin* y una ensalada, por favor.

Si Will está sorprendido, no hace ningún comentario al respecto.

Beben el excelente vino y picotean las aceitunas negras del cuenco que ha aparecido en la mesa mientras esperan la comida.

Ella mira a su alrededor. Una joven pareja no se quita las manos de encima, están sentados uno al lado del otro en lugar de uno frente al otro, como Will y ella. El joven tiene el brazo alrededor de la chica y comparten un plato de entrantes. De vez en cuando, él le susurra algo al oído y ella se ríe con los ojos muy abiertos... «¿Por qué? –se pregunta Anna–. ¿Por la emoción o por el deleite ante lo que él le sugiere?». La chica le da de comer un trozo de calamar con su tenedor y él lo mordisquea mientras la mira directamente a los ojos. Anna desvía la mirada. Es demasiado íntimo. «¿Cuánto les durará la lujuria? –se pregunta–. ¿Qué ocurrirá con esa conexión después de las primeras semanas de pasión? ¿O son la pareja perfecta? ¿Existen las parejas perfectas?».

Will juguetea con su copa de vino.

–¿Qué ocurre, Anna? Estás a kilómetros de distancia. ¿Estás enfadada conmigo por llegar tarde?

–Ya estoy acostumbrada –dice ella, dirigiendo su atención al hombre al que solía desear–. Te lo he dicho. Me siento perdida y tengo muchas cosas en la cabeza.

–¿Estás en tus días del mes? Tricia siempre se irritaba mucho cuando le iba a bajar...

–No tengo síndrome premenstrual, si es eso a lo que te refieres. Y te agradecería que no me compararas con tu ex.

Él se estremece, desconcertado por su reacción.

–Es por tu madre, ¿no? Pobre Sooty, deberías darte más tiempo para llorar su pérdida.

«¿Cómo es posible que sea sensible y desconsiderado al mismo tiempo?». Anna hace un esfuerzo por comportarse de manera civilizada.

–*Mamma* me ha dejado sus diarios. Los abogados me los enviaron el otro día y he empezado a leerlos. Supongo que mi mente está en eso.

–Podría echarles un vistazo y usar mi instinto periodístico. Nunca se sabe; quizá consigas publicarlos.

–Gracias, Will, pero no, no son publicables. Son montones de trozos de papel sin ningún orden en particular. Hay incluso un trozo de tela harapiento con algo escrito. En italiano.

–¿Estás segura de que no es algo que tu madre escribió cuando perdió el juicio? Estuvo en aquella residencia durante mucho tiempo, ¿no? La gente mayor hace cosas estúpidas. Yo seré así pronto.

Se le escapa una risa nerviosa y Anna se pregunta si espera que ella lo contradiga.

–En fin, estás despampanante con ese nuevo corte de pelo tan *sexy*. –Baja la voz–. Creo que necesito volver a conocerte de nuevo... de la cabeza a los pies. Qué ganas tengo de que vayamos luego a tu apartamento.

Ella se echa hacia atrás en la silla.

–Esta noche no, Will.

Hay una pausa mientras el camarero deposita los platos y sirve más vino en sus copas antes de desaparecer en dirección a la cocina.

–Me toca la caseta del perro, ¿no? –bromea Will.

–Estoy pensando en irme a Italia por una temporada –suelta de golpe.

–Qué maravillosa idea. Necesitas un descanso. Quizá pueda escaparme un par de días y hacerte compañía. Me vendría bien un poco de sol. Come, criatura. ¿No tienes hambre?

Ella juguetea con el *poussin;* no tiene apetito.

–Si no te lo vas a terminar, me lo como yo –dice él señalando el plato con el tenedor–. Me muero de hambre. Quien guarda halla, ¿no?

–No me voy de vacaciones, Will –insiste–. Me voy un par de meses. Quiero ver de dónde venía mi madre. Nunca he estado allí. Y...

Se interrumpe porque no sabe cómo explicárselo.

Will quita el plato de en medio y la toma de la mano.

–... necesitas tiempo a solas –dice, terminando su frase.

Ella lo mira; desearía que no fuera tan comprensivo. Sería mucho más fácil si se estuvieran gritando el uno al otro.

–He estado esperando esto desde hace algún tiempo, si te soy sincero –confiesa Will mientras le acaricia los dedos–. Me he preguntado muy a menudo qué veía una chica bonita como tú en un vejestorio como yo.

Ella no dice nada tampoco sobre este último comentario y él le suelta la mano y se bebe de un trago el resto de su copa. Unas gotas le caen sobre la camisa y ella observa cómo la mancha roja se expande.

–¿Cuándo te vas? –pregunta él.

–Pronto. El contrato de alquiler se me acaba en un mes. No tengo trabajo. Ahora parece el mejor momento.

–Un poco precipitado.

–Podemos hablar de vez en cuando, Will. Pero tengo que hacerlo.

–Haz lo que tengas que hacer, pero no quiero que desaparezcas del todo.

El silencio entre ellos ahora es incómodo. Él pide la cuenta e insiste en llamar a un taxi y acompañarla a su apartamento.

Se sientan separados en la parte de atrás. Ella está agradecida de que no haya mucho tráfico. El trayecto dura solo quince minutos. Se sorprende de que hubiera un tiempo en que siempre tenían algo que decirse.

–Démonos las buenas noches aquí –le dice en la puerta del edificio–. Estoy cansada, Will.

–¿Buenas noches o adiós?

Ella hace una pausa.

–Ambas cosas.

En la acera, permanecen uno frente al otro durante unos segundos, tras los que él se inclina para darle un beso en la frente.

–Cuéntame cómo te va, querida –dice, subiendo de nuevo al taxi, que espera.

Ella levanta la mano en un medio saludo al ver alejarse el vehículo negro. Mientras sube las escaleras del portal, piensa que explicárselo a Will ha sido mucho más fácil de lo que esperaba.

Capítulo 4

Jane vive sola en una casa de cinco habitaciones que imita el estilo Tudor en una zona de Surrey. Los agentes inmobiliarios describirían la vivienda como «un lugar de entre los más deseables».

Cuando el marido de Jane, Charlie, la dejó hace casi diez años por un hombre, Anna no se sorprendió. A menudo se preguntaba qué veía Charlie, tan amable, en su dominante hermana. Jane volvió sola de unas vacaciones en familia en Madeira y anunció que Charlie se había quedado para establecer una nueva empresa en el extranjero. Sin embargo, Charlie no tardó en salir del armario. Envió a todos sus familiares una carta por Navidad donde explicaba que había conocido al amor de su vida y había decidido quedarse en Madeira para ayudar a Santos a llevar un fabuloso hotel en Funchal. Nunca había sido feliz. Como sus hijos Stephen y Julian casi habían terminado la universidad y eran prácticamente independientes, sintió que había llegado el momento de empezar a vivir y se separó de Jane. Todos serían bienvenidos si querían ir a visitarlo. Anna aceptó la oferta y pasó una de las mejores vacaciones de su vida, pero Jane y Harry lo habían eliminado completamente del radar.

Anna llama a un taxi para que la lleve de la estación a la casa de Jane. Dos leones de piedra hacen guardia en el porche, junto a un par de obeliscos idénticos de laurel. Ninguna mala hierba se atreve a asomar en el arriate de flores. La casa familiar es grande para una sola persona, pero Jane es reacia a marcharse. Sus amigas de *bridge* viven cerca y hay un desfile de *boutiques* exclusivas y un lugar de *delicatessen* a poca distancia a pie. Y el mantenimiento de la casa y el jardín lo cubre la generosa pensión que Charlie le pasa.

–Entra, entra, que se escapa el gato. Estamos tomando algo en el salón. ¡Gracias a Dios que has venido! –grita su hermana en un susurro–. Es imposible tener una conversación inteligente con esa mujer. Y está claro que Harry ha tenido uno o dos dramas antes de llegar.

Harry y su tercera esposa, Cynthia, están sentados en lados opuestos del recargado salón. Cynthia tiene las piernas cruzadas y está pasando las páginas de una revista reluciente de *House and Country*. Es, por lo menos, veinticinco años más joven que Harry, que ya tiene cincuenta y dos, pero el maquillaje recargado disimula su edad. Anna se pregunta si hay algo real en ella. Incluso los pechos parecen demasiado grandes para su estrecho tronco. Mira a Anna cuando entra en la habitación y la saluda apenas levantando una mano de uñas pintadas. Harry se levanta con dificultad de una incómoda butaca diseñada por Colefax & Fowler y unas gotas de su *gin tonic* salpican la pálida alfombra. Parece aliviado al ver a Anna. El ambiente es frío y Anna se pregunta sobre qué estarían discutiendo esta vez.

–Permíteme, Harry.

Jane se abalanza sobre él, le quita la bebida y la coloca sobre un posavasos en una esquina de la mesa, lejos de su alcance.

Jane ha heredado el aspecto larguirucho anglosajón de su padre, aunque su cintura no es tan delgada como antes. En cambio, Harry y Anna se parecen más a *mamma* en la cara. Moreno y de rasgos latinos, Harry era muy atractivo, pero ha ganado peso durante los últimos años: le gusta demasiado el vino.

–Ven aquí, hermanita, y dale un abrazo a tu hermano mayor.

Cuando él la aprieta contra su tripa, ella nota el insoportable hedor a alcohol en su aliento.

–Hemos estado hablando de Willow's End y hemos acabado discutiendo un poco. –Señala a Cynthia y pronuncia las palabras despacio y con cuidado–. No le gusta el sitio, no le gusta en absoluto. ¿Qué hacemos? Se ciernen nubarrones...

Cynthia descruza las piernas, tira de la corta falda hacia abajo tanto como puede y vuelve a cruzarlas.

–Hay tropecientas habitaciones y es diminuta y fría –dice–. Es un lastre, más que una casa. En mi opinión, necesita mucho trabajo, una reforma completa. Creo que Harry debería derribarla y empezar de cero, pero tiene la idea descabellada de vivir en ese cuchitril.

Anna nunca podría imaginarse a Cynthia viviendo en una casa fría y laberíntica de los años treinta y le sorprende que Harry quiera hacerlo. Ya lo había imaginado demoliendo la vivienda y encajando a la fuerza una docena de casas de lujo en los campos de la parte de atrás.

–Bueno, me estoy cansando del chalet en la ciudad. Todas esas ventanas y que sea diáfano... Uno no tiene ningún tipo de privacidad. Es como vivir en una maldita pecera. –Mira alrededor en busca de su bebida y se abre camino hasta las mesas nido–. Sería una idea espléndida redecorar esa vieja mansión solariega e intentar volver a vivir en una casa de verdad, con habitaciones, como debería ser. Un recibidor y un comedor. Una habitación podría ser para el bebé... –Se balancea un poco–. ¿Qué opinas, Cyn? ¿No te atrae el sonido de unos piececitos correteando?

–¡Ni lo sueñes, Harry! –Cynthia lanza la revista sobre la mesa–. Necesito ir al baño –anuncia y se levanta, dejando claro que toda conversación sobre niños se ha acabado.

Harry mira cómo se tambalea sobre los altos tacones e intenta aligerar el ambiente con un chiste.

–Los únicos piececitos correteando que se escuchan en Willow's End son los de los ratones. ¡Qué lástima!

Por un momento, Anna siente pena por su hermano. Sabe que echa de menos a sus hijas. Su segunda mujer, Melissa, tiene la custodia de sus hijas gemelas, y además están fuera, en un internado, y rara vez las ve. Durante las vacaciones del colegio, Melissa las apunta a clases de tenis o las manda a algún viaje de aventuras para mantenerlas alejadas de él.

Jane, sosteniendo una tabla de embutido, vuelve al salón justo a tiempo. Anna se ahorra hacer algún comentario. No se siente cualificada para dar consejos a Harry sobre su matrimonio. Irónicamente, ninguno de ellos ha tenido éxito en sus relaciones.

–¿Dónde ha ido Cynthia? –Jane mira la butaca donde Cynthia

estaba sentada–. La comida está lista. No hay mucha, pero se enfriará si no nos la comemos ahora. Vamos al comedor.

Anna conoce los «no hay mucha comida» de Jane. Es una cocinera de primera y le gusta presumir de sus esfuerzos. Los obsequia con una *terrine* de paté casero, seguida de lomo de cerdo relleno y verduras. Cynthia se sirve y coloca una rodaja de berenjena en el plato, lo que hace que Anna se pregunte qué dieta estará haciendo ahora. La comida ayuda a Harry a recobrar la sobriedad y, mientras Jane está en la cocina, Anna lo interroga.

–¿Sabes de dónde era *mamma* en Italia? He empezado a leer esos papeles que me dejó y me he dado cuenta de que no sé absolutamente nada sobre su pasado ni sobre el de papá.

–¿Te refieres a Rofelle? –pregunta, echándose hacia atrás en la silla y limpiándose la boca con una servilleta de tela–. No he vuelto a ir desde que tú naciste. ¡Dios mío, aún era adolescente! ¿Por qué pasa el tiempo tan rápido?

Cynthia suspira, levanta las cejas y se retira de la mesa.

–Voy afuera, a fumar. No quiero postre.

Anna observa a Cynthia, que sale y se sienta en un banco de forja del patio. Hurga en su bolso Mulberry y da con el teléfono móvil. Las uñas rojas resplandecen cuando empieza a escribir y el humo del cigarro hace espirales a la luz del sol invernal.

Harry la observa con mirada melancólica a través de la ventana.

–Siempre está haciendo una dieta u otra. Un día de estos se va a quedar en los huesos.

Se estira para alcanzar la botella de vino y se sirve otra copa. Ofrece a Anna, que cubre su copa con la mano.

–No, gracias, Harry. Háblame sobre Rofelle.

–Un agujero total. ¡Primitivo! Estoy seguro de que a papá tampoco le gustaba mucho y no creo que volviera nunca, ni siquiera de vacaciones. Recuerdo las horribles discusiones que tenían con respecto a pasar tiempo allí. Creo que tuvo una de sus crisis nerviosas por aquel entonces...

Anna levanta la mirada.

–No sabía que sufriera crisis nerviosas.

–Oh, sí, fue una temporada espantosa. Pasó un tiempo en el hospital, pero *mamma* nunca quiso que nadie lo supiera. Así eran los de su generación. No es como ahora, que se habla abiertamente de esas cosas.

–Estuvo en un campo de prisioneros de guerra durante un tiempo –dice Anna–. Quizá tuviera algo que ver... Y lo hirieron justo antes del armisticio y eso lo ralentizó durante su huida. Fueron acontecimientos muy estresantes...

–Pobre hombre –dice Harry y vacía su copa–. Es de película. Pero bueno, mejor él que yo.

–Dios mío, Anna, menos mal que no trabajas –suelta Jane cuando vuelve–. No tienes otra cosa en la cabeza. Harías fatal tu trabajo...

Coge un recipiente de cristal que contiene tiramisú y lo coloca sobre un mantel. Luego mira por la ventana.

–Cambiemos de tema. Hablar de la guerra es demasiado deprimente –sugiere distraídamente. Acto seguido, mira a Cynthia y chasquea la lengua–. ¿Qué está haciendo ahí fuera? Se va a morir de frío con ese vestido tan corto.

Da un par de golpecitos en la ventana y le hace señales a Cynthia para que entre. Cynthia levanta la mano para indicarle que se quedará ahí cinco minutos más. Mientras sirve el postre, Jane pregunta:

–Hablando de Rofelle... Harry, ¿recuerdas que tuvimos que compartir una habitación enana en la que había una sola cama?

–Sí. Me hiciste dormir en el suelo. ¿Cómo olvidarlo?

–Fue muy desagradable el hecho de que esperaran que durmiéramos juntos. Quiero decir, tenías diecinueve años y yo dieciséis. Estoy segura de ello porque recuerdo sentirme muy sola cuando volví a la escuela aquel septiembre. Todas las chicas hablaban una y otra vez de lo maravillosas que habían sido sus vacaciones de verano y yo solo podía pensar en una frase de una canción: «Dulces dieciséis, pero nunca te han besado». De los chicos que había en Rofelle, no les hubiese permitido que se me acercaran ni a un metro de distancia. Estoy contenta de no haber regresado jamás.

Anna escucha a su hermano y a su hermana mientras recuerdan el tiempo en que eran jóvenes, antes de que ella naciera. Parece la historia de otra familia, una de la que no forma parte. Se cuentan anécdotas sobre la horrible fontanería italiana; sobre una mujer vieja que estaban convencidos de que era una bruja que usaba una vieja escoba como bastón; sobre un niño pequeño que iba al bar cada día con el pelo repleto de liendres. Es muy interesante todo eso, pero Anna quiere saber más de sus padres. Cuando Jane empieza a quitar la mesa, ella la ayuda a recoger los cubiertos.

–¿Y no os parece extraño que no regresaran? ¿No volvió *mamma* nunca ella sola? –pregunta, agarrándole el brazo a su hermana, como si intentara evitar que diera por terminada la conversación.

–No que yo sepa –responde Jane–. Ni siquiera sé si allí queda algún miembro de nuestra familia. Y tampoco me importa. Fue tremendamente aburrido para nosotros, no es el tipo de lugar que elegiría para unas vacaciones con adolescentes.

Harry coge el vino otra vez.

–Hay agua en la mesa –le regaña Jane.

Él la ignora y se sirve una copa llena de merlot. Vacía la botella.

–Es para acompañar el queso, criatura. Bueno, eso si la tabla de quesos hace finalmente su aparición.

Le guiña un ojo a Anna mientras Jane coloca el queso azul y el *cheddar* justo al alcance de su hermano.

–No me extraña que tengas gota. No sé cómo Cynthia te aguanta. En serio, no lo entiendo.

Anna piensa que Cynthia no lo aguantará durante mucho más tiempo. Aún está fuera, enviando mensajes.

Decide contarles sus planes.

–Tengo pensado irme a Italia durante un par de meses en cuanto empaquete las cosas de mi piso. Iba a pedirte, Jane, si podías guardarme algunas cajas por un tiempo. Quiero pasar una temporada visitando los lugares de los diarios de *mamma*.

Tanto Jane como Harry miran a su hermana como si hubiese perdido el juicio. Harry es el primero en hablar:

–¿Y qué demonios vas a hacer allí? ¿Cómo te las vas a apañar?

–No he terminado de pensar en eso, pero tengo el finiquito de la agencia... Y, además, están los cincuenta mil que *mamma* nos ha dejado a cada uno.

–Eso no durará para siempre. Pensaba que lo usarías para dar la señal de alguna propiedad en venta, no para irte a dar vueltas por Italia. Yo podría ayudarte si quieres...

Harry se prepara un generoso trozo de queso azul.

–No, gracias. Ya lo he decidido.

–¡Venga, Anna! ¿Cuál es la verdadera razón? ¿Las cosas no funcionan entre tu chico y tú?

Anna piensa que Harry es la última persona que debe hablar de ese tema. Se traga un comentario sarcástico, pero está indignada.

–¿Qué tiene que ver todo esto con...?

Jane interviene:

–Si fuera tú, yo no le daría mucha importancia a esos diarios. Ya sabes que *mamma* no era la misma hacia el final. Vas a perder el tiempo.

–Aparte de los diarios, quiero decir, incluso si nunca hubieran existido, ¿no sentís curiosidad por el pasado de *mamma* y papá en Italia? A fin de cuentas, somos mitad italianos. ¿No os interesan nuestras raíces toscanas? *Mamma* habla de algunos acontecimientos graves que nunca mencionó en vida, cosas que pasaron durante la guerra. ¿No queréis saber qué ocurrió?

–¡No! –La respuesta de Harry es inmediata–. Por supuesto que no. Y yo me siento británico por los cuatro costados. Nos criaron aquí, nos educaron aquí y hablamos inglés en casa.

–No veo la necesidad –añade Jane–. Todo lo que recuerdo son discusiones tremendas provocadas por papá cuando surgía el tema de Italia. Quizá sea ligeramente diferente para ti. Al menos *mamma* te enseñó algo de italiano, pero nosotros no sabíamos nada y todos nuestros familiares solían cotorrear a una velocidad de vértigo. No podíamos entender ni una maldita palabra. No había nada que hacer en Rofelle, excepto comer unas ingentes cantidades de pasta y refrescarse en el río, que estaba lleno de renacuajos, serpientes y Dios sabe qué más. –Hace una mueca de desagrado ante el recuerdo–. No volveré nunca. No me siento italiana en absoluto. No me interesa para nada.

Es inútil intentar explicarles su necesidad de ir a Italia. Anna se da cuenta de que no hay mucho más que pueda descubrir sobre Rofelle por sus hermanos. Tendrá que ir a Italia y descubrirlo por sí misma.

Capítulo 5

Abril de 1999

El avión aterriza en Perugia con los primeros rayos de sol de la mañana. El diminuto aeropuerto está rodeado de campos punteados por una desolada extensión de girasoles cabizbajos del año pasado. En el asfalto del modesto hangar de llegadas, dos hombres con monos de color naranja reflectante mueven las manos como si estuvieran discutiendo algo que podría ser de vital importancia, pero que, al mismo tiempo, podría ser una descripción de lo que comieron para cenar la noche anterior. Se detienen para mirar a una bonita chica italiana que desciende las escaleras del avión delante de Anna. Mientras la examinan de arriba abajo, Anna está casi segura de que la chica se contonea un poco más de la cuenta, pavoneándose sobre el asfalto con sus vaqueros ajustados y su chaqueta de cuero.

Es como si hubieran lanzado a Anna a un escenario con espectaculares montañas como telón de fondo. El contraste entre el concurrido aeropuerto de Stansted y este lugar dormido es extremo. Qué fácil habría sido viajar en compañía de su madre y hacerle preguntas sobre los partisanos. Aunque ¿habría sido realmente diferente? ¿Se habría sincerado Ines? Parece que su diario era el único lugar en el que su madre era capaz de hablar con libertad.

Ha alquilado un coche para conducir hasta San Patrignano, un pueblo que está cerca de donde nació su madre y donde ha encontrado por internet una habitación en una especie de casa rural. Es agradable estar al volante de un coche italiano y fingir ser italiana. Le permite sumergirse en la cultura local. Toquetea la radio y encuentra una emisora que pone baladas italianas, pero hay tantas interrupciones de anuncios que apaga la radio y deja que, en su lugar, sea el paisaje el que le proporcione entretenimiento.

Una hora después, deja la autovía de doble carril que atraviesa campos de tabaco con brotes verdes y toma una carretera de montaña que une Sansepolcro con Rímini. En las laderas más bajas, los agricultores han estado podando los olivos. Pilas de follaje plateado descansan en torno a los troncos nudosos. La carretera es una pendiente ininterrumpida y, a su paso por Viamaggio, aparca el coche en un área de descanso y hace fotos del valle. Hay un amplio lago que resplandece bajo el sol. Estas podrían ser las montañas en las que su padre estuvo escondido y luchó durante la guerra, donde en cada recoveco o matorral se escondían el peligro y la muerte. Siente un hormigueo de emoción. El viento susurra a través de la hierba que cubre las pendientes. En la profunda cuneta, al lado del coche, hay parches de nieve, y las margaritas se abren a la luz del sol, que hace todo lo que puede para calentar las colinas.

Vuelve al volante y enseguida usa su italiano por primera vez, al parar para pedir indicaciones a un hombre que está haciendo montones de ramas al lado de la carretera. Él la examina con suspicacia, mira la matrícula del coche y después le indica la dirección a la casa rural. Anna está encantada de haber podido comunicarse en la lengua de su madre. Su padre había prohibido que hablaran italiano en casa porque tenía una teoría, una bastante extendida en los años cincuenta y sesenta. Pensaba que hablar dos lenguas era confuso para los niños, que acabarían por no hablar en condiciones ninguna de las dos. De repente, Anna se da cuenta de lo difícil que debe de haber sido para su madre no poder cantarles nanas en italiano a sus bebés o no poder contarles historias en su propia lengua y decide aprender todo el italiano que pueda durante su estancia. Siente que se lo debe a su madre.

La dueña de la casa rural Casalone es Teresa Starnucci, que tiene más o menos la edad de Anna, un aspecto delicado y el pelo negro muy corto. La hace pasar.

—Bienvenida a nuestra casa rural —dice en un inglés titubeante.

Anna responde en italiano:

—Por favor, habla en italiano. Estoy intentando aprender.

Una sonrisa de alivio ilumina las hermosas facciones de Teresa. Le da la mano y cambia al italiano.

—¡Uf! Menos mal. Estudiamos inglés en el colegio, pero a mí me resultaba difícil. Cuando Francesco venga luego, verás que él habla inglés perfecto. Así que, si tenemos problemas, él puede hacer de intérprete. Déjame que te enseñe la casa. Y avísame si hablo muy deprisa.

Anna está encantada, pues entiende la mayor parte del *tour* de Teresa por el viejo y bonito edificio, y se siente a gusto en su compañía, aunque se acaben de conocer. Descubre que el padre de Teresa nació en aquella casa y que esta le pertenece a su familia desde hace más de cien años. Hace dos años decidieron restaurar el lugar antes de que se derrumbara. Nadie había vivido allí en los últimos treinta, puesto que la madre de Teresa, tras casarse, prefirió mudarse al pueblo, a un piso moderno. Muchas familias de la aldea habían hecho lo mismo y hasta hace poco solo había una pareja de ancianos viviendo allí de manera permanente.

—Pero nuestra generación siente que es importante rescatar parte de nuestra historia antes de que sea demasiado tarde —declara Teresa—. Al principio, nuestros padres pensaron que habíamos perdido la razón al querer vivir en un viejo edificio. Luego, cuando vieron la forma en que lo habíamos modernizado, con calefacción central y baños, apreciaron lo que estábamos haciendo. Ojalá más gente joven siga nuestro ejemplo y le devuelva la vida al pueblo.

La casa tiene gruesos muros de piedra que la mantienen caliente en invierno y fría durante julio y agosto, cuando el sol hornea los campos. Un gran distintivo del comedor es la gran chimenea, tan grande que puede albergar a una persona de pie; allí, en el pasado, la abuela de Teresa preparaba toda la comida. De las paredes cuelgan viejos cazos de metal y utensilios de cocina.

Sigue a su guía por el comedor y por las escaleras hasta un descansillo en la planta de arriba donde todo está reluciente, con muros blancos e inmaculados. Teresa se detiene.

—Y esta es tu habitación. Tiene baño.

En la puerta hay una placa de madera con el nombre ORTIGA.

–Es una planta que crece por todas partes aquí –le explica–. La utilizamos incluso en algunas recetas.

Señala la fotografía de una ortiga y le cuenta a Anna cómo han tematizado las habitaciones en base a las plantas de los campos circundantes.

–Te dejo para que deshagas la maleta y te pongas cómoda. Si necesitas algo, ven a buscarme. No andaré muy lejos.

Anna está más que encantada por haber encontrado ese sitio en internet. Es un lugar reformado con muy buen gusto. De las pequeñas ventanas de su habitación cuelgan cortinas de lino, decoradas a mano con encaje hecho en el pueblo, como le ha explicado Teresa. Hay una cama doble de hierro forjado –hecho en la fragua de Badia Tedalda, que está un poco más arriba en la montaña– en una entreplanta. La vista de la sierra que se ve por la ventana es impresionante. Las laderas más bajas están cubiertas por densos bosques, con franjas intermitentes de verde más claro que conforman los prados. Más arriba se puede ver el perfil de un pueblo que se posa de manera precaria sobre un peñasco; sus tejados surgen por entre la neblina como las chimeneas de un transatlántico en el mar. Tras abrir las contraventanas de par en par, Anna respira profundamente el aire limpio y tiene ganas de despertarse y empezar su día con esas lujosas vistas del campo. Es el lugar donde creció su madre. Se pregunta si podrá rastrear el establo y los demás emplazamientos que menciona en su diario. ¿Existirán aún después de todo ese tiempo?

La mesa está dispuesta ante el fuego para cuatro, con un mantel blanco, relucientes cubiertos y simples ramilletes de prímulas.

–¿Está bien si nos sentamos contigo hoy, Anna? –Teresa llega de la cocina con una cesta de pan–. Eres nuestra única huésped y teníamos la esperanza de que no te importara.

Está cansada y hubiera preferido una cena rápida e irse a dormir pronto, pero le gusta la informalidad del pequeño hostal y no quiere ofender a su anfitriona.

–Está bien. Pero no esperéis que siga. Mi italiano es muy pobre.

–Dos semanas aquí con nosotros y serás prácticamente bilingüe. Tu acento ya es muy bueno.

–Mi madre era italiana.

–Ah, eso explica tu pelo oscuro. Podrías pasar por una mujer de aquí.

–Hasta que abro la boca...

–¡No exageres!

Teresa se ríe. Un hombre entra en el comedor con un par de botellas de vino. Es delgado, un poco más alto que Anna, con mechones de pelo negro y gris. Una niña pequeña lo sigue por detrás.

–Teresa, he traído estas botellas. Es uva *sangiovese*. Creo que van bien con el menú de esta noche.

Saluda a Anna con una pequeña e informal inclinación antes de dejar las botellas sobre una mesita.

–Anna, este es Francesco –le dice Teresa.

Estrecha su mano con firmeza y luego con ternura saca a la niña de su escondite a sus espaldas.

–Y este monito es mi hija Alba.

El inglés de Francesco es bueno y Anna nota cierto deje americano. Se pregunta sobre el posesivo «mi»; le parece machista dejar a Teresa fuera de la ecuación. La niña pequeña vuelve a ponerse detrás de su padre, con la mirada clavada en el suelo. Es delgada y de complexión pálida. Es difícil aventurar la edad exacta, pero parece tener unos ocho años. El dedo gordo va directo a la boca y permanece detrás de Francesco agarrada a su camisa.

–*Ciao*, Alba –dice Anna, poniéndose en cuclillas para estar a su altura, pero la niña no responde.

Decide que no le va a prestar demasiada atención, que hable cuando quiera, pero Alba permanece en silencio durante toda la cena; da pequeños mordiscos a su comida y solo sacude la cabeza cuando Francesco o Teresa le dirigen la palabra.

El plato de entrantes podría haber salido perfectamente de un bodegón. Flores de calabacín rellenas, *crostini* con tomate seco en aceite, paté, una salsa cremosa hecha con flores de diente de león, hojas de laurel horneadas cubiertas con óvalos de queso fundido... Todo ha sido preparado delicada y meticulosamente y con ingredientes locales. El plato principal, con un color rosa exquisito, es un *risotto* de grosellas. Anna nunca había probado nada parecido.

—Es una comida de cuento de hadas —dice—. ¡Gracias! *Grazie!*

—¿Qué te hizo decidir pasar unas vacaciones en esta zona? —le pregunta Francesco mientras terminan la cena con un plato de *panna cotta* cubierta de frutos del bosque—. Normalmente no tenemos turistas extranjeros por aquí al estar un poco apartado.

Habla inglés con seguridad, usando expresiones que no están al alcance del estudiante común.

Anna les habla un poco sobre los diarios y sobre su interés por descubrir más del pasado de su madre. Francesco escucha atentamente mientras sirve *limoncello* en tres vasos de licor.

—¿Cuál era su apellido de soltera? Todo el mundo conoce a todo el mundo en un lugar como este.

—Ines. Ines Santini.

Teresa ahoga un grito.

—Pero ese es un nombre muy común en los alrededores. Hay muchos Santini en el pueblo. —Sale del comedor durante un momento y vuelve con una guía telefónica; hojea las páginas hasta que encuentra la larga lista que corresponde al apellido Santini—. Si vas al ayuntamiento, deberías poder encontrar algo más sobre la familia de tu madre. Quizá Francesco pueda llevarte mañana. Le he pedido que se pase a recoger unas fotocopias.

—Oh, se me ha olvidado decírtelo, Teresa —la interrumpe Francesco—. Mañana no puedo. Me han pedido que vaya al trabajo, tengo que sustituir al profesor Torti en clase.

—¿Otra vez? —La mujer da un golpe en la mesa—. Siempre te piden que lo sustituyas. Espero que esta vez te paguen.

—¡Teresa! —Su tono denota advertencia—. No empieces otra vez. Tú no lo entiendes. El hombre está enfermo.

—El hombre es un incompetente. Deberían haberlo jubilado hace años.

Se levanta, arrastrando la silla por el suelo de azulejos de cerámica. Anna se siente avergonzada por escuchar a la pareja pelearse y decide irse.

–Me despido por hoy. Estoy muy cansada y ha sido un día muy largo.

–También ha llegado la hora de que Alba se vaya a dormir –anuncia Francesco–. ¡Mañana es día de escuela, señorita!

La levanta y se va sin decirle nada a Teresa: ni «Gracias por la comida» ni «Te veo luego» ni «Buenas noches». «Es el típico hombre italiano mimado», piensa Anna ya en su habitación mientras se cambia para irse a la cama. Ella tampoco quería que se le uniera para ir al ayuntamiento. Aun así, no se cree la excusa del trabajo.

Pero no se preocupa demasiado por la velada. Le emociona que el apellido de Ines aún sea común en la zona. Quizá haya parientes con quienes hablar sobre *mamma*. Ha sido un día largo. No hay ruido de tráfico londinense que la moleste ni música que llegue desde el piso de abajo. Todo lo que puede oír mientras su cabeza roza la crujiente funda de lino de la almohada es el dulce ruido del viento que suena a su paso por el viejo edificio de piedra. Se queda dormida de inmediato.

Capítulo 6

Anna olvidó cerrar las contraventanas de su habitación la noche anterior, por lo que un sol radiante la despierta temprano. La vista de las colinas, un zigzag en el cielo como las espinas de un dinosaurio dormido, la invita a no procrastinar en la cama. Se pone los pantalones y un forro polar, pasa los dedos por su nuevo pelo corto y sale sin hacer ruido para no despertar a nadie.

Sigue un camino estrecho y trillado que sale de delante de la casa. Más tarde allí crecerán moras que se podrán recoger de los arbustos espinosos, pero, por ahora, unos ciclámenes con hojas estampadas de un blanco jaspeado la observan desde las rocas que salpican los márgenes del camino. El aire de la mañana es fresco y se alegra de haberse puesto el forro polar. La sierra está espolvoreada de nieve en la parte alta y eso le recuerda que la estación acaba de empezar. Oye el rumor del agua, dobla un recodo y ante ella aparece un río, que golpea ruidosamente contra una presa bajo un puente.

No es la única que ha madrugado, porque Francesco está pescando en la presa. No muy lejos de allí, Alba está agachada cerca de una pequeña piscina natural, moviendo el agua con un palo.

«Sabía que era una excusa —piensa para sí—; podría haber dicho simplemente que no tenía tiempo para venir conmigo».

Él alza una mano a modo de saludo y la invita a acercarse. Alba la ignora y sigue con su juego. Se pregunta qué explicación guardará Francesco en la manga. En realidad, ella preferiría continuar su paseo, pero no quiere parecer maleducada.

—¿No has dormido bien? —le pregunta a Anna cuando se acerca.

—Como un tronco —responde ella en italiano.

—En italiano decimos «como un lirón» —la corrige y se ríe.

A ella le molesta que no agradezca sus esfuerzos por hablar italiano. Mira cómo enrolla el carrete del sedal y lo vuelve a lanzar a una parte profunda del río.

—Es una mañana muy bonita —dice él—. Pensé en ayudar a Teresa con el menú. Estos pequeños peces están deliciosos fritos, servidos con ajo y perejil picado. Si tengo suerte, también pescaré algunas truchas.

Ella se rinde y deja de hablar en italiano. Hace un comentario sobre Alba, que sigue jugando en la orilla.

—A ella tampoco le gusta estar en la cama por las mañanas.

La pequeña está construyendo una torre con piedras, con cuidado de colocar las más grandes abajo y otras más pequeñas encima para mantener el equilibrio.

Francesco mira a su hija.

—Es algo que solemos hacer. Le gusta estar conmigo media hora antes del desayuno. Si no llueve, vamos a dar un paseo o venimos aquí, al río. Luego el autobús de la escuela viene a recogerla.

—Es una niña muy callada —dice Anna, recordando la cena de la noche anterior.

Él esboza una sonrisa irónica.

—Sí, muy callada. Lo que daría por escucharla hacer algún ruido.

Anna lo mira con aire interrogativo.

—Alba ha decidido no hablar —le cuenta—. El diagnóstico es mutismo selectivo. Lo lleva haciendo desde hace casi medio año. Es terca como una mula.

El ruido del agua que corre por encima de la presa evita que las voces lleguen hasta la niña, que ha caminado un poco más, hasta la parte baja del río, así que ella le pregunta por qué Alba decidió no hablar, a la vez que intenta imaginarse lo difícil que debe de ser estar callada durante tanto tiempo. Hace años, cuando aún iba a la escuela, las monjas hicieron a todas las niñas ir a un retiro silencioso, pero ella no consiguió ni siquiera estar una tarde sin hablar. Seis meses de silencio es otro nivel.

—No sabemos a ciencia cierta por qué lo hace —responde—, pero no ha dicho una palabra desde que murió su madre.

–Pensaba que Teresa era su madre –suelta, sorprendida.

–Teresa es mi hermana. Vivimos con ella en la casa rural para ver si la paz y la tranquilidad ayudan a Alba. Quizá, al estar lejos de Bolonia, donde vivíamos antes, pueda empezar a olvidar. Me he cogido una excedencia en la universidad.

Anna se siente rara. Había llegado a las peores conclusiones al asumir que Francesco y Teresa eran pareja y que Alba era su niña consentida y deprimida.

–Lo siento. Qué torpe he sido.

–¿Por qué? No es culpa tuya. Los ingleses siempre estáis pidiendo perdón. –Se arrodilla para abrir un tarro de plástico de gusanos, escoge uno y lo coloca en el anzuelo de otra caña–. Es agradable poder hablar de ello. Todo el mundo anda de puntillas a mi alrededor, como si yo fuera una figura de porcelana que se romperá en pedazos si mencionan algo de mi pasado.

Lanza la segunda caña y el hilo corta el agua. Unas pequeñas ondas se expanden por la superficie. Anna espera, porque tiene la sensación de que hay algo más que él le quiere contar.

–Mi mujer, Silvana, murió en un accidente de coche. Alba también estaba en el coche, pero no sufrió ni un rasguño. Bueno, al menos ninguno visible.

–Pobre niña. ¿Quién sabe lo que le estará pasando por la cabecita?

–¡Exacto! ¿Quién sabe? No se necesita mucho para entender por qué se ha aislado de esa forma. Lo que yo necesito es algo mágico para desbloquear su silencio y acabar con su sufrimiento. Pensé que venir aquí la ayudaría, pero llevamos desde Navidad y nada ha cambiado. La ironía es que Silvana hubiera sabido exactamente lo que hacer. Era una madre maravillosa.

Empieza a recoger los carretes y coge una cesta que está en la superficie. Hay media docena de peces atrapados en ella, pero los lanza con delicadeza a la corriente.

–Mejor dejarlos ir. No son buenos para la comida. –Llama a la niña pequeña en italiano–. Venga, Alba. Es hora de prepararse para la escuela.

Ella se levanta y con un palo tira la torre de piedras que había estado construyendo con tanto cuidado. Brincando de una roca a otra, llega hasta ellos; sus rizos rebotan mientras se mueve.

—Tenemos que quitarte esas medias mojadas a tiempo para el autobús. Espero que Teresa tenga listo otro par.

Se agarra de la mano de su padre. Aún no ha reconocido la presencia de Anna, ni siquiera con una sonrisa. Es como si su padre fuera la única persona presente.

—Ya recogeré yo los carretes, así puedes concentrarte en Alba —se ofrece Anna.

Francesco esboza una sonrisa mientras le pasa las cosas de pescar, una que cambia completamente su expresión; ya no tiene el ceño fruncido. Luego monta a caballito a su pequeña y siguen el camino de vuelta a la casa. Anna se une.

Los primeros rayos de sol ahora han sido sustituidos por una neblina que de repente baja rodeando las montañas sin previo aviso. Se enreda entre las ramas de abetos como volutas de algodón. La temperatura también ha bajado. Ayer había más de quince grados, pero, tras esconderse el sol, hoy parece haber solo cuatro.

—Estoy helada —dice Anna mientras caminan—. Voy a necesitar comprar ropa de invierno.

—No olvides que estamos en las montañas. El tiempo puede cambiar de un momento a otro.

—Mi padre lo menciona en algo que escribió. Creo que también influyó en las batallas que hubo por aquí.

—Desde luego que sí. Fue una razón por la que nuestros partisanos fueron tan útiles: conocían esta zona y las condiciones meteorológicas. Cuando vayamos a la oficina de turismo, quizá encuentres más información. Están intentando recopilar detalles para una exposición.

—Pero creí que tenías que dar una clase esta mañana.

—La han cancelado. Ahora estoy libre.

Anna se pregunta si la clase ha sido cancelada de verdad o si simplemente ha cambiado de idea.

—Si no te importa —continúa ella—, me sería de gran ayuda. Mi italiano aún no va más allá de lo mínimo indispensable para hacer la compra o preguntar direcciones. Y... –duda, y se pregunta si es demasiado pronto para pedirle ayuda a este hombre–, deseo entender por lo que pasaron mis padres.

–Ya he dicho que estoy libre.

No es capaz de interpretarlo: un instante está de mal humor y al siguiente, es todo un encanto. Ha estado pensando en pedirle ayuda con la traducción de los diarios, pero no está segura. Permanecen en silencio durante el camino de vuelta y Anna se empapa del paisaje. No puede imaginarse un lugar tan bonito embrutecido por la guerra. Se pregunta si en alguna ocasión algún soldado bajó hasta el río y anduvo por el mismo camino que ellos siguen ahora. El lugar ya ha calado en ella. Por primera vez en su vida, está conectando con el pasado de sus padres.

Egidio, el gerente de la oficina de turismo, tiene los ojos marrones centelleantes y el rostro curtido. Seguro que guarda más de una anécdota que contar. Está encantado de tener visitantes que muestren interés por la colección de documentos que escribieron antaño las personas mayores del pueblo. Les explica cómo los niños de la escuela primaria están recopilando los documentos para celebrar el milenio. Primero habla despacio, pero después gana velocidad de manera gradual hasta que ella tiene que pedirle que repita las cosas dos veces. Francesco hace de intérprete.

–Es muy importante que se conozca el pasado –le dice Anna a Francesco–. ¿Puedes decirle que siento mucho que mi propia madre no me contara más antes de morir? Siento como si un trozo de mí estuviera perdido al no saber nada de su pasado. Puedes explicarle también que estoy agradecida de que comparta toda esta información conmigo. Y dile que no quiero que piense que soy una cotilla o una entrometida.

Francesco le transmite sus miedos y el hombre la coge de la mano y se gira para incluir a Francesco en lo que tiene que decir.

–Por lo que nos has dicho de tu madre y de tu padre, nunca diría que eres una entrometida. Eres prácticamente una de nosotros. ¿Verdad, Francesco?

Francesco asiente y le explica a Anna:

—Egidio ha recopilado todos estos documentos porque cree firmemente que las historias nunca deberían subestimarse y yo estoy totalmente de acuerdo con él. Tú tienes derecho a saber sobre tu familia. Ahora ven a ver la exposición de Egidio. Está muy orgulloso de esta oficina de turismo, la lleva él mismo con la ayuda de voluntarios.

Caminan hasta una sala interior. Hay una vitrina de cristal que contiene un jabalí disecado y la cabeza de un lobo está colgada en la pared. Una estantería exhibe serpientes en grandes tarros que en algún tiempo contuvieron aceitunas y en pequeñas cajas de cristal hay complejos fósiles que encontraron en rocas de las montañas o en la orilla del río. En una esquina alejada, los *souvenirs* de la guerra inundan el espacio: un viejo casco de metal, un cinturón de municiones, una hilera de medallas clavadas en un tablón... Francesco señala un mural con fotos en sepia de la ciudad y ella curiosea las granulosas caras mientras se pregunta si quizá podría estar relacionada con alguna de aquellas figuras. Aparecen mujeres con largas faldas de lana y pañuelos en la cabeza y hombres con piernas arqueadas y largos bigotes, algunos con escopetas colgadas al hombro y todos con una mirada severa dirigida al fotógrafo.

—¿Tienes tiempo para comer y hacer un *tour* de misterio? —le pregunta Francesco—. Hay un lugar que quiero enseñarte. Pero antes podemos comprar algunas cosas para hacer un pícnic.

—¿Y el tiempo? Antes había mucha niebla.

Él señala la ventana del museo.

—Mira ahora.

El sol ha vuelto a salir y el cielo está azul, sin nubes, un tiempo realmente agradable.

—¿Pero no volverá a cambiar?

—Estaremos bien —la tranquiliza él.

Se rinde ante su sabiduría local, encantada de poder empezar la investigación en compañía de alguien que conoce el lugar. Se despiden de Egidio y Anna le vuelve a dar las gracias por enseñarle los maravillosos documentos.

Cruzan la plaza hasta un pequeño supermercado, con un triste carro aparcado en el exterior. La tienda no es lo suficientemente grande como para que quepa un carro ni tampoco más de cuatro clientes al mismo tiempo. Se pregunta para qué usarán el carro. Francesco le explica que es para llevar la compra a las personas mayores que no pueden hacerlo por sí mismas. Ella sonríe mientras piensa en la diferencia que hay con las furgonetas de entrega de los supermercados en Inglaterra. Cuando entra en la tienda, la embarga una multitud de olores: jamón, salami, detergente y queso. Francesco le presenta a la dependienta, que está sentada en una butaca alta detrás del mostrador. Cuando se mueve para coger un gran queso de la estantería que hay detrás de ella, Anna ve que está débil y que necesita la silla como apoyo. «El carro de fuera probablemente también le sirva como ayuda para caminar», piensa Anna. Una chapata fresca, un cucurucho con aceitunas negras, un par de lonchas de queso de oveja, dos manzanas y una botella de vino constituyen su primer pícnic en Italia.

El Fiat Panda de Francesco rebota sobre un camino de tierra que sube más y más alto por las montañas en dirección a Badia Tedalda.

–Estamos en el Alpe della Luna, la «montaña de la Luna». Ahora pocas personas viven aquí y hay muchas fábulas y cuentos de fantasmas sobre este lugar. Para mí tiene una atmósfera muy especial.

Le cuenta la historia que aprendió en el colegio. En la Edad Media, el conde Manfredi di Montedoglio y una bella joven campesina, Rosalia, se enamoraron locamente, a pesar de la desaprobación de la familia del conde. Una noche, susurrándose a solas palabras de amor en un balcón, Rosalia le dijo que, si escalaban las montañas que tenían delante y tocaban la luna, se les concederían todos sus deseos. Partieron y nunca los volvieron a ver. Y ahora, cuando hay luna llena, a veces es posible oír el galope de los dos caballos por las cumbres. Y se ven sombras humanas con las manos extendidas hacia la luna de plata.

Ella se ríe, encantada con la historia romántica de Francesco.

–Sea o no verdad, es una buena historia. Y el folclore a menudo tiene una parte de verdad; de lo contrario, esas historias no se seguirían contando después de todo este tiempo.

—¡Exacto!

Él sonríe, una sonrisa que transforma su delgado rostro, y ella quiere decirle que debería sonreír más a menudo, pero se contiene. Tira del freno de mano, aparca y le señala las vistas y ella comprende de dónde viene el nombre. El bosque tiene zonas con rocas marrones que se elevan como cráteres. Él le señala dos cumbres que están a mil cuatrocientos metros de altura, cubiertas de nieve. La escena es bella y, a la vez, siniestra. Ella hace una foto y después mira con atención la imagen en su nueva cámara digital.

—Puedo ver por qué piensas que este lugar es especial, pero es difícil capturar la atmósfera en una foto.

—Es un lugar para guardar en la memoria. Ahora volvamos al coche y te llevaré a un restaurante que te va a dejar patidifusa.

—¿Dónde aprendiste esa expresión? En un libro de texto no creo.

—Te lo cuento durante la comida.

De nuevo en el coche, suben por la montaña. Anna está cautivada por las vistas. Durante el viaje no han visto ni un alma y parece como si ellos fueran las únicas personas en el mundo. Pero Francesco aparca el coche en un claro y un área de pícnic con alambrada demuestra que hay más visitantes. La guía hasta las rocas en el lado opuesto a la zona de pícnic mientras aparta algunas finas ramas para revelar la estrecha apertura de una cueva. Se cuelan y entran en una gran cámara, tan alta que les permite estar de pie en su interior. Sus ojos se adaptan a la oscuridad, solo un fino rayo de luz entra por una apertura en el techo de la cueva, que parece pintado de negro. Él le explica que lo causó el humo de los fuegos que hacían las personas que buscaban refugio. Construido a un lado de la cueva, hay un bebedero que recoge el agua que se cuela a través de la roca. Ella ahoga un grito cuando él apunta la linterna sobre las fantásticas estalactitas retorcidas que forman elaborados patrones, colgadas como si fueran candelabros de cristal.

—Este lugar lo usaron taladores y campesinos que trabajaban la tierra, pero durante la guerra los partisanos también se refugiaron aquí. Recuerdo que mi padre me contó que una vez incluso se vio obligado a quedarse a dormir –dice Francesco–. El año pasado, cuando el *corpo forestale*, los agentes forestales, podaban el área, descubrieron una reserva de munición escondida al fondo de la cámara. Después, decidieron limpiar el lugar y convertirlo en un espacio para los turistas, pero está demasiado lejos de la carretera para que la gente se aventure a venir. Pensé que sería interesante para ti. ¿Quién sabe? Quizá tu padre se refugió aquí.

–Es justo lo que estaba pensando. Se me ha puesto la piel de gallina. Este lugar está vivo, lleno de fantasmas del pasado.

Se estremece y toca la pared con un dedo, a la vez que intenta imaginarse a su padre escondido en el rincón más alejado, detrás del bebedero de agua. ¿Estaría solo? ¿A qué distancia estaba el enemigo? ¿Tenía miedo?

–Hagamos el pícnic en las mesas del exterior –sugiere él mientras la conduce fuera de la penumbra–. Creo que necesitamos luz.

–Desde luego –dice ella, agradecida por su comprensión, sin comentar ni entrometerse en sus emociones.

Despliegan su simple festín en la mesa con las mejores vistas y Francesco descorcha el vino; luego levanta la copa de plástico hacia las montañas.

–Propongo un brindis por las montañas y los misterios que guardan; y un brindis por ti también, Anna. ¡Bienvenida a la tierra de tu madre!

Sus copas se tocan y, mientras él corta la chapata, Anna le pregunta dónde aprendió a hablar tan bien en inglés.

–En África. Después de terminar la universidad, viajé a Tanzania para ayudar a documentar perros salvajes en el Serengueti. Lo llevaba una joven pareja americana.

–Estoy confundida. ¿Un italiano en África que trabaja para americanos?

Él se ríe.

–Te toparás con el sistema local de recomendaciones y contactos tarde o temprano.

Ella parece confusa.

–Es cuestión de supervivencia. A menudo en este país es más importante a quién conoces que cuánto sabes. Uno de los americanos es mi primo y, por decirlo de algún modo, fue él quien creó ese trabajo especialmente para mí. Nosotros, los italianos, estamos por todas partes, ya sabes. Después de la guerra hubo emigración en masa para encontrar trabajo y así es como mi tío acabó en Boston. –Corta más queso y, antes de continuar, le ofrece una porción–. Tanzania fue una experiencia inolvidable. Un país increíble. Me encantaría volver algún día y enseñárselo a Alba.

–Nunca he salido de Europa. Solía fantasear con viajar, ya sabes, esa sensación de cuando eres joven y crees que el mundo te pertenece y que puedes poner los brazos a su alrededor y aprovechar todas las oportunidades.

Francesco suelta una carcajada.

–Pero aún eres joven. Hay un mundo ahí fuera esperándote, Anna. –Y, señalándole la cabeza, añade–: Lo que hay ahí dentro es lo que importa.

Tras empaquetar las sobras del pícnic, Anna camina hasta el borde del área de pícnic para empaparse bien de la vista de las montañas.

Siente que todo a su alrededor, los pliegues de las montañas y los valles, tiene una belleza histórica. Francesco le ha abierto el apetito con sus entretenidas anécdotas. Ojalá las colinas pudieran hablar o ella pudiera retroceder en el tiempo para ver con sus propios ojos lo que allí ocurrió. Está contenta de haber venido al lugar de nacimiento de su madre. Casi puede sentir su joven presencia, se la imagina jugando en los prados o de camino al colegio a lo largo de uno de esos caminos polvorientos por los que han viajado. Pero ahora se siente aún más frustrada por no poder leer sus diarios. Esta tarde ha sido muy especial: el vino la ha relajado y Francesco no es el oso que ella creía que era. Admira todo lo que hace por Alba. Se arma de valor y decide que está bien pedirle que colabore con su tarea.

–Has brindado por los misterios escondidos en las montañas, Francesco. Me preguntaba si podrías colaborar en mi propio misterio... ¿Me ayudas a traducir los diarios de mi madre? –pronuncia estas palabras mirándolo a los ojos para evaluar su reacción. Es importante que cualquier implicación que tenga con la historia de su madre sea con la mejor predisposición–. Quería hacerlo yo misma –añade–, pero podría llevarme años y me da miedo que se me escape algo.

–¡Por supuesto! Estoy muy interesado en ayudarte en mi tiempo libre, cuando no esté ocupado con Alba o dando alguna clase esporádica.

–Gracias. Te pagaré.

Él la mira; el ceño fruncido vuelve a su expresión.

–No quiero que me pagues. Será un proyecto desafiante.

No le convence que lo llame «proyecto», pero está desesperada por entender lo que ha escrito su madre. Ya no hay vuelta atrás.

–¿Puedo darte los documentos cuando volvamos donde Teresa?

–Claro.

El viaje de vuelta por los caminos llenos de baches transcurre en silencio, pero Anna está cansada y aprovecha el hecho de no tener que hablar. En resumidas cuentas, ha sido una tarde placentera.

–Los trataré con mucho cuidado –dice Francesco cuando, ya en la casa rural, Anna corre hacia su habitación a buscar los diarios.

–Sé que lo harás. *Grazie* –dice ella, sin aliento por la carrera escaleras arriba. Se los entrega con cierta vacilación–. Esta es la única copia. Crees que...

–No te preocupes. No hay necesidad de fotocopiar nada. Entiendo lo importante que son estos documentos para ti.

La manera en que le sujeta la mano es firme y tranquilizadora. Acto seguido, lo ve tomar una carpeta y escribir con cuidado «La historia de Anna» en la portada. Va a corregirlo, a decirle que el título debería ser «La historia de Ines», pero no lo hace.

Capítulo 7

Un par de días después, Francesco le entrega la primera parte en un sobre durante el desayuno. Esa mañana tiene la sensación de que la tostada y el café le duran una eternidad. Anna se siente como un niño que espera para abrir los regalos de Navidad. En cuanto puede, después de ayudar a Teresa a recoger la mesa, corre a su habitación para leer la traducción escrita a máquina.

Rofelle, 8 de septiembre de 1944

El *inglese* aún dormía sobre los tablones, encima de las vacas. Las noches son frescas y el calor animal y el heno seco conforman una habitación bastante cómoda, mucho mejor que la mía. Tengo que compartirla con la abuela, que me da patadas y me empuja por las noches. Ronca como el cerdo que solíamos engordar para Navidad. No ha habido cerdos este año. Los alemanes nos los han quitado a todos por esta zona. «Los cerdos comen cerdos», murmuramos entre nosotros.

–*Signore!* –susurro.

No hay respuesta. Tiene la cara larga y pálida. Los rizos rubios le caen sobre la frente, que está vendada con un paño sucio. La sangre ha rezumado y ha creado una costra encima de la tela. Parece un bebé grande.

–*Signore!* –digo, más alto esta vez.

De nuevo, ninguna respuesta. Dejo el plato de pasta en el suelo y lo sacudo con delicadeza.

Abre los ojos, grita y me agarra del cuello. Le golpeo con los puños, apenas puedo respirar.

—¡Suéltame, déjame en paz! —grito.

Y, entonces, reconoce el lugar en el que está y quita las manos de mi cuello.

—*Scusi, scusi.* Lo siento, lo siento, *signorina.*

—Casi tira la comida.

Temblando, me froto el cuello. Me ha hecho daño. Las vacas de abajo parecen sentir que algo no va bien y mugen y patalean.

Le acerco el plato y él forcejea para sentarse. Parece muy joven, no más mayor que Capriolo; quizá tenga unos veinte años. Le hemos dejado ropa nuestra y hemos quemado su uniforme, pero, aun así, no parece uno de nosotros. Su pelo es demasiado rubio. Pensamos en rapárselo o teñírselo con plantas. *Nonna* me habló de una mujer en el pueblo de al lado que usaba cáscaras de nueces y bayas para tapar el gris de su pelo. Su marido no era tan mayor como ella y tenía miedo de que se fuera con una mujer más joven. Un día la lluvia la sorprendió sin su pañuelo y el tinte del color de la sangre seca le cayó por la cara. Pensé en llevarle al *inglese* una de las boinas de *papà* la próxima vez que fuera al establo. Podría usarla para cubrirse el pelo.

—*Mangia!* —le digo con gestos y me llevo la mano a la boca—. Debes ponerte fuerte otra vez.

Él repite la palabra:

—*Mangia...*

Me rio. Sería mejor que fingiera que es mudo. Ese acento tan ridículo y los rizos rubios le delatarían enseguida.

La puerta del molino se abre y proyecta un triángulo de luz sobre el camino que lleva al establo.

—¡Ines! ¡Ines! —me llama mi madre.

Me he ausentado durante demasiado tiempo, así que le dejo el plato al *inglese* y me doy prisa por volver a sentarme en torno al fuego.

Mamma, papà, Davide y *nonna* están sentados alrededor del hogar en un semicírculo. Los rostros son sombríos, la luz del fuego alarga sus rasgos y crea un conjunto grotesco.

Mamma es la primera en hablar:

–No podemos seguir con esto. Es demasiado peligroso. Hay demasiados alemanes en los alrededores.

Davide también rompe a hablar:

–No son solo los alemanes, no podemos confiar en nadie. Giorgio me ha dicho en el bar que habían masacrado a diez mujeres, niños y hombres mayores en Gattara como represalia porque los partisanos habían matado a un soldado alemán. No se sabe quién te puede delatar ni cuándo.

–Giorgio siempre está en el bar –dice mi padre–. La única verdad que conoce está en el fondo de su vaso. ¿Cómo puede determinar él qué es verdad y qué son cotilleos?

–No, *papà*, de verdad. No es el único que lo sabe –objeta mi hermano–. Los alemanes pusieron ayer un cartel en la plaza en el que ofrecían mil doscientas liras de recompensa por información sobre prisioneros de guerra fugados. Tú y yo sabemos muy bien que hay mucha gente que entregaría su alma al diablo por esa cantidad.

Las brasas chisporrotean en la alquitranada chimenea.

Davide continúa:

–¿No has oído lo de Pippo mientras recogía el rebaño? Los alemanes le dispararon, sin preguntar ni nada... Les dijeron a sus padres que era un partisano, que no tendría un funeral de verdad. Se suponía que iban a dejar su cuerpo en la parte alta de la montaña para que se lo comieran los lobos.

–Deja de ser alarmista, tunante –dice mi padre alzando la voz–. No asustes a tu madre.

–Yo ya lo sabía –dice nuestra madre despacio mientras pone a un lado la ropa que estaba arreglando y mira directamente al fuego–. Cuando fui a la fuente hace dos días, todas las mujeres hablaban de ello. Cuando los alemanes advirtieron al cura de que no celebrara su funeral, todo Montefaggio se presentó. El padre Luca bajó el cuerpo de Pippo él mismo. La gente abrió las puertas, uno a uno, y salieron al camino para seguirlo hasta la iglesia. Todo el mundo. Los viejos, los enfermos, los jóvenes, todos se congregaron en la iglesia para dar al pobre chico un último adiós como Dios manda. Y los soldados alemanes los apuntaban con los rifles, gritándoles que volvieran a sus casas. Nadie obedeció y no había nada que pudieran hacer, excepto disparar a todo el pueblo. Esa gente fue valiente.

Esos acontecimientos se rumoreaban entre amigos, pero pocos hablaban de forma abierta. Siempre existía el miedo de que la persona equivocada escuchara estas conversaciones y denunciara a la milicia. Ni siquiera podíamos confiar en nuestros vecinos. Pero ante aquellas historias, mi decisión de seguir ayudando como fuera en la lucha se reforzaba.

—Tengo miedo —dice mi madre—. No quiero correr el riesgo de tener a ese hombre inglés tumbado allí en los establos. No me importa cocinar, enviar suministros médicos y coser ropa para los chicos, pero esto está demasiado cerca como para que esté tranquila.

Baja la voz, como si las paredes oyeran.

—Capriolo sabrá qué hacer —digo—. Va a venir más tarde a vernos.

Davide se burla de mí.

—A verte, más bien. Todo el mundo sabe que viene aquí solo por ti.

A cambio del comentario recibe un tirón de orejas de nuestro padre. Contradigo a mi hermano:

—Capriolo y yo somos como hermanos. Nos conocemos de toda la vida. No seas tan estúpido. Se te ha recalentado el cerebro con esta estúpida guerra.

Capriolo tiene dos años más que yo. Íbamos a clase juntos en la escuela del pueblo. El director nos consideraba los alumnos estrellas; éramos sus favoritos porque teníamos ganas de aprender. Decía que llegaríamos lejos si entendíamos que hay un mundo al otro lado del muro de montañas que rodea nuestro pueblo. Nos daba más clases de matemáticas e historia después de que los demás niños se fueran a casa.

Hace tres meses vino Capriolo a la pradera donde estaba cuidando del ganado. Estaba sentada en una roca; llevaba puesto un viejo abrigo de Davide atado con una cuerda. También una de las boinas de *papà* para cubrir mis rizos negros y las botas de *nonno*. *Mamma* me había advertido de que me mantuviera alejada de los soldados *tedeschi* y me había vestido con prendas viejas y holgadas para hacerme parecer lo más fea posible. Estaba medio dormida. El sol de primavera era cálido y el tintineo de las campanas que colgaban de los cuellos del ganado era como una nana, así que me abrí el abrigo para sentir los rayos del sol en mi piel invernal. El aullido de un lobo me sacó del sueño. Me até el abrigo, que me picaba, más fuerte en torno al cuerpo y me puse en pie de un salto, aterrorizada. No pude ver a nadie y llamé a Mimi, nuestra perra pastor. Ella meneó la peluda cola sin la más mínima alarma. Luego Capriolo saltó del árbol que había a mis espaldas y me tiró al suelo. Grité y le golpeé fuerte con los puños y él se rio.

—Vaya, Ines, ¡eres una loba! Pero no vestida de oveja, sino de espantapájaros. Benditos los ojos que no te ven.

Me quité la boina y los cabellos me cubrieron los hombros. No sé por qué hice eso. En verdad, no me importaba lo que pensara de mí.

—No vuelvas a hacerme eso nunca más. ¡Casi me meo encima! —le grité.

—Hubiese sido una faena. —Se rio de mí otra vez—. Hubieras tardado tres horas en cambiar todo eso por ropa limpia. No, en serio, deberías estar más alerta, todo tipo de gente vaga por estas colinas ahora mismo. —Me miró de arriba abajo y se sentó conmigo en la roca—. Es bueno que estés tan fea como un vagabundo. Recuerda, Ines: no solo eres una mujer, también eres una comunista.

Me reí, pero la sonrisa se había desvanecido de su rostro y adoptó una expresión seria.

—Ines, he estado esperando el momento adecuado para hablar contigo. Necesito tu ayuda.

—¿Qué pasa? ¿Qué ayuda?

Habló con sinceridad. Me advirtió de que lo que me pediría hacer para luchar por la libertad iba a ser peligroso. Si nos pescaban, habría consecuencias, pero mientras lo escuchaba, no tuve dudas en mi mente: quería ayudar como fuera. Y así me inicié en la Resistencia. Me convertí en *staffetta,* empecé a hacer recados para Capriolo y su banda de partisanos. Muchas más veces de las que puedo recordar, desde aquel día, escondí medicamentos, comida de la cocina de mi madre o ropa bajo mi voluminoso abrigo. Lo dejaba todo en la zanja que había en el camino por donde llevaba el ganado a pastar. A veces, pasaba mensajes que mi hermano Davide me pedía que transmitiera. No los entendía y nunca le pregunté a Capriolo adónde se llevaba todas esas cosas. Me había dicho que era mejor no saber demasiado.

Una hora más tarde, después de discutir durante mucho tiempo sobre qué hacer con el *inglese,* Capriolo apareció. Cuatro golpes en la puerta y una tos. Era su contraseña. Se acercó al fuego, frotándose las manos.

—Hace calor durante el día, pero las noches son cada vez más frías.

Mi madre se levantó para prepararle una taza de café, que hacíamos con bellotas molidas. Era lo mejor a lo que podíamos aspirar.

—Capriolo —dijo mi madre mientras le servía el líquido caliente en una pequeña taza—, no podemos tener al *inglese* aquí. Es demasiado peligroso. No solo para nosotros, sino para todo el mundo.

Él le tocó el brazo.

—Lo sé, señora Assunta. Por eso he venido a hablar con vosotros. ¿Creéis que podemos moverlo? ¿Las heridas de la pierna y de la cabeza se le están curando?

Ella se encogió de hombros.

—En tiempos normales, le haría dormir y descansar durante otra semana más, pero no son tiempos normales.

—Quizá podamos transportarlo en una mula —sugerí—. Si planeamos la ruta por el borde del bosque, siempre habría algún lugar donde esconderse.

Él negó con la cabeza.

—Los *tedeschi* tienen puestos de ametralladoras colocados a lo largo de ese camino, justo donde se bifurca. Nada bueno.

Papà estaba sentado junto al fuego, haciéndose una nueva suela para las botas.

–Démosles gato por liebre –dijo en voz baja–. Quizá deberíamos probar con algún tipo de disfraz.

–Necesitarás valor, Ines –me dijo Capriolo–. Pero esta familia tiene de sobra. Y creo que estás preparada.

Al terminar de leer las últimas líneas, Anna se desploma sobre la cama, casi sin poder creer el tipo de vida que tuvo su madre: escondiendo a prisioneros de guerra, arriesgando su propia seguridad por el bien de los partisanos. No consigue encajar esta narración con la imagen que recuerda de su madre al final de su vida: una presencia constantemente ajetreada en la cocina o, más tarde, ya anciana, una mujer confundida en una residencia. Trata de encontrar su teléfono para hablar con Francesco, pero no obtiene respuesta. Así que baja para buscar a Teresa.

Teresa está metiendo cestas en la parte de atrás de la furgoneta. Se da la vuelta hacia ella con una sonrisa.

–*Ciao!* ¿Te apetece venir conmigo al mercado? Tengo que comprar algunas cosas para la casa.

–Perfecto, sí. *Volentieri* –responde Anna.

Le hará bien compartir sus pensamientos sobre el diario con su nueva amiga.

Capítulo 8

El mercado mensual de la *piazza* es un pequeño evento, una oportunidad para los habitantes locales de reunirse con los amigos y familiares que viven en las aldeas esparcidas por las montañas. Teresa y Anna se dirigen enseguida al puesto más concurrido. Una persona con la cara redonda y risueña, rodeada de gallinas enjauladas que cacarean y de cestas de huevos, bromea alegremente con la fila de clientes.

Teresa le presenta a Anna:

–Evalina, esta es mi amiga inglesa.

La diminuta señora mayor levanta una mano envejecida y le ofrece a Anna un cucurucho de papel de periódico con media docena de huevos morenos.

–Pruébelos, *signorina,* y venga a decirme la semana que viene que qué buenos son los huevos italianos.

Rechaza el pago y Teresa se ríe ante las protestas inútiles de Anna.

–Es una mujer de negocios muy inteligente. Es su forma de hacer que vuelvas. Son huevos frescos de gallinas de granja.

Anna ha visto muchas de estas gallinas correteando por los jardines de atrás de la gente del pueblo: son gallinas felices que escarban entre la hierba y el polvo. Se mueven hasta un puesto muy colorido que vende telas y Teresa regatea el precio de un trozo de lino bordado con un fino encaje.

–Necesito sustituir las cortinas de una de las habitaciones de huéspedes –le dice a Anna, que la escucha hablar animadamente con el dependiente del puesto, riendo cuando él intenta venderle también unas toallas.

Es capaz de seguir la idea principal, pero se pregunta si algún día podrá hablar en italiano a la mitad de velocidad que ellos. Un mantel con un radiante estampado de olivas y uvas llama su atención y lo compra como recuerdo del acogedor mercado.

Después, echan un vistazo a un puesto que vende baratijas y muebles. Teresa levanta un artilugio con un marco de madera.

—A esto lo llamamos «cura». En invierno, se pone sobre la cama.

Anna ríe ante la irreverencia.

—¡Un cura en la cama! ¡No puedo imaginarme nada que sea menos adorable!

Teresa le explica que el marco levanta las mantas que cubren la cama y luego el cazo lleno de cenizas calientes del fuego se coloca debajo para calentarla. Sonríe cuando le cuenta a Anna que el recipiente que contiene las cenizas se denomina «monja». Pregunta por el precio y luego regatea otra vez, para terminar con un apretón de manos y una sonrisa.

—Otra antigüedad que admirarán mis huéspedes de la ciudad —dice.

Anna disfruta de la manera en que la gente local compra y regatea. En la esquina, bajo la sombra de unos aromáticos tilos, observa a un hombre viejo con un amplio sombrero de visera sentado detrás de pirámides apiladas de tarros de miel. Cuando intenta hablar italiano con él, este la observa durante unos segundos, se rasca la cabeza, se encoge de hombros y no hace ningún esfuerzo por entenderla, o eso le parece a ella. El viejo farfulla algo sobre los americanos.

—*Sono inglese, non americana* —responde Anna en su mejor italiano.

Ante esto, él hace una mueca y se sienta a leer el periódico, aunque Anna puede ver que lo tiene del revés. Teresa viene al rescate y le suelta lo que Anna espera que sea una retahíla de insultos en italiano. Con el ceño fruncido, él levanta cinco dedos.

—*Cinque mila lire* —pronuncia muy despacio a propósito, haciendo que Anna se sienta como la idiota que él piensa que es.

Ella se lanza al contraataque, respondiendo igual de despacio:

—*No grazie, troppo caro.*

Desea mandarlo a freír espárragos en italiano. Teresa se ríe y, tras agarrarse al brazo de Anna, se dirigen al bar que hay detrás del puesto de miel.

—No le hagas caso a Danilo, Anna. Es un excéntrico y solo está acostumbrado a su propia compañía. Vive arriba, en esa aldea que puedes ver desde mi casa. El lugar está casi desierto, excepto los fines de semana y durante las vacaciones. Él es el único residente permanente. En el fondo, es un buen hombre, y por aquí lo respetan porque es un veterano de guerra.

—En ese caso, me encantaría hablar con él. Quizá hasta conocía a mi madre. Pero ha sido un antipático. Mi italiano no es tan malo, ¿verdad?

—Estoy segura de que hablaría contigo. Sube al pueblo algún día. Montebotolino es un lugar muy bonito. Aquí se lo conoce como «el pueblo sobre el paraíso».

—Pensaré en ello. «El pueblo sobre el paraíso» —repite—. Qué musical suena. Necesito ganar soltura en italiano, Teresa.

—*Pazienza, pazienza.* Ya llegará, no tengas prisa.

Se produce un silencio mientras las dos mujeres están sentadas y esperan el café. Anna mira hacia la plaza y disfruta del espectáculo. Es como tener un billete para la ópera, solo que mucho más barato.

—Me encanta todo esto, Teresa.

—¿A qué te refieres?

—Estar aquí. Es difícil de explicar, pero... siento una conexión. —Mientras habla, su voz se vivifica, incluso empieza a mover las manos como si fuera una italiana de verdad—. Y empezar con el diario de mi madre es como entrar en un nuevo mundo para mí... Es increíble saber que escribió todo eso desde este lugar. Ojalá hubiera podido apreciar la vida que dejó atrás cuando estaba viva. Y entenderla... Era una mujer difícil. De hecho, ambos eran difíciles.

Teresa apoya la mano en el brazo de Anna.

—Si Francesco y yo podemos ayudar de alguna forma, simplemente pídenoslo.

—Los dos ya estáis haciendo mucho. No puedo explicarte cuánto. *Grazie, amica!* —dice Anna.

—*Prego!* Ahora bébete el café antes de que se enfríe.

Sorbe el *cappuccino.* Teresa vuelve a dejar la diminuta taza sobre la mesa y comenta que ha notado que los *stranieri* siempre parecen preferir el *cappuccino*, incluso después de una gran comida, y eso es incomprensible para los italianos.

Anna observa al viejo vendedor de miel, que la está mirando, pero cuando se da cuenta de que ella lo mira se esconde detrás del periódico otra vez.

Se olvida pronto de ese cascarrabias porque Teresa habla y habla de lo que ha comprado, disminuyendo la velocidad cada vez que nota que Anna se ha perdido en sus historias sobre varias personas del pueblo. Cuando Anna comenta que parece conocer a todo el mundo, Teresa se encoge de hombros y dice que ha vivido allí toda la vida.

Qué diferente es todo con su vida en Londres. Allí ni siquiera sabe el nombre de su vecino del piso que está al otro lado del descansillo. Su madre podría haber hecho la compra en el corazón de esta atestada plaza, podría haber examinado el género en un puesto, regateando el precio; quizá alguien la recuerda. Anna siente una unión con su madre que nunca había experimentado. Y si solo con leer el principio de su diario esta sensación le ha estallado por dentro, se pregunta cómo se sentirá cuando lo termine.

Por la tarde, recoge a Alba para una clase de inglés informal que le ha ofrecido a Francesco a cambio de la ayuda con los diarios.

—Muchas gracias por tu traducción, Francesco —dice cuando él se acerca a la puerta—. Es increíble. Tengo muchas ganas de leer ya el siguiente episodio. ¡Pista, pista!

Él se ríe.

—Estoy disfrutando al ver cómo el pasado cobra vida. Sin ninguna duda la generación de nuestros padres experimentó muchas cosas.

—Casi no me puedo creer lo que estoy leyendo. Quiero saber qué sucederá después, como en una telenovela, pero, claro, se trata de la vida real... Lo siento, no pretendía hostigarte. Puedo esperar... un poco —dice Anna, esbozando una sonrisa.

—Veré lo que puedo hacer, *milady*.

—En lugar de quedarme en casa con Alba, me gustaría llevarla al río y dar la clase bajo el sol —propone Anna—. ¿Crees que vendría conmigo?

Él habla con Alba y está claro por su reacción que no le apetece. Al final, se encoge de hombros y hace una mueca.

–La he sobornado con la promesa de que dejaré que vea su programa de dibujos animados preferido –le explica Francesco–. Pero será mejor que la sesión no dure mucho. Me uniré a vosotras en la presa en media hora.

Anna ha sugerido el río pensando que el aire libre ayudaría a la niña. Su silencio será menos obvio con los sonidos de los pájaros y el agua del río golpeando las rocas. Durante los últimos dos días, Alba se ha acostumbrado un poco más a ella, le dedica más sonrisas y no evita tanto su mirada. Hay pocos huéspedes en la casa rural de Teresa, porque es temporada baja, así que han cogido la costumbre de compartir mesa todos juntos por la noche, como si fueran una familia.

Anna ha notado que Alba hace bocetos en sus cuadernos y se pregunta si dibujar puede ser un buen comienzo para la lección.

–¿Puedes dibujarme un gato como este, Alba? –le pregunta en inglés, intentando captar la atención de la pequeña mientras le enseña una fotografía de un gato que hay en una revista.

Pero Alba aleja el cuaderno y coge un palo para mover el agua en la orilla. Entonces, se distrae con un pequeño pez saltarín y, después, encuentra una piedra con cuarzo incrustado y empieza a extraer los cristales blancos golpeándola contra una roca. Anna se rinde. No tiene sentido insistir y, en cualquier caso, hoy no tiene paciencia. Así que se sienta en una roca mientras observa a la niña, sumergida en su misterioso mundo.

Le recuerda a ella de pequeña. Muy a menudo la dejaban sola durante largos periodos de tiempo. Harry y Jane estaban ocupados con sus estudios o con sus amigos y, a veces, *mamma* la dejaba en casa y le pedía a su padre que la vigilara. Él desaparecía de repente en el cobertizo. De niños no les permitían sentarse delante de la televisión durante horas y la imaginación de Anna se convirtió pronto en su único entretenimiento.

Al fondo del jardín había una enorme haya. Sus ramas caían como las paredes de una tienda de campaña y el tronco tenía nudos en forma de gárgolas y agujeros en los que ella imaginaba que vivía una banda de diminutos amigos.

Una tarde, cuando Jane llegó a casa antes de lo esperado porque cancelaron su clase de piano, pilló a Anna hablando en voz alta con sus amigos.

–¿Sabes quiénes son los que hablan solos? Los locos –se burló de su hermana pequeña, sin ser consciente del efecto que tendría en Anna, que creyó de verdad a su hermana mayor–. Es la primera señal de locura... La segunda es que te crece pelo en las palmas de las manos.

Y se rio mientras Anna se inspeccionaba nerviosa las manos.

–¿Por qué soy mucho más pequeña que vosotros? –preguntó durante la cena de Navidad cuando tenía cuatro años.

–Porque eres adoptada –respondió su hermano mayor de veintitrés años.

Ese fue su intento de evitar el tema de la cigüeña.

–No le metas cosas en la cabeza a la niña, Harry –le dijo su madre.

Durante mucho tiempo, Anna se lo creyó y se miraba en el espejo intentando encontrar parecido con sus hermanos.

No es de extrañar que se sintiera una extraña en su propia familia y que creara una familia imaginaria para ella sola. Por eso comprende que Alba se sienta mucho más segura en su propio silencio.

En cuanto el sol se pone al otro lado de la cadena de montañas, el aire refresca y Anna llama a su joven alumna y le dice que la lección ha terminado por hoy.

–Lo intentaremos de nuevo en otro momento y, de todas formas, *daddy* está a punto de llegar.

Tiene la esperanza de que, si habla con ella en inglés la mayor parte del tiempo, Alba aprenderá algo; al sintonizar su oído a diferentes sonidos, quizá coja una o dos palabras.

Mientras Francesco se acerca por el camino, Alba corre hacia él y él gira con ella en brazos una y otra vez.

–Ha venido el *babbo*, no el *daddy* –grita él, usando la traducción italiana–. ¿Quién es ese *daddy*, *daddy*, *daddy*?

Ella chilla y se ríe. Son los únicos sonidos que Anna le ha escuchado. Desearía poder encontrar una forma de romper su silencio.

—¿Cómo ha ido? —le pregunta mientras deja a Alba en el suelo y empiezan a caminar todos juntos de vuelta.

—*Così, così*, ¡así, así! —responde Anna a la vez que mueve una mano de un lado para otro, con la palma hacia abajo, como Teresa le ha enseñado—. ¡Pero no me rindo! ¿Has disfrutado de una media hora de paz?

—Una media hora fascinante. He empezado a trabajar en el siguiente episodio de tu telenovela. Lo pasaré a máquina en cuanto tenga un momento libre.

Anna sonríe al oírlo.

—Eso sería genial. Muchas gracias.

—*Prego*, Anna.

Alba deja de caminar. Se queda en pie, bloqueando el paso, con los brazos cruzados y con una mirada obstinada en la cara. Francesco le habla con firmeza y le dice que es demasiado grande para llevarla en brazos y que van a llegar tarde a la cena de Teresa. Cuando Anna intenta ayudar sugiriendo que pueden hacer una carrera hasta la casa, la niña le saca la lengua y corre en dirección contraria, hacia el río.

—Vuelve tú sola, Anna —le dice Francesco mientras persigue a Alba—. Dile a Teresa que no tardaremos mucho.

Ella enfila la pendiente por el camino de tierra. Al pasar junto al huerto, con sus ordenadas filas de plantas que se abren paso a través de la tierra, mira hacia arriba, a Montebotolino, que se perfila entre las colinas. Recuerda la conversación con Teresa en la *piazza* sobre que quizá pueda persuadir al irascible vendedor de miel para hablar de sus recuerdos de la guerra. Decide que subirá a visitarlo en cuanto tenga una oportunidad, pero, hasta entonces, Anna deberá saciar su curiosidad con lo que ha traducido Francesco.

Capítulo 9

Durante el desayuno, a la mañana siguiente, Alba está apagada y apenas toca la comida, aunque Teresa le ha preparado su batido de chocolate preferido y galletas para mojar. Tras despedirse de la niña en el bus de la escuela, Francesco vuelve a la cocina, donde Anna está ayudando a recoger. Se prepara un *espresso* y Teresa le dice que se pondrá nervioso, irascible, que ya ha tomado demasiada cafeína esta mañana.

–¿Más nervioso aún? –Bosteza y se gira hacia Anna–. Lo siento, pero no encontré ningún momento anoche para trabajar en tu diario. Me costó una eternidad que Alba se durmiera. No parecía hacer nada bien. Primero quiso cambiarse el pijama, pero su preferido estaba para lavar; luego insistió en que le contara otras dos historias. Era casi medianoche cuando apagué la luz. Se está volviendo cada vez más exigente.

Anna piensa que la niña lleva la voz cantante y que le iría bien más mano dura. Pero prefiere no opinar; se recuerda a sí misma que nunca ha sido madre y que no le concierne.

–No te preocupes. Puedo esperar –le dice.

En el fondo, está decepcionada. Teresa y Francesco siguen hablando en italiano, pero ella no puede seguirlos, articulan cada vez más rápido. Al final, Francesco levanta la voz, sale de la cocina de golpe y da un portazo detrás de él.

Teresa lanza el paño al fregadero, se da la vuelta para apoyarse en él y cruza los brazos.

–Está muy cansado y preocupado por Alba. Siento los gritos.

–De todas formas, no podía entender nada. Mi italiano tiene un largo camino por delante. ¿Puedo ayudar en algo?

–En realidad, hablábamos de ti –titubea, avergonzada.

–¡Venga, Teresa! *Dai! Forza!* ¿Recuerdas que me enseñaste esa expresión el otro día?

Anna intenta quitarle hierro a la situación.

–Está bien. Es sobre tu habitación. Me han hecho una reserva grande para el fin de semana y necesito todas las habitaciones durante cinco noches, y no sabía cuánto tiempo te ibas a quedar o si te molestaría que te pusiera en otra habitación, una que aún necesita decoración. ¡Lo siento!

–¿Por qué lo sientes? Al fin y al cabo, llevas un negocio. De todas maneras, iba a hablar contigo. Me encanta mi habitación, pero no me puedo permitir quedarme en un hostal todo el tiempo que esté aquí. Necesito ahorrar dinero para el futuro, para cuando vuelva a Inglaterra, y te iba a pedir que me ayudaras a encontrar otro sitio. Por favor, no te preocupes, Teresa. Has sido muy buena conmigo.

–Es que te estás convirtiendo en una buena amiga. Francesco está enfadado conmigo porque dice que debería dejarte donde estás, pero él no lleva el negocio y...

Anna coge a Teresa de las manos.

–De verdad que no me ofendo y no me molesta. –Intenta recordar una expresión–. *Non faccio complimenti.* Y gracias por considerarme una amiga, porque yo siento lo mismo.

Teresa sonríe aliviada.

–Gracias. Pues tengo una sugerencia. ¡Ven!

Lleva a Anna afuera hasta una pequeña plaza y hacia arriba por unos escalones. Llegan a una casa muy estrecha. Pasan por encima de sacos de cemento y Teresa mueve a un lado un cubo de pintura que está en la entrada de lo que será, con el tiempo, una pequeña cocina.

–Iba a anunciar esta para estancias largas, pero no está terminada del todo, como puedes ver.

Es un placer ver la marca distintiva de Teresa en el buen gusto para la restauración. Un fregadero de piedra original, demasiado bajo para el uso moderno, está colocado bajo la ventana que da a la plaza. Anna se imagina una jardinera plagada de geranios rojos o de albahaca en el alféizar. Hay una chimenea que Teresa le asegura que funciona y un quemador de leña que espera a ser instalado en el rincón de la habitación, donde se ubican una mesa y cuatro sillas.

—Era la casa de mi tía y me la dejó cuando murió. Parte de los muebles son de ella también. Prefiero que alguien que ya conozco viva aquí. Y si te gusta, podemos seguir viéndonos; así me aseguro de que practicas italiano. —Mueve el dedo fingiendo ser estricta—. Pero no está terminada del todo.

—No me importa. Me encanta. Enséñame el resto.

Hay tres plantas, cada una con una habitación. El segundo piso ha sido reformado como un baño; tiene una ducha, un inodoro, un bidé y una pequeña bañera colocada de forma inteligente en el rincón. Las paredes están cubiertas de azulejos pintados a mano. El piso de arriba es el dormitorio, una planta abierta, con otra pequeña chimenea y una ventana que va del suelo al techo y que encuadra una vista espectacular de las cimas de las montañas.

—¿Cuándo puedo mudarme? ¿Y cuánto es el alquiler?

No puede creerse su suerte, sobre todo cuando Teresa le dice que solo quiere cuatrocientas mil liras al mes y le explica que, a cambio del bajo alquiler, podría venirle bien una ayuda esporádica en la casa rural, especialmente cuando empiece la temporada de verano.

—Hay otra cosa que me preocupa —añade Teresa—. No he terminado de amueblar este lugar. Quizá sea demasiado modesto.

—Lo prefiero así. Crecí en una casa donde siempre estábamos chocándonos con los muebles. La generación de nuestros padres siempre intentaba compensar la falta de posesiones durante la guerra. ¡Vaya, otra vez he mencionado la guerra! El diario de mi madre ha encendido una nueva pasión en mí y estoy empezando a obsesionarme.

—Es perfectamente entendible, Anna. Yo estaría igual. La familia es muy importante.

Más tarde, Anna se traslada a su nueva casa. Teresa le ha dejado una cesta de verduras en la encimera de piedra y una nota:

Nuestro regalo de bienvenida: verduras recogidas del huerto esta mañana. La primera lechuga de la temporada y espinacas plantadas el otoño pasado. Cuando empiecen a salir los tomates, te enseñaré deliciosas recetas.

Todo el mundo es muy amable y Anna no sabe cómo puede devolver los favores.

No le lleva mucho tiempo deshacer la maleta. Decide que necesita comprar utensilios de cocina del mercado y una colcha más caliente para la cama de latón del ático. La cama ocupa casi toda la habitación y se sienta en ella durante un rato, admirando las vistas. El campanario de la capilla en Montebotolino está en lo alto de las montañas, que están manchadas de amarillo por la misma flor de ginesta que brota por todas partes en los profundos y pedregosos márgenes de las carreteras. Decide subir al pueblo. El tiempo es seco y tiene ganas de hablar con Danilo, el vendedor de miel. Espera encontrárselo de mejor humor que cuando lo vio en el mercado el otro día.

Teresa le aconseja que siga el camino que indican las señales rojas y blancas situadas a los lados de las casas, sobre los troncos y las rocas.

—Te llevará una buena media hora llegar hasta allí arriba. Llévate el teléfono contigo, Anna. Nunca se sabe qué va a pasar con el tiempo en esta época del año. Ha habido derrumbamientos de tierra este invierno y el camino quizá haya cambiado, y es fácil perderse si no conoces las montañas. ¿Estás segura de que quieres ir tú sola?

—¡Ya soy mayor! No te preocupes.

Se va justo después de la comida, compuesta por pan y queso. El camino empieza después del cementerio de Rofelle y, tras cruzar la presa, comienza a ascender. Primero camina bajo un dosel de pinos. El viento mueve con delicadeza las ramas, cuyas agujas se mecen con la brisa, y sus pies pisan las piñas caídas el año anterior. Después de veinte minutos se detiene en un claro y observa el valle desde arriba. En la distancia, puede oír el tintineo de los cencerros de un rebaño de ovejas. Las casas de Montebotolino están un poco más arriba, sobre su cabeza, mirando desde el borde del camino. Piensa en lo difícil que debía de ser construir pueblos como este en una época anterior a las máquinas y los coches. Algunas de las casas están completamente en ruinas; de otras solo queda el esqueleto, con el cielo como único techo. Una está claramente en proceso de reforma, una mezcladora de cemento y palés de tejas están colocados a un lado del camino.

La casa de Danilo da a la plaza del pueblo. Lo descubre ella sola, puesto que es el único edificio que da señales de estar habitado: en un cercado de tierra que tiene delante hay un huerto de calabacines y tomates. Hay un plato de pasta y leche en la puerta principal, quizá comida para un animal. Un par de ristras de cebollas y pimientos del año pasado cuelgan de clavos oxidados en la piedra y una camiseta ondea en una improvisada cuerda de tender colgada entre dos ciruelos. La puerta está abierta.

–*Permesso?* –dice ella.

Espera el típico «*Avanti!*», pero nadie responde.

Mete la cabeza por la puerta abierta y echa un vistazo a la penumbra. Al entrar, sus ojos no consiguen enfocar bien después de la cegadora luz del día y se lleva un susto de muerte cuando alguien la agarra de forma brusca. Grita e intenta retroceder hasta la salida para escapar. Una voz gruñe en italiano y está tan asustada que casi no logra entenderlo, pero consigue escuchar la palabra «ladrón».

No sabe qué responder y grita en inglés:

–¡Suélteme! –Se revuelve mientras busca su teléfono en el bolsillo; entonces, al darse cuenta de que no se sabe el número de la Policía, grita–: ¡Quíteme sus sucias manos de encima!

El vendedor de miel frunce el ceño. La suelta y ella, retrocediendo entre tambaleos, se pega a la pared. Pero él se echa hacia delante para volver a agarrarla.

–¿Quién eres? –exclama, mirándola más de cerca–. Te he visto antes en alguna parte, ¿no?

Intenta calmarse y pensar en las palabras que necesita en italiano:

–M-mercado, en el mercado. Con Teresa. De la c-casa rural que hay en San Patrignano –tartamudea ella.

Él asiente a modo de reconocimiento y le hace un gesto para que se acomode en el banco de madera que hay al otro lado de la puerta. Habla con calma, pero ella no entiende muchas de las palabras, quizá porque habla en dialecto, así que le pide que vaya aún más despacio.

—*Piano, piano, per favore.*

Él empieza otra vez, le explica que no se fía de los extranjeros, que ha habido robos. Cuando ella le dice que no entiende nada, él mueve las manos con desesperación y hace gestos hasta que ella lo comprende. Cuatro casas fueron asaltadas. Levanta cuatro dedos.

—*Quattro case. Bastardi* —dice él, y escupe en la tierra—. Yo no tengo nada de valor aquí —explica y vuelve a levantar la voz—. No tengo antigüedades que venderte, *signorina.* Y mi molino tampoco está en venta. ¡Márchate!

—No me interesan las antigüedades ni el molino, señor...

El único nombre que tiene para el viejo es Danilo. Pero considera que es un poco ofensivo usar solo su nombre de pila.

—Llámame Danilo —dice él, como si le leyera el pensamiento—. Así es como me llama todo el mundo. —Se echa la boina hacia atrás y se rasca—. Entonces, ¿eres una *inglesina*?

Sintiendo que se está ganando su confianza, aborda el tema de la guerra.

—Sí, soy del Reino Unido —dice ella—. ¿Me puede contar algo sobre la ocupación? ¿Y de cuando los *inglesi* estaban aquí? Teresa me dijo que fue partisano.

Se levanta; la sonrisa desaparece de su cara.

—Eso acabó hace mucho tiempo. Mucho tiempo. Nunca le hablo a nadie de aquella época. Es mejor que quede olvidado.

—Quizá conoció a mi madre. ¿Ines? ¿Ines Santini? Tengo una fotografía de ella que puedo traerle la próxima vez. Vivió aquí durante la guerra.

El hombre se da la vuelta para coger un viejo cazo.

—No habrá próxima vez. Ya te lo he dicho. La guerra pasó hace mucho tiempo. Se acabó. No metas las narices en los asuntos de los demás. Ahora, *signorina*, tengo que ir a echar de comer a las gallinas y a encerrarlas. Hay lobos ahí fuera.

–¿Lobos? –Anna se pregunta si bromea–. ¿Ha dicho «lobos»?

–Algún forastero idiota me dijo que es un perro callejero abandonado por una familia de la ciudad, pero yo sé más –dice, y deja caer las manos–. Encontré sus huellas. Es definitivamente un lobo. Nadie puede enseñarme nada nuevo sobre estas montañas, sobre lo que ocurre o no ocurre aquí.

Se lleva la mano a la nariz y sigue hablando, pero ella no entiende el resto de la diatriba y, de todas maneras, ya está lista para irse. Él la empuja lejos del pequeño huerto, guiándola hacia el camino, llevándola de forma brusca con la mano sobre la parte baja de su espalda.

–Así que eres *inglesina* –termina su charla–. Venís aquí a tomar fotos de todo el mundo y de todo. No me gustan los *inglesi*. Compran viejas casas, curiosean por todas partes e interfieren en nuestra rutina... Aléjate. No tengo nada que venderte.

Anna decide que a ella tampoco le gusta ese hombre y se pregunta por qué se muestra tan reacio a hablar. Está segura de que podría contarle más cosas. Decide persistir y volver a Montebotolino otro día con la fotografía de su madre. Con suerte, lo pescará de mejor humor.

Las ventanas de las casas en ruinas la observan como cuencas vacías en caras muertas y se apresura a bajar por el camino. Es una pequeña aldea entre cautivadora y escalofriante, un lugar que esconde fantasmas del pasado.

Capítulo 10

A la mañana siguiente, Anna oye fuertes golpes en la puerta de su nueva casa. Se fue a dormir muy tarde y ahora le cuesta salir de la cama. Arrastrando los pies, abre la ventana.

Francesco está abajo y lleva una bandeja.

—Teresa me ha mandado con esto. Café, pan recién horneado y mermelada casera. ¿No vas a dejarme entrar?

Con la bata a rastras, se apresura a bajar las escaleras y quita el cerrojo de la pesada puerta de roble.

—¡Qué maravilla! Muchas gracias. Pero dile a Teresa que esta es la primera y última vez. Ahora soy una mujer independiente.

—Pensaba que me invitarías a desayunar. Tengo algo para ti.

Saca un sobre marrón de debajo de la cesta de pan y lo agita delante de ella para provocarla.

—¿De verdad? ¿Más traducción? ¿Tan pronto? Francesco, eres la amabilidad en persona.

Durante el desayuno, le habla de la siguiente sección en la que ha trabajado:

—Lo encuentro fascinante. No te desvelaré nada, Anna, pero después de que lo leas planeo llevarte a algunos de los sitios que se mencionan. Si no te molesta, claro.

—Por supuesto que no. ¿Por qué iba a molestarme? Aunque confío en que no te esté robando demasiado tiempo.

—Lo estoy disfrutando. Es pura historia. Cuando Alba se fue a la cama, yo hinqué los codos, como suele decirse.

—¿Cómo está?

—¡Difícil! Pero tengo que seguir recordándome a mí mismo que ha pasado por un momento muy duro. Antes de que me olvide, hay un festival de música el fin de semana en un pueblo no muy lejos de aquí y me preguntaba si te gustaría venir con Alba y conmigo. –Al verla dudar, añade–: Tocarán música de todas partes del mundo en la calle. Es un gran evento.

–Estoy segura de que lo es, pero estaba pensando en que quizá Alba quiera ir a solas contigo.

–¡Debe aprender que los adultos también tienen derecho a hacer lo que quieran de vez en cuando!

Anna está de acuerdo, pero no dice nada, y Francesco se levanta de la mesa.

–Piénsalo y, mientras tanto, disfruta de los diarios de tu madre. Te dejo tranquila. Voy a ver si Teresa necesita ayuda. *Ciao!*

Mientras sube las escaleras, espera no haber sido demasiado abrupta con Francesco. Maleducada, incluso. Tenía prisa por quedarse a solas para leer la historia de su madre.

«¿Qué decidieron hacer al final con el *inglese*?», se pregunta. Y si era tan peligroso dar cobijo a un prisionero de guerra, ¿dónde pensaban esconderlo después? Abre la carpeta de Francesco y empieza a leer:

9 de septiembre de 1944

Esta mañana, una tormenta ha vuelto el agua del río que pasa cerca del molino de un color café con leche. La corriente ha arrastrado ramas enormes y el río se ha transformado en un torrente brutal y espumoso. Ni siquiera se oían nuestros gritos por encima de los rugidos del agua.

Papà sujetaba la mula mientras el *inglese* subía al carro con ayuda y se metía en la improvisada cama. *Mamma* ha matado un valioso pollo y ha usado la sangre para empapar trapos y embadurnarnos la cara. Así pareceremos heridos. Nos hemos restregado carbón de la hoguera para completar nuestro disfraz y fingir que somos *carbonari*. Así llamamos a los quemadores de carbón, cuyas caras siempre están manchadas por el mugriento trabajo. Siempre se alejan de todos y trabajan durante semanas en los claros del bosque, lejos de la civilización, quemando madera despacio en montones plagados de ramas y cubiertos de excrementos. Acampan al aire libre mientras trabajan y se alimentan de patatas y de cualquier cosa que puedan almacenar durante ese periodo en las montañas. Nadie se mezcla con ellos, pero sabemos de su presencia por las lenguas de humo que suben en espiral de entre los árboles. De manera ocasional, uno de ellos rompe a cantar y un coro de voces se expande por el aire de las montañas: voces fantasmales, como el lamento de almas perdidas hace mucho tiempo.

—Estate quieta, Ines. Deja de moverte. —Mi madre me ha embadurnado la cara con un trozo de madera ennegrecido de la chimenea—. Abre bien la boca y te encontraré un marido que parezca malvado para que encaje con tu fealdad. —Ha intentado sonreír, pero no quiere que me vaya. Tras embadurnarme los dos dientes frontales, me ha dado un espejo—. Si vas a seguir con esta locura, al menos debo hacer todo lo que pueda para ponerte fea como la vieja bruja Befana, que lleva carbón a los niños montada en su escoba.

El *inglese* y yo vamos vestidos con ropa apestosa que el ganado del establo ha pisoteado durante toda la noche.

Capriolo ha estado presente y ha observado cómo mi madre terminaba mi disfraz.

—No lo olvides, Ines —me ha dicho—: si los soldados alemanes te paran, hazte la tonta. Finge que eres imbécil. Si te preguntan algo, hazte la tonta. Le he ordenado al *inglese* que permanezca completamente tumbado y que no te hable durante el viaje. Hay *tedeschi* por todas las montañas. Debe permanecer tumbado. Esperemos que este tiempo loco mantenga a los bastardos en sus ratoneras.

Una vez listos, *mamma* y *papà* me han abrazado. Mi madre ha empezado de nuevo con sus lamentos.

—No quiero que vayas, Ines —ha dicho mientras lloraba—. Es demasiado peligroso. Rezaré por ti cada minuto hasta que vuelvas.

Capriolo ha cogido a mi madre del brazo.

—Assunta, ya te lo he dicho, nunca estaremos lejos de ellos, seremos sus sombras en el bosque. Si Ines está en peligro, nosotros estaremos allí. Y usaremos esto.

Llevaba un rifle al hombro y, ante eso, mi madre ha vuelto a sus lamentos otra vez. Ha sacado el rosario de su bolsillo.

–Toma esto, Ines. Que Dios y los ángeles te protejan. Rezaré a la *Madonna* por tu seguridad.

He metido el rosario en el bolsillo de mi abrigo hecho jirones. Un poco antes, me había dado una bolsa de paño con las hierbas para las heridas del *inglese:* bayas secas de saúco para la inflamación de la herida de la pierna y caléndula para la fiebre. La angustia de mi madre era contagiosa; ha hecho que deseara quedarme en casa alrededor de la chimenea del molino, a salvo con mi familia. Pero, al mismo tiempo, quería irme. Quería ser útil en la lucha.

Mi corazón latía desbocado y estaba segura de que todo el mundo podía oírlo. Capriolo ha notado mi vacilación. Me ha pellizcado la mejilla de forma afectuosa y ha metido uno de mis rizos en el gorro.

–No te preocupes, pequeña Ines, todo irá bien. Estás haciendo lo que tienes que hacer, como una valiente comunista. Esta es la mejor manera de llevarnos al *inglese* de aquí.

Le ha dado una palmada al trasero de la mula y nos hemos puesto en marcha.

La lluvia ha parado cuando hemos llegado a la cima donde crecen los pinos. Aun así, las gotas han seguido cayendo de las ramas, salpicándome el cuello. Los caracoles han salido de sus escondites, dejando rastros plateados. Capriolo me había sugerido que, si empezaba a tener miedo, me distrajera con algo y pensara en cosas corrientes.

Como no puedo hablar con el *inglese,* he empezado a hablar conmigo misma en silencio.

«Miraos, qué bonitos sois, caracoles. A *nonna* le hubiese encantado meteros en su salsa. ¿Debería cogeros y llevaros con ella? No tiene sentido. ¿Quién sabe cuánto tiempo pasará hasta que vuelva a bajar de la montaña? A *nonna* le gustáis por la salsa que hace con vosotros. Os mete en un cubo con agua fría para limpiaros por dentro durante la noche y después os echa en una cazuela con agua hirviendo».

Más adelante he visto el suelo de un bosquecillo de encinas salpicado con champiñones blancos y he empezado otra tonta conversación.

«¡Mmmm! Os cogeré a vosotros en su lugar. Os sacaré de la tierra y os sacudiré para esparcir las esporas y poder volver a por más. Os limpiaré con un trapo, os cortaré en láminas finas y os freiré en mantequilla. Os comeré con un plato de *tagliatelle*, receta de *mamma*. Venderé el resto en el mercado y compraré un pañuelo para los domingos».

Debería haber mencionado estas fantasías en voz alta para hacer más convincente mi actuación de pueblerina idiota. ¿Quién sabe lo que el *inglese* pensaría de mí? Las conversaciones conmigo misma me calman. He arreado a la mula con un golpe de palo cada vez que ha querido pararse.

Hemos llegado a una bifurcación en el camino. Una ruta bajaba hasta el río Marecchia y la otra a la ciudad de Sansepolcro. Muchos habitantes usan esta ruta para escapar de los alemanes cuando llevan a cabo sus *rastrallamenti*, es decir, cuando vacían las aldeas para la lucha. Los alemanes solo conocen esta ruta por los informadores fascistas, porque no está en ningún mapa. Por las tardes, en torno al fuego en el molino, escuchaba a Capriolo y a los demás hablar y mi pequeño mundo se hacía más grande mientras seguía sus conversaciones. Él hablaba de las fortificaciones que los alemanes estaban construyendo de costa a costa y de cómo estaban convirtiendo maravillosas montañas en una gran trampa, con fortines con ametralladoras y fuertes camuflados. Y estaban por todas partes. Nuestro país era como un gran caldero de minestrone con muchos y diferentes sabores. Cada bocado era diferente.

–Quieres escupir una parte, tragarte la otra y con la última, no estás muy seguro de qué hacer con ella –había dicho Capriolo mientras explicaba la situación.

Tenemos alemanes, fascistas, comunistas, musulmanes, cristianos, eslavos, croatas y eslovenos esparcidos por nuestras montañas.

Resulta difícil saber en quién confiar.

El sol ha salido y el calor ha hecho que el camino humeara. Gotas de sudor me corrían por la cara. Confiaba en que no limpiaran las heridas falsas ni el carbón de *mamma*.

—*Halt!*

Un joven soldado alemán ha aparecido en mitad del camino. Otro estaba de cuclillas detrás de las rocas con una ametralladora. No los he visto porque estaba perdida en mis fantasías.

—*Documenti!*

Mi corazón latía tan fuerte que he pensado que me iba a explotar en el pecho. Lo he mirado con expresión confusa, como Capriolo me ha enseñado, y luego he sonreído con aire estúpido, enseñando los dientes ennegrecidos lo mejor que he podido. Pero él ha gritado de nuevo, apuntándome con el arma:

—*Documenti! Documenti!*

He metido la mano en el bolsillo y he removido el hedor a mierda de vaca en su dirección durante el proceso. Se ha cubierto la cara y ha dado un paso atrás, mirando mis papeles, los documentos estándar del partido fascista que han emitido para todos nosotros. Se ha burlado de mi foto y ha hecho un comentario al otro soldado, que lo ha recibido con carcajadas. Luego ha caminado alrededor del carro y de la mula. Me temblaban las rodillas. Por suerte, llevo un abrigo largo y me cubre las extremidades inferiores.

El *inglese* ha gemido y yo he dado un paso en dirección al soldado.

—*Malato* —he anunciado—. *Colera.*

Eso es lo que Capriolo me ha dicho que dijera. He hecho el gesto de vomitar y me he acuclillado como si estuviera defecando. El alemán ha empezado a mover la arpillera que cubre al *inglese* y yo he fingido un violento ataque de tos, asegurándome de escupirle en la cara al *tedesco*. Él me ha empujado con brusquedad y me ha indicado que siguiera; y los dos jóvenes alemanes han estallado en carcajadas y han soltado palabras que sonaban duras y feas.

He necesitado mucho aplomo para no arrear a la mula y alejarme lo más pronto posible de allí.

–Por encima de todo, permanece tranquila... Hazte la tonta... Piensa en otras cosas que no sea la situación en la que te encuentras.

El consejo de Capriolo se repetía en mi cabeza.

He intentado imaginarme un tiempo mejor. Un tiempo sin guerra, ni hambre ni miedo. Un tiempo en el que me visto de nuevo de domingo y bailo en la plaza del pueblo. Pero no ha funcionado. Estaba aterrorizada.

Exhausta, he seguido el camino durante otra hora o así. Mi corazón se ha calmado, pero me dolía la cabeza y mis pies parecían incapaces de dar un paso más. Justo cuando sentía que me iba a desmayar, he oído un silbido suave entre los árboles y Capriolo ha saltado al camino, junto con Paolo y un hombre llamado Toni. No había visto a Paolo durante algún tiempo. Creía que había muerto, como muchos de nuestros amigos. Ahora parece un hombre, no el jovencito que recordaba de nuestra escuela.

Capriolo me ha acogido entre sus brazos y, luego, con la misma rapidez, me ha soltado:

–*Porca miseria!* Maldita sea, apestas. Vamos a quitarte esos trapos y a lavarte lo antes posible. –Se ha reído–. No me extraña que no te hayan tocado. Lo has hecho muy bien, Ines. ¡Enhorabuena! Ahora ya eres de los nuestros.

El *inglese* se ha bajado despacio del carro. Ha cojeado hasta mí, me ha mirado a los ojos y me ha besado la mano.

–*Grazie, signorina!* –ha dicho.

Acto seguido, se ha desmayado.

Capítulo 11

Anna hace un descanso para tomarse una taza de té. Tiene la cabeza llena de la historia de sus padres, como si fuera una película antigua cuyos actores protagonistas conoce personalmente. Qué pena que nunca hablaran de todo esto con sus hijos. Se pregunta por qué no lo hicieron. ¿Y cuál es ese cataclismo al que se refiere su madre en la primera carta? Los eventos sobre los que está leyendo son fascinantes y, comparados con el recuerdo de la rutinaria vida de sus padres, parecen haber ocurrido hace una eternidad.

Coge un puñado de las galletas *cantuccini* caseras de Teresa y sube las escaleras hasta la habitación. Se acurruca sobre la almohada para seguir leyendo.

Septiembre de 1944

Me quedé en el campamento diez días, durante ese tiempo empecé a entender más sobre el sufrimiento, lo que significa estar allí para Capriolo y para sus hombres. Pasar las noches con la familia y los vecinos en torno al fuego es muy diferente a compartir un trozo de suelo duro en compañía de un puñado de hombres luchadores. Creo que me ha hecho madurar.

Mi trabajo principal en el campamento era atender a nuestro hombre inglés, aplicándole salvias y ungüentos que mi madre me había recomendado. Mientras lo cuidaba, iba conociendo al *inglese* un poco más. Se pasó los primeros días durmiendo y, mientras lo hacía, yo lo vigilaba.

Su nombre no es muy difícil de pronunciar: «Jim». Me dijo que en italiano significa «Giacomo». Es muy diferente de los hombres que conozco, con piernas largas y pelo rubio. Su piel es blanca como la leche. Al principio tenía bigote, pero *mamma* se lo afeitó, porque el vello claro hubiera desvelado su procedencia. Parece más joven sin él. Jim me dijo que estaba a punto de cumplir treinta años y eso me sorprendió.

Mientras se recuperaba, los hombres lo mantuvieron en una especie de refugio construido con ramas taladas, semejante a un montón de carbón, como esos que construyen los *carbonari* en las montañas. En la parte alta del techo había una apertura y en el centro de la «tienda» de madera habían encendido un pequeño fuego; espirales de humo ascendían por el agujero justo encima de él. Estaba tumbado en un colchón típico hecho de arpillera y relleno de hojas secas de maíz. Hizo falta que pasaran algunos días para que se le bajara la fiebre y pudiera salir cojeando al exterior.

Empecé a enseñarle algo de italiano. Necesitaba saber al menos lo básico, por si acaso tenía que verse las caras con la milicia. No podía estar escondido para siempre. Al principio fue difícil, pero uno de los del grupo me ayudó. Uno de los hombres de la banda de Capriolo, Toni, al que conocí cuando llegué al campamento, hablaba inglés con soltura y hacía de intérprete. Nos dijo que su familia se había ido a Londres después de la Primera Guerra Mundial para tener una mejor vida y que había nacido allí. Su padre era barbero. Toni nos dijo que se sentía más inglés que italiano, pero que tenía parientes en la Toscana y su italiano era perfecto.

—¿Y cómo acabaste aquí? —le pregunté.

—Nos reunimos en Londres al inicio de la guerra y embarcamos de vuelta a Italia. No nos querían en Inglaterra y tampoco nos quisieron aquí. Pensaron que éramos espías y nos metieron en prisión…, pero yo me escapé.

Después tradujo las explicaciones de Jim para nosotros: había estado en un campamento al otro lado de Bolonia llamado Fontanellato. Cuando los guardias dejaron libres a los británicos después del armisticio, muchos prisioneros se dirigieron al norte, a Suiza, pero Jim decidió ir al sur para unirse con los Aliados en

Anzio. Pensó que el terreno sería más fácil que cruzar los Alpes. Pero la ruta por los Apeninos era igual de dura y, poco después, las heridas empezaron a darle problemas. Durmió en graneros y los campesinos le dieron refugio. Nos dijo que escribiría una guía sobre Italia si alguna vez regresaba a su país.

Espero que nunca se vaya. Lo echaría de menos. Nuestras clases en el campamento son divertidas. Su acento me hace reír, pero es buen estudiante, aunque a veces use palabrotas que los otros le han enseñado.

A cambio, él intenta enseñarme inglés. Creo que elige las palabras más difíciles para que yo aprenda y, cuando intento pronunciar el sonido zeta, sonríe de oreja a oreja. Me dice que le gusta verme reír. Entiendo casi todo lo que dice, porque me lo dice con gestos. Estoy descubriendo que, entre dos personas, las palabras no son siempre importantes.

—Tu lengua es demasiado difícil —le dije—. ¿Por qué hay tantas palabras con esos estúpidos sonidos? El italiano es más musical.

Cuando fue capaz de apoyarse en la pierna, caminamos. Y su cara empezó a perder la palidez. En nuestros paseos, nunca nos alejábamos mucho del campamento. Si dejábamos el refugio del dosel de pinos, cualquier francotirador desde una de las colinas de las montañas de los alrededores podría matarnos uno a uno. Yo le aseguraba que el ejercicio era para fortalecerle los músculos, pero secretamente quería estar a solas con él.

Una tarde, en torno al fuego, escuché cómo Toni le contaba su historia al grupo. Aquella tarde, los hombres habían estado bebiendo vino. *Mamma* me había advertido de lo que el vino le podía hacer a un hombre, así que me alejé del grupo, me senté en las sombras y escuché a escondidas su conversación.

La historia de Toni fue muy impactante y no quería creérmela.

—Cuando me escapé del campo de concentración en Arezzo —empezó a decir—, no podía creer mi suerte.

Echó de una patada un tronco a las cenizas y algunas chispas volaron por el cielo nocturno.

—Mi gente provenía de esta zona. Así que se me ocurrió la idea de ir en busca de mis parientes. En Viernes Santo decidí buscar a la hermana de mi padre. Conseguiría comida decente y ella cuidaría de mí. En fin, me llevó una semana cruzar las montañas. Tuve que esconderme, dormir en zanjas y esquivar las jodidas ametralladoras de los *tedeschi*. El tiempo no era muy malo. La primavera estaba llegando. Era maravilloso ser libre y escuchar a los búhos o los crujidos de la noche después de meses de encierro. Ya sabéis de lo que hablo.

»A medida que me acercaba a Fragheto, empecé a establecer puntos de referencia. Mis padres me habían hablado a menudo de aquel lugar, así que reconocí el estrecho y boscoso valle, el riachuelo que llegaba hasta abajo.

Paró durante unos segundos para encenderse un cigarrillo.

—Crucé otra pequeña aldea y supuse que tenía otra media hora de camino ante mí, así que descansé un poco. De repente, hubo disparos y corrí a esconderme dentro de una alcantarilla. Los disparos siguieron. Cuando estuve seguro de que habían terminado, salí de mi escondite y seguí colina arriba. Permanecí en los campos todo lo que pude, evitando las carreteras. Pero en cierto momento se volvió imposible no hacerlo y, entonces, escuché pasos. Cerca había un matorral y me escondí allí.

»Una familia se apresuraba carretera abajo desde el pueblo. Un chaval al final de la adolescencia llevaba a una mujer vieja a la espalda. Otra mujer llevaba a un niño de la mano. El niño lloraba y la mujer lo arrastraba detrás de ella. Cuando pasó a mi lado en su carrera, pude ver las rodillas del niño pequeño raspando el suelo. La mujer no se paró para calmarlo, ignoraba los gritos y seguía tirando de él. Eran gente normal de pueblo, no iban a hacerme daño, así que salí de mi escondite de entre los matorrales y les pregunté si me podían ayudar. Pero estaban aterrorizados y pasaron de largo.

»Más arriba, en la montaña, había un santuario a un lado de la carretera. Un hombre mayor estaba apoyado en él, envuelto en una manta, con los ojos cerrados, hablando solo. Me agazapé cerca de él. Abrió los ojos y empezó a farfullar más alto, medio enloquecido: "Dispárame a mí en su lugar, dispárame a mí. No toques a mis bebés".

»No tenía ni idea de qué había pasado en aquel lugar, pero enseguida lo descubrí... Me acerqué con cautela a las casas. Un denso humo impregnaba el aire. Un perro salió corriendo de un edificio y me asusté. Bajé por la calle hasta la pequeña *piazza* y luego me topé de frente con una escena que ojalá no hubiese visto nunca.

Toni hizo una pausa y se restregó los ojos con el dorso de la mano.

—Contra un muro de la iglesia había una pila de cuerpos amontonados. La sangre corría por los adoquines y el suelo estaba pegajoso. El olor a quemado me provocó arcadas y me cubrí la boca con el pañuelo para acercarme más. Un niño de unos dos o tres años, no sé de qué edad exactamente, se hallaba tumbado en el suelo. Parecía dormido, pero la parte de arriba de su cabeza estaba reventada. Una mujer, seguramente su madre, estaba desplomada a su lado con un bebé muerto entre los brazos.

Se interrumpió y después continuó con su duro relato:

—Descubrí más tarde que mi tía y sus dos niños estaban entre los muertos. Quizá era aquella mujer que vi entre los cuerpos mutilados. Nunca lo sabré. Era demasiado joven cuando dejé Italia como para recordar su aspecto. Los malditos *tedeschi* y los *fascisti* dispararon a treinta y tres civiles. Había habido una escaramuza de los partisanos el día anterior, más abajo en el valle. Dispararon a un par de *tedeschi* y encontraron a un partisano herido en el pueblo, así que decidieron llevar a cabo una represalia. Malditos bastardos. La mayor parte de los muertos eran mujeres y niños. Incluso había un hombre de setenta y cuatro años. ¿Qué habían hecho ellos? No estaban armados. Eran simples campesinos.

»Me preguntasteis qué hacía aquí. Pues esa es la jodida razón por la que he vuelto. ¡Venganza! Quiero hacer todo lo que pueda, hasta mi último aliento, para vengar la muerte de mi familia. Hablar de ello no es suficiente.

Escupió hacia el fuego.

Mi hermano Davide se levantó para darle una palmada en el hombro y, después de que Toni terminara de hablar, uno a uno los hombres se fueron a los lugares en los que dormían. Yo permanecí despierta durante un buen rato, conmocionada por el horror de su historia. ¿Cómo podían los hombres hacerle eso a las mujeres y a los niños? La guerra era una locura. Podía entender por qué Capriolo, Davide y los demás arriesgaban sus vidas para luchar contra la opresión. Me sentí orgullosa de jugar un pequeño papel en aquella campaña.

Al final de los diez días, aunque no quería irme de allí, tuve que volver al molino. Mis padres necesitaban que ayudara y Capriolo dijo que el campamento no era lugar para una mujer. Ordenó a Davide que me acompañara y no dejé de quejarme durante todo el trayecto.

—Empiezas a sonar como *nonna* cuando se sienta al fuego y refunfuña en la cocina —me dijo.

—Ojalá fuera un hombre y pudiera hacer lo que quisiera —solté—. Tú no tienes esos problemas.

—Y yo desearía dormir en una cama blanda como tú y sentarme al fuego por las noches. Acéptalo, Ines, acéptalo. Siempre tienes que patalear por todo.

—Es fácil para ti hablar así. Tú consigues lo que quieres sin luchar. Si intentaras ser yo, no me sermonearías como lo haces.

—Y por eso te molesta tanto. Porque eres una mujer —dijo.

Cogí unas piñas pequeñas y se las tiré. Se rio, agachándose y protegiéndose de mis misiles.

—Imagino que te vas a escaquear para visitar a Carla mientras estás allí abajo —le provoqué—. Siempre dices que vas a vigilar a las ovejas, pero está claro que tu novia no es una oveja.

Sabía que se escabullía de casa para pasar tiempo con ella. Me preguntaba qué excusa usaría para dejar el campamento y venir a verla.

Me quitó el pañuelo y lo ató a una rama a la que no llegaba.

—Mira lo que consigues por ser cotilla. ¿Nos has estado espiando?

–Bájalo, Davide. Es el único que tengo.

Seguimos peleándonos y riéndonos hasta que, de repente, oímos pasos detrás de nosotros. Davide me agarró y me empujó dentro de un foso lleno de hojas secas cerca del camino. Se puso el dedo sobre los labios para ordenarme silencio.

Un hombre pasó a nuestro lado. Era Toni. Davide lo llamó y Toni saltó y nos apuntó con una pistola.

–¡Eh, Toni! Somos nosotros. Baja esa cosa –le dijo Davide, poniéndose en pie con las manos levantadas.

Yo me quedé donde estaba.

–No vuelvas a hacerme eso nunca, maldito idiota –gruñó–. Podría haberte disparado.

–¿Adónde vas? –le preguntó Davide–. Pensé que hoy estabas de guardia.

–Alguien me está cubriendo. Tengo negocios en Badia –respondió.

–Podrías hacer parte del camino con nosotros –le sugirió Davide.

–¿Nosotros?

Salí del foso, sacudiéndome las hojas de los pantalones que Davide había hecho que me pusiera.

–¿Puede alguien bajar mi pañuelo de ahí?

Se rieron antes de que Toni desatara el pañuelo y me lo diera con una reverencia exagerada. Luego continuamos el camino juntos. Mientras caminábamos, Davide le pidió un favor a Toni:

–Seguro que habrás ayudado a tu padre en la barbería en Londres. Yo necesito un corte de pelo.

–Para visitar a Carla –añadí.

–Ines, ya basta –dijo Davide.

–Veré qué puedo hacer –respondió Toni.

–Gracias, camarada –dijo Davide–. No puedo recordar la última vez que me pelé. –Levantó un largo rizo de su melena–. Empiezo a parecer una mujer.

Capítulo 12

Septiembre de 1944

La vida en el molino es muy aburrida y tediosa en comparación con mis días en el campamento.

¿Cómo puedo encontrar una excusa para volver a la montaña? *Mamma* sigue dándome quehaceres para llenar mis días. Me paso todas las tardes quitando el polvo de la maquinaria del molino, limpiando las tolvas para cuando volvamos a moler y poniendo trampas para ratones. Estamos más ocupados de lo habitual porque tenemos que prepararnos para la temporada de cosecha; hay gente que nos traerá trigo para moler. *Papà* dice que será una cosecha muy austera; solo han trabajado el campo unos cuantos ancianos.

Durante los últimos días se ha quejado una y otra vez de los cultivos que se pudrieron el año pasado, cuando muchos hombres jóvenes escaparon y se escondieron en las colinas para evitar que los enviaran a trabajar a Alemania.

Y este año los alemanes han usado la mayor parte del grano para alimentar a los caballos.

–Maldita guerra, malditos alemanes, malditos fascistas –ha blasfemado mientras cortaba leña para el fuego.

Mamma ha venido corriendo a buscarme mientras limpiaba las piedras del molino.

–Rápido, los guardias vienen por la carretera, Ines. Ve y arréglate, ponte el nuevo pañuelo. Mantenlos ocupados.

Odio al baboso sargento Ezio, el peor de todos los guardias. Detesto como me desviste con su mirada. Me hace sentir como una de esas mujeres que están en las esquinas en Sansepolcro y que mantienen calientes sus fuegos. Davide me ha dicho que las apoda «luciérnagas», pero creo que es una pena llamarlas así. Esos pequeños insectos se encienden durante el periodo de apareamiento cada junio y revolotean sobre nuestros cultivos por la noche como estrellas fugaces, pero el verano pasado atrapé una en un tarro de mermelada y parecía muy común a la luz del día: era una larva sucia y decepcionante. *Mamma* me había hablado de Anna Maria de Badia y la había llamado «luciérnaga». Dijo que había estado con un soldado alemán y que las mujeres en el pueblo se habían unido para castigarla.

–La cogerán en la fuente donde van a lavar y le raparán el pelo –dijo–, y así tendrá que llevar un pañuelo durante meses hasta que le vuelva a crecer.

No quiero que Ezio piense que soy como Anna Maria.

–No te preocupes, Ines, no te dejaré a solas con él durante mucho tiempo. Vendré a ayudarte –añadió *mamma*–. Ayer *papà* pescó una trucha en el río. Eso lo mantendrá contento y le impedirá meter las narices en lo que hacemos.

Mamma está preocupada también de que los guardias encuentren su escondite en el bosque. Han impuesto un racionamiento muy estricto, con multas severas que se añaden al resto de nuestras cargas. Desde el molino se supone que tenemos que distribuir doscientos cincuenta gramos de grano al mes por persona. Pero *mamma* sabe que muchas familias y, en especial, las viudas no pueden arreglárselas con esta escasa ración. Muchos hogares tienen bocas extra que alimentar con evacuados de las ciudades y jóvenes que huyen de la leva.

Recordé una conversación entre mis padres hace un par de meses antes de llevar a Jim al campamento.

–Aldo –le dijo *mamma* a mi padre una tarde mientras nos sentábamos a cenar polenta–, no me puedo sentar aquí y ver cómo nuestros amigos se mueren de hambre por culpa de este cruel racionamiento.

Él levantó la mirada con un champiñón de nuestro bosque clavado en el tenedor.

–¿Y qué crees que podemos hacer al respecto? La Policía siempre está acechando cuando distribuimos la harina.

–La esconderemos.

–¡Ja! –gruñó con desprecio–. ¿Y dónde planeas hacer eso? ¿En la copa de un árbol?

–No, bajo los árboles.

–Sí que te ha afectado la guerra, mujer. Estás más loca que tu madre.

Nonna está sorda, así que no pudo oír el insulto de mi padre.

–Podrías cavar un agujero en el bosque por mí.

Mamma señaló la ventana que da al río y a los árboles de detrás.

–Y llenarlo de harina para que los animales del bosque se alimenten, por no hablar de la lluvia y del barro. ¿A quién se le ocurre? –terminó mi padre la frase y bufó.

Ante eso, mi madre se puso hecha una furia y se levantó de la mesa. Yo me quedé a la espera de la habitual discusión. Mi madre es una mujer con mucho genio. Cuando tiene una idea en la cabeza, nadie se la puede quitar.

–Aldo, si tú no cavas, lo haré yo. Aunque ya puedes ir haciéndote a la idea de dormir en el establo con las vacas. ¿Dónde están ahora tus principios? Menudo charlatán estás hecho. Cuando estás en la *osteria*, emborrachándote con tus amigos, no haces más que fanfarronear, aquí en casa suenas como un cobarde derrotado.

Ella cogió la botella de vino tinto para impedir que mi padre bebiera más.

–No permitiré que me hables así en mi propia casa –gritó *papà*–. Deja ya de decir tonterías, mujer.

Intenté intervenir:

–Yo te ayudaré a cavarlo, *papà*. No es tan mala idea.

Él nos miró y luego dejó caer las manos a modo de resignación.

–¿Qué puedo hacer contra el poder de las mujeres? Estoy rodeado, incluso Mimi es hembra –dijo. Acto seguido, recuperó su buen talante habitual y, riendo, añadió–: Siento haber perdido los estribos. Esta guerra me está afectando. Gracias, Ines, por tu amable oferta de ayudarme.

Miró a *mamma*, que se encogió de hombros como diciendo que ya sabía que daría su brazo a torcer.

Di una palmada a mi padre en el hombro y fui a acariciar a Mimi.

–Podríamos forrar el agujero con madera, así la harina no se estropearía –sugerí desde donde estaba agachada, al lado de la perra.

–Exactamente lo que iba a proponer antes de que tu padre me interrumpiera. La dejaremos en sacos allí por la noche, lejos del molino –siguió diciendo *mamma*–, y nuestros amigos podrán recogerla refugiados por la oscuridad.

Mi padre aceptó el plan a regañadientes.

–Debemos tener mucho cuidado, porque si nos pescan...

Se llevó la mano al cuello e hizo que se cortaba la garganta.

Y, así, desde aquel momento, empezamos a dejar harina en el bosque y mi padre empezó a pensar que Ezio sospechaba. Lo había visto holgazanear al otro lado del río demasiado a menudo. Quizá alguien del pueblo había abierto la boca en la *osteria*. Debemos tener mucho cuidado. Todo el tiempo pasan cosas espantosas a nuestro alrededor. *Papà* nos habló de las últimas víctimas de los alemanes: Gino y Tommasina, una pareja de ancianos de unos setenta años a los que dispararon porque habían escondido a un partisano herido en la pocilga. El partisano era su sobrino.

–Qué guapa estás hoy, Ines.

Ezio se inclina contra el muro de piedra de la represa del molino y juguetea con el bigote. El uniforme le está demasiado ajustado para la envergadura de su cuerpo. Huele muy fuerte a aceite de oliva. Se lo unta en la cabeza en un intento por suavizar los pocos finos pelos que le quedan sobre la calva. Quiero reírme. Parece un cerdo listo para el espetón. Bajo la cabeza con recato, procurando que la risa no se refleje en mi mirada.

–¿Vendrás al baile el domingo por la tarde? La fiesta es por una celebración especial. Habrá música y los alemanes proveerán un montón de comida. Una chica como tú no debería esconderse aquí, en el molino. Los alemanes quieren compañía y yo, también.

Si él supiera de mis escapadas a la montaña, del tiempo que paso en compañía de su enemigo. Muy poco sabe este gordo y aceitoso cerdo.

—Ya sabes que mis padres no me lo permitirán —murmuro—; no estaría bien. Davide está fuera y no me permitirían ir a solas.

—Déjamelo a mí. Hablaré con tus padres.

Se despega de la pared avanzando hacia mí y yo retrocedo unos pasos para aumentar la distancia entre nosotros. Si me alejara más, me caería al río. Su olor sucio y grasiento es demasiado fuerte para mi nariz. Por suerte, *mamma* aparece en la parte de arriba de las escaleras en el momento perfecto. Un segundo más y le habría abofeteado esa estúpida cara que tiene, pero no lo hago para no enfadar a la Policía y, sobre todo, para no enfadar al vil Ezio.

—Tengo algo para ti, Ezio. —*Mamma* le ofrece una trucha envuelta en una arpillera mojada—. Dásela a tu madre para que te la cocine esta noche. Es fresca, la pescamos ayer.

Por lo menos, tiene la decencia de agradecerle el regalo con una pequeña reverencia.

—Quiero su permiso para bailar con Ines en la *festa* del domingo —dice—. Habrá una celebración por la llegada de un nuevo pelotón alemán de las SS a Badia. Esperamos que venga mucha gente.

Yo permanezco de pie detrás de Ezio y le dirijo a mi madre una mirada de súplica.

—No estoy segura de que podamos dejarla ir —dice—. Hay demasiados trabajos que hacer y con tan pocas manos para ayudar...

Se encoge de hombros con una mirada derrotada en la cara.

—Ya hemos notado la ausencia de su marido últimamente en las fiestas, *signora* —dice él con un tono de amenaza—. Sería más inteligente por su parte que hagan acto de presencia más a menudo. Un buen inicio podría ser venir a la *festa*.

—Hablaré con mi marido —responde mi madre—. Pero si Ines va, por supuesto que la acompañaremos.

Durante nuestra cena de pan y judías hablamos sobre qué es lo mejor para todos.

—Por favor, no me hagáis ir —suplico—. Si Ezio me pone un dedo encima, juro que gritaré y montaré una escena.

Mamma me apoya.

–Si Ines arma un follón y se niega a bailar con él, entonces la vida se volverá más complicada para todos. Ahora podemos sobornar a los guardias con peces del río y distraerlos, pero con poco se volverán desagradables.

Papà está de acuerdo.

–No permitiré que un fascista salga con mi hija.

Hay un silencio en la cocina, interrumpido por la crepitación ocasional de una ramita que se quema y los suspiros de *nonna* mientras hace ganchillo sentada junto al fuego.

Después de un tiempo, *papà* suspira y dice:

–No hay más opción. Ines tendrá que subir a la montaña otra vez durante un tiempo. Le explicaremos a Ezio que se ha ido a pasar un tiempo con tu hermana en Pennabilli. Le diremos que está enferma y que Ines tiene que cuidar de su tía Elda.

–¡Qué buena idea! ¡Genial, Aldo! –Mi madre se levanta de la mesa–. Ines, ayúdame a organizar algunas cosas para tu estancia. Davide cuidará de ti allí arriba. Puedes llevarte más hierbas y medicinas también para los hombres. Y tenemos un queso de sobra. Puedes dárselo.

–Envuelve también el resto del jamón, Assunta. Podemos apañarnos sin él. Llévate a Mimi para protegerte y mándala de vuelta cuando ya estés allí. Se sabe el camino y la necesitamos aquí para vigilar a los animales.

Mis padres quieren evitar que tenga nada que ver con Ezio y yo lo agradezco. Mi honor está en juego, pero ellos no conocen mis sentimientos por Jim, aunque, en verdad, ni siquiera Jim los conoce. Son sentimientos que mantengo bien guardados en mi cabeza y que me hacen suspirar por la noche en la cama. Por supuesto que no se lo voy a contar a nadie, menos aún a mis padres; de lo contrario, me prohibirían ir al campamento. Partía al amanecer de la mañana siguiente y pasamos toda la noche preparando mi fardo de ropa y la comida y medicinas para los hombres.

Estoy emocionada y ansiosa, siento que mi vida nunca volverá a ser la misma. Mientras abrazo a *mamma* y a *papà* en la fresca mañana de septiembre, les cubro la cara de besos. Mi madre está llorando otra vez mientras me abrocha el cinturón alrededor del sucio abrigo y comprueba que ningún rizo se me escapa del gorro de mi hermano, que llevo apretado firmemente sobre las cejas. Mi fiel disfraz.

Evito la ruta que usé para llevar a Jim en el carro. Capriolo me habló de una ruta alternativa, pero me advirtió que, aun así, debía tener cuidado con los alemanes porque siempre estaban en sus puestos de guardia. Siguen cavando nuevas trincheras y usan las cuevas que hay por toda la montaña para guardar sus ametralladoras y almacenar munición.

La luna cuelga en el cielo como una perla de río y las hojas de roble crujen como largas faldas. El aroma de las agujas de pino mojadas por el rocío es fuerte. Una rama se rompe en alguna parte del bosque y mi corazón late con fuerza. El sonido de un ciervo al galope entre la maleza cercana me hace gritar de terror. Pensaba que eran soldados, pero veo a un par de ciervos entre los árboles y mi corazón se ralentiza. Aún estoy a una hora de camino del campamento, me siento muy sola, muy asustada y, honestamente, no sé qué habría hecho si el aceitoso Ezio hubiera aparecido frente mí y se hubiera ofrecido a acompañarme el resto del camino. Para mi propia vergüenza, seguramente habría dicho que sí. Una vez más uso la estrategia de Capriolo, trato de distraer el pánico imaginándome cosas.

«¿Y si hiciera mi vida con Ezio, cocinara para él, le diera hijos? Probablemente viviría en el pueblo y cruzaría la plaza cada mañana para ir a la tienda, con las viejas arpías observándome tras las ventanas cerradas. En la fuente donde las mujeres lavan la ropa, nadie me hablaría y todos mis amigos del colegio me despreciarían por haber sucumbido a sus persuasiones. Pero, al menos, seguiría viva».

Después, me imagino en los brazos de Jim, viviendo en una casa muy lejos de las montañas y del mar. En una casa como esas que había visto en un par de películas americanas cuando las proyectaban en una pantalla colocada en la plaza durante la *festa,* mucho antes de la guerra. Sería una casa cuadrada, con flores en las ventanas y una veranda con un columpio en la parte delantera. Sé que Jim no es americano, sino inglés. Pero habla la misma lengua y, a mi modo de ver, las casas están destinadas a ser iguales. Me pregunto si nuestros hijos serían rubios y con el pelo rizado o si tendrían mi aspecto moreno. ¿Serían altos? ¿Cómo sería dormir en los brazos de Jim una noche tras otra? ¿Cómo sería dormir con un hombre? No me ha besado. Ningún hombre me ha besado nunca de verdad, los besos infantiles de Capriolo después del colegio no cuentan. Quiero besar a Jim.

Me pregunto cómo he llegado a comparar a Jim con el repugnante Ezio.

A los pies de la roca donde sé que uno de los hombres de Capriolo estará de guardia, tiro un puñado de piedras y silbo una línea de la canción de los partisanos: «*O bella ciao, bella ciao...*». Ahora es de día. Los pájaros han empezado a ofrecer sus saludos matinales. No habría necesitado hacer toda la rutina de intriga y misterio porque Mimi empieza a ladrar emocionada. Debe de haber notado que Davide está cerca, quizá terminando su turno de guardia. Su cara soñolienta aparece por encima de la roca y se rompe en una sonrisa cuando reconoce a Mimi.

–Ines, por el amor de Dios, ¿qué estás haciendo aquí otra vez? –Luego, una mirada de preocupación le cruza la cara–. ¿Quién? ¿*Papà*? ¿*Mamma*?

–No, no te preocupes. Anda, baja y ayúdame. Te lo explico luego. Y trae algo para callar a Mimi. Va a despertar a toda la Toscana si sigue así. ¿Y qué demonios le ha pasado a tu pelo, Davide? Pareces un convicto.

Le han cortado el pelo de mala manera. Tiene cortes donde imagino que la cuchilla resbaló.

–Digamos que está claro que Toni no ayudó mucho a su padre en la barbería.

Hago una mueca.

–Tienes un aspecto horrible. ¿Qué va a pensar Carla?

Él se encoge de hombros.

—Volverá a crecer. De todas formas, a Carla no le gusto solo por mi pelo.

Me rio disimuladamente y me siento, exhausta por la caminata.

A Davide se le unen Capriolo y otros dos hombres que nunca había visto antes. Nos guían por un pasadizo oculto entre matorrales que lleva al corazón del campamento y ato a Mimi a un árbol. Le lanzo un hueso y coloco un cuenco con agua cerca de ella. Davide me ayuda con los pesados fardos.

—Ten cuidado con ese saco —le digo—. Está lleno de medicinas de *mamma* y *papà* os envía lo que quedaba de *prosciutto*.

Davide me hace un café y me ofrece un trozo de pan y yo le cuento lo de Ezio.

—Cada vez está peor. Ronda mucho por allí y siempre nos está molestando porque no vamos a las reuniones fascistas. Y ayer me pidió que fuera al baile y pensé que iba a agarrarme, pero *mamma* llegó justo a tiempo.

Capriolo escupe en el polvo.

—Siempre fue un mierda. Incluso en la escuela solía levantar las faldas de las chicas en el patio. Espera a que le ponga las manos encima...

Parte un palo en dos sobre la rodilla y lo lanza al fuego. Algunas chispas saltan como munición.

—Bueno, Ines —dice mientras se sacude el polvo de los pantalones—, tendrás que volverte útil si te quedas aquí arriba. Tenemos un proyecto importante planeado para los próximos días. Davide se va mañana a Rímini con la información necesaria para el siguiente gran asalto.

—*Papà* nos dijo que el mes pasado recuperaron Florencia de los alemanes. ¿Es eso verdad?

—Sí. Y los británicos se dirigen hacia aquí. Rímini será la siguiente. Por lo que parece, la guerra habrá acabado pronto y podremos volver a la vida normal. Podremos asentarnos, reclamar nuestro país y cultivar de nuevo nuestros campos.

—¡Empiezas a sonar como un viejo respetable! —lo provoco.

Miro a mi compañero de clase, el chico con el que había compartido mis juegos infantiles. Le pellizco la mejilla con los dedos y él me agarra la mano.

–No te rías de mí, Ines. Si hubieras visto la mitad de lo que yo he visto, entenderías lo cansado que estoy de todo esto. No disfruto luchando, ¿sabes? No es un juego.

Me mira a los ojos y me doy la vuelta, a la vez que quito mi mano de la suya, desconcertada ante este joven que pensé que conocía bien. Cambio de tema.

–¿Dónde dormiré? Esta vez me quedaré aquí durante más tiempo. ¿Dónde debo colocar mis cosas?

Me siento rara en su compañía. Algo de su viejo sentido del humor reaparece.

–Bueno, hay una habitación doble con vistas a los Apeninos. También tenemos una individual con terraza y vistas a las trincheras alemanas, pero sin baño, me temo.

Me indica un lugar cubierto bajo el peñasco, un pequeño hueco en la cara de la roca donde la lluvia y el sol no llegan. Suelto mis fardos y voy a ver si puedo ayudar en la zona de la cocina.

No veo a Jim hasta más tarde. Él, Toni y un par más han estado fuera todo el día y han vuelto al campamento cansados y acalorados. Un mes de aire de montaña lo ha fortalecido. Parece más fuerte, guapo y alto de lo que lo recordaba, quizá porque ya no cojea como antes. También tiene el pelo más largo y ha tomado el sol, perdiendo esa apariencia enfermiza y cetrina de unas semanas atrás. Pero, aun así, no hay forma de que pueda pasar por italiano. Me sonríe y yo le sonrío; el corazón me da un vuelco.

–¿Te has aprendido ya ese trabalenguas en inglés, Ines?

Le hago reír cuando intento decir «*Six thick thistle sticks*» y le pido que repita un dicho italiano que le enseñé hace unas semanas.

Todos comemos alrededor del fuego. Es solo una luz en la noche, cuando la oscuridad oculta el humo de todos los que buscan señales de la presencia partisana en las montañas. Estamos acampados demasiado lejos de cualquier *carbonari*, así que no podemos usar sus fuegos como tapadera. Como estamos en las profundidades, el fuego o las chispas no se distinguen ni siquiera en la noche. Es una especie de fortaleza natural.

Jim y yo hablamos en voz baja. Mi hermano y Capriolo están más lejos, enfrascados en una discusión sobre la misión de mañana.

—Te he echado de menos, Ines. Qué bien verte de nuevo.

Su italiano ha mejorado. Le explico por qué me han enviado mis padres.

—Espero que Ezio se lo crea y que no se le meta en la cabeza comprobar mi estancia en Pennabilli. No está tan lejos de Badia —digo.

—Quizá debería ir a buscarlo. No puedo soportar la idea de que te mire con lascivia.

Le pongo la mano en el brazo.

—¡No seas estúpido! Verían enseguida que eres inglés. Hay una recompensa muy alta por los prisioneros de guerra y mucha gente hambrienta de por aquí estaría encantada de reclamar el dinero.

Él me coge de la mano; sus dedos grandes y fuertes están sobre los míos. Siento que me sonrojo.

—En fin —sigo y quito la mano de mala gana—, te irás pronto. Los ingleses han recuperado Florencia, luego será Rímini y después volverás a Inglaterra. Te olvidarás de la guerra, de Ezio... y de mí.

Quiero provocarle para que lo niegue. Creo saber lo que siente por mí, pero quiero oírlo de sus labios. Deseo que estemos a solas.

—Voy a marcharme unos días, Ines. Me voy con Capriolo —anuncia Jim—. Me necesita por si nos encontramos a otros prisioneros de guerra británicos. Toni es genial, pero yo conozco mejor nuestras fuerzas y puedo distinguir si se trata de alemanes que actúan de espías. A veces pasa, ya sabes.

Mi corazón se hunde. Aquí arriba en el campamento la guerra parece distante, a pesar de las armas almacenadas en el interior de la cueva.

—Todos vosotros habéis sido muy amables conmigo —dice—, pero mi pierna ya está mejor. Es hora de que haga mi parte.

—¿Se ha curado la cicatriz? Enséñamela.

Me acerco para levantarle tímidamente el pantalón. Mis dedos se mueven sobre su piel. La voz de Capriolo me hace saltar y me alejo de Jim con sentimiento de culpa.

–Jim, tengo que hablar contigo. Estoy pensando en mandar a Davide a Arezzo con nueva información mañana, para que se reúna con los partisanos de allí. Ven, tenemos que discutir el plan definitivo. –Y a mí me dice–: Creo que tú deberías ir y hablar con tu hermano, desearle suerte. Estará fuera durante un tiempo. Y luego, a dormir. Te necesitamos despierta mañana. Esto no es un campamento de verano.

Me apetece responderle «¡Sí, *papà*!» y sacarle la lengua. Pero me contengo.

Davide está sentado en torno al fuego y me dejo caer a su lado. Mira fijamente las llamas y casi ni se percata de mi presencia. Nos sentamos durante un rato en silencio. Parece mucho más joven que Jim y tiene un aspecto muy italiano, con el pelo oscuro y la piel quemada tras un verano en las montañas. Con el tiempo, se vuelve hacia mí y creo que leo miedo en sus ojos.

–Ines, mañana me voy con Toni y los demás. Primero a Arezzo y luego bajaremos hasta Rímini. Allí hay una lucha feroz. Tenemos una información que nuestros aliados necesitan para el contraataque. Si pasa algo, quiero que lleves esto a nuestros padres. –Me entrega un trozo de papel doblado–. No se lo entregues salvo que me ocurra algo. Ines... prométeme que cuidarás de ellos.

Pongo los brazos a su alrededor y lo agarro fuerte.

–No te pongas tierno, hermano. Todo irá bien.

Pero hurgo en el bolsillo de mi abrigo y saco el rosario que *mamma* me dio cuando tuve que traer a Jim hasta aquí. Lo enrollo en las manos de mi hermano.

–Llévatelo. Me mantuvo a salvo y te mantendrá a salvo a ti también.

El día siguiente amanece cálido y bochornoso, el tipo de tiempo pesado que anuncia tormenta. El aire no se puede respirar y las montañas parecen cerrarse y asfixiar la tierra.

Me despierto por una discusión violenta entre Davide y Capriolo. Davide está muy enfadado.

–Me tratas como a un niño, Capriolo. Yo también voy. Ayer me dijiste que estaba incluido.

–Hay un nuevo plan, Davide. Necesito que te quedes y montes guardia. Eres más útil en el campamento.

–Pero me he preparado para esto, ¿y quién encontró los documentos? Pensé que sería yo el que los llevaría a Arezzo. –Escucho cómo mi hermano le gritaba.

–No grites. He cambiado de idea. No olvides que fuiste tú quien disparó a ese pez gordo alemán en la moto en la carretera de Rímini. Los supervivientes conocen tu cara y está en carteles por todas partes. Mejor pasar desapercibidos por ahora.

–Bueno, ¿por qué no me dijiste eso anoche? ¿Por qué me lo sueltas ahora?

–Te lo he dicho: he cambiado de idea. Habrá ocasiones en las que te necesitaré conmigo. Hoy, no.

–Pero...

–No hay peros, Davide. Yo tengo la última palabra. Harías bien en recordar que nuestra lucha no se trata solo de ti. –Ahora es la voz de Capriolo la que se eleva–. Dejémoslo así. Obedece mis órdenes o vete.

Mientras escucho todo esto, no puedo imaginarme a mi hermano pequeño matando a un hombre. Pero, por supuesto, estamos en guerra. Y muere gente todo el tiempo.

Luego Capriolo viene hacia mí con Jim. Veo cómo Davide se sienta en un pedrusco con el ceño fruncido. Parece muy joven.

–Ines, ¿podrías echarle un vistazo a la pierna de Jim? –me pregunta Capriolo–. Se ha vuelto a abrir durante la noche. Dudo que pueda unirse a nosotros hoy.

–Claro –le digo.

Mi corazón late de contento ante la idea de que Jim y Davide estén seguros, al menos, por hoy. Anoche, en torno al fuego, parecía como si le estuviera diciendo adiós para siempre a mi hermano.

Le sonrío a mi paciente con la esperanza de que nadie haya visto cómo mis dedos temblaban mientras le aplicaba una cataplasma en la espinilla. Cada roce de su cuerpo ha sido como meter mis manos en agua caliente, mi tripa ha dado un vuelco cuando he colocado con cuidado el paño sobre la herida.

–No está listo para poder caminar muy lejos, Capriolo –le digo mientras me concentro en atar la pierna de Jim, deseando que me dejen de arder las mejillas.

El viaje normalmente dura dos horas por carretera, pero, claro, Capriolo y su banda no irán en coche. Cruzarán las montañas a pie, abriéndose camino con cautela hasta el valle, y, sin duda, se encontrarán a alemanes metidos en los búnkeres. No quiero pensar demasiado en ello.

Ya se han ido y el campamento se ha quedado casi vacío. Capriolo se ha llevado a Toni y a la mayor parte de los hombres y no ha podido asegurar cuándo van a volver. Las únicas personas que quedamos somos Jim, Davide, que ahora hace guardia, el viejo cocinero, un par de tipos que se recuperan de sus heridas y yo. Están agradecidos de que esté allí con los ungüentos de *mamma*. A uno lo ha mordido una víbora, así que uso semillas de girasol para hacer una pasta y untársela en el hinchado tobillo. También le doy ajenjo para la fiebre. Hago lo que puedo por el otro muchacho, el hijo del carnicero. Estoy más acostumbrada a verlo cortar carne, haciendo paquetitos y silbando cuando va al trabajo. Ahora está tumbado en un improvisado colchón de arpillera, con el rostro ceniciento, y sufre violentos dolores de estómago. Hiervo agua y le hago una infusión de albahaca, y me siento a su lado, sujentándole la mano hasta que vuelve a dormirse. Es demasiado joven para estar luchando en la guerra y sospecho que no logrará ver su final.

Cuidar de Jim es diferente. Mientras preparo la cataplasma para su pierna, me pregunto adónde nos llevará hoy nuestra conversación.

Capítulo 13

Principios de junio de 1999

El sonido del móvil arrastra a Anna de vuelta al presente, interrumpiendo el relato de su madre.

–Pronto! –Es otra vez Francesco–. Solo quería asegurarme de que estabas bien.

Anna sacude la cabeza para intentar pasar de las imágenes mentales de gente joven en el bosque al mundo acogedor y rutinario de su habitación, en el que unas motas de polvo bailan por culpa del aire fresco de la montaña que entra por la ventana. Una imagen de Francesco vestido con ropas andrajosas, rodeado de partisanos y con un cinturón de munición colgado al hombro le viene a la mente. Vacila a la hora de responder.

–Estoy bien.

–No pareces muy segura de ello.

–Estaba inmersa en 1944 –dice Anna mientras se restriega los ojos–. Casi no me puedo creer por lo que pasó mi madre. Me pregunto si tú o yo hubiéramos superado aquello. Eran muy valientes, Francesco.

–Nadie sabe cómo va a reaccionar hasta que se encuentra en esa situación. Pero quiero pensar que yo también habría luchado, como mi padre. En fin, déjame que te devuelva al presente. ¿Estás libre mañana por la tarde para venir con nosotros? ¿Recuerdas que te mencioné Pennabilli y la *festa* de músicos callejeros?

Al principio Anna está tan aturdida que no se da cuenta de por qué Pennabilli le suena tan familiar y luego la memoria establece la conexión con lo que acaba de leer.

–Ese lugar me suena. ¿No es donde *mamma* debía quedarse cuidando de su tía enferma mientras estaba en el campamento? Me encantaría visitarlo.

–Es una ciudad bonita y te servirá para hacerte a la idea de los lugares sobre los que estás leyendo.

–¡Genial! ¿Y el molino en el que vivía mi madre?

–Es una ruina. Pero te llevaré allí pronto. Ah, y trae algo que ponerte cuando anochezca. Las temperaturas bajan mucho por la noche.

Toman la carretera que va a Rímini. Alba está sentada en el asiento de atrás, acurrucada, mirando por la ventana e ignorando a Anna, que se rinde y deja de incluirla en la conversación. De todas formas, intentar hablar con ella dándose la vuelta, lo que la está mareando por las cerradas curvas. Francesco conoce bien la carretera, así que se siente segura, a pesar de las empinadas cuestas. La carretera bordea la montaña con el río Marecchia abajo. Rocosas e impenetrables cuestas llenas de bosques serpentean hacia arriba desde el valle del río. De vez en cuando, cruzan entre un grupo de casas en ruinas encaramadas de una manera imposible a los peñascos que hay encima de ellas.

–¿Te das cuenta de lo bonito que es todo esto? –dice Anna–. ¿Y de la suerte que tienes de vivir aquí? ¿O lo das por sentado?

En su cabeza, ella lo compara con la vista desde la ventana del tren en sus viajes a Londres y recuerda cómo solía observar los jardines que daban a las vías. Algunos estaban arreglados, con pequeños huertos o patios, pero la mayoría eran vertederos. Había muchos carros de supermercado abandonados en los patios de atrás. Intentaba imaginarse qué tipo de gente vivía en cada casa.

Francesco se encoge de hombros.

–Supongo que estamos acostumbrados. Muchas de estas aldeas en las montañas están deshabitadas, quizá solo unas cuantas casas las usan los domingueros.

Le indica un edificio en la montaña, por encima del valle, que destaca por encima del campo como un guardia solitario.

–¿Ves la grúa allí arriba? Esa casa la están reformando para una familia inglesa.

–No puedo ni siquiera imaginarme cómo construyeron esas casas en el pasado o cómo trabajaron en una tierra tan escarpada –dice Anna, mirando por la ventana de atrás.

–No tenían mucha opción. Si hubieras visto el campo hace treinta o cuarenta años, había muchos menos árboles por todas partes. La gente necesitaba cada trozo de tierra para cultivar comida. Era cuestión de supervivencia. Muchos lo tuvieron muy difícil y, después de la guerra, no había trabajo. Italia estaba al borde del colapso. Algunos campesinos se fueron al norte a trabajar en las fábricas de Turín. Otros emigraron, muchos se fueron a Francia. Pero sus casas permanecieron en la familia... como esa casa con la escalera exterior empinada de nuestro pueblo. Esa pertenece a otra de nuestras tías que habla francés tan bien como habla italiano. Vuelve cada agosto para vivir en ella durante un mes. La misma historia se repite por toda Italia. Las raíces son muy importantes para nosotros y necesitamos volver a ellas. Solemos decir «Soy florentino» o «Soy romano». Raramente decimos que somos italianos.

–Lo he notado. Para mí es aún más raro, porque sé tan poco sobre las raíces de mi madre...

–Estoy seguro de que descubrirás más, Anna.

Continúan el viaje en silencio y mientras ella disfruta del paisaje montañoso piensa en sus padres y se imagina que ellos también usaron aquella misma carretera en el pasado. Se pregunta dónde habrían ido y por qué. Piensa en el paso del tiempo y en qué breve es la vida en el gran esquema de las cosas. Cuando pasan al lado de un saliente rocoso, inclina la cabeza para mirar hacia arriba y se imagina a un soldado escondido, listo para disparar al enemigo.

–¡Vaya terreno para luchar! –murmura.

–¿Qué has dicho? –le pregunta Francesco, a la vez que cambia de marcha para sortear una curva cerrada.

–Estaba pensando en los partisanos que lucharon en las montañas e intentaba imaginármelos batallando en estas pendientes. Quizá mi padre o mi tío pelearon aquí...

–Los alemanes usaron estas montañas para formar una línea de defensa. Se la conocía como la «Línea Gótica».

–Mi madre lo menciona.

–¿Estás preparada para un poco de historia, Anna? Los Apeninos forman una columna vertebral por toda la península y los alemanes usaron las montañas como barrera. Luego, en las llanuras de la costa este y oeste, cerca de Rímini y Pisa, añadieron barreras creadas por el hombre.

–Sabes mucho sobre ello.

–¡Claro! Estamos hablando de historia italiana, y no olvides que mi padre también fue partisano.

–¿Cómo se llamaba?

–Dario.

–¿Teníais buena relación?

–Sí. Pero no hablaba muy a menudo de la guerra, solo nos contó una o dos historias. Por ejemplo, que sabotearon el hormigón que los alemanes habían pedido para los fortines e hicieron que las construcciones no se mantuvieran en pie. El problema es que hubo represalias. De hecho, muchos pensaban que los partisanos hacían más mal que bien, porque los alemanes castigaban a los civiles en su lugar. Pero mejor no entremos en detalles.

Hace un gesto discreto para señalar el asiento de atrás, donde Alba está mirando por la ventana.

–Es triste descubrir más cosas sobre el pasado de mi madre ahora que ya no está. Hay docenas de preguntas que le habría hecho. En Inglaterra, sabemos mucho sobre la Resistencia francesa, pero no oímos gran cosa sobre lo que pasó en Italia –se queja–. Cambiemos de tema y descansemos un rato de las historias de la guerra. Es demasiado triste pensar en ello todo el tiempo.

–¡Está bien! *Va bene!* De todas formas, casi hemos llegado.

Giran a la derecha en la carretera de Rímini y después de un pequeño trayecto por una cuesta estrecha entran en una ciudad cuyo letrero anuncia: PENNABILLI – LA CIUDAD QUE ACOGE A LOS ARTISTAS.

En cuanto se paran, Alba salta del coche, brincando de emoción.

–Es uno de sus lugares preferidos –le explica Francesco–. Ya verás por qué.

Después de pagar cinco mil liras por la entrada a un joven descalzo con rastas sentado con las piernas cruzadas en una mesa que bloquea el callejón, llegan hasta una calle adoquinada cerrada al tráfico. Al principio, a Anna el lugar le parece otra típica y pintoresca ciudad medieval, una de tantas que se pueden encontrar en Italia. Alba tira de su padre hacia arriba por una calle estrecha y suben hasta la parte más alta. En los jardines amurallados de una casa en ruinas hay estatuas poco comunes talladas en roca y con inscripciones. Forman una especie de santuario de los pensamientos. Francesco ayuda a Anna a descifrar los mensajes escritos para los viajeros que se dirigen a las costas del este. Mientras vuelven a la plaza principal, él le señala los coloridos relojes solares pintados en las fachadas de ciertos edificios.

–Este es el favorito de Alba –le dice mientras posa la mano en la cabeza de su hija.

Se ha parado debajo de una imagen reluciente, azul y amarilla, de un pato que flota en aguas tempestuosas. Se inclina para trazar el contorno con el dedo.

–Solía decir que Pennabilli era el lugar que inspiraba sus historias. Cuando Silvana estaba viva, solíamos venir aquí muy a menudo. Pensaba que le haría mal venir, pero todo lo contrario.

Anna observa a Alba, que salta hacia delante hasta el siguiente reloj de sol. «Nadie sería capaz de detectar sus problemas –piensa–. Desde fuera parece una niña normal de ocho años».

–Creo que es una niña muy artística –le dice ella–. Me encantan sus dibujos. Tiene talento y probablemente se siente como en casa aquí en medio de tantas obras artísticas. Quizá no deberías analizarlo demasiado. Quizá es solo un lugar que le encanta, un lugar de recuerdos felices.

–Probablemente tengas razón. Si me hablara, dejaría de analizarla. Es muy duro.

Parece triste y le gustaría apretarle la mano, abrazarlo. Pero sabe que Alba se sentiría celosa, así que no dice ni hace nada. Caminan por la plaza, ahora llena de gente. Le explica cómo dos años antes un joven empezó un festival para músicos callejeros e invitó a artistas de muy lejos, incluso de Sudamérica. A medida que se ha corrido la voz, ha crecido en popularidad.

Se detienen a escuchar a un coro procedente de Mongolia que tocan tonos melancólicos. Alba se agacha cerca de la única mujer del grupo. Sus dedos rozan las cuerdas lastimeras de una cítara y lleva puesto un vestido con un bordado de cuentas. Unas largas trenzas negras cuelgan por debajo de su sombrero. Es una música que nada tiene que ver con la local, pero el sonido se expande por la plaza y se funde a la perfección con la atmósfera.

Después de un tiempo, siguen adelante hasta llegar al origen de la música *jazz* que surge de una torreta sobre los muros de un viejo bastión. Un grupo de músicos ingleses, liderado por una pequeña saxofonista, tiene a todo el mundo marcando el ritmo con los pies. Algunas parejas sonríen al oír las letras traviesas. Alba convence a Francesco para que baile y Anna ve cómo inclina su oscura cabeza hacia ella y la coge entre los brazos. La gira una y otra vez hasta que chilla.

—Después de esto, necesito sentarme durante un buen rato —dice, riéndose mientras sujeta a Alba y recupera el equilibrio tras el vertiginoso baile—. Vamos a sentarnos al anfiteatro. Iré a por bebidas y veremos a los mimos.

Encuentran asientos en primera fila. Ha empezado a oscurecer y la ciudad se está llenando de gente que sale de trabajar con ganas de una tarde de entretenimiento poco habitual. Los dos jóvenes mimos del escenario tienen mucho talento. Hacen malabares con pelotas de colores, primero fingen ser torpes y las tiran todo el tiempo contra el público. Esto les sirve para subrayar sus verdaderas habilidades cuando se transforman de manera ingeniosa en diferentes personajes y objetos con solo un rollo de cinta. Alba aplaude cuando crean compañeros de baile con la cinta y realizan un tango extravagante. Después, se ponen largas capas negras y se vuelven gigantes terroríficos. Se abalanzan sobre el público de niños de la primera fila, que chillan de terror y placer. Cuando se despiden al final del acto, Francesco agarra a Anna del brazo.

—¿Dónde está Alba? ¿Está a tu lado?

No encuentran a la pequeña por ninguna parte y Anna intenta calmarlo:

–No creo que le haya gustado mucho lo de las capas. ¿Quizá se ha ido unas filas más atrás?

En el anfiteatro no está. En la plaza principal, Anna se abalanza sobre una niña con los mismos rizos, pero, cuando se da la vuelta, no es Alba.

–*Mi scusi!* –le dice a la angustiada madre que agarra a su hija y se la acerca a ella.

Francesco se preocupa cada vez más.

–Creo que deberíamos ir a mirar en el santuario de las rocas, y si no está allí, llamo a los *carabinieri* –dice.

Suben corriendo hasta el casco viejo otra vez, abriéndose camino entre la gente hasta la parte más alta. Pasan corriendo junto a bandas y artistas que están tocando música muy diferente y ahora el sonido los pone de los nervios. Parece la banda sonora de una película de suspense.

Cuando llegan al santuario, buscan de manera frenética detrás de las rocas y gritan el nombre de Alba, pero tampoco está allí. Francesco lleva a Anna de la mano.

–Por aquí.

Hay un atajo de vuelta a la plaza. Suben corriendo por unos tortuosos escalones por encima de las azoteas, donde una rueda de oración budista está colocada de manera incongruente frente a una cruz de metal oxidada. Siguen por un camino estrecho que baja hasta el otro lado. Justo en la parte alta de la subida hay una casa en ruinas frente a un área de jardín bastante descuidado. Anna casi tropieza con una forma en la penumbra y se detiene de golpe.

–¡Aquí, Francesco!

Alba está agachada cerca de la verja, al borde del jardín.

Francesco la agarra.

–¿Estás herida, tesoro? –le pregunta, a la vez que le cubre la cara de besos y continúa con una severa reprimenda–: ¿Por qué te has escapado? Estábamos muy preocupados.

Ella forcejea y le señala algo que hay debajo. Siguen la línea del dedo y se acercan a la verja. En el límite de las rocas hay un gatito. Está en peligro. Corre el riesgo de caerse en cualquier momento y morir. Sin pensárselo dos veces, Anna se quita la chaqueta, se tumba en el suelo y mete el brazo entre los barrotes oxidados de la verja. Agarra a la aterrorizada y afilada bola de pelo, y la pone a salvo. Alba se arrodilla a su lado y acaricia al tembloroso animal.

–Con cuidado –dice Anna–. No debes asustarlo. Debemos estar muy tranquilos y en silencio.

Después de un rato, coloca al gatito en su chaqueta y lo pone en los brazos de Alba. Entonces, esta mira a su padre con ojos implorantes y no necesita palabras para hacerle entender lo que quiere.

–En mi opinión, creo que sería una buena idea –intercede Anna antes de que Francesco se niegue–. Está claro que es un gato callejero y estoy segura de que Teresa estará contenta de tener un cazador de ratones en la casa rural.

Pero él no está de acuerdo.

–Teresa no estará contenta de tener a un animal sucio cerca de sus clientes.

Alba aprieta con más fuerza al gato contra su pecho mientras mira a Anna, que sugiere sin pensar:

–¿Por qué no me lo quedo yo? Alba podría venir a visitarlo y ayudarme a cuidarlo. ¿Qué te parece esa idea, Francesco?

Ella lo mira con deseos de que esté de acuerdo, pero no tiene que suplicar durante mucho tiempo.

Francesco se inclina sobre la cabeza de su hija y acaricia el animal con ternura.

–Lo primero que tenemos que hacer es ir al veterinario mañana por la mañana. Y ahora debes darle las gracias a Anna.

Encuentran una caja junto a un cubo de basura fuera de un bar y el gatito, bautizado ya como «Billi» en honor a la ciudad de montaña en la que lo han encontrado, araña y maúlla en su prisión de cartón durante todo el camino a casa. Anna se pregunta en qué demonios estaba pensando al proponer llevárselo, pero una mirada a través del espejo a la expresión feliz de la carita de Alba le recuerda por qué se ha ofrecido. Alba le dedica una gran sonrisa y Anna desea que la pequeña se permita decírselo con palabras.

–Tengo una sugerencia –dice Francesco–. Estarás muy ocupada esta noche con tu nuevo compañero, así que ¿qué te parece si preparo la cena y te la llevo luego?

De vuelta en casa, Anna decide que va a confinar al gatito en el baño hasta que visiten al veterinario. De esta manera, será más fácil limpiar cualquier desastre. Se da una ducha rápida. Billi está encogido de miedo en un rincón y la mira con ojos redondos abiertos de par en par después del bautizo de agua. Tras cambiarse y ponerse vaqueros limpios y una blusa de seda roja, pone la mesa para tres en un rincón del salón; usa el mantel colorido que compró en el mercado de Badia. Es perfecto, le da un aire de hogar a la estancia minimalista. Piensa que en Inglaterra no quedaría ni la mitad de bonito.

Francesco llega mientras ella está buscando servilletas de papel. Lleva una camiseta blanca entallada y pantalones negros; viste con estilo, de una forma que solo los hombres italianos saben hacer. Le saluda con dos besos. Le gusta el olor a almizcle del *aftershave*. Casi le pregunta cuál es.

–¿Dónde está Alba? –le pregunta.

–Está, como suele decirse, muerta de cansancio. Teresa la ha llevado a la cama con la promesa de saltarse el colegio para poder venir al veterinario por la mañana. Creo que ha pensado que, si se iba pronto a la cama, la mañana llegaría antes –dice, riendo entre dientes.

Anna no está decepcionada. Será agradable hablar con él sin sentir la necesidad de que casi tiene que pedirle permiso a Alba para hacerlo.

Con una floritura de la mano, levanta el paño que cubre la bandeja que ha llevado.

–Debemos comérnoslo mientras esté caliente. Teresa me ha dado comida del restaurante, pero no te voy a decir de qué se trata. Disfruta adivinándolo. Pero, primero, prueba esto.

Coge la copa de vino tinto que él le ha servido. Lo hace de la forma habitual, con la parte cóncava de la copa sobre la palma. Él pone la mano sobre la de ella para levantar la copa hasta que el tallo está entre sus dedos pulgar e índice. Los dedos del hombre le transmiten calidez y ella no quiere que los quite.

–De lo contrario, calentarás el vino –le explica y retira la mano–. Ahora colócalo a la luz, remuévelo y mira a través, al cristal de la copa. Observa los arcos que deja el vino. Muestran la fuerza: cuanto más cerca están unos de otros, más fuerte es. Lo siguiente es que lo saborees en la boca antes de tragártelo. Luego, disfruta del regusto.

–¡Historia y una lección de cata de vinos en el mismo día! ¿Tus talentos no tienen límites? –dice bromeando.

Sin embargo, obedece y el vino sabe muy bien.

–¿Recuerdas que hablamos de cómo los campesinos aprovechaban cualquier cosa que daba la tierra para sobrevivir? –le pregunta mientras sujeta un plato con entrantes–. Antes de que la casa rural abriera, Teresa y yo investigamos viejos documentos y hablamos con mujeres ancianas para conseguir sus recetas. Estos son algunos de los resultados.

Entre la variedad de entrantes, puede identificar fácilmente una *bruschetta* de tomate, con un añadido de pimiento picante. Pero nunca habría adivinado la identidad de las hojas de borraja fritas o la utricularia si Francesco no le hubiera dicho que se trataba de esas plantas. Tuvieron que buscar palabras en el diccionario para encontrar los equivalentes de estos tecnicismos en inglés. Con estos platos poco comunes, Teresa se ha creado una reputación en la casa rural. Es popular entre la gente que vive en la costa que, por tanto, no tiene acceso a este tipo de plantas. Él corta en trozos el pastel de queso con hierba de pordioseros y espárragos salvajes como ingredientes extra. Después, hay una ensalada de hojas de amapola, dientes de león y flores de narciso y borraja recogidas por Teresa esa misma tarde.

Anna sujeta la copa entre el pulgar y el índice en el brindis.

–¡A la mejor cena improvisada que jamás he saboreado! Gracias, Francesco.

–*Prego!* Te dije que los campesinos estaban llenos de recursos. Espera a que te introduzca en el mundo de las setas. Estoy hecho un experto.

–Serías un buen marido para cualquiera. –Se da cuenta de lo que acaba de decir y tartamudea–: L-lo siento...

–Ya estás otra vez en modo inglesa, pidiendo perdón por todo. Me gusta cocinar. A Silvana no le gustaba, así que funcionaba para ambos. ¿Y tú, Anna? ¿Has estado casada?

Ella coge un trozo de pan de la cesta y lo parte para rebañar la salsa de tomate que ha dejado la *bruschetta*.

–No, nunca he estado casada. Casi me caso...

Hace una pausa, no está preparada para compartir los detalles de cómo la dejaron plantada prácticamente en el altar.

–Pero hay alguien en tu vida, alguien importante, ¿no?

Su tono denota simplemente curiosidad, pero la mira a los ojos con intensidad. Se pregunta si todos los hombres italianos aprenden el arte de la seducción desde pequeños y, después, en silencio, se reprende a sí misma por ser una cínica. Le encanta su compañía.

Cuando duda en su respuesta, es él quien pide perdón.

–Perdona mi intromisión, Anna.

Ella le lanza un trozo de pan.

–¿Por qué yo no puedo disculparme y tú sí?

Él se agazapa, riéndose. Luego, ella siente que de alguna manera lo ha avergonzado y dice rápidamente:

–Tienes derecho a preguntar. En verdad, había alguien en Londres hasta hace poco, pero ya no. Era complicado.

–Ya veo –dice.

Sus ojos marrones aún la miran.

Ella siente de repente que tiene que explicarse más a fondo.

–Estaba divorciado, pero parecía que aún estaba casado.

–Ah. –Él toma la copa de vino y da un trago–. Te mereces a alguien que se comprometa a estar siempre contigo. ¿Lo querías?

–Lo quería. En verdad, nos llevábamos muy bien. Pero todo cambió...

Ella hace una pausa e intenta dar una explicación que no se ha dado ni siquiera a sí misma. Luego, mirándolo a él, dice:

—Últimamente sentía que no era suficiente y también necesitaba pensar en mi desastrosa vida. Algo así.

—¿Por eso viniste aquí, Anna?

Ella se siente incómoda con aquella pregunta para la que no tiene una respuesta, pero le ofrece el razonamiento que se da a sí misma:

—Vine para investigar la historia de mis padres y me muero de ganas por saber más.

Da un trago a la copa de vino y se olvida de cómo sujetarla bien; la vuelve a acunar de nuevo sobre la palma.

—De todas formas, es un asunto muy aburrido —dice ella—. Cambiemos de tema. ¿Y tú? ¿Estuviste casado durante mucho tiempo?

—No. Pero nos conocíamos desde la escuela.

Él coloca los platos uno encima de otro y los pone a un lado de la mesa; luego se echa hacia atrás en la silla, cruza los brazos y mira a Anna mientras sigue hablando:

—No creíamos en el matrimonio. Y luego, hace dos años, decidimos que era lo mejor para Alba. Silvana estaba muy preocupada de que consideraran ilegítima a nuestra hija. Pensó que podría causarle problemas en el futuro. Así que tuvimos una boda grande y lujosa, invitamos a toda nuestra familia y a los amigos, y reservamos un restaurante caro en el centro de Bolonia para el banquete. Incluso nos llevamos a Alba a nuestra luna de miel en Zanzíbar.

—Yo tampoco creo en el matrimonio. Parece que provengo de una familia con alergia a la felicidad matrimonial.

Él levanta una ceja y ella se lo explica:

—Mi hermana está divorciada y mi hermano se ha casado tres veces y ahora parece ir de cabeza a por su tercer divorcio... Y digamos que el matrimonio perfecto de mis padres resultó ser un desastre. Discutían constantemente. Aunque siempre he dicho que, si alguna vez me casaba, sería algo sencillo. Nada de familia lejana, nada de lujos.

—Muy sabia. Al mirar atrás, creo que Silvana y yo solo estábamos rellenando las grietas de nuestra relación. Fue raro, pero una vez que nos casamos todo se fue a pique. Ambos nos sentíamos... ahogados. Solo Alba nos mantuvo unidos.

Se sorprende al descubrir el infeliz matrimonio. Por alguna razón, pensaba que no había sido así y a él lo veía como un viudo aún en duelo. Apuró la copa de vino, ella se encoge de hombros y le dice:

—La vida es complicada.

—Creo que la gente es complicada.

El vino se le ha subido a la cabeza. Él extiende la mano y coge la suya. La gira y le besa la palma.

—Tu ex casado es un tonto.

Ella quita la mano.

—¿De qué tienes miedo, Anna?

Se quedan sentados durante un momento, mirándose el uno al otro. Anna no sabe qué decir y él es el primero en romper el silencio. Es amable, está tranquilo.

—Sé que no nos conocemos desde hace mucho tiempo, pero te he cogido mucho cariño. Y creo que a ti también te gusto.

Él se levanta de la mesa, va hasta ella y la pone de pie. Se besan con indecisión. Él la acerca más y, como ella no se resiste, sus besos se vuelven cada vez más apasionados.

Alguien que llama a la puerta les hace separarse de golpe. Teresa llama con urgencia desde fuera.

—Francesco, lo siento, pero Alba ha vomitado. Está llorando.

Él sonríe con arrepentimiento.

—Ahora puedo decir «lo siento» con razón. Mejor me voy. Gracias por compartir la cena conmigo, Anna. Te veo mañana.

Él sale de la casa, no sin antes lanzarle un beso. Ella está desilusionada, pero a la vez ligeramente aliviada de que se haya ido. Todo es más simple así. No planeaba enamorarse cuando decidió viajar a Italia.

A la mañana siguiente, se despierta temprano, se estira con indulgencia y ocupa toda su bonita y vieja cama. Se pregunta durante un instante cómo sería tener a Francesco a su lado entre las sábanas de lino y luego rechaza la idea rápidamente. Se pone la bata y baja las escaleras para hacerse una taza de té. «Francesco seguramente se tome un buen café americano por la mañana», piensa. ¿Será una persona diurna o nocturna, como ella? Saben muy poco el uno del otro, pero se siente a gusto en su compañía. Alba le ofreció una salida fácil anoche, porque sabe que quizá hubieran terminado en la cama. Y hubiera sido demasiado pronto. No es su estilo. Su móvil suena y lo coge con impaciencia.

–Anna, querida. ¡Por fin! Intenté llamarte ayer, pero tu número no estaba disponible.

Tarda un momento en reconocer el acento inglés de escuela privada.

–Oh, Will. Eres tú. No esperaba que me llamaras. –Su tono transmite decepción–. La cobertura no es muy buena aquí en las montañas. Hum..., ¿cómo estás? –le pregunta.

–Bueno, estás a punto de descubrirlo, Sooty –le dice, usando el apodo cariñoso que tiene para ella–. Hemos tenido mucha suerte. Nos mandan a San Marino a hacer un taller de *team building*. He echado un vistazo al mapa y estoy a un tiro de piedra de ti. Así que mañana por la tarde he planeado llevarte a cenar, una cena toscana romántica y lujosa, y así puedes contarme en qué has andado metida.

–Escucha, Will, estoy ocupada. Y, por favor, no hables de cenas románticas. Pensaba que lo habías entendido, lo hablamos antes de irme...

–¿Cómo? ¿Sooty? No te oigo –grita él–. La cobertura es muy mala. Te llamo por la mañana.

Y antes de que pueda decirle nada más, la llamada se corta.

Capítulo 14

Junio de 1999

La cena con Francesco de anoche ha suscitado nuevos sentimientos en ella, pero embarcarse en una nueva relación tan pronto le parece un riesgo.

Y le molesta que Will la haya llamado. Está claro que no ha procesado el mensaje de que su relación ha terminado; se pregunta qué tendrá en la cabeza.

En la ducha, Anna se dice que no debe hacerse ilusiones. Francesco es simplemente otro aspecto del romanticismo del lugar. Es la magia de Italia la que hace que se enamore perdidamente. Elige qué ponerse con mucha sensatez: pantalones de lino color café y una blusa color crema, que le queda mejor ahora que está algo bronceada. El aire de la montaña le está haciendo bien y, aunque parezca mentira y a pesar de la maravillosa comida de las últimas semanas, ha perdido algún kilo. Su dieta es más equilibrada, nada para llevar ni pastas cargadas de calorías que ingiere de camino al trabajo. Lo que ve en el espejo le confirma que tiene buen aspecto.

Pero no se siente bien por dentro. La llamada de Will la ha llenado de confusión. Llaman a la puerta y aparece la cara de Francesco, casi escondido tras un gran ramo de perfumadas flores de ginesta. Con una sonrisa de oreja a oreja, le entrega las flores a Anna, pero ella se siente cohibida.

–He parado en la floristería más cara de la zona y he acabado cogiendo estas flores de la montaña yo mismo –le dice–. Estás muy guapa por las mañanas, *signorina*.

Se inclina para besarla y Anna se retira.

–¿Anna? ¿Te encuentras mal? Espero no haberte envenenado con mis delicias culinarias de anoche.

Él se ríe nerviosamente. Ella evita su mirada y, encogiéndose de hombros, dice:

–No, claro que no. ¿Qué tal ha pasado la noche Alba?

–Oh, está bien ahora. Pero tengo mis dudas... Es gracioso cómo se comporta cuando salgo por la noche. Ha ido con Teresa al veterinario, así que tenemos un par de horas para nosotros solos.

Anna pone las flores sobre la mesa y él se acerca a ella y le quita el pelo de la cara.

–Pareces distante esta mañana. ¿Qué ocurre? –Francesco le levanta la cara para poder verla mejor–. Ha pasado algo. Cuéntamelo.

–El hombre del que te hablé anoche...

–El idiota del que me hablaste anoche –la interrumpe.

–Lo que quieres decir de verdad es que yo soy la idiota. –Ella se retira, enfadada consigo misma, pero sintiendo que también está enfadada con él–. Tengo prisa, así que quizá quieres pasarte por aquí más tarde –le dice, alzando el brazo para coger un jarrón del armario–. Va a visitarme esta tarde y tengo millones de cosas que hacer antes de verlo.

Él levanta las dos manos a modo de rendición y da media vuelta hacia la puerta; su chaqueta se engancha con las flores de ginesta de la mesa y las manda al suelo. Se quedan sobre los azulejos.

–No te preocupes –dice él–, sé cuándo no soy bienvenido. No querría interponerme entre tú y el millón de cosas que tienes que hacer.

Consternada, ve cómo Francesco camina a zancadas por la *piazza*. Se arrepiente de su franqueza, pero al mismo tiempo se recuerda a sí misma que necesita menos complicaciones en su vida en este momento.

Will destaca entre todas las mesas de hombres italianos vestidos elegantemente: su sombrero panamá y el traje de lino color crema gritan «hombre inglés en el extranjero». Han acordado verse en un bar cerca de su hotel en San Marino. La sofisticada atmósfera es totalmente diferente al rincón dormido de la Toscana que ha aprendido a amar. Se siente incómoda y se da cuenta de cuánto ha cambiado en pocas semanas.

Él grita para llamar su atención cuando entra en el bar, decorado con accesorios cromados y caros arreglos de orquídeas.

–Querida, aquí. Estás fantástica. Está claro que Italia te sienta bien.

La gente levanta la mirada mientras él la saluda y ella desearía que fuera más discreto. Al inclinarse para besarlo en la mejilla al estilo italiano, piensa en que parece mucho más mayor. Se ha puesto rojo y hay una mancha de sudor poco atractiva en su camisa rosa. Un lado del cuello está levantado y tiene que contenerse para no ajustárselo.

–¡Vaya, vaya! ¡Qué formal! Esperaba mucho más que eso, Sooty –le dice, atrayéndola hacia él y plantándole un beso húmedo en los labios.

Hoy el apodo le molesta. Apartándose, se sienta.

–Will, ya veo que ya llevas una o dos copas... –le reprocha–. Todo el mundo nos está mirando. Habla más bajo, por favor.

–¿Y qué pasa si me las he tomado? Aquí nadie me conoce. El vino *prosecco* está muy bueno. Y, además, está tirado de precio.

La gente de la mesa de al lado intercambia miradas cómplices y, tras hacerle una señal al camarero, Anna le sugiere que se tome un *espresso* doble.

–¡No empieces a mandonear! –Will mueve un dedo y su voz se eleva por encima de la conversación de otra gente–. Dios, ya tuve suficiente con Tricia. No; me tomaré otra copa de este excelente vino. –Se medio levanta de su asiento y le grita a una camarera–: Vino blanco por aquí, ¡y pronto!

–¡Will! Vamos a dar un paseo.

–Oh, ya veo, querida. ¿Has cambiado de opinión y ya no me dejas? ¿Tienes ganas de volverme a meter en tu cama? ¿Cuánto tiempo ha pasado desde que nos acostamos? Yo diría que dos malditos meses. La vieja colita de Will se está oxidando.

Suelta una carcajada.

Ella se echa hacia atrás y se levanta para irse. Will hace lo propio y tira la copa de la mesa. Un camarero se acerca y se inclina para limpiar el estropicio. Anna mete un par de billetes en la mano del joven y se lleva a Will a un banco de fuera, bajo una sombrilla. Llama a un taxi para que lo lleve a su hotel.

Ya atardece cuando vuelve a casa. Las luces están encendidas en el hostal de Teresa y, a través de las ventanas, ve que Francesco está trabajando en el salón. Cierra las persianas y se sienta en la oscuridad para pensar en lo que ha pasado durante las últimas horas. Se pregunta por qué todo lo relacionado con los hombres es tan confuso para ella.

Cuando Will la llama más tarde, ella aún está despierta; tiene la mente demasiado confusa para dormir.

–Lo siento, Anna. Estómago vacío y demasiado vino… Es imperdonable, lo sé. ¿Podemos vernos de nuevo mañana? Mi vuelo no es hasta la tarde y puedo saltarme las estúpidas sesiones que han organizado. Podríamos pasar el día juntos. Deja que te lo compense. ¡Por favor!

Duda. Debería decirle que no, pero él suena afligido.

–Hoy te has comportado de forma horrible, Will. Nunca te había visto así antes.

–Dame una oportunidad para que me explique. Por favor. ¿Por los viejos tiempos?

–Oh, eres imposible. Escucha, puedo sacar una hora mañana por la mañana, pero tendrás que venir desde San Marino a Sansepolcro. He prometido a mi casera que recogería la colada allí. Nos veremos en el pequeño bar de la esquina de la plaza Torre di Berta a las diez en punto.

Sansepolcro está atestado. Es martes, y los martes, los habitantes quedan en los cafés para intercambiar novedades y cotilleos. Los hombres viejos hacen corrillos en las esquinas, enfrascados en profundas conversaciones, gesticulando y discutiendo sobre los últimos desastres políticos. La gente baja de los pueblos y las aldeas de las montañas, y buscan baratijas en los puestos del mercado que las tiendas de los pueblos no pueden permitirse almacenar. Anna sorbe un capuchino en el bar de la plaza principal mientras observa y escucha el espectáculo del día de mercado.

Will llega solo cinco minutos tarde. Parece cansado y preocupado. Se agacha para darle un beso en la mejilla y le pide un *espresso* doble a la bonita joven que se acerca para tomarles nota.

—Estás guapísima, Anna. Muy bien. —La coge de la mano y se la besa—. Te he echado de menos.

Ella aparta la mano. La camarera sirve lo que Will ha pedido. Es como un extraño para ella, este hombre que, durante los últimos dos años, ha compartido su cama de manera ocasional.

Él la mira, nervioso. Se bebe el *espresso* de un trago.

—Estás enfadada por lo de ayer, ¿no? —balbucea.

El café le deja una mancha oscura en el labio superior, como un bigote mal pintado. Ella se encoge de hombros y le responde:

—Estaba avergonzada.

—He superado a Tricia al cien por cien —suelta él, sin preámbulos.

—¿De qué estás hablando, Will?

—Finalmente he aclarado mis ideas. Ella no es para mí.

Él se inclina de nuevo, mirándola, intentando captar su reacción. Ella frunce el ceño, confusa. Parece hablar de Tricia como si aún estuvieran casados, como si no hubiera comprendido que lo abandonó. Antes de que pueda decir nada, él sigue:

—Te he echado de menos más de lo que puedo expresar. En cuanto me di cuenta de que te habías ido de verdad, caí en lo estúpido que había sido.

Intenta interrumpirle para prevenirle, para que no diga nada más, pero ya está lanzado.

—Sé que dijimos que no había compromisos y que viniste aquí para estar sola... pero ahora soy todo tuyo, Sooty.

—Will, para...

Él se inclina hacia delante, la coge de la mano e impide que diga nada más.

—He venido a Italia para pedirte que te cases conmigo. Está claro que tendré que buscar dónde vivir y arreglar algunos asuntos financieros y demás, pero podemos casarnos en cuanto eso haya acabado. No quiero volver a perderte.

Ella está aturdida ante su propuesta de matrimonio. Quizá se hubiera sentido complacida al oír algo así en el pasado, justo al principio de su relación. Pero ahora no. Tras volver a recuperar la voz, por fin, sacude la cabeza con incredulidad.

–No puedo casarme contigo, Will. Siento que hayas tenido que venir hasta aquí para entenderlo. Pensé que lo había dejado claro antes de irme.

–¿Por qué no?

–Porque no estoy enamorada de ti.

Él se desploma sobre la silla, jadeando, como si hubiera usado todas sus fuerzas. Ella vuelve a pensar en lo mayor que parece; podría ser su padre.

–Supongo que siempre ha sido una misión imposible. Qué tonto he sido al pensar que te haría cambiar de opinión si venía hasta aquí...

–No eres tonto. Estuvimos bien juntos y funcionó mientras duró, pero no comprendiste bien mis sentimientos. –Está maravillada al escuchar lo racional que suena y cómo ahora, de repente, todo está muy claro–. Quizá tienes miedo de lo que se te viene encima: dejar la televisión, divorciarte, jubilarte. Dicen que es un periodo muy traumático.

Se sienta durante unos segundos, atónito y mudo; agarra su sombrero panamá y lo retuerce nerviosamente. La vida sigue a su alrededor. Piden cafés en la barra, las cucharillas repiquetean sobre los platos, los tenderos regatean con las amas de casa. Una *scooter* chirría en una calle cercana, el diminuto eco rebota en los muros de los altos *palazzi* y ella sabe con absoluta certeza que nunca podría compartir su vida con Will.

–Me quisiste alguna vez, ¿no? –continúa él–. Si te hubiera pedido que te casaras conmigo antes, ¿habrías dicho que sí?

Ella se toma un momento y busca una respuesta que no haga daño a este hombre al que un día adoró.

–Dejaste claro que acababas de divorciarte y que no estabas listo para otro matrimonio. Y eso fue suficiente para mí, Will.

–Aquella noche me dijiste que necesitabas espacio. Supongo que lo malinterpreté... Entendí que me dejabas, querida, pero pensé que en realidad me mandabas el mensaje de que estabas harta de esperar a que me comprometiera.

—Lo entendiste mal. Lo siento.

No había mucho más que decir.

Will fue al interior del establecimiento a abonar la consumición y, al salir, la rodeó en un cálido abrazo.

—¡Bueno! —dice él—. Dicen que quien no arriesga no gana. Aún somos amigos, ¿no?

Ella lo besa con fuerza en la mejilla.

—Por supuesto, idiota. Pero tienes que irte a casa. Lo siento.

Al otro lado de la plaza, Francesco sale de la papelería justo para ver a Anna sumida en un fuerte abrazo con un hombre que solo puede ser el amante inglés del que le ha hablado. El amante al que había dejado. Los observa durante un momento, enfadado consigo mismo por sentirse celoso y pensando que quizá haya llegado el momento de regresar a Bolonia.

Capítulo 15

A su regreso de Sansepolcro, Anna encuentra un paquete con un mensaje cortante en el escalón de la puerta.

> *Esto es todo lo que he podido hacer.*
> *Te devolveré lo demás antes de que nos vayamos a Bolonia.*
> *F.*

No está sorprendida. La última vez lo estropeó todo, pero tiene la esperanza de que vuelva pronto para hablar con él.

Después de prepararse una ensalada, se acomoda para leer la nueva sección del diario de Ines traducida por Francesco.

Últimos días de septiembre de 1944

Aquí aún hace calor. Incluso aquí arriba, a más de mil metros de altura, donde nieva fuerte en los meses de invierno. Las cigarras continúan con su canto y la monótona e insistente canción intensifica la pesada atmósfera. No hay brisa, los árboles están completamente quietos, como centinelas que vigilan el aire detenido. Todo el mundo dormita, pero mis sentidos aún están muy despiertos mientras escribo esto, desesperada por plasmar cada momento de mi tarde con Jim.

Estaba sentada bajo la sombra de un pino en busca de algo de frescura. Mis ojos recorrían la corteza de los árboles: las grietas, los nudos, las negras hormigas que marchaban en fila única por entre las hojas secas y las agujas de pino. El viento hacía vibrar las plumas de un abejero europeo que revoloteaba por allí.

Por encima de todo, era consciente de que Jim estaba sentado enfrente, apoyado en un tronco. Mis ojos lo observaban: el contorno de la boca, la hendidura de la barbilla, la nuez de Adán, el pelo de su nuca, cómo su pecho subía y bajaba al respirar... Pensaba en lo frágiles que somos, cómo la bala de un francotirador puede parar nuestra respiración en un abrir y cerrar de ojos. Qué frágil es el tiempo que pasamos juntos. Al curarle la pierna antes, mis manos temblaban mientras le echaba la crema de caléndula y le ponía una venda limpia. Me preguntaba si podía oír el latido de mi corazón o notar los sentimientos en la boca del estómago cuando tocaba su piel caliente.

No me sorprendí cuando levantó los ojos y se encontró de lleno con mi intensa mirada.

—Ven a dar un paseo, Ines.

Me ayudó a levantarme y bajamos por el camino de herradura. Hacía más fresco allí, a la sombra de las hayas. El camino era estrecho y nos chocábamos el uno con el otro. Cada vez que mi cuerpo rozaba su cuerpo quería agarrarme a él. Era como una polilla atraída por la luz, quemada pero obligada a volver a su calor. Llegamos al lago de donde cogemos agua para el campamento y donde nos lavamos. No había nadie más. Caminamos juntos en el agua; el vestido se me pegaba a los muslos. Él me acercó y me miró a los ojos. Su mano me acariciaba los pechos a través del fino material.

—Eres un encanto —me susurró.

Me agarré fuerte a él y luego lo besé. Sus labios fueron tiernos al principio y luego me sorprendió notar su lengua dentro de mi boca. Gimió y metió las manos dentro de mi vestido; me tocaba los pechos con la punta de los dedos, haciendo círculos alrededor de mis pezones, que se pusieron erectos enseguida. Tuve sensaciones pecaminosas. Me besó la garganta, abrió los botones del vestido y me chupo los pechos. Me levantó el vestido mojado por encima de los muslos y sus dedos buscaron el botón de mis bragas.

Y, luego, la llamada de un faisán cruzó el aire con su estridente lamento y me hizo ser consciente de dónde estábamos y de lo que estábamos haciendo. ¿Y si alguien venía a coger agua y nos encontraba medio desnudos allí? Lo empujé.

–No, Jim, no así. Lo siento, no debería haberte dejado.

Pareció no haberme escuchado. Intentó besarme otra vez. Lo empujé de nuevo más fuerte, gritando:

–¡No!

Él me cubrió la boca con la mano para detener mis gritos. Luego murmuró algo mientras tomaba aliento y se separó de mí.

–Lo siento. Eres un encanto. Me vuelves loco. He pasado demasiado tiempo en compañía de hombres feos.

Entonces, me sentí avergonzada y me puse detrás de un árbol para recomponerme. Los botones de mi vestido se habían roto. Me vio hurgando con torpeza y se quitó un imperdible del cinturón de sus pantalones.

–Ten, usa esto –dijo.

–Pero ¿cómo vas a hacer para que no se te caigan los pantalones?

Se rio.

–Si mantienes las distancias, no debería tener problemas con mis pantalones.

–No te rías de mí, Jim.

Me sentí confusa, sucia, como Anna Maria, la que se fue con el soldado alemán. Mi madre hablaba de ella muy a menudo y me advirtió de que nunca me quedara a solas con un hombre. Pero quiero estar con él. No quiero que piense que soy fácil, pero me gusta que Jim me bese y me acaricie de esa manera. ¿Significa eso que soy una *puttana*? Aunque haya crecido en el campo y haya visto a vacas y toros aparearse, a carneros y ovejas, aún soy inocente en cuanto a lo que ocurre entre un hombre y una mujer. Y no me atrevo a preguntárselo a nadie, ni siquiera a mi madre. Me moriría de vergüenza.

Volvió a acercarme a él y esta vez me mantuve lejos.

–Me he enamorado de ti –dijo– y quiero casarme contigo, pero puedo esperar, si eso es lo que tú quieres.

–¿Me pides que me case contigo porque quieres hacer el amor conmigo? –le dije y lo empujé–. En verdad, no nos conocemos. Normalmente, la forma en que ocurre en el campo es que dos personas aprenden a conocerse durante muchos meses, años incluso. Visitan a la familia del otro. El hombre le pide permiso al padre de la chica y nunca se les permite estar a solas como hemos estado nosotros. No puedo creer lo que me has pedido. Estás loco.

Levanté la mirada confundida, pero él me estaba sonriendo. Me besó la punta de la nariz.

—Has dicho «normalmente», Ines. No son tiempos normales. Y, sí, estoy loco, loco por ti. Pero haré como tú quieres y le pediré permiso a tu padre.

Volví a sus brazos, a pesar de mis dudas.

—No podemos estar juntos así. Si Davide nos pilla, me matará.

Le había dado el rosario de *mamma* a mi hermano, pero ahora lo quería de vuelta. Quería encontrar un rincón tranquilo en el campamento y rezar a Nuestra Señora para pedirle perdón, para pedirle que calmara mis sentimientos salvajes y pecaminosos y recitarle el avemaría, que había rezado con *mamma* desde que era pequeña. El modo en que Jim me había hecho sentir en el agua me asustaba y ahora deseaba que estuviera muy lejos de mí. Pero, cuando lo miraba, los agradables y vergonzosos sentimientos volvían y quería que me besara otra vez. Estaba hecha un lío.

Jim me cogió de las manos.

—Entonces, ¿te casarás conmigo? —me preguntó—. No he oído tu respuesta. Y no pareces muy feliz con la proposición.

—Nunca he estado enamorada —le dije—. No estoy segura de cómo comportarme.

—No tienes que comportarte de ninguna manera, querida Ines —dijo él, con una sonrisa en sus ojos azules.

—Y ahora te ríes otra vez de mí.

—¿Me amas, Ines Santini?

—Sí —susurré; mi corazón se agitaba como un pájaro enjaulado.

—¿Y cambiarás tu nombre a Ines Swilland y te casarás conmigo?

Encontró un trozo de enredadera entrelazada en las zarzas y, arrodillándose ante mí, me cogió la mano y rodeó el dedo anular con una ramita mientras me prometía que me compraría un bonito anillo cuando la guerra terminara.

—Sí —respondí y le acaricié la parte de arriba de la cabeza mientras estaba de rodillas ante mí—. Sí, sí quiero.

Y ahora estoy no oficialmente prometida.

Capítulo 16

Anna no puede parar de pensar que la historia de amor de sus padres se parece a las películas en blanco y negro que echan las tardes lluviosas de invierno por la televisión. Y aun así sabe que lo que lee es la realidad, no es ficción. Nunca ha creído en el amor a primera vista. Quizá sea una cínica, pero cree que su madre perdió la cabeza por su primer amor y se dejó llevar por el romanticismo. Solo tenía dieciocho años, era una chica de pueblo que nunca había ido más allá del valle. La guerra y sus penurias les habían desgastado durante cuatro largos años y un joven y guapo soldado de Inglaterra debió de ser una distracción maravillosa para una chica de su edad. Al mismo tiempo, Anna puede imaginarse a su padre encantado y halagado por la atención de una bonita e inocente chica de pueblo.

Y era muy bonita. Cuando Anna la visitó en la residencia, la ayudó a revisar una caja de viejas fotografías. Su madre las observaba y una vez más su italiano se apoderaba de ella mientras describía quién era quién. Empezaba en italiano y, luego, sus palabras se fundían con el dialecto y Anna se perdía.

Después de la muerte de su madre y de limpiar su habitación, se quedó la caja. Y se había llevado con ella las fotos a Italia. Ahora, las examina hasta que encuentra lo que está buscando: una foto de sus padres de jóvenes. Ella tiene la mirada llena de vida, con el pelo alrededor de la cara, con los rizos brillantes, como era la moda en aquella época. Detrás, escrito a lápiz, hay una fecha, junio de 1945, justo al final de la guerra, pero Jim aún lleva el uniforme. La pareja está de pie, cogida del brazo, delante del ayuntamiento. Anna se da cuenta de que están fuera del viejo *comune* en Badia Tedalda. Un grupo de pueblerinos se reúne a su alrededor. Se pregunta si aún estarán vivos. Hay unos cuantos niños esqueléticos en el grupo, con aspecto de necesitar una buena comida. Seguro que era eso lo que necesitaban de verdad: comida.

Su móvil suena. Es Francesco otra vez.

–Hola, Anna. ¿Qué tal vas?

–El diario de mi madre es increíble –responde–. No puedo dejar de leerlo.

–¿Eso significa que no estás libre esta tarde?

Ella se queda callada.

–Qué pena –dice Francesco–. Alba tenía muchas ganas de estar contigo otra vez. Ha hecho un dibujo de ti.

–Una vez que empiezo a leer, estoy enganchada. Prometo que se lo compensaré mañana. Dile a Alba que la llevaré a dar un largo paseo por el río después de la escuela. Buscaremos fósiles. Lo siento, Francesco. ¿Hablamos mañana?

–Mañana tengo que ir a Bolonia para una reunión en la facultad, pero Alba te estará esperando.

Él cuelga de forma abrupta antes de que ella tenga la oportunidad de darle las gracias por todo el trabajo que ha hecho. De nuevo, se queda sorprendida por sus cambios de humor. «Es su manera de ser; es el estereotipo de un hombre italiano que tiene que hacerlo todo a su manera», piensa y se acomoda para continuar con el relato de su madre.

Miércoles, 20 de septiembre de 1944

Jim y yo debemos tener cuidado con nuestros momentos a solas. Alguien va a descubrir qué es lo que pasa tarde o temprano. Al menos, Davide no nos ha estado acechando durante unos días. Jim lo ha llamado «*gooseberry*». Al parecer, así llaman en inglés a los aguantavelas. Me hace gracia, porque en italiano utilizamos una expresión muy parecida: «*uva spina*».

Yo uso la excusa de que le estoy enseñando italiano a Jim y él, a veces, es travieso. Aparte de Toni, nadie entiende inglés, y me suelta frases atrevidas.

–Sueño contigo por las noches –me dice–. La larga melena te cubre los pechos.

–¡Chist! –le regaño–. Dejaré de darte clases si no te comportas.

Claro que no lo digo en serio.

–Cuéntame en italiano cómo es Inglaterra –le digo, para retomar la lección– y qué harás después de la guerra.

–Te llevaré conmigo y tendremos bebés –responde y sonríe.

Y cuando me río yo, uno de los hombres comenta que nuestras clases parecen divertidas y que quiere unirse a nosotros.

–Es porque comete errores tontos –le explico en italiano mientras miro a Jim y le siseo para que sea sensato; si no, nos descubrirán.

Siempre tenemos cuidado de no sentarnos cerca de Toni. Además de hablar inglés con fluidez, también tiene la costumbre de aparecer de manera inesperada. Una tarde, Jim y yo nos adentramos demasiado en el bosque de pinos. Me tumbé con él sobre las agujas de pino y me besó y me acarició. Solo una rama que se rompió hizo que me separara de él, con miedo de que un jabalí estuviera merodeando por los alrededores, husmeando en busca de trufas en las raíces de los árboles. Me senté y me coloqué la blusa. No había jabalí a la vista. Pero Toni estaba inclinado sobre una roca a apenas tres metros de nosotros. Se rio cuando lo miré. Mis mejillas se enrojecieron por la vergüenza, me guiñó un ojo y se encendió un cigarrillo antes de alejarse entre las sombras. Jim y yo volvimos al campamento, vigilando por si Toni, o alguien más, nos veía. Jim se puso serio.

–Nuestro rey estuvo cerca de nosotros en julio, Ines, y yo no me enteré. Y luego fue a visitar a los *dragoons* en Viamaggio. Eso está cerca de aquí, ¿no?

Asentí y le pregunté que eran los *dragoons*.

–Los soldados del rey –fue su explicación. Estuvo callado durante unos segundos y luego intentó cogerme de la mano, pero no le dejé. Capriolo y Toni estaban sentados cerca y discutían sobre algo acaloradamente–. Ines, necesito irme de aquí. Me hace mal no estar con mis hombres –dijo Jim.

Me mordí el labio para no llorar.

–Y te irás y te olvidarás de mí. Me pediste que me casara contigo, dije que sí y ahora quieres irte –gruñí, intentando que no me escucharan.

–¿Cómo puedes pensar que me olvidaré de ti? Nunca había sido tan feliz en mi vida, pero tienes que entender que no puedo quedarme aquí para siempre. Es mi deber volver a luchar con mi gente. Prometo que hablaré con tu padre antes de irme.

–¿Tu gente? Pensé que yo era suficiente para ti, Jim. –Incluso para mis oídos soné petulante, pero es lo que sentía. Había encontrado el amor y ahora iba a perderlo–. Estás loco por intentar viajar a solas –continué–. Llévame contigo. Conozco los caminos que tú necesitas.

–Tú solo conoces los caminos en esta parte del mundo, cariño. Capriolo me ha hablado de una ruta hasta Umbría y me ha aconsejado.

–Pensaba que le eras útil aquí.

–Comprende mi urgencia por irme.

–¿Y qué consejo te ha dado? –balbuceé.

–No decir que soy inglés si me paran simpatizantes fascistas que han huido de las ciudades. Me ha dicho que diga que soy soldado de la Cuarta Armada Italiana y que intento volver a Trieste. Muchos de ellos son rubios. Dice que también están locos, como yo.

–Por favor, no vayas, Jim. Tengo un mal presentimiento.

–Tengo que ir. –Esta vez dejé que me cogiera de la mano–. Soy demasiado feliz. No me parece correcto –me dijo casi en un susurro–. Hay una guerra ahí fuera y tengo que volver con mis hombres.

Luego Capriolo se acercó y yo quité la mano.

–Ines, ¿has visto a Davide? –me preguntó–. ¿Algún mensaje de tus padres?

–No, ¿cómo podría saber de ellos? Llevo aquí dos semanas.

–Solo preguntaba.

–¿Por qué?

–Porque no está y estoy preocupado.

Anna se sienta durante un momento y mira por la ventana a las oscuras montañas mientras escucha el cantar de los pájaros al atardecer. Es tranquilo, dulce. Desearía poder coger el teléfono y hablar con su madre.

La foto de sus padres enamorados contrasta mucho con los recuerdos que tiene de ellos de cuando era una niña. Está segura de que las pesadillas que tiene incluso ahora se relacionan con aquel periodo. Se despertaba con el sonido de su padre enfadado, que daba golpes en la cocina, justo debajo de su habitación, y le gritaba a su madre. Para bloquear los sonidos de la pelea, se escondía bajo las mantas, y se despertaba más tarde sudando y con la almohada asfixiándola.

Es casi la hora de cenar y debería tener hambre, pero no tiene. En lugar de comer, baja para servirse una copa de vino blanco *grechetto* y se la lleva con ella arriba para seguir leyendo el resto de las páginas.

Domingo, 8 de octubre de 1944

Mamma y *papà* han mandado un mensaje para que vuelva del campamento. Nadie ha visto a Davide durante diez días y mis padres quieren que esté con ellos mientras esperamos noticias. Todos estamos muy preocupados. He intentado poner buena cara. Cuando *mamma* me pregunta dónde podría estar, me invento algo, como que se está escondiendo, que está espiando a los *tedeschi*, que volverá tan pronto como pueda... Sé que no me cree y yo tampoco me lo creo. Nunca ha pasado tanto tiempo fuera.

La primera noche de vuelta en el molino me escabullo y me meto en la pequeña habitación de mi hermano. La bufanda que le tejí las Navidades pasadas está colgada en el cabecero de la cama y mis ojos recorren la forma que su cabeza ha dejado sobre la almohada. Cuando éramos pequeños, dormíamos con la cabeza a los pies del otro hasta que se puso muy alto y me quejé de sus patadas. Entonces, *mamma* me movió a la habitación de la abuela. Todo aquello que me molestaba de mi hermano está olvidado ante el dolor que siento en mi corazón. Lo echo mucho de menos. La habitación está fría y cierro la ventana.

Por una parte, estoy aliviada de estar en casa. Las últimas semanas en la montaña han sido intensas, el ánimo en el campamento era sombrío. Los hombres habían vuelto sin Capriolo. Aparentemente, Toni había desaparecido en una reyerta en la carretera que lleva a Rímini y Capriolo se había quedado en el valle para descubrir qué había sido de Davide.

Cuando Capriolo volvió solo al cabo de cinco días, estaba muy herido. Había envejecido casi veinte años en aquellos pocos días, su cara estaba demacrada, un ojo lo tenía cerrado y negro y la mano derecha la llevaba envuelta en un sucio cabestrillo hecho con una camiseta rota. No me dejó acercarme cuando me ofrecí a ayudarle. Estaba borracho y me gritaba que me perdiera por ahí. Aquella tarde, al fuego, vi cómo engullía vino como si fuera agua y, un rato después, tuvimos que ayudarlo a irse a la cama en la cueva. Lo escuché despotricar y gritar.

—*Porca vacca* —blasfemó—. Soy un inútil, no soy bueno para nadie. ¿Y cómo voy a sujetar una pistola?

Los hombres intentaron calmarlo. No era típico de él perder el control de aquella manera, pero todo el mundo tiene un límite. Mantuve las distancias esa noche.

Quería quedarme con Jim en el campamento y, al mismo tiempo, tenía miedo de tenerlo cerca. Seguro que mi madre sospecha que estoy enamorada, porque siento que puede ver dentro de mi mente e imaginarme con él en el agua. Siempre está de mal humor.

—Sabía que no debíamos haberte enviado allí arriba. Mira el estado en el que estás, toda delgada y agotada. No puedes hacer nada a derechas, Ines. ¿Qué le has hecho a esta polenta? ¡Voy a tener que echársela a las gallinas! Qué desperdicio.

Si *mamma* me hubiera abofeteado en aquel momento, no me habría sorprendido, aunque nunca la había visto levantarle la mano a nadie. Mi padre solía hacerlo, pero mi madre nunca. Tenía razones para reprenderme y entendía que su preocupación por Davide estaba detrás de su mal humor.

Sentada cerca del hogar, había estado removiendo y removiendo, sin darme cuenta de que la polenta en el caldero colocado sobre las llamas se estaba pegando. Mi madre olió a quemazón mientras yo soñaba despierta, preguntándome qué estaría haciendo Jim en el campamento, cuándo volvería Davide y si estaba a salvo, y qué pasaría entre Jim y yo en el futuro. Aún no ha hablado con mi padre y eso me preocupa. ¿Decía la verdad cuando juraba que me amaba o solo eran palabras bonitas para besarnos y acariciarnos? Por la noche lloraba hasta quedarme dormida mientras deseaba haberme entregado a él. Quizá ya estaríamos prometidos y no me sentiría tan inquieta. Los asuntos del amor son demasiado misteriosos.

Viernes, 13 de octubre de 1944

Hemos tenido muchos días de lluvias y sol. Esta mañana, el cielo estaba plomizo y los árboles se inclinaban por las hojas cargadas de lluvia. Necesitaba salir y le dije a *mamma* que me iba a buscar setas al campo y que no tardaría. El campo estaba lleno de barro y mis botas se llenaron enseguida de pegajosos grumos de arcilla.

La neblina de la mañana se acumulaba entre los abetos en la parte baja de las laderas de la montaña como un chal enrollado en torno a los hombros de una mujer. Seguí adelante, subiendo, nunca con la intención de llegar tan lejos como hasta el campamento, pero necesitaba estar más cerca de Jim, del bosque por donde caminábamos juntos. Medio camino hacia arriba, me detuve y me senté en una roca. El valle de abajo aún estaba cubierto por la neblina. Nada en mi vida parecía estar claro y había mucha infelicidad alrededor.

Me caían lágrimas por las mejillas al pensar en lo que mi padre nos había dicho la noche anterior en torno al fuego. Otro compañero de la escuela, Silvestro, solo cuidaba a los cerdos, pero los alemanes estaban convencidos de que era un partisano que fingía ser un guardián de cerdos. Era solo un crío, quince años. Sabía de la vida incluso menos que yo. Los soldados lo golpearon. Lo golpearon con la culata de los rifles hasta que su cara quedó irreconocible, la dulce cara de un muchacho que ni siquiera había empezado a afeitarse. Había sangre por todas partes y lo lanzaron a los cerdos para que acabaran con él. Pero a la mañana siguiente cuando los cobardes volvieron aún estaba vivo. Los cerdos no lo habían tocado. *Papà* dijo que a veces los animales son menos salvajes que los hombres. Luego, los *tedeschi* hicieron que el pobre muchacho se arrastrara sobre las manos y las rodillas mientras lo pateaban y lo obligaron a excavar su propia tumba. Y después le dispararon.

Quería que esta locura acabara. Mi padre solía regañar a Davide por contar historias de matanzas, pero ahora incluso él cuenta historias brutales cuando hablamos. Quería escaparme y empezar una vida nueva.

De repente, la neblina se levantó, como si un gigante hubiera vaciado sus pulmones y hubiera soltado un soplido enorme, y, entonces, supe que debía volver a casa deprisa. No era seguro permanecer sentada sobre una roca para pensar. Los *tedeschi* podían estar espiándome con sus binoculares y preguntándose qué hacía una joven sola a este lado de la montaña sin rebaño ni ovejas que vigilar. Corrí hacia abajo por el camino y solo cuando llegué a los escalones del molino me acordé de que no había buscado ni una sola seta. Ahora mi madre tendría más razones para quejarse. Oí a gente hablando en la cocina y me pregunté quién había venido tan temprano.

Jim y Capriolo estaban sentados en la mesa de la cocina con mi padre. Mi corazón dio un vuelco y sentí que las mejillas se me incendiaban. Al darme la vuelta para ponerme a cubierto, tiré un vaso con el borde de mi chal. Mientras me agachaba para recoger los trozos, mi madre, ocupada en el fuego haciendo *piadine,* me gritó que tuviera cuidado de no cortarme.

—¿Habéis encontrado a Davide? —pregunté de golpe, pensando que esa debía de ser la causa de la celebración.

Jim se levantó de la mesa y me ofreció su silla.

—Esa no es la razón por la que estamos aquí, Ines. Prometí que hablaría con tu padre y aquí estoy.

Mamma se acercó para colocarse detrás de mi padre, que me miró muy seriamente y preguntó:

–¿Es verdad que amas a este hombre inglés?

Asentí con timidez y Jim sonrió con renovado valor.

–Le he pedido tu mano a tu padre.

Luego Capriolo interrumpió:

–Pero tu novio se va hoy. Piénsalo bien, Ines. Ahora no es el momento de hacer planes de futuro.

Estaba enfadada con él por entrometerse.

–¿Qué tiene que ver esto contigo? Nos queremos. Eso es lo único que importa.

Jim me cogió la mano.

–Tiene razón en hacerte pensar, Ines. Me voy hoy y mientras esté fuera quizá tengas tiempo de pensar en nosotros otra vez.

–Pero ¿por qué tienes que irte? No entiendo por qué te vas ahora. Es demasiado peligroso.

Mi padre interrumpió mi estallido:

–Capriolo tiene razón. Es mejor esperar. Si el *signor* Jim vuelve y aún sentís lo mismo, entonces os daré mi bendición. He visto que es un hombre valiente. Sería un honor tener a un *inglese* como yerno. Pero eres muy joven, Ines, y el tiempo te dirá lo que es mejor.

–¿Podría ir a dar un paseo con su hija antes de irme? –Jim le preguntó a mi padre.

Papà nombró a Capriolo carabina, como era la costumbre. Una vez fuera, Capriolo nos dijo que nos daría unos momentos a solas. Me habló directamente en dialecto para que Jim no pudiera entenderlo y pensé que era muy grosero, pero estaba demasiado emocionada como para decirle nada.

–Asegúrate de que sabes lo que haces, muchacha –murmuró y luego añadió algo más que no entendí en el momento–: El césped del vecino no es siempre más verde.

Se sentó en un banco de piedra cerca del huerto de mis padres y nos hizo un gesto con la mano para decirnos que teníamos, como mucho, cinco minutos.

Apenas puedo recordar todo lo que Jim me dijo. Me sentía

abrumada. Por una parte, estaba contenta de que quisiera casarse conmigo, pero, por la otra, estaba desconsolada porque se iba. También estaba enfadada con Capriolo por no aprobar nuestro matrimonio. Y no podía entender por qué Jim me quería tanto y aun así pensaba en irse. Me explicó que iba a intentar unirse a los soldados británicos a su paso por Viamaggio. Dijo que volvería cuando pudiera y que, mientras tanto, lo esperara.

—Si no fuera por la guerra, Ines, podría comprarte un anillo de diamantes. Podría ponerlo en tu dedo y serías mi *fidanzata*.

—Si no fuera por la guerra, no nos hubiéramos conocido —le respondí.

—Volveré y, si aún me quieres, nos casaremos.

—Por supuesto que aún te querré. ¿Crees que soy tan voluble que cambiaré de opinión? Sé lo que hay en mi corazón. ¡Déjame ir contigo! No tienes ni idea de cómo encontrar los caminos después del paso de Viamaggio. Tengo miedo de que esta sea la última vez que te vea.

Me besó las lágrimas y me entregó un trapo que había estado usando como pañuelo. Me sequé la cara lo mejor que pude. Después de un momento, Capriolo tosió y yo me separé de los brazos de Jim. Volvimos a la cocina y mi padre nos entregó a todos una copa de vino santo, brindó por nosotros y le deseó a Jim una vuelta sano y salvo. Después, Capriolo y Jim se fueron, y yo sentí como si el amor hubiera abandonado mi vida.

Capítulo 17

Anna pasa la mañana siguiente plantando albahaca y perejil en un viejo bebedero de animales fuera de la puerta principal; también lava a mano la blusa de seda, pero durante todo el tiempo su mente está en el diario y en la romántica propuesta de matrimonio de su padre. Ante la ausencia de más menciones sobre su tío Davide, se imagina lo que fue de él. Desearía que su italiano fuera mejor para no tener que depender de la amabilidad de Francesco. Actuó raro por teléfono la última vez que hablaron y le puso difícil pedirle más ayuda. Una vez que Alba y él regresen a Bolonia, se volverá aún más difícil. Teresa quizá pueda ayudarle un poco, pero su inglés es igual de bueno que el italiano de Anna y les llevará siglos entre las dos. A pesar de su comportamiento arisco, echará de menos a Alba cuando se vaya. Y Anna admite que se siente decepcionada ante la partida de Francesco.

La llegada a su puerta de una preocupada Alba con Billi en brazos interrumpe sus pensamientos. Por lo que a Alba concierne, Anna se ha convertido en veterinaria no oficial y en consejera de gatos y le entrega a Billi para que lo inspeccione. La cola del gato está envuelta en un pañuelo lleno de sangre.

–¡Oh, pobrecito! –dice Anna y se agacha para acariciar al gato–. ¿Otra vez se ha metido en líos? Entra y le lavaremos la cola. ¿Ha vuelto a la pila de leña a cazar ratones?

Se ha convertido en una experta en las conversaciones de sentido único con Alba y su instinto le dice que no debe forzarla a hablar. Un día, cuando esté preparada, redescubrirá las palabras.

–No es un corte profundo –le dice a la niña–. A lo mejor le han picado las gallinas, quizá las tontas pensaron que era un gusano gordo y jugoso.

Alba se ríe y la ayuda a lavar la cola de Billi con agua hervida y sal; ella agarra a la bola peluda, que no para de moverse.

–¿Qué tal si hacemos otra clase de inglés hoy por la tarde antes de que te vayas a Bolonia? –le sugiere cuando han terminado con Billi–. Podríamos aprender más palabras mientras caminamos por el río. Es un día soleado y también me apetece estar fuera.

Alba asiente y Anna le dice en inglés la hora de quedar, preguntándole si lo ha entendido. Alba levanta tres dedos y Anna le sonríe con aprobación.

–Muy bien. A las tres en punto. Hasta luego, cocodrilo.

Francesco la deja en la puerta de entrada de Anna justo antes de las tres y él no cruza el umbral. La última vez que hablaron, él colgó de manera abrupta. Se pregunta si alguna vez tendrá la oportunidad de decirle lo que ocurrió con Will. Echa de menos la compañía de Francesco y se arrepiente de la atmósfera fría que hay entre ellos, pero no sabe cómo romperla. No se atreve a preguntarle si trabajará más en el diario al estar en ese estado de ánimo tan extraño y distante.

–Tengo que ir a Bolonia para terminar de preparar nuestra mudanza –le dice Francesco mientras le entrega de forma abrupta la mochila de Alba.

Parece cansado y rechaza el café que le ofrece Anna.

–No, gracias, ya llego tarde, y he oído en la radio que el tráfico es malo. Ha habido un gran accidente en la carretera principal y no sé a qué hora estaré de vuelta. Teresa ha dicho que cuidará de Alba esta noche. La espera en torno a las cinco.

–Habremos acabado mucho antes.

Quiere decirle que conduzca con cuidado y que vuelva de una pieza, pero ya se está montando en el coche. Se despiden de él con la mano mientras el Fiat Panda desaparece por el camino de tierra.

–Venga, Alba. He preparado un pícnic para las dos. Hoy vamos a ir más allá del río. Nuevas palabras necesitan nuevos lugares. Vamos a ir a buscar una pequeña capilla que me mencionó tu papá.

Luego buscaremos una gran roca para sentarnos en ella y tomarnos nuestro té inglés. Incluso he horneado bollos especiales, *rock cakes*.

Alba se ríe y con mucho cuidado se coloca la mochila a la espalda. La mochila se mueve.

–Oh, no, Alba, Billi no puede venir. Será una distracción y no querrá mojarse. A los gatos no les gusta el agua.

Se pregunta si la niña habrá entendido que regresará pronto a Bolonia. También si Francesco dejará que se quede a Billi cuando estén de vuelta en su apartamento en la ciudad.

El tiempo mejora cada día y el sol de junio calienta lo suficiente como para que puedan meter los pies en el río. La niña grita cuando Anna le señala una larga fila de renacuajos. Y, asustadas por su cercanía, un par de garcetas se elevan de la superficie. Su envergadura produce graciosas sombras sobre las rocas.

–Veamos cuántas piedras con forma de corazón podemos encontrar. Busca también algunas planas para pintar y escribir palabras en inglés.

Tras una agradable media hora, llegan al camino que las lleva hasta la capilla abandonada, un edificio humilde de piedra con un tejado de metal ondulado. Dentro hay un altar y una llamativa imagen de la *Madonna*. Hay flores artificiales en jarrones sobre un zurcido mantel sobre el altar y fuera, sobre una placa esmaltada, hay una inscripción que Anna traduce más o menos como: «En esta pequeña capilla, Eliseio solía escuchar los domingos cómo las castañas caían sobre el tejado mientras le hacía compañía a su mujer, que venía a limpiar y a arreglar las flores de plástico de los tarros de mermelada que hay sobre el altar. Ahora que él ha muerto, las palabras que solía decirme sobre la existencia de Dios permanecen en el aire: "Decir que Dios existe quizá sea una mentira, pero decir que no existe quizá sea una mentira más grande". Tonino Guerra, poeta y anecdotista».

A Anna le gusta el sonido de este escritor, que deja sus pensamientos esparcidos por el campo para que la gente los descubra.

Fue criada para ocultar sus sentimientos. No era fácil abrirse en su casa y Jane y Harry, al ser mucho más mayores que ella, estaban ocupados con sus vidas y estudios. Durante las últimas semanas ha notado lo sociables que son los italianos y, una vez más, se maravilla ante la soledad que su madre tuvo que vivir al pasar su vida adulta entre los reservados ingleses.

El ruido del eco de un gran trueno en el valle de al lado hace que las dos se sobresalten. Habían empezado su paseo con un sol espléndido, pero ahora el cielo está nublado y la temperatura ha bajado varios grados.

–Rápido, Alba. ¡Corre a buscar refugio! Vamos a acabar empapadas en cualquier momento.

Tras echar un vistazo a las amenazantes nubes, coge a la niña de la mano y se dirigen a un establo en ruinas. La mitad del tejado se ha derrumbado, pero hay un rincón seco donde las vigas aún sostienen algunas tejas agrietadas. Es un pequeño refugio. Alba está temblando con la escasa ropa que lleva y ella abraza a la temblorosa niña.

–Solo es un trueno, nada de lo que estar asustada –le susurra–. Acabará pronto y luego podremos ir a casa. Nos tomaremos nuestro pícnic aquí y fingiremos que es nuestra casa. Yo seré la mujer del granjero y tú puedes ser mi niña pequeña; fingiremos que estamos tomándonos un descanso antes de ordeñar a las cabras.

Alba sonríe y corre hasta un rincón, donde hay una silla llena de agujeros de carcoma tirada. La coloca de pie, le quita el polvo con las manos y coloca los pasteles y los vasos de plástico en la improvisada mesa. Ahora la lluvia cae con fuerza; cortinas de agua impiden que vean fuera del granero. Grandes gotas caen sobre ellas de forma ocasional por entre las tejas rotas mientras se comen el pícnic. «*Rock cakes* en la Toscana, ahora sí que se ha cruzado una línea cultural de verdad», piensa Anna.

Alba la tira del brazo y señala algo en la pared, debajo de un comedero medio oxidado. Sonríe. Dentro de un corazón, grabado de manera vulgar en el yeso agrietado, hay cuatro letras entrelazadas y una fecha: IS & DS. AGOSTO DE 1966.

–Algún día –le dice Anna–, alguien escribirá tu nombre así cuando te enamores.

La niña se cubre la boca con las manos y se ríe fuerte.

–Venga, *mamma* Gato –sigue Anna, usando el nombre que siempre hace reír a Alba–, vamos a recoger y volvamos a casa. La lluvia ha parado y, si no empezamos a caminar ahora, llegaremos muy tarde y tu tía Teresa se preguntará dónde nos hemos metido.

Vuelven sobre sus pasos a lo largo del río, Alba saltando de piedra en piedra. El nivel ha subido y el agua se ha vuelto turbia por el reciente diluvio. Casi han llegado al puente, el punto donde deben subir desde el lecho del río para volver a la carretera, cuando un fuerte estruendo hace a Anna mirar hacia arriba. Un muro de agua embarrada sale a borbotones y se dirige a ellas, canalizado entre los arcos del puente.

Tiene que gritar para que se la oiga por encima de la furiosa corriente de agua.

–¡Alba! Corre hasta la orilla lo más rápido que puedas. Sal del lecho del río.

Pero la subida de la tormenta llega a ellas antes de lo que Anna ha previsto.

El río está agitado y choca con las piedras mientras arrastra troncos y ramas en una tumultuosa corriente de agua. En cualquier momento la inundación las alcanzará y las hará caer. Alba ya está a mitad de camino de la orilla y Anna tira la mochila para aligerar peso. Forcejea para cogerla, pero la niña se resbala sobre una piedra inestable y se desliza hasta el agitado río. Sin pensárselo dos veces, Anna salta y la coge y, luchando contra la corriente con todas sus fuerzas, empuja a Alba a la orilla para ponerla a salvo. El torrente fluye y hunde a Anna. Durante unos segundos que parecen minutos, permanece bajo el agua y piedras y escombros chocan con ella, impidiéndole respirar. Cada vez que piensa que va a salir a la superficie, un tronco la golpea a su paso, hiriéndola e impidiéndole que recupere el control. Luego, por fin, su mano se agarra a un sauce que hay en la orilla y se aferra a él. Izándose con ambas manos, coloca su cuerpo a contracorriente. Solo está a unos metros de la presa y, si no se agarra bien al árbol, seguro que saldrá lanzada contra el muro de más de seis metros de alto y sobre las rocas que hay debajo. Entonces, recuerda cómo ha empujado a Alba a la orilla y teme que el agua suba y la arrastre.

–¡Alba, Alba! –chilla, pero el río desbocado se lleva sus palabras.

Agarrándose, consigue llegar hasta una rama más gorda, aunque con el corazón en la boca, porque teme que se le rompa bajo la presión de la subida del agua. Su pie izquierdo por fin hace contacto con la orilla y consigue apoyarse. Cuando pone su peso en el pie derecho, grita de dolor y está a punto de perder el agarre. Tarda unos segundos en recomponerse antes de intentar escalar otra vez, pero su pierna derecha no responde.

Luego escucha su nombre y busca a Alba con la mirada, con los ojos enormes en el rostro blanco cenizo.

–¡Anna, Anna! –grita la niña una y otra vez.

Su nombre nunca había sonado tan dulce en los oídos de Anna.

–Alba, gracias a Dios que estás a salvo.

Sus brazos están doloridos por aguantar la rápida corriente y no sabe cuánto tiempo más podrá aguantar. Tiene frío, está a punto de entrar en pánico, pero intenta mantener la voz calmada para no asustar a la niña.

–Alba, vuelve por la orilla y busca mi mochila y el móvil. ¡Llama a Teresa! Dile lo que ha pasado. Dile que se dé prisa.

No recuerda mucho de su rescate. Más tarde, cuando está sentada al lado de la estufa envuelta en el albornoz de Teresa con Alba acurrucada a su lado en el sofá, Teresa le explica que tuvo que pedir ayuda al jardinero, que estaba trabajando en el huerto. Juntos, saltaron a su camioneta y bajaron corriendo hasta el río. A Arnaldo no le llevó mucho tiempo atar una cuerda gruesa a la parte de atrás de su coche, atarse un extremo alrededor de la cintura y bajar a rescatar a Anna. Unos minutos más y hubiera sido demasiado tarde. Anna se desmayó en cuanto Arnaldo llegó a su lado y él tuvo que saltar al agua para sacarla.

–Tenía mucho miedo, pensaba que te ibas a ahogar –Alba farfulla tras haber callado durante mucho tiempo–. Estoy tan contenta ahora de que no nos lleváramos a Billi con nosotras.

Empieza a llorar y Anna la acerca a ella, le besa la coronilla y hace una mueca de dolor al moverse.

Teresa retira con amabilidad a su sobrina.

—Ven, siéntate aquí, Alba. Anna está muy dolorida.

—Estoy un poquito dolorida –dice Anna–, pero es medicina para mí escuchar hablar a Alba.

—Cuando respondí al teléfono, no reconocí tu voz al principio, Alba –dice. Teresa mientras la coloca sobre sus rodillas–. Estuviste fantástica. Qué niñita tan valiente estás hecha.

—Voy a buscar a Billi para contárselo. –Alba forcejea en los brazos de su tía–. ¿Puedo ir arriba a buscarlo, Anna?

—Claro. Probablemente esté debajo de mi cama.

Cuando están a solas, Anna le dice a Teresa lo asustada que estaba por la seguridad de Alba.

—Nunca me hubiera perdonado a mí misma si le hubiese pasado algo.

—No te preocupes, no fue tu culpa. No podías saberlo. Cuando llueve fuerte en la parte alta del valle, el río se pone así sin previo aviso.

—Es algo horrible de decir, pero casi hubiera preferido no volver a escucharla hablar. Qué ganas de que Francesco la oiga.

Se revuelve sobre el trasero para encontrar una posición más cómoda y hace una mueca cuando el dolor le sube por el lado derecho.

—Lo llamé para contarle lo sucedido –dice Teresa.

Dos haces de luz entran en la habitación desde fuera y se oye el ruido de un coche que frena sobre la gravilla.

—Hablando del rey de Roma. Debe de haber conducido muy deprisa. –Volviéndose hacia Anna, dice–: No me gusta el aspecto de esa pierna y estás llena de arañazos. Creo que mañana deberíamos llamar al médico.

—Estoy segura de que no es serio... –empieza a decir Anna, pero antes de que pueda terminar la puerta se abre y Francesco entra de golpe, gritando en italiano.

Anna escucha el nombre de Alba, pero no puede entender lo que dice ni a Teresa cuando le responde. Le sigue un diálogo acalorado y rápido; Francesco mueve las manos mientras grita.

Luego se gira hacia Anna y le dice en inglés:

—¿En qué estabas pensando, mujer? ¿Llevarte a mi hija al río en una tormenta como esa?

Al oírlo, Alba baja corriendo al salón y salta a los brazos de su padre.

—*Babbo*, hemos vivido una aventura. Me caí al río y Anna saltó detrás de mí y tuve que buscar su móvil y llamar a Teresa. Y luego Arnaldo vino y nos rescató y hemos tomado chocolate caliente y tarta. Y no puedo encontrar a Billi. Suéltame, *babbo*, me estás apretando demasiado fuerte. ¡Duele!

Su voz es amable ahora y besa a la niña una y otra vez.

—Alba, tesoro, has encontrado tu voz.

—No seas tonto, *babbo*, ¿a qué te refieres? Nunca perdí mi voz, solo la dejé a un lado durante un tiempo. De todas formas, me aburría sin hablar. ¿Puedo tomar otro trozo de tarta de chocolate, tía Teresa?

Francesco y Teresa se ríen. Anna los mira a los tres, aún enfadada por la reacción de Francesco. De repente, siente que ese no es su lugar. Si pudiera caminar, se iría en silencio de la habitación y dejaría a solas a la familia. Pero está desamparada en el sofá.

Sin prestar atención a la presencia de Anna, Francesco levanta a Alba y la acaricia.

—Creo que has tenido suficiente tarta de chocolate y emociones por hoy, jovencita. ¡Es hora de dormir! Quizá puedas volver a saltarte el colegio mañana y Teresa te deje tomar otro trozo para desayunar.

Hay otro diálogo en italiano con Teresa, demasiado rápido para que Anna pueda seguirlo, aunque sabe que están hablando de ella otra vez, y luego Alba y él se van.

—Está muy enfadado conmigo —dice Anna después de que se hayan ido.

—No le des importancia, se le pasará. Le he dicho que la salvaste. No sabe si estar enfadado o contento porque Alba habla otra vez.

—Él me culpa del accidente. Está furioso porque la llevara allí en primer lugar. Pero no sabía que el río podía cambiar de un minuto a otro de esa manera. Nunca había visto una tormenta que provocara inundaciones. –Se estremece y se tapa la cara con las manos–. Oh, Teresa, la niña podría haber muerto.

–Pero no ha sido así. –Teresa se sienta en el brazo del sofá junto a Anna–. Ha tenido muchas preocupaciones y quebraderos de cabeza desde que murió Silvana y creo que está cansado. A veces reacciona de manera exagerada. Intentaba hacer hincapié en el hecho de que no le ha pasado nada a Alba y que debería estar contento de que hable otra vez. Y yo también perdí los papeles porque no mostró preocupación por lo que te había pasado a ti.

–Creo que sería mejor para todos que me fuera.

–Anna, no seas ridícula. Mira, ha sido un día largo. Duerme un poco y lo verás todo de otra manera mañana por la mañana. –Se ríe–. Parezco mi madre. ¿Estarás bien durmiendo en el sofá? ¿Te traigo algo? ¿Otra almohada, un vaso de agua?

–No, gracias, Teresa. Has sido un ángel. Solo apaga la luz cuando te vayas.

Teresa se inclina para darle un beso a su amiga.

–*Sogni d'oro.* Dulces sueños. Te veo por la mañana, pero llámame si necesitas cualquier cosa. Lo que sea.

Cierra la puerta con delicadeza a sus espaldas. Una lágrima le cae por la mejilla. Se dice a sí misma que es cansancio y el efecto del *shock* por los dramáticos acontecimientos.

Capítulo 18

Anna está dolorida y agarrotada a la mañana siguiente. Intenta subir las escaleras hasta el baño, pero no puede poner peso en la pierna derecha y llama a Teresa al móvil.

–Pobrecilla –dice cuando llega–. Mira, voy a llamar al médico para que te lo mire. Mientras tanto, no puedes quedarte aquí sola en esta casa con el baño en el piso de arriba.

Intenta protestar, pero Teresa es firme y Anna sabe que tiene sentido. Teresa le recuerda que tiene un pequeño apartamento enfrente de la casa rural que ha reformado para invitados con discapacidad. Anna estará mucho más cómoda allí.

–¡Deja de protestar, Anna! Está decidido. Dime qué meto en la maleta y lo organizamos en un abrir y cerrar de ojos.

Va de acá para allá cogiendo cosas de aseo, ropa interior limpia y un chándal cómodo.

–¿Cojo estos también? –le pregunta, sujetando los diarios.

–¡Por favor! Así puedo traducirlos mientras estoy inmóvil.

–Pensé que Francesco lo estaba haciendo por ti.

–No quiero molestarle más. Está tan enfadado conmigo que no me parece correcto pedirle nada más. Y, de todas formas, se vuelve a Bolonia, así que será problemático.

Teresa frunce el ceño.

–Lo de Bolonia es nuevo para mí. –Se encoge de hombros–. Le pediré a Arnaldo que venga y que te lleve al apartamento.

–Estoy siendo un incordio. Tendrás mejores cosas que hacer que cuidar de mí.

Con las manos en las caderas, Teresa le replica.

–¿No harías lo mismo tú por nosotros?

–Claro, pero...

–Nada de peros. Se acabó el asunto. Te veo en un rato, me voy a llamar al centro médico.

Tras coger el montón con las cosas de Anna, se marcha deprisa. Anna se deja caer de nuevo sobre los cojines del sofá y permite que se le escape un gran suspiro de frustración mientras mira la pequeña casa donde había empezado a disfrutar de su independencia. Está ansiosa por coger la siguiente sección de los diarios y se pregunta cómo encontrará un sustituto para Francesco. La guía de teléfonos debe de ser el primer lugar donde buscar, pero sabe que no será fácil. Realmente necesita poder hablar con alguien para asegurarse de que es la persona correcta. Su italiano mejora con el tiempo, pero será duro encontrar a alguien como Francesco. Él es ideal. Vuelve a suspirar y lanza el teléfono sobre las sábanas con frustración. «Los italianos dirían "*pazienza*"», piensa, y se pregunta durante cuánto tiempo tendrá que ser paciente.

Es Francesco el que viene a recogerla para la mudanza.

–Arnaldo está ocupado con el arado del campo de un vecino, así que Teresa me manda a mí en su lugar. ¿Estás lista?

–Eso creo. Gracias.

Se inclina para cogerla; no se miran el uno al otro.

–Pon las manos alrededor de mi cuello –le dice él–, de lo contrario, no puedo levantarte bien.

Ella se separa de él mientras él la lleva, pero él aprieta más.

–Relájate, Anna, así será más fácil para los dos.

Es fuerte, a pesar de su constitución delgada. Huele a la loción de afeitar que ya conoce, ve un lunar detrás de la oreja derecha que no había notado antes. Se pregunta si él pensará que pesa mucho. Hubiera hecho una broma si no se sintiera tan rara.

–Ya hemos llegado –dice él y empuja con suavidad la puerta cuando llegan–. Por ahora, te dejo aquí. Teresa vendrá luego a hacerte la cama.

La ayuda a llegar hasta la butaca de cuero del salón. Echándose hacia atrás, se apoya en la barra de la cocina que separa los dos espacios y cruza los brazos. Los dos empiezan a hablar al mismo tiempo.

—Siento ser un incordio —dice ella.

—Siento haber perdido los estribos anoche —dice él.

Ella se ríe nerviosa y él continúa:

—Estaba fuera de mí por la preocupación. Alba es mi mundo, pero no debería haberte gritado de aquella manera. Fuiste muy valiente al saltar al río.

—¿Qué otra cosa podría haber hecho? Cualquiera hubiera hecho lo mismo en mi lugar. Por favor, no te disculpes. Lo entiendo perfectamente.

—No ha dejado de hablar desde ayer —dice él y sonríe—. De hecho, no ha dejado de hablar, punto. Es increíble poder escucharla de nuevo. Teresa me ha regañado porque no paro de hacerle preguntas para poder oír las respuestas. —Hace una pausa—. Para ser honesto, Teresa también me ha regañado por haber sido desagradable contigo ayer por la noche. —Anna no hace comentarios—. También me ha convencido de que no me vaya a Bolonia todavía. Dice algo así como «no tientes a la suerte».

—¿En qué sentido?

—Cree que es mejor seguir viviendo aquí durante un poco más, por el bien de Alba. Ahora que vuelve a hablar, Teresa piensa que es mejor que se quede aquí. Otro cambio podría volver a disgustarla.

—Supongo que tiene razón, pero ¿qué opinas tú? A fin de cuentas, es tu hija. Tú sabes qué es lo mejor para ella.

Él sacude la cabeza.

—Ojalá eso fuera verdad. De todas formas, la facultad se ha portado bien conmigo y me deja seguir con mi investigación desde aquí. Creo que nos quedaremos durante otro mes más o menos.

—Eso me agrada.

Ella le sonríe, pero él no le devuelve la sonrisa. En lugar de eso, le pregunta en un tono bastante frío qué planes de futuro tiene y Anna se pregunta si alguna vez volverán a la relación fácil de antes.

Después de que el doctor se vaya y de haberle recetado un par de días de reposo por las heridas y un esguince en el tobillo, Teresa lleva sábanas limpias para preparar una cama plegable para Anna.

—El doctor Negri me ha dicho que te alimente con caldo de pollo y un buen vino tinto —dice y se ríe—. Los viejos remedios son los mejores.

—Es un alivio que no sea nada grave. Pero dije en serio lo de anoche, una vez que me recupere es mejor que me busque otro lugar.

Teresa se sienta en la butaca de cuero que hay enfrente de Anna.

—¿Por qué sigues diciendo tonterías? Pensé que éramos amigas.

—Pero siento que mi estancia aquí ha durado más de lo debido.

Cuando Teresa empieza a protestar, Anna añade:

—No eres tú. Es Francesco. Creo que le haría feliz no volver a verme.

Teresa chasquea la lengua.

—Eres demasiado sensible. No deberías tomarte las cosas tan a pecho. Y, de todas formas, ¿qué hay de tu proyecto? ¿Qué le pasará si te vas?

—Mi italiano necesita mejorar para poder terminar el diario. Necesito buscar a un traductor, pero no sé si quiero confiar la historia de mi madre a un completo desconocido. De hecho, pensé en continuarla yo con la ayuda de un buen diccionario. ¿Tienes uno que pueda tomar prestado hasta que me compre uno?

—Bueno, ya ves que no puedes irte. Necesitas que Francesco te ayude.

—No creo que lo haga.

—Aún no se va a Bolonia, así que tiene mucho tiempo y ninguna excusa.

—Por favor, Teresa, déjalo estar.

Teresa la mira durante un largo instante.

—Pensaba que vosotros dos os llevabais muy bien...

—Eso pensaba yo también, pero...

Anna le habla brevemente sobre Will, sobre cómo Francesco pensó que era una estúpida por volver a verlo y sobre cómo él se fue dándole con la puerta en las narices. Es un alivio hablar de ello, más fácil de lo que pensaba. Anna no puede evitar desear que Teresa sea su hermana en lugar de Jane.

–¿Quieres que hable con Francesco y le diga que tú y tu amigo habéis terminado y que ha regresado a Inglaterra? –le pregunta Teresa a Anna cuando esta termina de hablarle sobre la propuesta de matrimonio de Will.

–No. Quiero encontrar el momento adecuado.

Teresa la mira. Hace una pausa antes de preguntarle:

–¿Te gusta mi hermano?

Anna la mira.

–Mucho.

–Eso pensaba yo. Bueno, entonces –Teresa se levanta de la silla y se acerca para abrazar a Anna–, tienes que asegurarte de que encuentras el momento adecuado antes de que sea demasiado tarde –le dice, como si fuera lo más fácil del mundo–. Ahora, voy a preparar la comida y tú debes descansar, como ha ordenado el doctor. Las diez de la mañana es demasiado temprano para un buen vino toscano, eso tendrá que esperar –le dice tras mirar su reloj y sonríe–. Después, iré a buscar mi diccionario del colegio.

Anna duerme durante casi todo el día y es casi de noche cuando se despierta con el parloteo de Alba. Enciende la luz de la mesilla y la niña corre hacia la cama llevando una foto del río tras la tormenta y hablando por los codos en un torrente de italiano. Aunque el italiano de Anna está mejorando, solo puede entender algunas palabras, como «Billi», «Teresa» y *fiume*, que es «río» en italiano. La siguen Teresa y Francesco, que lleva una gran cesta de mimbre tapada con un mantel blanco. Anna se siente atontada después de las largas horas de sueño. Se restriega los ojos y dice:

–Caramba, Alba, ¡hablas por toda Italia!

–Alba, más despacio para que Anna pueda entender lo que dices –le dice Francesco.

Ayuda a Teresa a llevar la mesa a la habitación y ella pone el mantel, prepara cuatro sitios, y le pide a Francesco que coja otra cesta que han dejado fuera, en la puerta, y que contiene más vino y comida.

–Hum, ¿celebramos algo? –pregunta Anna mientras se endereza en la cama.

Teresa coloca las almohadas y Anna la coge de la muñeca.

–Me estás mimando demasiado –le dice–. Siento no poder levantarme para ayudar.

Alba se sube a su lado.

–Es una celebración por ti y por mí. Me encantan las fiestas, ¿a ti no? Normalmente compramos vestidos nuevos para las fiestas, pero este es un tipo de fiesta diferente. *Babbo* dijo que es espon... espon...

–Espontánea –interviene Francesco.

–Eso es –sigue ella con su parloteo–, una fiesta que no tienes que planear demasiado; una fiesta sin globos ni regalos.

Anna entiende la divagación y responde en un italiano titubeante:

–El mejor regalo para esta fiesta es tu voz, Alba.

Oye cómo descorchan una botella de *prosecco* y a Alba, que insiste en tomar una copa.

–Yo, yo, yo también. Es mi fiesta también.

Los hace reír.

–Puedes mojarte los labios –le dice su padre y le echa una pizca.

Teresa ha preparado una fiesta espectacular con lo que tenía en la despensa. Huevos frescos que se han convertido en una gran *frittata* con flores de calabacín y cebollas rojas de Tropea, espolvoreada con raspaduras de queso parmesano y luego colocada en la parrilla para que se dore. También ha cocinado tomates rellenos y berenjenas horneadas y porciones de conejo y pollo con ajo y romero y con pequeñas patatas crujientes. Y, para terminar, cuencos de *ricotta* con fresas salvajes, recogidas en las colinas que hay más arriba de la casa rural.

–Engordaré un montón si mi pierna no se cura rápido –dice Anna, echándose sobre las almohadas y sintiéndose llena y relajada.

–No te preocupes –salta Alba–, *babbo* te ha encontrado un trabajo. Así que, cuando te encuentres mejor, no tendrás tiempo para engordar.

–¿Qué trabajo?

Anna lo mira con cara interrogante.

–Iba comentártelo más tarde. Quizá luego, cuando acostemos a este monito parlante.

Coge a Alba y la cuelga cabeza abajo para deleite de la niña. Se ríe y grita:

–*Ancora, ancora.* ¡Hazlo otra vez!

Teresa, que está recogiendo los platos y poniéndolos en la cesta para llevarlos de vuelta a la casa rural, le regaña por sobreexcitarla demasiado.

Anna sugiere contarle un cuento para calmarla.

–Ven a sentarte conmigo y te hablaré de los amigos que solían vivir al fondo de mi jardín en Inglaterra cuando yo era pequeña.

Francesco la lanza sobre la cama junto a Anna, que procede a describirle los personajes que se inventó para rellenar su solitaria infancia inglesa. Es la primera vez que le cuenta a alguien estas historias.

Justo después de las once, Francesco vuelve de acostar a Alba.

–Espero que no sea demasiado tarde. Teresa tenía razón, me costó mucho que Alba se calmara esta noche.

–No te preocupes. No estoy cansada. He estado durmiendo casi todo el día. –Ella observa cómo mueve una de las butacas de cuero y luego le dice–: Debes de estar muy feliz de que vuelva a ser la que era.

–No tengo palabras.

Se detiene, la alegría de sus ojos dice más que sus palabras.

–Háblame sobre ese trabajo –le dice, para romper el silencio.

–En realidad, fue idea de Teresa, no mía. Pero, claro, depende de tus planes. Le he dicho que no funcionará.

–¿Por qué no?

–Bueno, no te quedarás aquí, ¿no? No después de encontrarte con tu pareja otra vez –le dice él, dando un golpe con el pie sobre un azulejo del suelo.

–¿Te refieres a Will? –Siente que tiene que darle un nombre para dejar de esquivar el tema y recuerda el consejo de Teresa. Es ahora o nunca–. Will y yo no tenemos futuro. Se acabó.

–No me pareció que fuera así.

Él la mira, desafiándola a que lo contradiga.

–¿De qué hablas?

–No me mientas, Anna. Os vi en la *piazza* en Sansepolcro. Parecíais estar muy juntos. –Se levanta de la butaca–. Sabía que era un error venir a hablar contigo.

–¿Has estado espiándome? –Es su turno para elevar la voz–. Eso es imperdonable. No te tenía por el típico *latin lover* celoso.

–Y yo no te creía igual que todas las mujeres inglesas, que vienen aquí a echar una canita al aire para ver si nosotros, los italianos, somos tan buenos como dicen.

Está a punto de irse cuando ella estalla en una carcajada.

–Escúchanos, Francesco. Somos ridículos.

Él la mira; luego, levantando las manos en un gesto de desesperación, se vuelve a sentar.

–¿Crees que podemos empezar de nuevo? –le pregunta.

Cuando él no responde, ella le cuenta todo sobre su encuentro con Will.

–Pero somos amigos –concluye–. Incluso si no nos volvemos a ver nunca, siempre seremos amigos. Es así.

–Entonces, lo he entendido todo al revés. Tengo cierta tendencia a hablar antes de pensar.

–Bueno, ahora ya lo sabes. Y, para que quede claro, no estoy investigando los hábitos románticos de los hombres italianos.

Él parece avergonzado.

–Ambos hemos acudido a grandes estereotipos esta noche. No sé por qué he dicho eso.

–Porque es el tipo de cosas que siempre se dicen de nuestras respectivas culturas.

–Nosotros tenemos un dicho: «*Tutto il mondo è paese*». Deberíamos pensar más así en lugar de centrarnos en las diferencias. –Ella no lo entiende y él intenta explicárselo–: Creo que hay un dicho parecido, «El mundo es un pañuelo», pero no expresa la misma noción... –Busca las palabras adecuadas–, ni la misma idea sobre la vida. –Hace una pausa antes de continuar–: Al final, las personas no son tan diferentes unas de otras, ¿no crees?

Ella enseguida muestra su desacuerdo:

–Pero hay diferencias enormes. Vosotros, los italianos, sois más sociables. Nosotros, los ingleses, nos esforzamos mucho para poder encontrar lugares en los que estar a solas.

–Tengo algunos amigos italianos a los que también les gusta el silencio y la calma. ¿Qué más se te ocurre?

–¿Qué hay de la bella figura? Eso de causar buena impresión a través de la moda y demás.

–Oh, eso es un viejo cliché.

–¿Sí? ¿Y qué me dices de la *passeggiata*? Presumir de tu atractivo, charlar, estar pendiente de lo que la gente dice de ti...

–Creo que has visto demasiadas películas en blanco y negro tipo *La dolce vita*. Y, además, ¿qué tiene de malo la moda? Es una de nuestras principales exportaciones. ¿Se te ocurre algo más? Admítelo, vosotros los ingleses os preocupáis también de lo que piensa la gente. ¿No queréis causar buena impresión?

–Una vez leí que los italianos viven para comer, no comen para vivir.

–Bueno, gracias a Dios. Debo decir que la comida de mis amigos americanos no era buena. Patatas fritas, hamburguesas con kétchup, perritos calientes... Creo que siempre elegiría la comida italiana a la comida rápida, gracias.

–Tengo que estar de acuerdo con eso.

–En cualquier caso, Anna –mueve las manos con entusiasmo mientras se prepara para el siguiente punto–, ¿qué tienen de malo las diferencias? ¿Qué tiene de malo la idea de mezclar esas diferencias que parece que te preocupan y crear nuevas y maravillosas recetas?

Ella se ríe.

–En realidad, se me ha ocurrido otra. Recuerdo cuando me senté en un café y observé por primera vez a la gente en Italia...

–¿Mirabas a la gente?

–Oh, sí. Es un pasatiempo muy serio, ya sabes. –Se ríe–. Pensaba que todo el mundo discutía. La gente a mi alrededor hablaba en voz alta, moviendo los brazos, dándose codazos cuando querían enfatizar una idea. Pensaba que iba a estallar un motín en cualquier momento. Estaba muy preocupada. Pero ahora sé que es vuestra forma de tener una conversación.

Él se ríe ante su descripción.

—¡Pero es bueno hablar!

Ella le sonríe.

—Sí, ¡lo es! Es muy bueno hablar.

Guardan silencio durante unos instantes y luego ella le pregunta por la idea del trabajo.

—Teresa y yo pensamos que podrías dar más clases. Hemos visto lo buena que eres con Alba. Las vacaciones de verano están a la vuelta de la esquina y habrá otros padres que estarán encantados de tener una oportunidad para que sus hijos aprendan inglés. Podrías crear una academia de verano.

—Pero no estoy cualificada.

—¿A quién le importa? Eres genial con Alba. Una profesora innata.

—Eres muy amable, pero no soy la mejor persona para tu idea. Ni siquiera terminé mis estudios.

—¿Y? ¿Qué importa? ¿Qué estudiaste?

—No te rías, pero...

El tono de Anna se apaga mientras piensa en si se atreve a admitir lo que está a punto de decir.

—Debes tener más confianza en ti misma —la regaña—. Creo que tienes muy baja autoestima y no mereces pensar de esa forma.

Los ánimos de él la incitan a explicarse:

—Empecé un grado en Filología Italiana cuando tenía dieciocho años. Supongo que, en el fondo, siempre quise saber más sobre mi parte italiana. Pero el curso no iba bien. Había demasiada literatura del Renacimiento y poca información sobre el día a día. No me pareció relevante en aquel momento, así que lo dejé. Luego intenté hacer un curso de enseñanza y también lo dejé; y, al final, hice un curso de secretariado, un fin en sí mismo, en verdad. Fui de trabajo en trabajo hasta que acabé en una agencia inmobiliaria. Luego conocí a Will cuando vino a ver una casa. Fin de la historia.

—¿Por qué dices «fin de la historia»? Te hace parecer vieja y rendida. *Su, coraggio*, Anna. No eres tan mayor. A propósito, ¿cuántos años tienes?

Se ríe.

—No es el tipo de pregunta que un caballero le hace a una señorita.

—*Coglioni.* Ahí va, una nueva palabra para tu lista de vocabulario.

Se vuelve a reír.

—Ya sabía decir «cojones». Es una de las primeras cosas que aprendí. Y tengo treinta y dos años, pero no se lo digas a nadie.

—¡Genial! El tres es un número especial. Tu vida acaba de empezar. Yo tendré pronto cuarenta, así que sé de lo que hablo. Y el desarrollo tardío forma parte de mi familia. Mi padre tenía cuarenta cuando Teresa y yo nacimos. Piensa bien en la idea de las clases. Consúltalo con la almohada y cuéntame.

Se levanta para irse, pero se para justo antes de llegar a la puerta.

—Antes de que se me olvide, he traducido otra sección del diario. No sé quién está más interesado ahora, si tú o yo.

Le entrega una carpeta que contiene unas páginas mecanografiadas y la cara de ella se ilumina. Le sonríe.

—*Grazie mille*, Francesco. ¿Ha estado Teresa hablando contigo? —Aprieta las hojas contra su pecho—. Estoy muy agradecida. Tengo muchas ganas de leerlas. Muchas gracias.

—*Buona notte, Anna!* —dice él y cierra la puerta a sus espaldas.

Antes de seguir leyendo la historia de su madre, piensa en la idea de enseñar inglés a los niños del pueblo. Necesita un trabajo. Crear una academia no hará llover las liras, pero sería un buen comienzo. Y, si es precavida, sus ahorros le permitirán quedarse y completar la investigación sobre los diarios de su madre. Ahora no sería capaz de dejarlos a un lado. Decide que también le preguntará a Teresa si puede quedarse con los trabajos de Francesco en la casa rural cuando él regrese a Bolonia al final del verano. Si está de acuerdo, eso le hará sentirse mejor sobre el hecho de quedarse en la Toscana.

Acurrucándose en la improvisada cama, abre el sobre de Francesco y saca las hojas mecanografiadas.

Capítulo 19

Domingo, 19 de noviembre de 1944

Este otoño no ha hecho más que llover y llover. Como si los dioses lloraran desamparados por la estupidez del hombre. Echar de menos a Jim es un dolor físico. Me tumbo al lado de *nonna*, sus ronquidos y mi preocupación me mantienen despierta, así que cada mañana dejo mi cama sin haber descansado. Y Davide aún no ha vuelto. Han pasado casi dos meses desde la última vez que lo vimos. Capriolo nos dijo que volvería pronto, que quizá se había unido a otro grupo de partisanos. Es algo que ocurre todo el tiempo. Quiero creérmelo y le repito esa misma teoría a *mamma* una y otra vez cuando se queda parada, retorciéndose las manos e implorándole a la *Madonna* y a todos los santos que protejan a su hijo, pero no estoy segura de que ninguno de nosotros crea de verdad a Capriolo. La novia de Davide, Carla, nos molesta preguntando por novedades y nos visita casi cada tarde, se sienta al fuego, ayuda a mi madre a ovillar la lana y se une al rezo del rosario. Es un periodo miserable y el tiempo no ayuda a levantar el espíritu.

Capriolo nos dice que la guerra debería haber terminado hace meses si no fuera por la lluvia. Los soldados de ambas partes se refugian en las montañas como ratas en un desagüe y los tanques no funcionan correctamente, se escurren y resbalan hacia abajo por la montaña. Ningún bando ha avanzado mucho. El barro y el frío se añaden a la miseria de todo el mundo.

Las cosechas se han estropeado y el trabajo ha cesado. El río está más lleno que nunca y pasa cerca del molino como una bestia enfadada. Tenemos que gritarnos para poder oírnos por encima del rugido del agua.

Luego, hace un par de días, la tierra se calentó gracias a unos rayos inesperados que produjeron fantásticas neblinas. Montebotolino flotaba sobre las nubes. Con los tejados recortados contra el cielo, adquiría un aspecto fantasmal.

–Mañana parará –dijo mi padre, que intuía el tiempo a la perfección–. Volveremos a empezar a moler al amanecer.

De madrugada, levantó las compuertas del canal del molino y observé cómo el agua borboteaba, corría y silbaba por el cauce, al lado del campo. Corrí hacia dentro, a la habitación de al lado de la cámara, donde las ruedas del molino ya giraban.

–¡Ayúdame a echar la harina en la tolva!

Mi madre se vio forzada a gritar para que la oyéramos por encima de la tormenta de agua que corría bajo nosotros y del chirriar de las enormes piedras que trituraban. Por encima de nosotros, el agua se canalizaba en dos estrechos canales que se dirigían a los remos que hacían girar la piedra.

–¡Esos sacos de ahí están llenos de mijo! –voceó–. ¡Primero haremos esos y luego el maíz!

Había mucho menos trabajo para nosotros en este momento de la guerra. Los *tedeschi* se habían apropiado enseguida del heno para los caballos y habían dejado que buena parte del grano se pudriera en los campos porque no había hombres para ponerlo a cubierto.

–*Mamma!* –grité por encima del estrépito–. Una de las piedras no muele bien. Voy a decírselo a *papà*.

Es un incordio cuando esto pasa. A veces, un trozo de madera o un nudo de zarzas bloquea los remos.

–¡Esperemos que sea un jabato como la última vez! –gritó mi madre–. Nos vendría bien la carne para la despensa.

Corrí para decírselo a mi padre, que estaba descargando sacos del burro de un cliente. Me gritó por encima del ruido del agua:

–¡Baja a ver!

Bajé corriendo la cuesta de al lado del molino hasta el arco por donde el agua debería estar saliendo a borbotones, moviendo los remos del eje que, a su vez, movía las piedras del molino. Me recordó a los juegos que solía jugar con Davide, cuando me quitaba el pañuelo de la cabeza y lo lanzaba al canal del molino. «¡Corre, corre, Ines, antes de que sea demasiado tarde!», me gritaba mientras se reía, para mi consternación.

Allá iba, tan rápido como mis pequeñas piernas me lo permitían, intentando recuperar el pañuelo antes de que se lo tragaran los remos por debajo del molino. Una vez, me tropecé antes de poder cogerlo y *mamma* me regañó por no tener cuidado y perder mi único pañuelo. Me hizo llevar un trapo en la cabeza hasta que tuvo tiempo para tejerme otro.

—El agua no fluye como debería por el embudo de la izquierda, *papà*.

Agarró su largo palo del almacén y se puso delante del muro del molino para pinchar el barro.

—¡Hay algo atrancado en uno de los embudos! —gritó—. No puedo moverlo. No hay manera. Tendremos que desaguar el estanque.

Blasfemó. El trabajo extra significaba perder un día entero de molienda. Yo también lo odio cuando tenemos que desaguar el estanque, porque el barro rancio apesta y el olor permanece en el molino durante días.

El agua salía despacio por el embudo de la derecha y permanecimos juntos en los escalones del molino a la espera de ver la causa del bloqueo.

Incluso antes de que *papà* pudiera saltar al pegajoso barro y darle la vuelta al cuerpo, supe que era él.

La pobre cara de Davide estaba casi irreconocible. Los peces se le habían comido los ojos y las cuencas nos dirigían una mirada vacía. *Mamma* gritó y chilló como un perro en agonía, un sonido que nunca olvidaré. Mi padre tuvo que alejarla del cuerpo de Davide en el barro mientras ella se lamentaba una y otra vez:

—¡Mi hijo, mi único hijo! ¿Qué te han hecho?

Yo me quedé allí, entumecida. Mis lágrimas no podían correr, porque en mi corazón ya había sentido que no volvería con nosotros. Había llorado por dentro durante semanas. En lugar de eso, me concentré en mi madre.

Las noticias corren rápido entre la gente de la montaña y los amigos y vecinos empezaron a aparecer por el camino del molino aquel día para ofrecernos el pésame. También hubo ayuda práctica. El cuerpo de Davide fue levantado con delicadeza del barro y unas almas amables lo lavaron y lo colocaron en la mesa de la cocina para prepararlo. Los hombres ayudaron a llenar el estanque del molino y terminaron los trabajos que habíamos preparado para aquel día.

No puedo recordar exactamente quién vino aquella tarde. Aquellas horas son un borrón de miseria, con mis pobres e inconsolables padres. Mis sentimientos estaban congelados, pero recuerdo que Capriolo se quedó todo el día. Se sentó allí, con lágrimas que le caían por la cara sin parar. Más tarde, ayudó lo mejor que pudo, con las manos heridas, a mi madre. Prepararon el cuerpo de Davide para el entierro. Cubrimos el agujero de bala, que le había arrancado parte de la cabeza por detrás, con uno de los sombreros de *papà* y lo vestimos con el traje de los domingos de *papà*.

—Ya no lo necesitaré —dijo—. No volveré a ir a misa nunca más.

Le quitamos los pantalones sucios por el agua del río y en el bolsillo encontramos el rosario que le había puesto en la mano para mantenerlo a salvo. Lo lancé al fuego. Luego, cogí del baúl que estaba a los pies de mi cama la carta que me entregó antes de irse.

—Léemela, Ines —susurró *mamma*.

Nos sentamos en la oscuridad y me incliné sobre el resplandor agonizante del fuego para leer en voz alta sus palabras. Había escrito la carta en una página arrancada de su viejo libro del colegio. Era breve y un par de palabras estaban borradas por la tinta corrida. Davide nunca había sido buen estudiante. Prefería estar fuera, ayudando con el ganado y guiando a los bueyes para arar el campo. Entonces, me imaginé cómo debía de haber forcejeado con el bolígrafo sobre el papel, con la lengua colocada en la comisura de la boca. Fue cuando empecé a llorar.

A mis queridos padres:

Siento no volver a veros de nuevo.

Siento no estar ahí para ayudar con el molino.

Siento no daros nietos para sentarnos juntos frente al fuego.

Pero no siento haber muerto por la libertad de Italia.

Vuestro querido hijo,

Davide

Con un llanto ahogado, Capriolo salió a zancadas de la cocina y dejó la puerta abierta a la oscuridad de la noche.

Capítulo 20

Noviembre de 1944

Capriolo me encontró en el cementerio. Había cogido un ramo de flores *vitalba* blancas para la tumba de Davide. Era todo lo que podía encontrar en el paisaje de noviembre. Con la vieja chaqueta de mi hermano sobre los hombros, me senté a escuchar el viento que susurraba entre el bosque de abetos plantados a lo largo de los muros del cementerio. Miré la foto que habíamos encontrado para colocar en la piedra. Quería hablar con él, pero no podía encajar las imágenes del apuesto y juguetón joven rostro que me sonreía desde la foto con el cuerpo podrido y medio enterrado en el barro que encontramos en el fondo del estanque.

La puerta del cementerio estaba oxidada y chirrió cuando Capriolo entró. Se sentó a mi lado en el suelo. Ninguno de nosotros dijo nada durante mucho tiempo y a mí me alegró que no intentara llenar el silencio con palabras vacías. Con el tiempo, me cogió de la mano y luego las lágrimas que había contenido delante de mis padres se derramaron.

—Era un hombre valiente, Ines —dijo despacio—. Debes recordarlo con orgullo. Antes de morir, salvó muchas vidas con los documentos que encontró.

Me limpié las lágrimas de las mejillas con enfado y quité mi mano de la suya.

—¿De verdad importa? —dije sombría—. ¿Importa algo esta estúpida guerra? No puedo soportarla. No puedo soportar el dolor y el odio. Y no puedo soportar quedarme aquí más tiempo.

—Sí, hay odio y desde luego que hay dolor. Pero también hay bien. Tienes que recordar por qué luchamos.

—He olvidado el porqué. Me parece un sinsentido.

–Entonces, la muerte de Davide tampoco tendría sentido.

–Era demasiado joven para morir.

–Lo sé –dice y deja de mirarme–, y siento que yo soy el culpable. –Cogió una piña de la hierba y la aplastó con la mano buena, antes de decir–: Lo recordaremos siempre joven.

–¿Quién le hizo esto, Capriolo? ¿Quién? ¡Averígualo y hazle lo mismo! –grité llorando.

Me puso un dedo bajo la barbilla y me levantó la cara, a la vez que me limpiaba una lágrima.

–Venga, Ines. *Su!* Hablar así no lo traerá de vuelta. Háblale. Háblame de tu hermano. El padre Luca celebró la misa de su funeral, pero nosotros podemos hacer nuestra propia ceremonia para él, allí arriba, donde a él le encantaba estar. –Señaló las montañas de detrás de nosotros–. Empieza tú. Dime lo primero que se te pase por la cabeza. Habla, pequeña.

Le miré mal, pensando que su idea era una locura, pero luego me vinieron a la cabeza imágenes. Empecé, vacilante al principio:

–Recuerdo cuando los tres nos metíamos en problemas con el padre Luca.

Capriolo continuó la historia:

–Estábamos realizando nuestro propio experimento sobre volar después de la escuela.

–Habíamos estado aprendiendo sobre Leonardo da Vinci y sus maravillosos inventos y el profesor Gerico nos había enseñado un libro gigante con fotos de sus máquinas voladoras, ruedas y otros artilugios. Los tres pasamos una eternidad intentando diseñar nuestros propios aviones.

–¡Dios mío! Recuerdo cuando te atamos alas hechas a mano a los brazos e hicimos que te colocaras al borde del precipicio de detrás de la iglesia de Rofelle.

–Recogimos plumas durante semanas en la granja de Giorgio para hacerlas. Obligábamos a Davide a meterse por debajo de la alambrada porque era el más pequeño. Yo estaba tan asustada. Mientras estaba en el borde del precipicio y miraba el río y las rocas de abajo, con esas ridículas alas puestas que sabía que nunca funcionarían, pensé que me iba a mear encima.

–Gracias a Dios, el padre Luca apareció justo a tiempo. ¡Estaba furioso! Recuerdo sus palabras como si fuera ayer: «En nombre de Jesús, María, José y todos los santos, ¿qué estáis haciendo ahí?». ¿Te acuerdas, Ines?

–¡Por supuesto! Davide salió corriendo y se escondió detrás de la iglesia. Tú y yo tuvimos que pasar el resto de la tarde limpiando candelabros en la sacristía.

Luego se rieron. Entre risas, Capriolo dijo:

–Tu hermano siempre tuvo un sentido del humor muy malo. Siempre se reía de sus propios chistes y eran malísimos.

–Y cuando se reía –seguí yo– echaba la cabeza hacia atrás y abría la boca mucho, incluso a veces rodaba por el suelo. Su risa era contagiosa. De hecho, *nonna* se meó encima una vez. Se rio tanto al verlo reír que no pudo evitarlo. –Ambos esbozamos una sonrisa y añadí–: Ahora dime tú algo de él.

Con la cabeza agachada, pensó durante un momento; luego, con voz apenas audible, dijo:

–Era el hermano pequeño que nunca tuve. Solía pensar que era un incordio, siempre pegado a mí, haciendo preguntas molestas sobre cómo afeitarse, cómo hacer anillos de humo... Y luego, más tarde... –me miró tras una pausa– preguntas sobre mujeres que le gustaban. Me habló de su primera novia, Carla. Intenté darle consejos sobre algunas cosas. Pero después de un tiempo la diferencia de edad no importaba. La guerra, entre otras cosas, nos hace a todos iguales.

–Carla es un alma perdida. Viene a nuestra casa casi todas las tardes. Dice que siente su presencia cerca del fuego. No puedo soportarlo –digo.

–Es joven. El tiempo la curará.

–¿Lo hará, Capriolo? ¿Realmente lo crees?

Hubo un silencio durante unos segundos, casi como si Capriolo estuviera contemplando si compartir o no un detalle. Habíamos pasado tantas horas juntos durante nuestra infancia que a veces sentía que sabía lo que estaba pensando. Se quitó el sombrero y el pelo le cayó sobre la cara. Sus dedos arrancaron matojos de hierba del borde de la tumba. Su mano derecha aún estaba envuelta en un trapo.

–Tu herida está tardando mucho tiempo en curarse –le dije–.
Si te quitas esa sucia venda, podría echarle un vistazo. Probablemente necesite un lavado de agua con sal, y podría preparar
un ungüento de ajo y miel.

Levantó la mirada y se quitó el pelo de la cara.

–No es necesario, Ines. Se curará sola.

Metió la mano en el bolsillo y vi una nube de tristeza en sus ojos
mientras seguía hablando:

–Tu hermano era muy valiente. En agosto, luchamos codo con
codo. Hacía un calor infernal. Estábamos abajo, cerca de Coriano,
en la carretera de Bolonia, refugiándonos en un granero bombar-
deado. Davide necesitaba fumar. Recuerdo que dijo que daría lo
que fuera por saltar al mar, que nunca había estado en la costa, y
me hizo prometerle que iríamos a Rímini cuando la guerra acabara. Él se llevaría el carro del molino y pasaría un día allí contigo,
con Carla y con vuestros padres. Hablamos de todo tipo de cosas
aquella tarde, de nuestros planes, de nuestros sueños. Tenía baja
la guardia, supongo. Dejamos el granero y lo siguiente que supe
es que estaba en el suelo, Davide encima de mí, y el ratatatá de las
balas de las ametralladoras de los *tedeschi* rebotaban sobre el polvo
a nuestro alrededor. Luego, en cuestión de segundos, cuando el
pelotón de las ametralladoras estaba cegado por su propio fuego,
me ayudó a levantarme y, de pie, caminamos tambaleándonos hasta
otra puerta. Me salvó la vida aquel día al cubrirme con su cuerpo
sin pensar en su propia seguridad.

Entonces los dos nos quedamos callados y vi cómo las lágrimas
le caían por las mejillas.

–Era demasiado joven, sí, y, a veces, creo que veía la guerra
como una especie de juego, pero su muerte no fue inútil, Ines.
Nunca debes pensar eso.

El aire de noviembre era fresco. Temblaba y él empezó a qui-
tarse la bufanda. Me la habría colocado alrededor del cuello,
pero lo detuve.

–Tengo que volver –le dije–. *Mamma* está mal, así que tengo que
cocinar la cena y encargarme de las tareas de la casa. Todo lo
que hace es sentarse en la silla junto al fuego. Ahora es mi trabajo

encenderlo, cuando siempre era su primera tarea de la mañana. Ni siquiera le presta atención a Carla cuando nos visita. Las dos se sientan ahí, como fantasmas.

—Antes de que te vayas... —Me agarró del brazo. Me preguntaba qué iba a hacer. Se acercó—. Davide me pidió que cuidara de ti, que os vigilara a ti y al *inglese*.

—¿Te refieres a Jim? Tiene nombre, ¿sabes?

Me alejé de él para que no me tocara.

—Es algo que has dicho antes —insistió—. Has dicho que no podías quedarte aquí. ¿Por eso te casas con él? ¿Para escaparte de todo esto? Tus recuerdos te perseguirán allá donde vayas. ¿Estás segura de que sabes lo que haces?

Levantó la voz cuando dijo esto, pero yo estaba enfadada y le grité de vuelta:

—¿De qué hablas? ¡Me caso con él porque lo amo!

—¿Y cómo se las arreglarán tus padres ahora que Davide duerme aquí? —Señaló la tumba recientemente excavada—. ¿No crees que deberías quedarte con ellos? No esperaba que te fueras a Inglaterra con él después de esto. Pensaba que te conocía mejor.

—No me conoces nada. Que hayamos vivido cerca toda la vida y hayamos ido juntos al colegio no significa que me conozcas, que sepas lo que me pasa por la cabeza o dentro del corazón. Y, de todas formas, ¿tú qué sabes del amor?

Yo estaba desatada, el enfado y la culpa se habían convertido en una potente munición.

—Tú solo estás enamorado de la guerra y de tus queridos ideales comunistas. Eso es todo lo que sabes. No sabes nada del amor.

Lloraba fuerte. Grandes sollozos brotaban desde muy dentro de mí.

No intentó consolarme. Se volvió a colocar el sombrero en la cabeza y dejó el cementerio, mientras murmuraba:

—Lo sé todo del amor, Ines.

Escuché cómo la puerta golpeaba el marco de metal. El ruido hizo eco entre el susurro de los pinos y el sonido de sus pies, que caminaban tristemente por el camino de vuelta al pueblo.

Capítulo 21

Anna se sienta en el escalón del apartamento con la taza de té del desayuno. Se siente insoportablemente triste por Davide. ¿Cómo acabó en el estanque del molino? ¿Quién colocó su cuerpo con la cruel intención de que la familia lo encontrara? Eso no puede haber sido un accidente. ¿Cómo puede un padre recuperarse de la muerte de un hijo? Y de una muerte tan terrible. Quizá *mamma* nunca le habló de la guerra porque algunas cosas eran demasiado dolorosas de recordar. Ahora Anna puede oír su voz hablando a través de los diarios.

Billi la ha encontrado y parece sentir su estado de ánimo. Intenta convencerla para que juegue, mordiéndole los dedos de los pies con sus pequeños dientes. Ella le hace cosquillas en la tripa y dice en voz alta:

—Cuidado con mi pierna herida, pequeño compañero. Para ti está todo bien, no tienes que preocuparte por nada excepto por tu próxima comida.

Tras decidir que necesita compañía humana, cojea para ir en busca de Teresa.

—*Permesso?* —dice, a la vez que empuja la puerta de la casa rural.

Francesco está leyendo el periódico en el comedor. La mira cuando entra.

—¡Eh! ¿Qué estás haciendo caminando por ahí? *Buongiorno. Che muso lungo stamattina.*

Cuando ella parece confundida, él se lo traduce:

—Tienes una cara muy larga esta mañana. ¿Qué pasa?

Se sienta delante de él, apoya los codos en la mesa y la cabeza sobre las manos.

–He terminado de leer lo que tradujiste. –Suspira–. Lo de Davide. Quiero llorar.

Él dobla el periódico, se inclina hacia ella y le toca las manos.

–Muy cruel –dice; ella asiente.

–La inhumanidad del hombre contra el hombre. Dudo que los animales sean tan despiadados... Lo siento, no soy buena compañía hoy, Francesco.

–Bueno, habrá que arreglarlo. ¿Qué tal un cambio de escenario? Hace un bonito día. Alba está jugando con sus amigos y Teresa no tiene nada que hacer: está el negocio vacío. Necesitas una buena dosis de distracción.

–Sería genial.

–¿Qué tal si te llevo a ver el molino de agua donde vivía tu madre? ¿Te ves capaz?

–Depende de cuánto haya que caminar. Pero dijiste que es solo un montón de piedras. Me encantaría ver la casa de *mamma*, pero aquel vendedor de miel gruñón me dijo que no me acercara. ¿No será peligroso?

–Está deshabitado, descuidado y cubierto de zarzas, pero la mayor parte aún está en pie.

Teresa los interrumpe con las manos en las caderas:

–Qué plan tan ridículo, Francesco. De ninguna manera Anna puede caminar por el río con la pierna así. Dale una semana por lo menos. ¿En qué estáis pensando los dos?

Anna está decepcionada, pero sabe que Teresa tiene razón. Se pasa los días siguientes haciendo ejercicios de estiramientos con la pierna y leyendo de nuevo los diarios. Teresa le da pequeños trabajos que hacer de vez en cuando y, a menudo, las dos mujeres encuentran un momento para sentarse a la mesa de la cocina, preparar verduras y hablar mientras trabajan.

–¿Mencionan tus padres alguna vez los años de la guerra? –le pregunta Anna un día.

–Solo para decir que fueron malos tiempos. Mi madre habla a veces de sus abuelos, especialmente en noviembre, cuando recordamos su muerte el Día de Todos los Santos. Visitamos el cementerio y dejamos flores frescas en las tumbas de nuestros parientes falleci-dos. Unos soldados alemanes dispararon a sus abuelos durante la guerra cuando se negaron a entregarles una vaca en concepto de provisión. *Bisnonno* les dijo que no podrían arreglárselas sin ella, que no eran más que ladrones, que se fueran de su establo. Y ellos les dispararon donde estaban. Pobres criaturas.

–No puedo ni imaginarme lo horrible que fue la ocupación.

–Nuestros mayores han interiorizado aquella época. Arriba, en el centro de día, donde mi amiga Patrizia trabaja, los mayores con demencia hablan del pasado y las memorias van surgiendo. En verdad, deberíamos grabar lo que dicen.

–Pensaré en ello –dice Anna–. Y quizá done el diario de mi madre al museo de Egidio –añade, sin estar muy convencida de que ese hubiese sido el deseo de su madre.

Una semana más tarde, está abajo, en el río, cerca del inicio del camino que lleva al molino, donde unos cuantos bañistas se relajan. Familias de las abarrotadas costas disfrutan de un pícnic con el aire fresco de las montañas. Francesco y Anna los pierden de vista enseguida cuando siguen su camino hacia abajo, hasta donde el río se bifurca.

–El río ha cambiado a lo largo de los años –le explica–. Solía ser una única corriente en este punto, pero la naturaleza quiere lo que quiere. Cogeremos la bifurcación de la derecha. Espero que no haya demasiada maleza, no he pasado por aquí en mucho tiempo. Deja que compruebe el camino primero. Espera aquí.

Ella lo mira mientras él camina sobre grandes rocas y vadea por el agua con sus zapatos de río. Ramas de un sauce verde oliva y plateado acarician la superficie de la corriente con la brisa y las cigarras mantienen su ruidoso y taladrador chirriar. Él se da la vuelta y se acerca para sentarse junto a ella sobre una amplia roca.

–Ten cuidado por dónde pisas, Anna. No quiero que Teresa se me eche encima. ¿Puedes...?

Se detiene y se da la vuelta despacio con un dedo sobre los labios. Río arriba una madre ciervo está bebiendo agua en la orilla; el cervatillo está detrás de ella. Cuando nota su olor, levanta la cabeza y se va, corriendo hacia arriba por la orilla hasta adentrarse en el denso bosque de robles. El cervatillo va justo detrás de ella.

—¡Qué hermosos! —susurra Anna—. Es lo más cerca que nunca he estado de un ciervo. Mi siguiente ambición es ver un erizo.

—Son nocturnos, así que no veremos ninguno hoy. Pero podemos estar alerta por si vemos una de sus espinas en otro momento. Alba las colecciona.

Él le señala un agujero en el barro. Se agacha para examinar las marcas que hay a la orilla del río.

—¿Qué crees que son?

—¿Quizá agujeros de alguien que ha quitado las piedras? —sugiere Anna—. Son muy bonitas. En Inglaterra se venden por cantidades exorbitantes en los centros de jardinería. Alguien con la maquinaria adecuada podría hacer una fortuna aquí.

—Por suerte, está prohibido quitar piedras del río sin un permiso especial. No, este agujero lo ha hecho un jabalí que se refrescaba en el barro.

Considera que estar en compañía de Francesco es muy interesante.

—Sabes mucho sobre la vida salvaje de por aquí. Serías un gran guía —le dice mientras se agacha para examinar el agujero.

Huele muy fuerte a animal. Se pregunta si un jabalí los está mirando desde la línea de arbustos que hay cerca de la orilla del río.

—Mi padre solía llevarme a pasear cuando era muy pequeño. Eso era cuando se encontraba bien. Le hirieron durante la guerra y nunca se recuperó. Se conocía este lugar de arriba abajo. De niño exploró cada rincón y cada ranura, recogía castañas, cazaba jabalíes y jugaba a esconderse en las cuevas. —Coge una piedra y la lanza al río—. Lo echo de menos, era especial.

—Tienes suerte de haber tenido un padre al que querías. Nunca me sentí muy cerca del mío.

Siguen el camino; la vegetación es tan densa en algunos lugares que Francesco tiene que cortar ramas y zarzas con el cuchillo para despejar el paso. Es atento, le pregunta a intervalos regulares si su pierna está bien e insiste en que tenga cuidado cuando pasan de una roca a otra. Tras la siguiente curva del río, donde la corriente es más fuerte, llegan a las ruinas de un molino. Es mucho más que un montón de rocas que bajan hasta el río. Sigue a Francesco hasta un caminito de escalones de piedra, casi ocultos por los helechos y el musgo.

—Ten cuidado —advierte tras darse la vuelta—, esta escalera está separada del muro del edificio.

No quiere volver a dañarse el tobillo, pero al mismo tiempo tiene ganas de explorar donde su madre pasó sus primeros dieciocho años de vida. La pintura de la puerta principal se ha despegado casi por completo y la aldaba, con la forma de la cabeza de un león, está oxidada y a punto de caerse. La quita.

—No me importa si esto se considera como un robo —dice mientras limpia la cabeza de león y piensa en que su madre quizá la tocó. Se la mete en el bolsillo—. ¿Sabes quién es ahora el propietario del molino? —pregunta—. Hasta ahora, *mamma* no ha mencionado a ningún otro pariente en el diario, además de a mis abuelos y, por supuesto, a Davide. Y todos han fallecido.

—No, pero legalmente debe pertenecerle a alguien, incluso si se divide entre varias personas y cada persona es dueña de diferentes habitaciones del lugar. A menudo es la forma en que funcionan las propiedades de por aquí. Podríamos averiguarlo en el *comune*.

Al lado de la puerta, cubierto de hiedra, están los restos de un antiguo horno de pan. La puerta está oxidada y llena de agujeros. Una pala con un mango largo manchada de carcoma está apuntalada contra el muro. Se pregunta quién sería la última persona que la usó para meter una *focaccia* sobre las cenizas calientes.

—Una vez que encendían el horno —le cuenta Francesco—, usaban las brasas para hornear otros platos. Y la gente de alrededor que no tenía hornos traía el pan o las verduras para hornearlas en los días asignados.

Francesco coge la pala y la examina con cuidado.

—Creo que deberías llevarte esta y limpiarla. Me sorprende que no la hayan robado antes. Hoy en día puedes encontrar todas estas viejas herramientas en los mercados de antigüedades. Hace poco vi una pala en el mercado de Arezzo y no era barata.

Mete los dedos en los anillos de metal hechos a mano colgados en uno de los muros agrietados del molino y él le explica que las mulas eran el principal medio de transporte y que las ataban a esos anillos mientras los dueños esperaban a que molieran el grano. Se agacha, preocupado por un trozo de hierro que hay enterrado cerca de la puerta. Saca una herradura.

–Colgamos esas en Inglaterra y se supone que traen buena suerte –dice ella.

–Llévatela también como *souvenir*. Nosotros decimos «En la boca del lobo» cuando le deseamos buena suerte a alguien y la respuesta es «Que se muera el lobo».

–Nosotros decimos «Que te rompas una pierna» –explica y se ríe–. Pero desde luego que no quiero que pase eso, con un esguince de tobillo es suficiente.

Ella hurga en su mochila en busca de su cámara para hacer una foto del molino y piensa en enviarles algunas fotos a Jane y a Harry mientras se pregunta si despertarán su interés. Tras bajar con cuidado hasta el río y el espacio arqueado bajo el molino, encuentra los restos de un enorme poste que hace tiempo hacía girar las piedras del molino. Francesco se arriesga a ir más abajo, a meterse en el hueco, y grita por encima del ruido del río desde dentro del espacio oscuro.

–*Accidenti!* Alguien ha cortado los remos y los ha robado. *Peccato!* ¡Una pena!

Salta hasta donde está ella y se sacude el polvo de las rodillas después de inspeccionar el sistema del molino. Anna se ha enfadado al pensar en extraños que desvalijan el molino para llevarse los recuerdos de sus ancestros. Sabe que sus sentimientos son irracionales. Después de todo, hasta esta mañana ni siquiera sabía si quedaba algo del molino de sus abuelos. Su pasado parece muy frágil. Sin los diarios, se habría perdido casi del todo.

–Me gustaría entrar y ver dónde vivió mi madre. No tienes idea de la conmoción que siento.

Ella deja que él la coja de las manos mientras abre la puerta y le dice que pise con cuidado sobre las podridas tablas del suelo. Cuando sus ojos se adaptan a la oscuridad, se da cuenta de que hay una pila de piedra agrietada debajo de la ventana. Camina hasta ella e intenta imaginarse a su abuela fregando cazos mientras mira el bosque que hay al otro lado del molino. Está muy baja, a la altura de sus muslos, lo que hace que piense que *nonna* debía de ser muy bajita. Un agujero debajo de la ventana muestra cómo el desagüe de la pila daba al río. En el suelo hay un colador roto sin una pata y un cucharón sin mango. En la estantería construida en el rincón, con una puerta que cuelga de manera oblicua, hay una lata oxidada de café Lavazza. La coge como otro objeto de recuerdo. En una revista ha visto hierbas plantadas en este tipo de latas retro. Copiará la idea. Puede ponerla en el alféizar para recordar la historia de su madre.

–Quiero subir para ver dónde dormían *nonna*, *nonno*, *mamma* y Davide.

Los nombres le salen de la boca como si los hubiera estado diciendo cada día de su vida.

Con mucho cuidado, sube por la escalera a las habitaciones. Se apoya de manera precaria sobre una apertura del piso de arriba. El yeso se cae de los muros. Hay un agujero en el tejado por el que ve nubes y el cielo azul celeste. Parece una postal en movimiento. Un crucifijo cuelga de un viejo cabecero de metal, que sujeta un colchón lleno de agujeros de ratón. Se imagina a sus abuelos acostándose justo después del anochecer y levantándose al alba, ansiosos por volver a sus tareas antes de que llegue el calor insoportable del día. Acercándose a una ventana, sin cristal ni persianas que la protejan de los elementos, ve montañas de color índigo azulado. Hilos de nubes están atrapadas entre los árboles de la cima. Coloca las manos sobre el sillar de piedra y se asoma para ver el plateado lazo de agua que danza hacia abajo en su viaje hasta el mar de Rímini. La tristeza la inunda y sacude la cabeza. Francesco se acerca y la acoge en sus brazos, sin decir nada, solo sujetándola. Después de un rato, la suelta y le sugiere que salgan a la luz del sol.

Encuentran una roca plana en la que sentarse. No le apetece hablar y él parece entender su necesidad de estar en silencio. Ella observa cómo él prepara el pícnic. Francesco coloca una botella de vino en la parte poco profunda del agua y la sujeta con una roca. Luego, extiende un mantel sobre la hierba y encima pone media hogaza de pan toscano, un trozo de queso de oveja, un tarro con pimientos en aceite y un racimo de uvas. Comen en silencio. Los únicos sonidos son los del río y las lejanas campanas de las ovejas. Poco a poco se calma y se recupera gracias a una comida deliciosa. Está agradecida por su discreta presencia.

–*Grazie* –dice ella y se bebe las últimas gotas de vino de su vaso–. Tras haber leído cómo mi madre vivió las brutalidades de la guerra, intentando ser valiente cuando mi padre desapareció y se fue quién sabe dónde, de repente todo me abrumó. La pobre mujer pasó la guerra aquí y luego sé que tuvo otra guerra personal con la que lidiar en Inglaterra. No fue una mujer feliz. Es tan triste este viejo edificio en ruinas, que se desmorona en la nada. Parece reflejar lo que estoy aprendiendo del pasado de *mamma*.

–No se está desmoronando en la nada, como has dicho. Estáis tú y tu hermano y tu hermana. Tu madre vive a través de todos vosotros.

–Ojalá hubiera sido capaz de hablarme abiertamente sobre su vida.

–Lo hace ahora, Anna, a través de su historia. Escúchala. Si necesitas más ayuda, estoy aquí. Quizá podamos encontrar a gente que conociera a tu familia. En aquellos tiempos, la gente iba de visita a las casas de los demás por la tarde para hacerse compañía. Era la *veglia*. Se trataba de una comunidad muy cercana. Y también había muchos matrimonios entre las familias.

–Sí, me gustaría hablar sobre ella con más gente. Gracias, Francesco. Eres un hombre muy amable.

–Tú eres una mujer muy amable, que ha sido muy buena con mi hija, así que estamos en paz. Vamos, *andiamo*. Las nubes me avisan de que se está formando otra tormenta. Mejor volver antes de que el río te la vuelva a jugar.

Ella lo ayuda a recoger los restos de la comida y se asegura de que no dejan basura. Se ponen en marcha para volver al pueblo sin entretenerse por el camino.

Ella lo besa en la mejilla cuando llegan a la casa de la *piazza* y le dice:

—Gracias por una tarde maravillosa.

—De nada. Debemos repetir. Buenas noches, Anna.

Él coloca brevemente la mano sobre su mejilla y después se va; ella se queda de pie ante la puerta y observa cómo camina de vuelta a la casa rural.

Al quitar la tapa del viejo tarro de café para lavarlo, Anna encuentra dentro un rollo de papel que saca con cuidado. Parece un documento oficial, sellado y datado en 1947, con un par de firmas en la parte de abajo. Y envuelta en un trozo de tela hay una medalla, parecida a las que vio exhibidas en el museo de Egidio. Está segura de que Francesco entenderá su significado. Otro favor más que pedirle. Pero está segura de que no le importará. Hoy se ha mostrado mucho más cálido y comprensible. Ha disfrutado de su compañía.

Mientras canturrea para sí, mete una maceta de albahaca en el tarro beis y rojo, y lo coloca en el soleado alféizar.

Da sus primeras clases de inglés al aire libre. Se ha corrido la voz y ahora tiene un grupo regular de seis jovencitos.

Después de hacerles una prueba sobre el vocabulario en inglés, observa cómo juegan en el agua. Teresa le ha contado que los locales dicen que el río es la «*spiaggia*», la «playa». Durante la guerra, los soldados alemanes solían venir a este lugar del río, bajo el sol abrasador de agosto. Se quitaban los uniformes para refrescarse en las aguas de la montaña. Está segura de que este río podría contar más de una historia. Por las tardes, siente la necesidad de caminar por la orilla del río antes del atardecer, para saborear el aire fresco y buscar fósiles. También observa las libélulas, que sobrevuelan el agua danzante. Algunas veces le gusta pensar que puede oír voces, pero se da la vuelta para mirar y no hay nadie, solo el borboteo del agua a su paso por las rocas. Su cabeza está llena de pasado y llega a la conclusión de que este juega con ella.

Después de que los padres recojan a los niños de la academia, Anna ayuda a Teresa a preparar la cena en la cocina durante una hora o así. Tienen una reserva de veinte personas para una fiesta esta tarde y está contenta de poder ofrecerle un par de manos extra.

—¿Puedes cortar esos calabacines muy finos, Anna? Haremos carpacho de calabacín. Luego, ve a recoger un puñado de flores de borraja y espolvoréalas por encima. Y recuérdame que te dé el resto de la traducción antes de que te vayas. Francesco ha avanzado.

El huerto está en la colina con vistas a Montebotolino. Mientras llena la cesta con flores de borraja moradas y recoge tomates *cherry* ya maduros, observa el solitario pueblo sobre el peñasco y decide que debe aventurarse de nuevo y visitar al vendedor de miel. Está decidida a que él no la va a controlar. Es frustrante pensar que estaba vivo cuando su madre vivía aquí y que todavía no ha conseguido mantener una conversación de verdad con él. Quizá incluso se encontraba en la zona cuando su tío fue asesinado trágicamente. Podría darle más detalles al respecto. Pero es difícil conversar con él por su cabezonería al negarse a hablar de la guerra. Se pregunta si hay un dicho en italiano parecido a «Hacerle ver al ciego lo que no quiere ver». Decide preguntarle a Francesco la próxima vez que hablen, cuando le enseñe el contenido de la lata.

Capítulo 22

Mayo de 1945

El 2 de mayo los *tedeschi* se rindieron. La guerra había terminado. La gente se congregaba fuera de sus casas a medida que se transmitía la noticia. Golpeaban las tapas de las latas, usaban cucharones de metal para dar a los cubos, agitaban cencerros de un lado a otro, agarraban cualquier cosa que cayera en sus manos para crear un estrépito que se expandiera por los valles de aldea en aldea. Las campanas de las iglesias repicaron y la gente se abrazó, rio, bailó y lloró.

Nos unimos a ellos con el corazón pesado, porque la herida por la pérdida de Davide aún estaba abierta. Tampoco había habido noticias de Jim desde que me había despedido de él con un beso hacía siete largos meses. Capriolo nos visitaba siempre que podía para hacernos compañía. Él entendía el hueco que la muerte de Davide había dejado en nuestras vidas. Durante el duro invierno de 1944, llamaba a nuestra puerta tan a menudo como podía por las tardes e intentaba llenar el sitio de Davide en torno al fuego. Nadie podía explicarnos su muerte, pero la guerra convierte a los hombres en bestias y había otros muchos relatos de crueldad que entender. Davide era solo uno más en una lista de miles. Solo dos días antes del final de la guerra oímos informes sobre el asesinato de otra pareja de ancianos en Rofelle que se negó a irse de su casa cerca de la Línea Gótica. «Somos demasiado mayores para irnos ahora –habían protestado– y hemos pagado nuestros impuestos. No tenéis derecho a hacernos esto. Es nuestro hogar». Los *tedeschi* les dispararon mientras rogaban poder quedarse; eran dos personas frágiles que no suponían una amenaza para nadie.

Sigo presionando a Capriolo para que investigue el asesinato de Davide cada vez que lo veo.

—Cuando encuentres a quien lo ha hecho, dímelo y yo seré la primera en llevar a cabo mi venganza.

Él me escucha, pero no tiene respuestas.

Los agricultores han vuelto a traer grano otra vez para el molino, lo han recogido más tarde que de costumbre de los campos. Una parte es mala, resultado de la escasa cosecha del año pasado, y tiene que ser desechado. A pesar de ser el final de la guerra, nada ha cambiado mucho en cuanto a provisiones de comida. Aún tenemos escasez de muchas cosas.

—Ines, divide todo este grano en sacos y retira el malo. Guarda todo lo que puedas. No estropees nada.

Mi padre grita instrucciones por encima del agua, que fluye con rapidez. Estoy en la habitación que da a la maquinaria, recogiendo los sacos de grano de nuestros clientes. Se ha asegurado de que el estanque esté lleno para empezar a moler esa misma tarde. Agradezco el trabajo duro, sirve para que pase el tiempo, que se hace largo.

Capriolo ha disuelto a sus partisanos y ha empezado a visitarnos otra vez con más frecuencia.

—No volverá, Ines. Tu hombre inglés —me dice—. Harías mejor si te olvidaras de él. Ha vuelto con las mujeres inglesas de pelo rubio y ojos azules. Sin mencionar sus largas piernas. Estarías mejor con uno de nosotros.

No estoy segura de si solo se trata de una broma para meterse conmigo. Pero durante los últimos meses he empezado a pensar que hay verdad en sus palabras. El último invierno parece haber durado una eternidad. Ha sido húmedo y miserable, y hemos pasado demasiado tiempo metidos en casa, demasiado tiempo pensando. Incluso ahora, cuando intento visualizar la cara de Jim o cómo solía pronunciar palabras en italiano de esa forma graciosa que me hacía reír, me resulta difícil recordarlo.

El sol de este mayo es como el de agosto. Me llevo a un par de ovejas a pastar a la parte alta del río. Me arremango y me desabrocho un par de botones de la blusa y me siento como un lagarto que va a saborear el primer sol después de haber estado escondido debajo de las piedras. La hierba está perfumada, la roca que hay detrás de mi espalda está caliente y es cómoda, y las primeras flores de la primavera asienten con la brisa. La vida podría ser casi perfecta si Jim estuviera sentado a mi lado.

Salto al sentir una roca que resbala hasta la orilla. Quizá es una víbora que también sale de la hibernación. Es la temporada en que son más venenosas. Pero solo se trata de Capriolo. Salta hacia abajo y se sienta cerca de mí.

–Necesitas hacerte con más ovejas –dice–. Dile a tu padre que podría llevarlo al mercado de Pieve el próximo lunes y ayudarle a cargar un número decente en el carro. Los negocios están arrancando de nuevo, despacio.

–Pensé que te necesitaban de nuevo en la ciudad. ¿Qué hay de tu trabajo en la oficina?

Coge una brizna y la mastica.

–Se lo han dado a otro. Pero no me importa. ¿Cómo podría estar escondido en una oficina después de todos estos años en las montañas?

–Pero esos eran años de lucha. Ya no hay luchas, no hay batallas que ganar.

–Te equivocas. Hay muchas batallas por las que luchar. Si queremos la Italia por la que luchamos, debemos seguir con la lucha política. Me han preguntado si quiero ser el representante del partido local. No puedo hacer eso desde la ciudad.

–¿No lo echarás de menos? No hay mucho que hacer por aquí.

–No podría volver nunca a la ciudad. Echarás de menos este lugar si te vas a Inglaterra, créeme. He estado en más lugares que tú y no hay nada que se le parezca. La guerra me ha enseñado mucho, no solo a luchar. Me ha enseñado más sobre la vida de lo que habría aprendido en tiempos de paz.

–Tengo muchas ganas de que Jim vuelva y de que me lleve con él.

–¿Realmente crees que va a volver?

–¡Por supuesto! ¿Por qué me dices tantas tonterías?

–Porque soy un hombre y sé cómo son los hombres.

–Él es diferente.

–Sí, él es diferente. Eso es lo que me preocupa.

Se levanta y camina hasta el borde de la ladera.

–Tú crees que quieres huir de todo esto –dice señalando el horizonte que bordea los Apeninos, azul por el sol de media tarde–, pero no te das cuenta de cuánto perteneces a un lugar hasta que lo pierdes. No serás nada cuando te vayas de aquí.

--Dices muchas tonterías. Seré la mujer de Jim. Seré mucho más que la hija del molinero que a veces lleva ovejas y vacas a la ladera.

–Eres tan inocente. No entiendes lo que intento decirte.

Se acerca a mí, puedo sentir su aliento en la cara; avergonzada, me separo.

–Y tú suenas como un hombre viejo y aburrido. Puedes quedarte aquí y pudrirte bebiéndote las horas en la *osteria,* pero yo me voy para siempre. Quédate tú con este lugar.

Golpeo a la oveja para que se mueva y lo dejo solo en la ladera pensando en sus altos ideales.

Mientras me acerco al molino, noto que hay un hombre esperando en el puente. Un extraño, alto, con el pelo corto y rubio, vestido con uniforme británico. Se parece a Jim, y, cuando grita mi nombre, suelto el palo y corro tan rápido como puedo. Se lanza a mis brazos. Puedo sentir sus huesos a través de la camiseta: está más demacrado que en octubre, más pálido y suavemente afeitado. Parece muy inglés en su uniforme cuidadosamente planchado. De repente, siento timidez.

–Has vuelto –le digo, porque no sé qué otra cosa decirle.

–¿Alguna vez dudaste de mí, Ines?

–Ha pasado mucho tiempo. ¿Dónde has estado? Estaba preocupada de que hubieras vuelto a Inglaterra, con las mujeres rubias de ojos azules...

Él la interrumpe:

–Ines, he estado en lugares horribles. Estaba tan feliz contigo aquí en las montañas... Nunca he sido tan feliz. Por supuesto que he vuelto a por ti. He esperado tanto este momento...

Sus ojos se llenan de lágrimas cuando me abraza y me agarra tan fuerte que casi no puedo respirar.

Después, una multitud empieza a congregarse alrededor. Mis padres, gente del pueblo que había visto un todoterreno británico llegar a la *piazza* y dirigirse hasta la parte baja del río... Todo el mundo quiere estrecharle la mano.

—Siempre pensamos que eras un *inglese* —dice uno de ellos—. Pero no estábamos seguros. *Bravo, bravo.*

Le estrechan la mano tantas veces de arriba abajo en agradecimiento que después me dice que pensaba que se la iban a arrancar. Todo el mundo quiere tocarlo, agradecerle al *inglese* que haya ayudado a acabar con una horrible guerra, como si él hubiera sido el único soldado de toda la Armada Británica. Pero es el único que ha vuelto a nuestro pueblo tan pronto después de la guerra.

5 de junio de 1945

—Estate quieta, Ines... Si sigues moviéndote, te clavaré los alfileres a ti en lugar de a la tela.

—Nadie sabrá nunca que era un camisón, *mamma*, es perfecto. Eres tan inteligente y la tela es tan elegante.

Paso los dedos por el dobladillo de encaje y siento la seda suave y fría en mi piel. Nunca había llevado nada de ese material. Había crecido acostumbrada a la ropa de trabajo reciclada de los tiempos de guerra que me dejaba mi hermano. Me siento preciosa. Me giro para mirarme en el espejo roto de mi madre.

—Si vuelves a doblarte, el dobladillo acabará del revés en la espalda. Hoy eres peor que un niño inquieto. —Mi madre tiene alfileres en la boca, lo que le hace difícil hablar—. No puedo pasar demasiado tiempo con esto, así que estate quieta. Aún tenemos mucho que hacer antes de mañana.

Mañana es el día de mi boda. Ha habido pocas ocasiones durante los últimos años para una celebración y, con el alivio del final de la guerra y el anuncio de nuestro matrimonio, todo el mundo se ha unido para ayudarnos a preparar una fiesta especial. Los vecinos han ido dejando cualquier cosa de la que puedan prescindir en los escalones del molino durante días desde que

Jim volvió: cestas de verduras, tarros de conservas, vino y ramos de hierbas.

—Luego puedo ayudarte a hacer *cappelletti*, *mamma*.

Ayer nos dieron una cesta de huevos frescos para preparar los tradicionales *ravioli* en forma de sombrero para el banquete.

—¿Por qué crees que me levanté esta mañana a las cinco? Mientras tú dormías, yo estaba ocupada enrollando pasta. Pero aún tenemos que decorar el establo para la fiesta de después. No me puedo creer que hayan pasado veinte años desde que tu padre y yo bailáramos ahí el día de nuestra boda.

Se quita los alfileres de la boca y rebusca en el baúl que hay a los pies de la cama, una cama doble de madera de cerezo, donde *papà* y ella duermen desde que *nonno* falleció.

—Ven aquí, niña. Deja que te ponga esto.

Sujeta el velo que llevó ella misma en su boda. Está amarillento por el paso del tiempo. Lo bordó a mano mi bisabuela, que fue la primera persona que lo llevó en su día especial.

—Lo lavaré con cuidado y lo meteré en agua de lavanda y estará como nuevo. Mañana hace sol, se secará en nada sobre los arbustos.

Mi padre grita desde abajo, por las escaleras:

—¡Assunta, no queda nada! Alguien ha robado nuestras cosas.

Mamma se acerca a la escalera y le grita:

—¡Estás buscando en el árbol equivocado, Aldo! Mira en el roble con la flecha grabada en la corteza.

Unos meses después del inicio de la guerra, cuando los alemanes llegaron a la ciudad con sus camionetas para ocupar Badia, muchos pueblerinos enterraron posesiones en cajas en los bosques para evitar que se las saquearan. Eso era lo que hacían: saqueaban las casas y robaban el heno para dar de comer a los caballos de sus tropas. Ahora había llegado la hora de recuperar las verduras en conserva, el vino, el lino y cualquier cosa que hubiera acabado en esas despensas secretas. Creo que incluso *mamma* había olvidado qué había metido allí hacía dos años.

—Ve y ayúdame tú misma si estás tan segura —mi padre vuelve a gritar—, pero creo que un maldito ladrón se ha llevado nuestras cosas.

Mi madre se da prisa por salir, farfullando mientras lo hace:

—Realmente no sé cómo sobrevivirías sin mí, Aldo. Tengo que hacerlo todo yo en esta familia.

Le quita la pala de forma abrupta de las manos y empieza a cavar unos cuantos metros más lejos de donde *papà* está de pie. El sonido del metal golpeando metal demuestra que ella tenía razón. Siempre están igual. Mi madre tiene mucho sentido común. Una parte del lino está manchado de moho, un tarro de calabacines se ha derramado y tenemos la esperanza de que el vino no se haya avinagrado.

Siempre atesoraré la última tarde que pasé con mis padres como *signorina*. Caminamos juntos por el campo y recogimos flores salvajes que florecían donde crecían las cosechas en tiempos de paz: vezas, campanillas, orquídeas moradas, margaritas, ginesta amarilla con dulce aroma y guirnaldas de *vitalba* para colgar de las vigas del establo. Barrimos el suelo del establo y colocamos grandes tablones sobre bloques de madera. Mi madre, con las manos en las caderas, parecía satisfecha mientras inspeccionaba el trabajo de la tarde.

—Mañana por la mañana colocaremos las sábanas de la *nonna* sobre los tablones como manteles y esparciremos pétalos de rosas salvajes en torno a los platos. Nuestra celebración nunca será olvidada. Aldo, ve a cortar leña para el horno, Ines y yo tenemos que hablar.

Caminamos juntas en un silencio incómodo por el camino de herradura de cerca del río. Yo podía imaginarme hasta cierto punto lo que estaba por llegar.

—Mañana —empezó a decir mi madre— quizá no te guste lo que va a pasar entre tú y Jim cuando estéis a solas, cuando estéis en la cama juntos, por la noche, después de la *festa*. No te asustes de lo que te va a hacer. Quizá, al principio, sientas dolor ahí abajo, pero te acostumbrarás. Una mujer tiene que hacerlo por su marido y, si tienes suerte, haréis un bebé y empezaréis una familia.

Todo esto lo dijo rápidamente, sin mirarme ni una vez, con la mirada dirigida al frente y las mejillas sonrosadas.

Cogí una piedra de la orilla y la lancé por encima del agua como a menudo hacía con Davide en nuestros juegos infantiles. No sabía qué decir. Cabía suponer que lo que iba a pasar al día siguiente no sería tan malo, porque ella y mi padre aún dormían juntos en la misma cama alta. Mañana, Jim y yo dormiríamos allí. Hace unos días mi madre lavó y planchó unas sábanas viejas de lino para nosotros.

–He tenido que remendarlas –me dijo y me enseñó las perfectas y diminutas puntadas mientras la ayudaba a doblar las sábanas antes de secarlas sobre los arbustos–, pero aún son de alta calidad y servirán. Eran de la *nonna*, que Dios la bendiga. Es una pena que no esté aquí para tu boda. Le habría encantado, Ines, pero no pudo soportar la pérdida de Davide... –Mi madre se interrumpió y suspiró–. Pero no nos pongamos tristes. Solo piensa en ella mañana. Ella hizo el encaje de estas bonitas fundas de almohada. Si la guerra no hubiera ocurrido, podría haberte enseñado a coser así a ti también.

Mamma se paró un momento durante nuestro paseo por la orilla del río.

–Jim parece un buen hombre, pero no es uno de nosotros. Mi corazón se rompe ante la idea de perder a otro hijo.

Me cogió la cara entre las manos, un gesto raro de afecto, y luego sus lágrimas empezaron a caer, a pesar de sus esfuerzos.

–Primero pierdo a Davide y ahora a ti. Inglaterra está demasiado lejos. ¿Cómo puedo ayudarte a ser una esposa? ¿Con quién hablarás cuando necesites consejo? ¿Estás segura de que sabes lo que estás haciendo, niña? Pensar que harás todo ese camino sola a Inglaterra me llena de preocupación. ¿Cómo vas a hacerlo tú sola?

–*Mamma*, ya hemos hablado de esto una y otra vez –intenté no demostrar mi falta de paciencia–, Jim tiene que terminar de servir en la Armada Británica. Te lo he explicado muchas veces. Se unirá a mí después de tres semanas. No será demasiado tiempo. Ha conseguido comprarme un billete de tren especial y sus padres me recogerán en la estación. Me cuidarán como si fuera su propia hija. Y Jim te ha dicho que me traerá a menudo, cada verano. ¿No crees a Jim?

–Decir y hacer son dos cosas muy diferentes. ¿Qué pasa si no puede encontrar trabajo? ¿O si la tarifa es muy alta? Sé que estoy siendo una madre egoísta. Debería estar contenta de que seas feliz, pero ahora solo te tengo a ti.

Puse las manos alrededor de mi madre. Hasta ahora siempre había sido al revés. Ella era la que me consolaba y me guiaba.

–*Mamma*, te escribiré a menudo y te contaré todo sobre mi nueva vida en Inglaterra.

–¿Y qué hago yo con esas cartas? –susurró–. No sé leer ni escribir. Ya lo sabes.

–Puedes pedirle al padre Luca o a Capriolo que te las lean. Por favor, no me digas que no vaya, *mamma*. Amo a Jim y él me ama a mí. No puedo quedarme aquí sin él.

Esta tarde, mi madre se ha guardado las lágrimas con valentía. Todavía sigo sin entender las cosas horribles que quizá ocurran en la cama con Jim, pero no estoy preocupada. Cada vez que me coge en sus brazos, que me besa, que me acaricia, no quiero que pare. Pero me guardo esos pensamientos para mí.

–Recuerda, Ines, siempre puedes volver con nosotros –me dice *mamma* mientras arregla los lazos de mi vestido de novia, que cuelga en el armario de su habitación–. Siempre tendrás un hogar aquí.

No puedo imaginarme por qué me ha dicho esas cosas. Estoy más feliz que nunca y ya tengo ganas de que empiece mi nueva vida.

7 de junio de 1945

Todo el mundo de lejos y de cerca vino a celebrar, incluso a pesar de que lloviera a cántaros en nuestro día especial.

–*Sposa bagnata, sposa fortunata* –siguió diciendo *mamma* mientras me cepillaba el pelo, consolándose con viejas creencias que decían que la lluvia daba buena suerte a la novia.

El padre Luca llegó tarde porque el camino era un cenagal y tenía que darse prisa con nuestra ceremonia porque lo necesitaban en otra parte para administrar la extremaunción a una mujer mayor de Fresciano. Teníamos planeado caminar desde la iglesia hasta el establo en procesión, llevando velas en tarros de mermelada para que guiaran nuestro camino, pero la lluvia también estropeó todo eso. Mi vestido de seda estaba salpicado de barro y las flores se me caían del pelo, pero me agarré al brazo de mi bello esposo y sentí que era la novia más bonita que jamás hubiera existido.

La gente vino al establo no solo para celebrar nuestro matrimonio, sino también para festejar el final de los terribles años de guerra. La emoción me quitó el hambre y no pude hacerle justicia a la comida, pero mis ojos se dieron un atracón con el despliegue. No podía recordar haber visto tantos platos juntos: platos de jamón, conservas de nueces, calabacines, berenjenas y champiñones, hojas de lechuga salvaje de los campos con trufa rallada espolvoreada por encima, palomas asadas, cerdo, pollos y un joven jabalí entero. Corrió el vino, las caras se pusieron cada vez más rojas y las bromas eran cada vez más subiditas de tono. Luego empezó la música. Mi padre se colocó el acordeón al hombro y después de un inicio oxidado la música fluyó por el aire. Quitaron las tablas que se habían convertido en mesas de sus soportes. Colocaron en cestas las sobras para que los invitados se las llevaran y comenzó el baile.

—Tendrás que enseñarme los pasos —me susurró mi marido mientras nos movíamos hasta el círculo vacío; todos sonreían—. Estos bailes son diferentes a los que yo conozco.

—Solo escucha la música, todo irá bien.

Se agarró a mí como si se fuera a caer y nuestro primer vals no fue tan bien como podría haber ido, pero no importó, porque la pista enseguida se llenó de otros bailarines y fuimos arrastrados por la multitud.

—¡Es cansado este baile! —Jim paró y una pareja se chocó con nosotros—. Me duele la pierna.

Me llevó de la pista de baile al rincón del establo, donde estaban casi todos los hombres reunidos alrededor de los barriles de vino. Algunos de ellos ya se tambaleaban y le dieron palmadas en el hombro, felicitándole y estrechándole la mano de arriba abajo una y otra vez. Vi cómo se bebía de golpe un par de vasos y luego me uní a *mamma*. Solo por hoy se había quitado su ropa de luto, que llevaba desde la muerte de Davide. Pero su vestido de domingo azul de lunares le venía grande y su cara era triste. Mientras me acercaba, ella dio golpecitos a la silla que tenía al lado y me cogió de la mano. La música estaba demasiado alta para hablar, pero ambas entendimos lo que había en nuestros corazones.

A un lado de la pista de baile, de repente, surgió un tropel de hombres enzarzados en una discusión. *Papà* dejó de tocar, las notas de su acordeón suspiraron en un grito ahogado discordante a la vez que dos hombres caían al suelo en un remolino de puñetazos y palabrotas. Capriolo empujó a Ezio entre los bailarines y tiró a una mujer al suelo mientras avanzaba. Su pareja, gritando con furia, intentó separar a la fuerza a los dos hombres y se lo pagaron con un puñetazo en la cara. La sangre de la nariz rota chorreó sobre su camisa blanca. Miré con terror mientras Capriolo, con el rostro oscuro lleno de emoción, seguía maltratando a Ezio, golpeándolo en el pecho, a la vez que le gritaba:

–¡Cómo te atreves a aparecer por aquí hoy, bastardo! ¿Qué le hiciste?

Golpeó a la víctima hasta que cayó al suelo. Se sentó a horcajadas sobre él. El sonido de su puño golpeando el cráneo de Ezio fue como un hacha talando un tronco. Ezio lloriqueó.

–Quítate, suéltame –dijo e intentó escabullirse de entre los muslos de Capriolo, pero no era rival para su fuerza, y mientras su prisionero estaba acorralado, Capriolo siguió con la bronca, arrastrando las palabras a causa de la bebida.

–Fue tu culpa que él muriera, jodida comadreja asquerosa. Nos espiaste y te metiste en nuestras vidas como la rata que eres. ¡No te mereces vivir!

El lamento que Ezio dio por respuesta fue casi ininteligible, pero con la boca abierta por el *shock* le oí decir:

–Si no hubieras intervenido aquella noche, aún estaría vivo. Es tu culpa, no mía...

Capriolo dejó que se le escapara un aullido agudo y volvió a golpear a Ezio con los puños.

Era demasiado para poder soportarlo. Me abrí camino entre los morbosos invitados, cogí una silla y la destrocé contra el par que se peleaba.

—Parad, los dos. ¡Es el día de mi boda!

Capriolo, a punto de descargar otro golpe, se detuvo a mitad de la acción, mientras su pecho subía y bajaba con pesada respiración. Me miró y liberó a Ezio, que se quedó tumbado, lloriqueando, derrotado en el suelo.

—Espero que te avergüences –dije en voz baja mientras miraba directamente a Capriolo–. ¿No has tenido suficientes peleas? La guerra ya ha terminado.

—Algunas guerras nunca terminarán –respondió, y se levantó despacio.

Mientras se retiraba, la multitud de invitados se abrió para dejarle pasar. A Ezio lo dejaron tambalearse lleno de dolor. Le faltaban las paletas, su cara era un desastre, pero nadie fue a ayudarle mientras cojeaba y se dirigía a la oscuridad. La fiesta había terminado. Mientras se iban, nuestros invitados murmuraban disculpas y me dedicaban miradas de pena y yo me preguntaba por qué Capriolo estaba tan lleno de veneno. Lo busqué entre la multitud, pero se había ido.

Normalmente se escolta a la feliz pareja hasta la habitación entre canciones y risas, y los invitados le gritan al novio:

—¡Llévala a la cama, llévala dentro!

Pero no hubo ningún juerguista en nuestra noche. La cama estaba plagada de flores y mi madre había colocado su mejor camisón para mí sobre la almohada. De pie en la oscuridad, de repente sentí miedo al recordar las palabras de mi madre a la orilla del río.

—Te dejaré unos minutos a solas, Ines –dijo mi marido.

Cerró la puerta y yo me desvestí, temblando un poco por el aire frío de la noche. Bajé la llama de la lámpara y vi mi reflejo en el espejo. No había espejo en la habitación que solía compartir con *nonna* y nunca me había visto desnuda en el reflejo. Mis pechos estaban formados y el triángulo de pelo de entre mis piernas era obvio en la penumbra.

Jim volvió antes de que tuviera tiempo de ponerme el camisón y me di prisa por acercarme a la cama donde estaba doblado. Me miró y, después de un profundo suspiro, susurró:

–No te lo pongas. Quédate como estás.

Me cubrí con las manos, pero él las movió y se inclinó para besar mis manos y luego se arrodilló. Su lengua lamía mi tripa, sus dedos entraron en mí, me hicieron temblar. Gimió y se puso de pie, blasfemó mientras se desabrochaba los botones de los pantalones y se sentó en el borde de la cama para quitárselos. No podía dejar de mirar su desnudez. La cama crujió cuando se puso encima de mí y volvió a crujir mucho más mientras me penetraba. Había una mirada extraña en su rostro mientras se movía arriba y abajo, y luego gritó y permaneció tumbado con todo su peso sobre mi cuerpo. Con un gruñido, rodó hasta echarse a un lado, apagó la luz y, segundos después, estaba dormido. Me quedé quieta en la oscuridad, recordando lo que mi madre me había dicho sobre los deberes de una mujer. Me dolía. Estaba pegajosa y dolorida. Quería que Jim me hablara y me dijera que todo iba a estar bien, que lo que tenía que hacer lo había hecho bien. Quería hablar con él sobre el modo en que había terminado nuestra fiesta, preguntarle si tenía idea de por qué Capriolo había golpeado a Ezio. Me giré hacia él y le toqué el hombro con ternura.

–Duérmete –masculló.

Pero no tenía sueño. En la oscuridad, escuché cómo el agua pasaba por el molino mientras me preguntaba si ocurriría lo mismo la noche siguiente.

Anna está tumbada en su cama en San Patrignano. Mientras lee el relato de su madre sobre la noche de bodas, siente una cercanía que es casi insoportable, como si su madre estuviera ofreciéndole la mano a Anna para que se la sostenga. La imagen de la primera noche de sus padres es incómoda. ¿Cuándo se volvió amarga la promesa de su romance? Es de suponer que la vida conyugal mejoraría con el tiempo, al fin y al cabo, Ines dio a luz a tres niños.

¿Cuántas hijas conocen los detalles íntimos de la vida amorosa de sus padres? ¿Cuántas mujeres de la generación de su madre han sido tan inocentes e ignorantes sobre lo que pasa entre las sábanas como lo fue Ines? Anna se siente una *voyeur* al leer sobre aquellos momentos íntimos y se recuerda que su madre quería que ella leyera los diarios.

Capítulo 23

Agosto de 1999

La mejor alarma del mundo –los rayos del sol de agosto por la ventana– despierta a Anna. Son las siete en punto y aún hace fresco, así que necesita un jersey ligero encima de la ropa veraniega, compuesta de pantalones cortos y camiseta. El desayuno en la puerta se ha convertido en una rutina y decide que buscará una pequeña mesa de jardín y sillas cuando vuelva al mercado en Sansepolcro. Calienta el agua para su taza de té. Algunos hábitos nunca mueren.

Sentada en el escalón, con la taza en una mano y el pan untado con abundante mermelada de ciruela casera en la otra, aún tiene la cabeza llena de pensamientos sobre lo que leyó la noche anterior. Observa a un lagarto que se asoma por detrás de una maceta de geranios blancos. Está al acecho de una miga descarriada o de un insecto. Teresa ya está levantada. Una colcha y una almohada ya se airean en el alféizar de su habitación y un plumero que se sacude contra una ventana revela su limpieza mañanera.

Francesco también está levantado. Llega por la esquina de la plaza con una cesta de verduras del huerto. La saluda con la mano y ella lo invita a tomarse una taza de té con ella.

–Traeré mi café, si no te importa.

Intentó darle una taza de té inglés una vez y él lo odió, prefería tomarse su té más débil con una rodaja de limón.

Un poco más tarde, brindan con las tazas, una enorme y otra pequeña.

–¡Salud! Gracias otra vez por lo que has hecho, Francesco, pero...

–Es extraño leer sobre tus padres en la cama.

–¡Exacto! Nunca nos los imaginamos así, ¿verdad?

–Y, sin embargo, aquí estamos –se ríe–, prueba de que lo hicieron.

–Pobre *mamma*, no fue precisamente la mejor noche de su vida y desde luego que no vivieron felices para siempre.

–No muchas parejas lo hacen. En fin, ¿qué planes tienes para hoy?

–Quiero subir a Montebotolino otra vez para intentar localizar a Danilo. La trama se vuelve más pesada, como decimos nosotros, y necesito hablar con él sí o sí. Hay muchos hilos que necesito atar. ¿De qué iba la pelea? Si todo el mundo estaba en aquella boda, es posible que Danilo también estuviera allí. Necesito sus recuerdos.

Da un sorbo al té.

–Hoy no lo encontrarás allí. Los jueves tiene un puesto en el mercado de Pieve.

–Oh, ¡es un fastidio que no esté en casa! Qué frustrante. No me voy a rendir con él.

–Hay otros lugares a los que te puedo llevar que aparecen en el diario, Anna. ¿Te apetece otra excursión conmigo?

–¿Tienes tiempo?

–Es agosto. La universidad está cerrada. Estoy a tu disposición, *signorina* –le dice y se levanta para hacer una reverencia de broma–. Dame diez minutos para arreglar a Alba y soy todo tuyo.

–*Troppo gentile, signore!* Pero antes de que se vaya, amable señor, tengo algo que enseñarle. –Coge la medalla de dentro–. ¿Qué crees que es?

Francesco se pone las gafas y silba mientras examina la medalla blanca y dorada.

–¡Guau! Esto se entregó por servicios excepcionales a Italia. ¿Ves la corona en el centro? –dice y la señala–. ¿Dónde la encontraste?

–En aquel tarro viejo que cogí del molino. Lo limpié y la encontré dentro. Oh, y también este trozo de papel enrollado. –Le entrega el frágil documento; él lo observa, se quita las gafas y se lo acerca más a los ojos–. Me pregunto por qué estaba en el molino de mi madre –dice.

–Ni idea. ¡Qué pena! La escritura es ilegible en algunas partes. ¿Puedo tomarlo prestado? Tengo un amigo en el departamento que quizá pueda ayudarme a descifrarlo.

Anna envuelve la medalla en un trapo de cocina.

—Te veo esta tarde —le dice y él se va.

En el coche, él se gira hacia ella antes de partir.

—¡Bien! Te pusiste triste cuando estábamos en el molino y ahora dudo entre dos cosas para nuestra excursión de esta tarde. Te dejaré decidir, Anna. Podemos ir a Caprese Michelangelo, el supuesto lugar de nacimiento de Miguel Ángel, o podemos ir a otro pueblo que tu madre describe en su relato: Fragheto. Es un lugar triste, pero el campo de alrededor es increíble y para nada turístico.

—Recuérdame por qué ese lugar me es familiar.

—Fue el lugar de una masacre.

Hace una pausa mientras los recuerdos del diario de su madre vuelven a su mente.

—Oh, sí, fue al principio, ¿no? Creo que fue Toni el que contó esa horrible historia. Por Dios, por favor, vayamos allí. Quiero hacer todo lo que sea para recorrer los pasos de la juventud de mis padres. *Andiamo!*

—Si estás segura... *Andiamo a Fragheto.*

Conducen durante unos diez minutos, ninguno de ellos habla, cómodos en compañía del otro. Anna disfruta del paisaje que le ofrece el camino.

El sol quema, pero el campo aún está verde y es lozano. Pasan por aldeas con viejas casas iluminadas por geranios y flores de verano plantadas en todo tipo de recipientes: viejas latas de aceite de oliva, abrevaderos de madera, viejas ruedas pintadas con colores vivos.

Hay ordenadas parcelas con huertos allá donde hay hueco, incluso en los espacios más pequeños al pie de inclinados peñascos cerca de la carretera. Está demasiado alto para que las viñas y los olivos sobrevivan al invierno y el paisaje es diferente al de la típica postal toscana que retrata cipreses y lujosas villas. Pero este paisaje le parece a Anna mucho más habitable, un lugar donde la gente tiene que respetar la naturaleza para poder sobrevivir. Francesco acelera para adelantar a un tractor cargado de heno. La carretera se vuelve más estrecha, pero ella se siente segura. Él no corre riesgos, lo que es entendible por cómo murió su mujer.

—Calculo que habrás leído más de la mitad del diario de tu madre —dice, volviendo al lado derecho de la carretera.

—He estado echando un vistazo a lo que queda. He leído más de tres cuartas partes. *Mamma* parece haber escrito menos con los años. Y creo que la mayor parte de las páginas que quedan están en inglés, así que quedas liberado.

—Bueno, si lo piensas bien, vivió más años en Inglaterra de los que vivió en Italia, así que el inglés se convirtió en su lengua habitual.

—Tienes razón. Más de cincuenta años en Inglaterra comparado con los dieciocho de aquí. Aunque nunca perdió su maravilloso acento italiano. Quién sabe por qué eligieron el nombre de Harry para mi hermano, pero nunca fue capaz de pronunciar la hache de manera correcta.

—Quizá fue decisión de tu padre. *Arry* —Francesco intenta pronunciar «Harry» y ella se ríe—. Tenemos una hache en nuestro alfabeto que nunca pronunciamos, ¿qué esperas? —contraataca—. Intenta tú pronunciar «Roma» como yo lo hago. —Alarga la erre y Anna no puede imitarlo y se ríe ante su fracaso—. *Ecco!* Igual de difícil para ti —dice él entre dientes y se ríe también.

Después de otro par de curvas, para el coche antes de un puente que cruza el río Marecchia.

—Creo que deberíamos bajarnos aquí, así puedes descubrir tú misma la historia de esta zona, Anna.

Francesco la lleva del brazo y caminan por el estrecho puente de piedra. El valle es amplio en ese punto y, aunque estén en pleno verano, sopla una brisa fresca. San Marino se posa sobre su inclinado peñasco en la distancia, los Apeninos caen a la perfección a los lados. Anna cree que debió de ser un lugar perfecto para que los francotiradores tuvieran ventaja sobre el enemigo. Jóvenes ciclistas con ropa amarilla de competición pasan a su lado en grupo, con grandes piernas latientes y gritos para animarse unos a otros. Hay un mapa para turistas y una foto granulada de ocho hombres muertos colgada del puente. Lee que algunos de ellos solo tenían diecinueve y veinte años, probablemente la misma edad que los jóvenes que acaban de pasar a su lado.

–Es el Ponte degli Otto Martiri, el puente de los ocho mártires –le explica Francesco–. Ocho partisanos fueron ejecutados por la milicia italiana aquí. Los alemanes ordenaron los disparos. –Señala a uno de los jóvenes y añade–: A este chico lo arrastraron fuera de la cama del hospital.

Ella mira la lista de nombres. De pie, bajo el sol fresco, con las montañas que se elevan hacia un cielo perfecto, es imposible imaginarse un acontecimiento tan espantoso.

Francesco recorre con los dedos las letras del letrero y lee:

–*Il viaggio della memoria. Imparino i vivi dal destino dei morti.*

Ella lo traduce despacio:

–El viaje de la memoria. Que los vivos aprendan del destino de los muertos.

–Podría estar escrito para ti, por el viaje que estás haciendo al recorrer los diarios de tu madre. No me cabe duda de que tu padre y tu tío podrían haber estado envueltos de alguna manera en los ataques que dieron lugar a esta represalia. Es un acontecimiento que hasta mi padre me contó.

–Mi madre a menudo escribe sobre un joven que se hace llamar Capriolo, un partisano importante, pero nunca escribe su nombre real.

–Hizo bien en no identificarlo. El pueblo no solo luchaba contra los alemanes. En ese cartel hemos leído que fue la milicia italiana la que los disparó. Los fascistas italianos eran más peligrosos, porque conocían las rutinas de los vecinos, de la gente con la que habían crecido. Conocían los caminos y los atajos que cruzaban las montañas y espiaban a sus compatriotas. Era mejor que su nombre permaneciera en secreto.

Ella siente un escalofrío y él le vuelve a preguntar si está segura de que quiere continuar.

–Supongo.

La carretera a Fragheto es estrecha y está erosionada por los derrumbamientos de tierra. Pasan por reservas frondosas de setas y trufas. Avanzan dos kilómetros más allá de una pequeña aldea llamada Ville Fragheto y llegan al propio Fragheto. El lugar está desierto. Algunas de las casas parecen haber estado deshabitadas durante mucho tiempo y las que están habitadas parecen ruinosas y poco acogedoras.

Fuera de una iglesia cerrada, ráfagas de viento los acogen con notas huecas y un aviso reza: ESTE SITIO ES UN LUGAR DE PAZ.

De la pared de una casa en ruinas cuelga una señal azul que apenas deja ver la letra T, que indica que allí había una tabaquería. Al lado hay una placa con escritura casi borrada y Francesco le explica que ahí es donde tuvo lugar la espantosa masacre de la gente inocente. Es casi imposible descifrar los nombres grabados, pero a Anna le parece que casi todos los apellidos son el mismo: Gabrielli.

Francesco la vuelve a coger del brazo mientras suben por una pequeña cuesta hasta un llamativo santuario que hay cerca del cementerio. Una bandera italiana desgastada ondea por la brisa y hay flores de plástico colocadas de manera aleatoria en jarrones. Como un gran cliché, un buitre elige ese momento para lanzar su graznido agudo y lastimero a las cálidas corrientes de aire.

Sus ojos revisan la lista de los masacrados mientras, con voz sombría, Francesco le explica que el 7 de abril de 1944 treinta civiles fueron ejecutados por los alemanes como represalia bajo el mando de Hermann Göring y miembros de la Guardia Nazionale Repubblicana. Hubo una actividad partisana muy intensa en las colinas de alrededor, pero ningún partisano fue arrestado. La represalia contra civiles inocentes se llevó a cabo por rabia; la víctima más joven fue una niña de dos años llamada Giuditta, que murió junto con su madre, Maria Gabrielli, de veintiséis. La persona más mayor a la que masacraron fue un hombre de setenta y tres años.

—No me extraña que nunca oigamos estas historias, son demasiado desgarradoras —le dice Anna con un gran nudo en la garganta—. He decidido que no voy a llorar.

Él se la acerca y frota su espalda con las manos como si quisiera calentarla. Ella querría que la besara para neutralizarla frente a los horrores que este lugar despierta en ella. Después de un rato, él se aparta, pero coge su mano con fuerza como si no quisiera romper la cercanía del momento.

–Venga, vamos a buscar un bar.

Paran en el primer lugar que encuentran en Casteldelci y, sentados en una mesa de fuera, piden dos copas grandes de vino tinto.

Tras echar un vistazo a la cara de Anna, el camarero les pregunta si han venido por el santuario. Les cuenta:

–Mi madre tenía solo siete años durante la guerra y siempre me dice que no podría escribir nada sobre el presente, pero que podría escribir todo un libro sobre aquellos horribles días. –Limpia la barra con esmero con un trapo mojado–. Nuestra gente sufrió de verdad. Sé que la guerra acabó hace mucho tiempo, pero nunca deberíamos olvidarla.

–Esta señorita está aquí para ver los lugares donde su padre inglés luchó y donde su madre italiana vivió –le explica Francesco.

–No suenas italiana, *signorina*, aunque tengas el pelo oscuro. Estamos agradecidos con los *inglesi* y los demás, los *canadesi*, los *polacchi*, los *americani*... Tras mucho tiempo, por fin, las autoridades están alzando monumentos para celebrar el cambio de milenio. En fin, *signori*, las bebidas corren de mi cuenta. –Sirve dos copas generosas de vino tinto–. Prueba este, es de la viña de mi familia en la costa.

El vino es bueno. Achispada por el fuerte vino de la tarde, Anna se inclina y le da un beso a Francesco en los labios.

–Por ser tú. Por hoy. Por ayudarme a relajarme cuando estamos juntos. Nunca me había sentido así con nadie.

–¿Con nadie? –la provoca él mientras la coge de las manos.

–Bueno, está bien, nunca me he sentido así de verdad con ningún otro hombre.

–*In vino veritas*, como se suele decir. Lo tomaré como la verdad, entonces. Me siento muy halagado... –Él le aprieta las manos con más fuerza–. Y muy feliz.

Se miran a los ojos, el estómago de Anna da un vuelco por la intensa mirada. Luego él la suelta.

–Sugiero que caminemos por la ciudad y comamos algo aquí más tarde. Necesitamos absorber este alcohol antes de volver a la carretera de Rímini.

Pasean cogidos del brazo por la parte alta de la ciudad, por los callejones, donde las persianas de las altas y estrechas ventanas permanecen cerradas contra el calor de la tarde. Hileras de geranios salpican las antiguas piedras con los colores primarios. Ella se desenhebra para hacer fotos con la cámara.

–Estoy coleccionando fotos de puertas para hacer un *collage* y quizá enmarcarlo como un póster para colgarlo en la pared. Probablemente piensas que estoy loca por hacer fotos de viejas puertas y de pomos, pero me parecen preciosos.

Da un paso atrás para enfocar un pomo tallado en el encuadre.

–Y yo hago fotos del agua y de las piedras en el río –dice él–. Hay trozos de fotos de ríos por todas partes en las paredes de mi salón, que te enseñaré cuando vengas a Bolonia.

––¿Cuando vaya a Bolonia? –dice ella levantando las cejas.

–Vendrás, ¿no?

–Sí, iré.

Se gira para darle un beso en los labios. Ella se siente tan entusiasmada como una niña de diecisiete años cuando él la coge de la mano y continúan su paseo por la ciudad. Paran en una fuente y se sientan en los escalones; ella se apoya en él. Están en silencio durante unos minutos y luego él la acerca más a él y sugiere que quizá Teresa pueda cuidar de Alba el fin de semana siguiente para darles tiempo a solas.

–*Buona idea!* –dice ella y le invita a levantarse. Caminan por el centro de la ciudad, balanceando las manos como niños–. ¿Sabes lo que me encantaría hacer, Francesco?

–Sorpréndeme.

–Me gustaría llevar a Alba al mar mañana y desconectar de los diarios y de la guerra en las montañas. Solo por un día. Y creo que a Alba le encantaría.

Él gruñe.

–A Alba le encantaría. Yo odio la costa en verano. Pero si es solo por un día quizá pueda aguantarlo. Es decir, si es que yo también estoy invitado.

Ven cómo la ciudad vuelve a la vida después de la siesta. Las contraventanas están abiertas para dejar entrar el aire y la gente sale a cuentagotas a las calles para hacer la compra para la cena. Fuera de un bar, hombres viejos que juegan a las cartas golpean con la mano contra una mesa de metal, blasfemando con buenas intenciones y riéndose unos de otros. Suenan motos de jóvenes que bajan de la montaña al mar. La gente vive sus vidas. Todo es más vivo para Anna al compartir su tarde con Francesco.

De vuelta en el restaurante, una mesa está reservada para ellos en un rincón. El propietario se acerca.

–Si me dejáis que elija yo –dice–, os traeré las especialidades de la casa, lo mejor que prepara mi mujer. Puedo ver que se trata de una noche importante para vosotros.

Les guiña un ojo y se da prisa por darse la vuelta y cruzar las puertas batientes que dan a la cocina. Ella estalla en una carcajada.

–Es un atrevido. ¿Has visto que nos ha guiñado el ojo?

–Quizá piensa que tenemos una relación ilícita y que engañamos a nuestras parejas. –Él la coge de la mano y le besa la palma. Le hace cosquillas y ella se ríe. Él sigue cubriendo su muñeca con pequeños besos y luego le levanta la manga, murmurando mientras lo hace–. Y quizá cree que voy a llevarte a una habitación de hotel y a llevar a cabo mi maléfico plan durante toda la noche, como un verdadero *latin lover*.

Él termina en un tono dramático de burla. Sus labios han besado el brazo de ella hasta el hombro y luego la ha besado en los labios.

Ella lo empuja y se ríe.

–Échate para allá, tonto, hay un plato enorme de *crostini* a punto de caerse en tu regazo.

El dueño está de vuelta con dos platos rebosantes y una amplia sonrisa en la cara.

No puede recordar mucho de la comida. Solo recuerda pensar que, si eso es enamorarse, nunca se ha enamorado antes.

No van a un hotel. Vuelven a su casa en la *piazza* como adolescentes que hacen novillos y, en cuanto están dentro, él cierra la puerta a sus espaldas y la coge en brazos. Se besan apasionadamente. Ella puede sentir enseguida su miembro erecto y se desnudan el uno al otro. No llegan a la habitación. Él le baja las bragas y la levanta, usando la puerta como apoyo, y la penetra mientras ella está a horcajadas, con las piernas alrededor de su cintura. Se corren a la vez. Después, él la deja con cuidado en el suelo, le quita un mechón de pelo de la cara y ella le susurra:

—Vamos arriba.

Un resplandor suave arroja una luz cálida sobre los blancos muros cuando enciende la lámpara de la mesilla de noche. Se tumban sobre la colcha y se quitan lo que les queda de ropa. Ella recorre con los dedos el vello de su pecho, que tiene un color grisáceo, como las patillas canosas. Su cuerpo es esbelto y ella besa su estómago plano, haciéndole cosquillas con sus pestañas en la ingle; luego le lame hasta que él gime. Para, porque no quiere que llegue al clímax demasiado pronto, y se tumba a su lado. Él la acerca más y la agarra los pechos desde atrás y traza con los dedos círculos alrededor de los pezones erectos. Ella mueve la pelvis contra él. Entonces, él le da la vuelta, la besa largo y tendido, su lengua juega con la de ella, después traza una línea lenta y mojada con sus labios entre los pechos, hacia abajo, por su tripa y luego, cuando ella no puede esperar más, abre las piernas para recibirlo de nuevo.

Por la mañana se despierta sola. En la cama hay una nota.

Anna, carissima. Grazie! Eres preciosa. Espero poder quedarme toda la noche contigo pronto, pero tenía que volver con Alba. Te recojo a las diez para ir a la playa.

El día es una mezcla de calor y confusión. Recuerda a gente apiñada en la playa, la arena dorada amontonada y preparada a la perfección por un *bagnino* tonificado y bronceado que se asegura de que el tramo donde hay un grupo de chicas en toples esté más limpio que el resto. Mueve el rastrillo como un bailarín, se agacha para recoger una colilla, se para a charlar y tienta a la suerte con una invitación para bailar más tarde en la discoteca del paseo marítimo. También recuerda a bellos jóvenes que juegan justo donde las olas acarician los dedos de los pies de las chicas y que se lanzan de manera acrobática la pelota de playa para salpicar a las chicas, que gruñen y chillan. Y recuerda a inmigrantes ilegales africanos, *clandestini*, que muestran los brazos llenos de llamativas perlas y ofrecen rodajas de coco. Madres ansiosas gritan a sus hijos que no caminen muy cerca del agua. Mujeres gordas sin vergüenza llevan las uñas de los pies rojas y tangas con estampados de leopardo. Huele a pescado frito y a aceite bronceador y suenan baladas italianas en una radio de la playa, canturreadas por Zucchero. Chapotean con Alba y compran helados en el bar, incluso alquilan un *pedalo* para ver la abarrotada playa desde unos metros mar adentro.

Pero Anna está todo el rato pensando en la noche que ha pasado haciendo el amor con Francesco. Al captar la mirada profunda de sus ojos marrones, sabe que él está pensando en lo mismo.

Capítulo 24

Todos están cansados del sol y de la playa cuando llegan de la costa por la tarde. Francesco lleva a Alba de vuelta a casa de Teresa.

–Te veo pronto –le murmura a Anna; le aprieta el brazo con la mano y hace que desee que ese «pronto» signifique «ahora».

Se pregunta si será capaz de escaparse más tarde a su cama. Mientras se lava la arena del cuerpo rociándose agua en la ducha, recuerda el tacto de sus besos y de sus manos cuando hacían el amor. La memoria hace que se sienta lánguida y vaga, como un gato. Envolviéndose en una toalla de baño, se estira en la cama y, en un esfuerzo por permanecer despierta, por si acaso él vuelve, coge el diario de su madre.

Una nota escrita en inglés con la caligrafía de su madre está sujeta con un clip a las páginas que quedan. El clip ha empezado a oxidarse.

Estuve demasiado ocupada durante los primeros meses tras llegar a Inglaterra como para mantener un diario regular, Anna. Todo era muy raro y mi cerebro estaba muy cansado de aprender todo el tiempo. Mi nueva vida era completamente diferente a todo lo anterior. El resto de estas páginas son una mezcla de diarios que escribí en aquella época y otros que escribí mucho después de que ocurrieran los eventos que narro. Todo volvió a mi mente en cuanto puse el bolígrafo sobre el papel.

Memorias de septiembre de 1946

El tren parecía decir «*Arrivederci, arrivederci*» mientras avanzaba con su carga de víctimas de la guerra por Europa. Yo miraba al otro lado de la ventana, al paisaje lleno de huellas, a las ruinas de las casas cuyas cabezas habían sido reventadas. Recuerdo cómo me estremecía ante la devastación, que me forzaba a mirar de nuevo dentro del vagón.

Frente a mí, un par de soldados agotados dormían, con la cabeza inclinada hacia atrás contra el asiento; uno de ellos era rubio y tenía la boca abierta y babeaba como un bebé. El compañero más mayor me había mirado de arriba abajo antes y yo había bajado la mirada con modestia y había colocado la mano izquierda hacia delante en mi regazo para hacer que el anillo de oro brillante en mi dedo fuera más obvio. Una mujer anciana estaba acurrucada en el asiento del rincón con una cesta de verduras agarrada fuerte contra el pecho. Mis pertenencias estaban en el estante de encima de mí, en una maleta maltrecha que *mamma* había insistido en atar con una cuerda antes de irme.

–Nunca puedes estar segura del todo –había dicho, como si fuera una viajera experimentada–. No vaya a ser que alguien intente poner sus manos de ladrón en tu bolsa.

La mujer de enfrente también parecía ser de campo; la miraba para tranquilizarme. Me hizo sentir menos harapienta y extraña. Solo había dejado su asiento una vez durante las veinticuatro horas de viaje y me había pedido que echara un vistazo a sus pertenencias mientras se ausentaba. El resto del tiempo se lo había pasado llorando en voz baja con un gran pañuelo, que retorcía y apretaba con las manos, manchadas por la edad. Yo observaba sus dedos huesudos con fascinación. Me recordaban a los de *nonna*. Antes de que muriera solía sentarse todo el día en la cocina, balanceándose, perdida en algún lugar del pasado. Si mi corazón no hubiera estado tan lleno, le hubiera ofrecido consuelo a la vieja señora, pero yo también hacía un viaje difícil.

«Tan cerca, tan lejos, tan cerca, tan lejos...».

El tren siguió mofándose de mí con su ritmo hasta que chirrió y se paró a la entrada de una ciudad en alguna parte en medio de Francia. Habíamos cruzado vastos tramos de campo, interrumpidos de vez en cuando por aldeas con casas llenas de agujeros de bala. Había manos que se abalanzaban sobre nuestras ventanas abiertas, que nos ofrecían pan y tenían voces suplicantes.

–*S'il vous plaît, s'il vous plaît, mesdames, messieurs.*

En casa, *mamma* siempre había cortado el pan de la misma forma para cada comida. Sujetaba una gran y redonda *pagnotta* con el brazo izquierdo cerca del corazón mientras que con la mano derecha sujetaba un cuchillo y cortaba en dirección a su cuerpo.

–No me voy a hacer daño –nos decía a Davide y a mí cuando le advertíamos de que tuviera cuidado–. Este pan es un regalo precioso de Dios. El Señor no dejará que me haga daño.

El pan francés que ondeaban delante de nosotros por las ventanas del tren era largo y delgado. ¿Cómo podía una madre francesa sujetar eso contra el corazón?

Mientras el tren se alejaba más y más de mi Italia, fue una de las primeras diferencias que encontré entre países.

Cuando cruzamos el tramo de agua gris turbia entre Francia e Inglaterra, ya no pude contener más las lágrimas. Al cruzar aquello, el cordón umbilical que me conectaba con mi tierra madre fue cortado de verdad y empecé a comprender un poco mejor lo que Capriolo y *mamma* me habían advertido. Esto era lo más duro que había hecho en mis diecinueve años de vida. Estaba aterrorizada y emocionada al mismo tiempo.

Más tarde, desde la ventana de otro tren, observé el campo verde inglés. Miré, pero no vi. Me concentraba en el repiqueteo del tren, que me mecía y hacía eco a mis pensamientos: «Por favor, sé amable, por favor, sé amable, por favor, sé amable».

El tren se detuvo en Victoria Station con un chirrido y un sobresalto. Jim me había enseñado algunas frases básicas en inglés: «*Good morning*», «*How are you?*», «*My name is Ines Swilland*».

Lo intentaba, pero mi lengua no podía pronunciar el nuevo apellido y estaba angustiada porque quizá no podría decirle a nadie quién era. Jim había escrito una carta a sus padres con la hora de llegada del tren de Dover. Había conseguido comprarme un billete de segunda clase en el Golden Arrow, un tren que había estado aparcado durante la guerra. Él les había descrito a sus padres cómo era yo en una carta que les había enviado antes de irse. Iría vestida con una falda gris y una chaqueta con una blusa blanca, medía poco más de cinco pies y mi pelo era marrón oscuro y rizado. Les dijo que seguramente lo llevaría recogido, pero que algunas de mis horquillas se habrían caído durante el viaje y parte de mi pelo iría suelto. Tenía la esperanza de que no pensaran que era un poco descuidada.

El aire frío me hizo sentir un escalofrío. En mi libro de geografía de la escuela describían Inglaterra como un país de lluvias y nieblas densas y peligrosas, pero aquella tarde el cielo estaba seco y claro. En casa, el sol de septiembre a veces podía ser tan cálido como lo era en agosto. Pero tenía que dejar de pensar en Rofelle como mi hogar. Inglaterra iba a ser mi nuevo hogar. Con un profundo suspiro para calmar los nervios, recogí mis pertenencias. Las puertas se cerraron de golpe, sonó un silbido y en el andén la gente corría a mi lado de forma deliberada y se saludaban unos a otros con palabras que yo no entendía. De repente, quise darme la vuelta, quedarme en el tren y volver con mi familia a Italia.

Y luego una pareja de ancianos se acercó a mí.

—¿Ines? —me preguntó la mujer, de pelo blanco y escaso y con un moño desordenado, mientras inclinaba la cabeza hacia mí.

Cuando asentí, dio un paso adelante para besarme en la mejilla. Su piel era seca y olía a jabón. Reconocí a Jim en los ojos azules y la larga nariz de su madre. Y cuando me sonrió, vi que tenía el mismo hueco entre las paletas. Habló despacio y pude seguir la mayor parte de sus palabras:

—Bienvenida a Inglaterra, mi querida nueva hija. ¡Deja que te veamos bien!

Se alejó un brazo de distancia de mí y me escrutó la cara. Éramos casi de la misma estatura y eso me sorprendió, había supuesto que las mujeres inglesas eran altas y delgadas, pero ella era bajita, como yo, y bastante regordeta.

—Eres mucho más guapa de lo que nos describió Jim —dijo y me cogió las manos entre las suyas—. Mi nombre es Freda y este es John, pero puedes llamarnos «*mum*» y «*dad*». Será más fácil para ti y ahora eres de la familia. ¿Me entiendes cuando hablo, Ines?

Luego, *dad* también me dio un beso y sus patillas me quemaron las mejillas. Me sonrió con timidez.

—Bienvenida, Ines. Vamos a casa. Tenemos que coger otro tren. Tardaremos una hora.

Solo entendí algunas de sus palabras porque hablaba mucho más rápido que mi suegra y comprendí cuánto tendría que mejorar mi escasa comprensión del inglés. Empecé a sentir mucha más empatía por los esfuerzos de Jim intentando aprender italiano básico. En ese momento descé no haberme burlado tanto de él.

Los padres de Jim debieron de notar lo exhausta que me sentía y fue un alivio no tener que seguir con una conversación educada durante el último viaje en tren. Antes del anochecer, miré por la ventana a los ordenados rectángulos ajardinados que formaban una fila al lado de las vías. Muchos de ellos habían sido convertidos en huertos, aunque algunos tenían columpios; vi gatos que se sentaban en los alféizares y colada tendida en cuerdas. Había espacios donde las casas apenas se mantenían en pie. También habían caído bombas en Inglaterra. Ver estas escenas cotidianas que se desplegaban fuera del tren me consoló. Me dormí con el pensamiento de que, aunque hubiera viajado cientos de millas, la gente aquí tenía vidas ordinarias como las nuestras en Italia. Cultivaban verduras, tendían la colada y tenían animales. Todo iba a estar bien.

Mum y *dad*, como tenía que llamarlos, vivían en West Croydon, en una calle llena de casas que parecían idénticas. El número 20 de East Park Road era igual que los números 22 y 24 y me hice una nota mental para memorizar el número de la casa. No quería perderme de vuelta si alguna vez salía de casa a solas.

—Bueno, ya hemos llegado, querida. Este es nuestro palacio —dijo Freda y me guio por un breve camino de entrada hasta una puerta color verde botella.

John llevaba mi vieja maleta mientras Freda se paraba para buscar la llave. Hurgó en el bolso, luego en los bolsillos y, por fin, la encontró donde había mirado primero, en el bolso. Habló durante todo el tiempo, pero la mayor parte de lo que dijo no me llegó. Un par de palabras como «jardín» y «Mussolini» sí las entendí. John permaneció con paciencia detrás de nosotras y esperó a que Freda encontrara la llave y yo no podía dejar de pensar cuántos gritos y movimientos de manos se hubieran producido en casa si *mamma* hubiera perdido la llave de la puerta de la entrada.

–¡Chist, Freda! Recuerda, no hables de la guerra –dijo John.

Las últimas palabras las dijo en un susurro y Freda se cubrió la boca con la mano. Creo que continuó pidiendo perdón, pero, en realidad, no lo entendí. John tosió fuerte e interrumpió su discurso; y ella me agarró de la mano, parecía muy avergonzada. Me dijo que nos prepararía a todos una taza de té.

Antes de irme, Jim me había hablado de la dificultad que para algunos ingleses supondría el hecho de que yo fuera italiana. Primero, habíamos sido enemigos, y luego habíamos cambiado de bando. A veces sería difícil, me advirtió, y quizá era esto a lo que se refería. Deseaba saber palabras suficientes para decirles que no importaba nada, que la guerra había terminado y que esto era el principio de nuevos tiempos.

Deseé que Jim estuviera a mi lado, pero aún faltaban dos meses hasta que él se reuniera conmigo. Me había explicado que le habían tenido que relevar de sus funciones en la Armada Británica y que yo no podía vivir con él durante ese tiempo. Anhelaba salir de Rofelle y empezar mi nueva vida, así que no me importaba, pero ya empezaba a arrepentirme de mi espíritu aventurero. Era demasiado tarde y ahora tenía que seguir adelante.

La casa de mis suegros era como una casa de muñecas, con dos habitaciones, una pequeña cocina y un baño abajo y dos habitaciones en el piso de arriba. Los techos eran más altos que en nuestro molino y las paredes estaban cubiertas de papel de colores, al contrario que nuestras paredes encaladas. Había alfombras en el suelo. La pequeña casa parecía que iba a estallar por la cantidad de ornamentos y plantas.

Freda me llevó arriba y a la parte de atrás de la casa. Cerró las cortinas.

–Esta es tu habitación hasta que Jim llegue a casa –dijo–, donde él ha dormido desde que era un niño. Pero usaréis nuestra habitación con la cama grande cuando vuelva, hasta que os instaléis y encontréis vuestro propio hogar, aunque quizá sea difícil por la falta de casas.

Le llevó un rato explicarme todo esto. Era muy paciente. Encontró un cuaderno y un lápiz en el escritorio de Jim y dibujó casas y bombas que me ayudaron a entenderlo. Me enseñó dónde colgar mi ropa en un estrecho armario que estaba en un rincón al lado de la chimenea, me dio una toalla limpia y luego me dejó sola mientras se iba al piso de abajo a preparar la cena.

Me senté en la estrecha cama de Jim mirando las reliquias de su infancia. Un osito de peluche torcido sobre una estantería al lado de una fila de libros usados. Una maqueta oxidada de un tren de vapor y una caja de soldados de metal completaban el contenido de la estantería. Davide y yo no habíamos tenido juguetes como estos cuando éramos niños. Mi padre una vez me talló una pequeña muñeca de madera para el día de los Reyes Magos, de la Befana en Italia. Yo tenía unos seis años. Davide consiguió hacerse con una vejiga de cerdo antes de la guerra, después de la matanza del cerdo en enero. Él y sus amigos la golpeaban por el campo en la parte de abajo del molino y se reían y se empujaban para coger la pelota casera hasta que con el tiempo explotó. Nunca había dinero de sobra para juguetes ni tiempo para jugar, porque siempre estábamos demasiado ocupados con las tareas.

Me sentí incómoda al sentarme en la habitación de Jim y espiar una parte de su vida de la que no sabía nada. De repente, todo me pareció irreal, a pesar del nuevo anillo de oro en mi dedo, así que lo restregué para probarme a mí misma que lo que estaba pasando era real. Me inundó una ola de nostalgia al imaginarme a *mamma* y *papà* sentados en su banco de piedra fuera del molino, mirando cómo desaparecía el sol detrás de las montañas. Me preguntaba si estarían pensando en mí y me cayeron lágrimas de los ojos. Luego me recompuse y decidí que por la mañana escribiría una carta para que Capriolo se la leyera en voz alta, si Freda me enseñaba dónde podía comprar un sello y enviarla.

—La cena está lista, Ines —dijo mi nueva madre desde la cocina, justo a tiempo para detener mis lágrimas—. Mira y verás lo que tengo preparado para ti, querida —dijo mientras entraba en la pequeña cocina.

Estaba removiendo algo en la sartén sobre una cocina moderna de gas. *Mamma* siempre cocinaba sobre el fuego en una enorme chimenea. Esto parecía más fácil. Esperaba que Jim pudiera comprarme una cocina así también y quizá, si tenía suerte, una nevera como la que había visto en las cocinas americanas de las películas.

—Aquí tienes, querida. ¡Algo italiano!

Los padres de Jim me miraban mientras yo observaba el plato de pan y lo que parecían un montón de gusanos en una salsa roja. No tenía ni idea de lo que mamá había preparado, pero no quería parecer una desagradecida. Había sido muy amable conmigo. Llamarla «mamá» empezaba a parecerme natural.

—Venga... ¡no te resistas! Pensamos que te sentirías como en casa si cocinábamos uno de tus platos. Sabemos que vosotros los italianos coméis esto todo el tiempo.

Mi sorpresa especial eran espaguetis de bote Heinz sobre una tostada. Después descubrí que lo habían conseguido intercambiando cupones y lo habían guardado con cuidado hasta mi llegada para hacerme sentir como en casa. Cada bocado me hacía querer vomitar. Era demasiado dulce y no se parecía a ninguna pasta que hubiera comido en mi vida. Pero apreciaba su amabilidad y me esforcé todo lo que pude.

—Gracias —dije e intenté esconder la mitad de mi pastoso revoltijo debajo del tenedor y del cuchillo.

—¿Te apetece algo más?

Freda fue a la despensa y volvió a la mesa con una tarta de manzana. La tarta me hacía la boca agua, pero desde pequeña me habían enseñado que estaba mal aceptar ofrecimientos a la primera. Solo cuando el anfitrión o la anfitriona insisten se puede decir que sí. Así que, siendo una niña educada como me habían enseñado, dije:

–No, gracias.

Esperé a que mi suegra volviera a ofrecerme tarta, pero solo vi cómo se la llevaba y la guardaba de nuevo en la despensa que había a un lado de la cocina.

Lo mismo ocurrió durante los siguientes días con comida, tazas de té y café. Me las ofrecían y yo lo declinaba, con la esperanza de que ellos insistieran y me lo preguntaran otra vez. Pero la segunda oferta nunca llegaba. Después de una semana, estaba hambrienta. Una noche, cuando estaba segura de que *mum* y *dad* estaban profundamente dormidos –sus ronquidos se oían alto y claro a través de las paredes–, me deslicé al piso de abajo, evitando el último escalón, que chirriaba, y, tras abrir la puerta de la despensa, me atiborré a mermelada, pan y un trozo de queso. Solo cuando Jim volvió a Inglaterra, después de ser relevado de sus funciones, supe que no era maleducado decir que sí a la primera. Se rio de mí y me llamó «oca».

Como dije, mamá era una mujer amable. Debió de haber sido igualmente difícil para ella tener a una extraña en casa. Un miércoles por la mañana fuimos juntas al mercado y, cuando terminamos de comprar pescado y una nueva sartén, fuimos a tomar una taza de café. Esa era otra cosa que me pareció rara al principio. El café inglés era demasiado lechoso y débil, pero descubrí que, si le añadía tres o cuatro cucharadas de azúcar, era más bebible. Después de varias ocasiones en las que Freda me vio hacer esto, me tuvo que explicar que el azúcar aún estaba racionado y me enseñó su cartilla de racionamiento y me habló del sistema de cupones que esperaban que la gente siguiera. John tenía abejas y no le importaba cuánta miel usaba en mis bebidas en casa, pero el azúcar era otro asunto. Había tantas cosas nuevas que aprender. Entonces, dos mujeres sentadas en una mesa a nuestro lado en la sala de té debieron de oír mis esfuerzos y tartamudeos en la conversación con Freda y debieron de hacer algunos comentarios que a Freda no le gustaron mucho. Se levantó, con los hombros tensos y la barbilla levantada, y aunque no habíamos terminado el café, hizo que me levantara y le dijo algo a las mujeres mientras salíamos. En el autobús a casa me advirtió de que ese tipo de cosas, con toda probabilidad, volverían a pasar, pero que no debía preocuparme demasiado por ello.

—Mujeres ignorantes como esas no tienen nada mejor que hacer con sus vidas. La guerra ha terminado y ser italiana no es tu culpa.

Y luego cambió de tema, me dijo que íbamos a estar muy atareadas aquella tarde. Como era un día soleado, podíamos limpiar las ventanas con vinagre y periódicos.

No había pensado que ser italiana fuera un problema y me hizo que fuera consciente de ello cada vez que salíamos. Nunca me aventuré a salir sola hasta mucho después de que Jim estuviera de vuelta.

Freda me enseñó recetas inglesas para poder impresionar a Jim cuando volviera. Una mañana me explicó que íbamos a hornear *toad in the hole*. Cuando busqué la palabra «*toad*» en mi diccionario, me quedé horrorizada. No podía aceptar el hecho de que comieran ranas, así que mucho menos un sapo, y no tenía el más mínimo interés en aprender a cocinar ese plato.

—Pero ¿cuándo añades los sapos? —le pregunté a Freda después de que pusiera el plato de masa y salchichas en el horno.

Se rio mucho y también lo hizo John aquella tarde cuando se lo sirvió. Freda también me hizo estar a su lado otros días cuando cocinó un guiso de verduras y carne llamado *hotpot*, o cuando preparó un budín de Yorkshire, o un bizcocho Victoria, o unas natillas. Me encantaban los postres que hacía, pero anhelaba poder saborear los platos simples con especias y un buen vino. Pero al mismo tiempo quería aprender a ser una buena esposa inglesa.

—Oh, no bebemos vino muy a menudo en Inglaterra —dijo Freda, sorprendida cuando sugerí añadirle vino a la salsa—. Solo en días especiales y vacaciones, ya sabes, Navidad y Año Nuevo. Ocasiones especiales. Eres una oca muy graciosa, Ines.

Me preguntaba por qué los ingleses encontraban a las ocas tan graciosas. Algunas de sus expresiones eran muy difíciles de entender. Freda me había dicho que Jim dijo que yo era la «manzana de su ojo», que «calentaba los berberechos de su corazón» y que el carnicero local era «tan malicioso como un zorro». Descubrí que había mucho más que aprender, aunque mi inglés mejoraba poco a poco.

Septiembre se convirtió en octubre. Los días se volvieron más fríos y la casa era un congelador. El único lugar caliente era la cocina, al lado del hervidor, y, por la noche, me ponía toda la ropa en la cama. Ponía mi abrigo encima de las colchas y, aun así, temblaba hasta que me quedaba dormida. Freda vino una mañana a llamarme porque me había quedado dormida y llegaba tarde al desayuno.

—Oh, bendita seas. Mírate, tan a gustito y calentita en la cama. —Se rio de mí, que estaba medio escondida bajo la montaña de ropa de cama—. ¿Tienes frío, patito? Deberías haberlo dicho. No podemos dejar que te mueras de frío. Esta noche lo arreglamos.

Desde entonces, cada noche hasta que Jim volvió, llenaba una botella de piedra con agua hirviendo para calentar mi cama. Me tejió un par de horribles calcetines rosas para la cama con lana sacada de una vieja rebeca y, por fin, estuve caliente. Me preguntaba si Jim sería capaz de encontrarme en la cama con tanta ropa. Lo echaba de menos y tenía ganas de que se reuniera conmigo. Una vez que estuviéramos juntos de nuevo, estaba segura de que mi nostalgia se desvanecería y que me haría el amor de la manera en que lo había intentado en las montañas. Me sonrojé cuando pensé en ello. Freda y John eran amables, pero no eran ni mi madre ni mi padre, y odiaba la comida y el tiempo lúgubre. Además, estaba mucho más delgada y me preocupaba que Jim ya no me encontrara atractiva.

Un lluvioso martes de noviembre por la tarde esperé en la estación de trenes de West Croydon con mi mejor vestido, el pelo recién lavado y rizado y con un par de guantes y una bufanda que mi suegra me había tejido con lana escarlata para una ocasión especial.

—Imagino que ver a tu marido otra vez después de tantos meses cuenta como una ocasión especial. Quieres estar guapa para él,

¿verdad? –había dicho–. Necesitamos algo para iluminar ese vestido gris que tienes. Está bien hecho, pero es apagado. Te vendría bien un poco de color, últimamente tienes un aspecto pachucho. No quiero que Jim piense que no estamos cuidando bien de ti.

Me estaba acostumbrando al modo de hablar plano de mi suegra.

–Y a él le encantará esa tarta de frutas. Siempre le ha encantado la tarta de frutas.

Cuando la ayudé a hornear la tarta, me confundió con los ingredientes. Me dijo que necesitábamos *flour* y salí al jardín para volver con las manos vacías.

–No *flower* –dije–. Demasiado frío, invierno. No *flower*.

Y luego ella sacó el paquete de *flour*, harina, de la despensa y me señaló cómo se deletreaba. Así que muchas palabras sonaban igual. Más tarde, entendí que había cambiado los cupones de queso con Mister Hawthorne, el vecino de al lado, por media libra de pasas. Así era como estaban las cosas durante los años de posguerra. La gente tenía que improvisar. Freda hizo un nuevo par de cortinas para la habitación por la vuelta de Jim. Tiñó sábanas de algodón lisas de un color verde manzana. Como luego descubriría, Jim ni se dio cuenta. Pero le hizo a Freda sentirse mejor.

Mi estómago estaba revuelto, lleno de mariposas, Jim volvía a Inglaterra. En el andén de la estación, saltaba de un pie al otro. No sabía qué hacer y no podía calmarme con nada.

El tren llegó y Freda y John permanecieron discretamente en la sala de espera para darnos un poco de privacidad. Lo reconocí enseguida entre todos los demás hombres. Estaba más delgado y su pelo estaba más corto, pero era definitivamente él.

–¡Tesoro, tesoro! ¡Querido! –grité, corriendo por el andén, llamándolo en voz alta y lanzándome a sus brazos.

Él frunció el ceño al verme, quitó mis brazos de su cuello y me dijo que todo el mundo estaba mirando y que no diera el espectáculo. Había otras parejas a nuestro alrededor fuertemente abrazadas y yo no podía entender por qué él era tan frío conmigo.

Desde aquel momento en adelante mi corazón empezó a secarse un poco cada día, como las uvas dulces que se convertían en pasas en las viñas de *papà*. Aquella noche, cuando subimos a la habitación de Freda y John, se desvistió rápidamente, colgó los pantalones y la camisa en la silla, apagó la luz y se dio la vuelta. Me acerqué a él y amoldé mi cuerpo al suyo, como en las noches después de nuestra boda.

–No esta noche, Ines –refunfuñó–. Ha sido un día horrible. De hecho, los últimos meses han sido peores que el infierno. Estoy cansado. Duérmete.

Y se separó de mí.

Me preguntaba qué había hecho mal. Me tumbé en la oscuridad y sentí más frío y soledad que nunca en mi vida y le di la espalda a mi marido para que no pudiera oírme llorar. ¿Por qué ya no me deseaba? ¿Qué podía hacer? Necesitaba a mi madre. Quería sus consejos. Y luego sentí como si estuviera a mi lado en la fría habitación inglesa. Las cortinas se movían con la brisa de la noche y ella me hablaba. Podía oír a mi práctica y sabia madre diciéndome que volviera a la realidad y que siguiera con mi nueva vida como había deseado. Me sentí avergonzada por llorar en la cama, así que me quedé quieta y planeé lo que podría hacer.

Freda había dicho que parecía más delgada. Quizá Jim me querría más si ganaba peso. No me gustaba la mayor parte de la comida, pero me encantaban las tartas y las galletas caseras de Freda. Decidí que comería más de esas para que volvieran mis curvas. Compraría pintalabios color escarlata en Woolworth's para hacerme más atractiva. Haría que me volviera a querer.

Capítulo 25

5 de diciembre de 1946

Querido diario:

Odio estar aquí.

Odio el frío, la comida, la gente seria y pálida.

Odio a mi marido cruel, que es tan diferente al Jim que amé sin medida en la bella Toscana.

Echo de menos nuestro molino, escondido entre las faldas de la montaña de la Luna, donde el sol se pone con cielos rojizos tras las cumbres cubiertas de neblina azul.

¿Por qué *mamma* no me preparó mejor y me habló de mis tareas en la cama? Intento complacer a mi marido. Pero odio dormir con él. Odio cuando se pone encima de mí a la fuerza con su cuerpo pesado y con olor a cerveza, incluso cuando tengo mis sangrados mensuales. Y si le digo que estoy cansada, grita. A veces arremete contra mí y me pega. Nunca sé cuándo va a pasar.

Nos hemos ido de la casa de Freda y John y, lejos de sus padres, los golpes han aumentado. Deseaba tener una casa para nosotros solos, pero cuando Jim es cruel conmigo me arrepiento de haber tenido tanta suerte. Hay una larga lista de espera, porque mucha gente perdió su casa durante los bombardeos alemanes. Los ingleses también sufrieron, no estuvimos solos. Jim tenía suficiente dinero para comprar una casa nueva, de lo contrario, tendríamos que haber esperado durante meses, quizá años. Tenía la esperanza de que tener una casa propia calmara a Jim, pero es aún peor.

Los ingleses hacen fila para todo. Incluso si hay dos personas esperando para algo, hacen fila uno detrás del otro. Me hace querer reír a veces, pero supongo que la gente se ríe también de nuestras costumbres. Jim siempre se burla de mí cuando me empeño en abrigarme. Él dice que nadie ha muerto de aire fresco y abre la ventana aún más para molestarme.

Tenemos un hogar de carbón en el salón y lo enciendo en cuanto me levanto. Me parece extraño no tener que recoger madera de la orilla del río o de la ordenada pila de troncos de mi padre. El carbón nos lo trae un hombre con un caballo y un carro, y yo me doy prisa por salir a la calle para recoger lo que se le cae y meterlo en nuestro huerto. Cuando el fuego quema, huele diferente al fuego de madera, pero arde durante mucho más tiempo. No me gusta el olor, y cuando caminas por la calle, algunos días no puedes ver ni por dónde vas por culpa de la niebla. Jim dice que es por el humo del carbón.

Jim nunca me pega donde se ve. Tengo moratones en las costillas y en los muslos; algunos días me duelen tanto que no puedo soportar el peso de la ropa sobre la piel.

Quiero escaparme. Apartaba dinero de los gastos de la casa para comprar un billete de tren. Lo escondía en una estantería dentro de un tarro de cacao al fondo de la despensa. Pero Jim lo encontró. Y eso le dio otra excusa para pegarme, acusándome de robar dinero en lugar de comprar comida.

Y cuando termina de pegarme, llora. Me agarra fuerte y sus lágrimas mojan mi camisón. Promete que no quería hacerlo, que me ama, me dice que nunca volverá a ponerme un dedo encima. Me ruega que no lo abandone y sé que no puedo. Mi deber en la vida ahora es honrarle y obedecerlo, como el padre Luca me dijo el día de nuestra boda. Pero no puedo amarlo. Me siento avergonzada de cómo ha acabado mi vida. Deseo estar de vuelta con *mamma* y *papà* otra vez, de vuelta en el molino, donde el fuego se caldea con verdadero amor.

Cada mañana, cuando se va a trabajar, me digo a mí misma: «*Coraggio*. Las cosas mejorarán. Si me vuelvo más inglesa, entonces volverá a amarme otra vez».

Pero yo nunca volveré a amarlo, no de la forma en que esperaba hacerlo. Aún no me puedo creer cuánto ha cambiado.

Anna está horrorizada. No puede soportar seguir leyendo sobre la infelicidad de su madre, que empezó muy pronto en su vida de casada. Pero sigue leyendo, con la esperanza de que las cosas mejoren. Sus padres estuvieron juntos hasta que murió su padre. Seguro que Ines le hubiera dejado si la vida hubiera sido demasiado insoportable...

Mira su reloj, ve que ya es más de medianoche. Francesco ya no vendrá, así que se pone el pijama y se mete bajo las sábanas de algodón. El cansancio ha desaparecido.

6 de enero de 1947

Hoy no es un día de fiesta en Inglaterra, pero me imagino a *mamma* preparando el pollo y la polenta al fuego para esta celebración especial italiana. Quizá *papà* haya salido a la *osteria,* a beberse uno o dos vasos de vino con Giacomo y Giorgio. Hoy fui a misa por la Epifanía, por la Befana. Solo los católicos hacen eso aquí. Los niños ingleses no dejan sus zapatos fuera, la noche anterior, para que se los llene de carbón o de dulces la Befana, la pequeña vieja bruja que sigue a los Reyes Magos. Aquí reciben regalos en Navidad.

Freda me llama «papista», pero dice que no le importa si soy católica o protestante. Me ha enseñado a hacer tartas inglesas y estoy engordando cada semana.

Me ha preguntado si estoy embarazada, porque ha notado que la falda me queda más estrecha. Pero, aunque me encantaría tener un bebé, aún no estoy embarazada.

Últimamente Jim me ha dejado en paz. Aún presto mucha atención a sus cambios de humor, aunque no parece haber un patrón para sus golpes. Quizá es porque está cansado. Lo han ascendido en el departamento de ventas en el aeropuerto y eso conlleva más responsabilidades. También significa que podemos comprar billetes de avión a un precio especial. Me da miedo la idea de viajar tan alto por el cielo, pero, si eso significa no hacer un largo viaje en tren otra vez, será maravilloso.

Esta mañana en la misa de la Epifanía había una mujer dos filas por delante de mí que estaba segura de que no era inglesa. Había algo en ella. Tenía el pelo oscuro como yo y más o menos mi altura. He hecho de tripas corazón al final de la misa y le he tocado el hombro y le he preguntado directamente:

—¿Por casualidad eres italiana?

Ha sido como si nos conociéramos de toda la vida. Ha gritado que sí en voz alta y nos hemos abrazado, aunque nunca nos habíamos visto antes. Aunque Tiziana es de Roma, de un lugar nada cerca de nuestra Toscana, tenemos mucho de lo que hablar y hemos quedado en vernos la semana que viene para una taza de té. No para café, porque el café de los ingleses es bastante malo. Ahora bebo té, como una dama inglesa.

La semana pasada tuve un resfriado y he estado sin comer desde entonces, pero aún sigo engordando y Jim dice que estoy mejor que cuando él volvió. He aprendido a hacer galletas y bizcochos para el té. Freda me ha dado una receta para una tarta de fruta, cremosa y pesada, y a Jim le encanta. *Mamma* solía decir que era un pato mareado en la cocina. Pero he cambiado, ella apenas podría reconocerme ahora.

Cómo desearía que mis padres pudieran venir a visitarnos algún día. Me preocupa que se sientan solos y que aún estén llorando la muerte de Davide. Lloro cuando pienso en él. A veces se me aparece en sueños, somos niños jugando al escondite en los árboles de detrás del estanque. Me toca a mí ir a buscarlo y, cuando cuento atrás y grito «¡Ya voy!», oigo que él grita. Corro para ayudarle y él salta delante de mí, con las manos cubriéndose la cara. Y su cara es una herida abierta, sus ojos son agujeros profundos. Al principio, Jim me consolaba después de estas pesadillas, pero ahora se queja de que lo mantengo despierto y me dice que me duerma, que tiene que trabajar por la mañana. ¿Cómo será para la pobre *mamma*? Debe de ser mil veces peor.

Pero no tiene sentido preguntarse por qué murió de la forma en que lo hizo. Mi vida es ahora. Tengo que permanecer positiva y seguir adelante.

Tenemos un pequeño jardín a la entrada de la casa con rosas perfumadas. A *mamma* le encantarían. En la parte de atrás, hay una cuerda para que yo tienda la ropa (es decir, cuando el tiempo lo permite). Algunos días anhelo la brisa que baila desde el río para secar la ropa en los arbustos, como en el molino. Jim tiene su huerto al fondo del jardín, cerca de las vías del tren. Los trenes me molestaban al principio con su traqueteo, pero ahora me gustan. A veces los niños me saludan cuando estoy en el jardín y yo les devuelvo el saludo. Jim me dice que la mayor parte de los pasajeros van a Londres a trabajar. El tren me trajo a Inglaterra y me pregunto si habrá otras mujeres como yo que llegaron para empezar una vida nueva. Cuando Jim se va y yo he terminado con mis tareas de la casa, escribo mi diario y a veces escribo versos de poesía.

10 de febrero de 1947

He estado vomitando por las mañanas. Pensé que tenía una horrible enfermedad porque me duró días y, con el tiempo, fui al médico.

Voy a tener un bebé.

Salgo de cuentas a finales de agosto.

¡Cómo desearía que mi madre estuviera conmigo durante el parto! No podremos visitar Rofelle este verano, como yo esperaba, porque Jim no quiere que viaje en mi condición.

Siento náuseas y he perdido mucho peso, pero Freda está cuidando de mí. Me hace sopa de pollo y tostadas. Nunca he tenido el valor de decirle que no soporto su sopa. Lo que daría por unos *cappelletti* con caldo de *mamma*.

Intenté tejer una rebeca para el bebé, pero hay tantos agujeros en ella que se parece más a una bolsa de malla para la compra. Freda se rio cuando se la enseñé. Le encanta tejer y me ha dicho que ella hará la ropa del bebé. Me da pena por el bebé, porque la lana de Freda viene en su mayoría de ropa que descose. Quizá nuestro bebé sea el primero en ir vestido de luto...

La semana pasada me enseñó un par de botitas negras de punto que había hecho con un viejo chal. La lana es bonita y suave. No sé si las usaré, pero no quiero herir sus sentimientos.

Últimamente he estado llorando mucho y ella ha conseguido descubrir dónde vive Tiziana tras ir a hablar con el cura papista, como ella lo llama. Me dio una maravillosa sorpresa cuando la semana pasada Tiziana llamó a mi puerta.

Al principio, no iba a abrir la puerta. Eran las diez de la mañana, necesitaba vaciar la chimenea, los platos de la cena aún estaban en el fregadero y yo estaba en la cama. Jim iba a estar fuera durante un par de días por trabajo y, enferma e infeliz, no le veía sentido a levantarme. Ignoré la puerta y me di la vuelta otra vez bajo las mantas y el edredón calientes.

Toc, toc.

Quienquiera que fuese era insistente. Y luego escuché la tapa de la rejilla del correo y la voz de Tiziana que me llamaba:

—*Puttana Eva!* Ines, vaga, ¡abre la puerta! Soy yo. Sé que estás ahí. Ven y abre la maldita puerta.

Fue agradable escucharla hablar en italiano, aunque fueran un cúmulo de palabras malsonantes. Ahí estaba Tiziana en la entrada, con su nuevo abrigo de visón, golpeando el suelo por el frío con los pies vestidos a la moda.

Una vez me confesó que había conocido a su marido en un burdel a las orillas del río Tíber en Roma.

—Era solo temporal —me dijo cuando vio cómo mi boca se abría de par en par por la sorpresa—. Tú hubieras hecho lo mismo, *cara mia,* si hubieras estado atrapada en Roma con nada que comer y hermanos y hermanas muriéndose de hambre en casa. Para ti todo iba bien en tu afortunado campo con tus cerdos gordos y tus gallinas.

No tenía sentido discutir con ella cuando empezaba a hablar sin parar. No mostraba mucha vergüenza por la forma en que había atrapado a su marido Denis.

—Le falta algo ahí arriba —decía, a la vez que se golpeaba un lado de la cabeza con el dedo y añadía con una carcajada—: Pero no abajo.

En su opinión, su lento marido inglés había sido su pasaporte para salir de la pobreza. Tiziana y yo éramos diferentes, pero, a pesar de ello, le tenía cariño, principalmente porque era italiana.

—¡Brrr! Hace un frío que pela ahí fuera —dijo mientras se abría camino hasta la entrada—. No dejaría ni al perro salir con este tiempo de mierda. Anda, querida, hazme un café.

Me envolvió en un abrazo. Mis lágrimas empezaron a brotar y no pude parar.

—Eh, Ines. Ven aquí, mi amor. Prepararé café. Mira lo que ha conseguido enviarme mi gente.

Sacó un paquete marrón del bolso y me lo sacudió delante de la cara.

Sentí una arcada. El café era una de las principales cosas que no podía aguantar en aquel momento y su aroma me hizo querer vomitar.

—Uy, lo siento, me olvidé de tu embarazo. Bueno, entonces tendrá que ser té. Guardaré el café hasta que tus papilas gustativas vuelvan a comportarse, porque lo harán, Ines, te lo prometo. No te sentirás así de mal para siempre. Y, solo por ti, no fumaré. ¿Qué te parece eso como prueba de amistad? Recuerdo cuando mi hermana estaba embarazada. No podía soportar el olor a cigarrillos. Tú seguramente serás igual.

Se movía de aquí para allá mientras preparaba el té y las tazas.

—Tú ve y vístete, sé buena chica, y yo me ocuparé del fuego y luego tendremos una charla cuando decidas parar esos lagrimones. Solo estás embarazada, *cara*. Aún no vas a morir, por ahora. Venga, ¡date prisa! Tengo que estar de vuelta para hacerle de comer a Denis a la una en punto. No puedo quedarme mucho tiempo.

Media hora después, sentadas junto al fuego, que resplandecía, empecé a sentirme mejor.

—No sé qué haría sin ti, Tiziana.

—No digas tonterías. El sentimiento es mutuo, *carinissima*. Inglaterra está muy bien, pero una chica italiana necesita una pizca de Italia de vez en cuando, y eso es lo que podemos hacer la una por la otra. Por cierto, mi familia viene para Semana Santa. Conducen. Mi tío los trae en su taxi. No me preguntes cómo se las apaña para la gasolina, nunca le hago preguntas. Tiene sus contactos y consigue encontrarnos un montón de cosas buenas. Así que, si quieres algo, piénsalo y dímelo. Pasta, aceite de oliva, queso parmesano. La situación de la comida es mejor que aquí, pero no siempre es fácil conseguir cosas, aunque la maldita guerra esté más que acabada. Van al campo a ver qué pueden encontrar, a hablar con la gente que conocen. Ya sabes a lo que me refiero.

Se toca un lado de la nariz y me guiña un ojo.

Empiezo a llorar otra vez.

—Dios mío, estás fatal, ¿no? —me dice y se pone en cuclillas delante de mí, agarrándome una de las manos con el ceño fruncido.

—¿Cuál es el verdadero problema, Ines? No es solo porque estás embarazada, ¿verdad? Cuéntaselo a la tita Tiziana.

No estaba segura de cuánto quería confesarle, pero necesitaba hablar con alguien. Me soné la nariz con el pañuelo que ella me lanzó. Intenté sonreír y mascullé:

—Me avergüenza demasiado hablar de ello.

—No hay nada que me avergüence a mí, ya lo sabes. Por Dios, Ines, cuando has crecido en una familia como la mía, todos apretujados en el piso más diminuto de Trastévere, ya no hay nada que haga que me sonroje. Mis padres dormían en la misma habitación, solo con una cortina colgada entre nuestras camas para darles un poco de privacidad. Bueno, puedo decirte que aprendí sobre los actos de la vida a muy temprana edad.

—No creo que Jim me quiera.

Volví a deshacerme en lágrimas. Tiziana se rio.

—Oh, pedazo de zoquete. Estás embarazada, ¿verdad? Tus hormonas hacen que estés confundida y te sientas rara. A mi *mamma* le dio incluso por comerse trozos de muebles cuando estaba encinta. Teníamos marcas de dientes en las sillas de la cocina.

Saca un cepillo del pelo de su bolso.

—Mira el estado de este pajar, *caruccia*. ¿Cuándo fue la última vez que te miraste al espejo?

Y empezó a desenredarme el pelo. Me calmaba y relajaba. Después de un momento, empezó a hablarme otra vez:

–Mira, Ines, claro que Jim te ama. Si no te tocara, o te ignorara, o nunca volviera a casa por la noche, entonces quizá empezaría a creerme que no te quiere. Pero estás embarazada, chica. Y estoy segura de que no ha sido una inmaculada concepción como la *Madonna*.

–No te rías de mí, Tizi.

–*Porca miseria*. Lo tienes fatal.

–Sí, estoy embarazada. Pero no disfruté de quedarme embarazada. No me gusta cuando estamos en la cama. Duele y siempre quiero que acabe –le digo rápidamente; mis mejillas se vuelven más rojas que los tomates San Marzano, pero me siento aliviada de poder, por fin, poner en palabras mis sentimientos.

Tiziana se sienta en una de las sillas de Freda y cruza las piernas, a la vez que se estira un poco la falda. Sus piernas son lisas y están cubiertas con medias de seda. Fue difícil captar su edad bajo la amplia capa de maquillaje, pero dejó caer en una conversación que era diez años más mayor que yo. Parece una persona de mundo.

–Bueno, querida, todos los hombres pueden ser bruscos a veces. Créeme, es bastante normal cuando se excitan. Pero, si no disfrutas del sexo en absoluto, entonces no es tu culpa. Por lo que yo sé, si no puede hacerte sentir bien, entonces, es su culpa.

Quizá debería haberme abierto a ella por completo, haberle enseñado los moratones y haberle preguntado si aquello era normal. Pero me avergonzaba demasiado y me preocupaba que fuera algo que yo me buscaba. Pero aun así necesitaba consuelo.

–Pero en casa... –enseguida me corregí– en Italia, antes de casarnos, siempre me hizo sentir bien cuando estábamos juntos. Quiero decir, nunca llegamos hasta el final ni nada... Le hice esperar hasta que estuvimos casados. Pero luego, cuando volvió al final de la guerra, había cambiado. Estaba más frío, como si no le importara nada. O quizá yo había cambiado.

Me limpié los ojos con el pañuelo empapado y la miré. Ella suspiró y levantó las manos, como para decirme: «¿Qué esperabas?».

–Nunca va a ser como al principio, Ines. El matrimonio no es un cuento de hadas. Y tienes que entender a los hombres. Una vez que tienen lo que quieren, son vagos, créeme. Tienes que ser un poquito más ingeniosa, *bella*. Provócalos.

La miré, con su cara bonita y su figura de señora. Su jersey ajustado de angora parecía como si se lo hubieran pintado en el pecho y hubieran dejado muy poco a la imaginación. No éramos el mismo tipo de chica en absoluto, pero era mi única amiga en Inglaterra y nunca había hablado con nadie en mi vida tan abiertamente sobre aquellas cosas. Si nos hubiéramos conocido en Italia, dudo mucho que nos hubiésemos saludado. Y, sin embargo, me sentía tan sola en Croydon que seguí su consejo.

–Gracias, Tizi. Ya veo que tengo mucho que aprender. He empezado a pensar que cometí un error al casarme con Jim y venir aquí. Debería haberme quedado cuidando de mis padres...

–Y viviendo una vida de miseria en un pueblo muerto en las montañas, teniendo que mear en un agujero en el suelo y trabajar de la mañana a la noche hasta morir, que, por cierto, sería en plena juventud. No, muchas gracias. Estoy mucho más feliz aquí en Inglaterra, y tú también lo estarás pronto, Ines. Solo te sientes así porque estás embarazada. A cada mujer le afecta de manera diferente. Mi *nonna* me habló mucho de ello y por eso sé de estas cosas. Era una experta en todo lo relacionado con dar a luz. Solía ayudar en partos en nuestro bloque de pisos y, si hubiera sabido escribir, entonces hubiera sido capaz de crear un manual sobre ello. Ahora lávate la cara y coge este pintalabios.

Hurgó en su bolso con efecto de piel de cocodrilo y sacó un pintalabios de Woolworth's Ruby Lustre.

–Está casi terminado, pero ponte un poco esta noche cuando Jim llegue a casa. Desabróchate un par de botones de tu almidonada y vieja blusa, y cocínale un plato delicioso. El camino al corazón de un hombre está tanto en el estómago como en la polla. Ya me dirás cómo te va, querida, ahora tengo que irme, pero volveré a verte la semana que viene.

Y, tras concederme un beso en cada mejilla, salió a la calle, al frío aire de la mañana, tamborileando con los tacones sobre el camino de la entrada.

Cuando la llave de Jim giró en la cerradura a las seis en punto aquella tarde, corrí para colocarme en la cocina. Me puse el pintalabios de Tizi sobre los labios tan grueso como creí que era aceptable, sin acabar pareciendo un payaso. Había estado practicando ante el espejo poniendo morritos. Me había sugerido que me dejara algunos botones abiertos de la blusa, pero había decidido ir más allá. Fue una enorme extravagancia, pero había encendido la caldera aquella tarde y había arrastrado la bañera hasta la cocina para un largo y burbujeante baño. Con un generoso chorrito de Gala Affair que Jim me había comprado por Navidad, y vestida con el más ligero de mis camisones, estaba lista para él. Hacía mucho frío, pero me habían advertido de que tenía que trabajar duro para mantener a mi hombre, así que sentir frío era algo con lo que tenía que lidiar.

—¿Qué se quema?

Jim entró corriendo en la cocina. El gas estaba demasiado alto y la sopa hervía. Aún no me había acostumbrado a la cocina moderna.

—¿Otra vez tienes náuseas?

Jim lanzó el periódico sobre la mesa que yo había preparado con cuidado y aplastó una servilleta que me había llevado una eternidad doblar en forma de lirio, justo como en la *trattoria* en Badia.

—¿Por qué no estás vestida, Ines? ¿Has estado así todo el día?

Mi plan de seducción no parecía funcionar. Pero no iba a rendirme. Dejando que mi bata cayera al suelo, le revelé mi camisón de nailon transparente.

—Ines, te morirás de frío estando así.

Cogió mi bata y la sujetó para que metiera los brazos.

—¿Por qué ya no me quieres? —Me lancé a sus brazos y le golpeé el pecho con desesperación—. ¿Qué he hecho mal?

Él me miró totalmente perplejo, con la boca medio abierta, mientras se separaba de mí.

—Ines, ¿qué demonios te ha entrado?

—*Sono stufa...* Estoy harta, eso es, harta, harta, harta, y quiero volver a Italia.

Él se acercó a mí y empezó a frotar mi espalda.

–Es tu estado, eso es lo que es –dijo con una voz tranquila que no me tranquilizó en absoluto–. Te hace decir cosas sin sentido. Ven y siéntate, yo serviré la sopa.

–Está quemada. No quiero ninguna estúpida sopa. Suéltame, cretino.

Lo empujé. A pesar de haberme prometido que no lloraría, mis lágrimas empezaron a caer otra vez. Estaba avergonzada por mi intento frustrado de seducción. No sabía qué más podía hacer. De un día para otro nunca sabía en qué estado de ánimo iba a estar. Limpiándome las lágrimas con el reverso de las manos, intenté cambiar de dirección. Sería firme y razonable con él. Tomé aliento y le miré a la cara.

–¿Aún me quieres? –le pregunté–. Tienes que ser honesto conmigo.

Ahora él estaba avergonzado. Se sentó a la mesa mientras evitaba mi mirada. Repetí la pregunta, esta vez más alto.

–Baja la voz –bufó–. Les estás dando a los vecinos un gran regalo esta noche y solo dices tonterías sin sentido.

–Me importan muy poco los estúpidos vecinos. ¡Respóndeme! –le grité.

–¡No hables así! Has estado con esa chica de Roma otra vez, ¿verdad? Es una mal hablada. Siempre sé si os habéis estado haciendo compañía. Es una vulgar...

–Es mi amiga, y deja de cambiar de tema. Te he hecho una pregunta. ¿Aún me quieres como cuando estábamos en Italia?

Él jugueteaba en la mesa con el cuchillo y el tenedor que yo había puesto para nuestra cena especial. Sus manos temblaban y sentí que iba a atacarme de un momento a otro. Pero Tiziana me había dicho que era Jim el culpable de nuestra vida amorosa y eso me dio fuerzas para enfrentarme a él. No hubo golpes aquella tarde, solo una sonrisa triste y delgada.

–Ahora estamos aquí y la vida es diferente.

–Pero tú aún eres Jim y yo aún soy Ines. No debería ser diferente. Si me dices que ya no me quieres, entonces pensaré en quitarme la vida.

–Ahora estás siendo dramática, como una típica *eyetie*. Cálmate. Piensa en el bebé.

–*Uffa!* ¡No puedo pensar en otra cosa! Y tú te casaste con una *eyetie,* como tan amablemente me has llamado, así que ¿qué esperabas? *Madonna buona!* No quiero que este bebé nazca en una familia donde no hay amor.

–Nunca he dicho que no te quiera, Ines –sonó derrotado, vencido. Se acercó a la silla donde me había dejado caer y me apretó entre sus brazos–. No siempre puedo mostrártelo de la forma que tú quieres. Ahora, sécate los ojos y cenemos.

Quería que me desvistiera, que me arrancara el camisón y me hiciera el amor, que cubriera mi cuerpo de besos tiernos y apasionados, que me hiciera sentir como me sentí aquella tarde en el río. Empecé a preguntarme si me había imaginado toda la escena y la había convertido en una fantasía romántica.

En lugar de hacer el amor de manera urgente y salvaje, nos acabamos la sopa quemada y la pesada tarta de manzana con la salsa llena de grumos que él había insistido en que Freda me enseñara a hacer.

Después, encendió la radio para escuchar las noticias de la tarde y, tras darme las buenas noches con un beso en la cabeza, se subió a la habitación. Cuando subí diez minutos más tarde, estaba profundamente dormido, boca arriba, roncando. Me quité el camisón, busqué en el cajón un pijama caliente y me metí en nuestra congelada cama.

Capítulo 26

Agosto de 1999

Es la una de la mañana cuando Anna termina de leer. Las lágrimas le recorren la cara y mojan la almohada mientras cae en un sueño inquieto.

A la mañana siguiente, los papeles de su madre están esparcidos por el suelo al lado de la cama. Tras arrastrarse hasta el piso de abajo, se prepara un café fuerte en lugar del habitual té. El sabor más amargo encaja con su estado de ánimo mientras reflexiona sobre la cantidad de infelicidad que su madre guardaba dentro, lo sola que debía de sentirse, lanzada a una cultura extraña, aferrándose de manera desesperada a Tiziana, una conexión frágil con Italia.

Francesco llega sobre las siete de la mañana y Anna aún no está vestida. Con los ojos hinchados y el pelo alborotado, abre la puerta principal.

—¿Qué te he hecho? —dice—. ¿No podías dormir?

—No eres tú —dice, y se lanza a sus brazos—, es mi madre. Su vida fue de mal en peor.

—No lo tuvo fácil, ¿no?

—Si hubiera sido yo, no le hubiera aguantado. Si un hombre me levanta un solo dedo por un enfado, estaría fuera de forma inmediata.

—Las cosas eran diferentes entonces.

—No hay excusas que valgan. Pobre mujer.

Él la besa, la acerca aún más y, si no fuera por Alba, que aparece para decir que Teresa le ha servido el café y las galletas del desayuno en la mesa, se quedaría más tiempo.

–Ojalá pudiera cancelarlo –dice–, pero me han convocado para una reunión de dos días en Bolonia. Ha habido problemas con los horarios y las cosas habituales para preparar el inicio del curso en la universidad.

Alba le tira del brazo para llevárselo y él vuelve a besar a Anna, esta vez con más sutileza, porque Alba está ahí de pie como una monitora de colegio, con las manos en las caderas, vigilándolos.

–He dejado el resto de los papeles con Teresa –añade–. Están en inglés, así que ya no necesitarás mi ayuda. Pero me encantaría poder leerlos bien hasta el final, si me los dejas después. Personalmente, me siento parte de la historia. Oh, y no me he olvidado de la medalla. Ya te contaré si descubro algo.

Le lanza un beso mientras sale y eso hace reír a Alba. Anna vuelve arriba para vestirse y recuerda cómo Francesco la desnudó hace tan solo veinticuatro horas. Quiere que regrese de Bolonia pronto para que vuelva a hacerlo.

Su madre ha añadido otra nota a las siguientes páginas.

En 1984, cuando tenías dieciocho años, te fuiste a la universidad y la casa estaba vacía y había eco. Harry y Jane estaban ocupados con sus jóvenes familias y no tenía a nadie que me hiciera compañía. Y tenía demasiado tiempo para pensar.

Una tarde vi un anuncio en la biblioteca sobre escritura creativa que me llamó la atención. El curso se titulaba «¿Quieres escribir tu historia?».

Me llené de valor y me apunté. La profesora era muy alentadora. Fue una terapia. Me ayudó a conectar los hilos de mi vida, los llamaba «perlas de la memoria», y una de las primeras tareas que nos puso fue escribir sobre la llegada de un extraño a nuestras vidas.

Me vi describiendo el nacimiento de tu hermano. Teníamos que empezar con «Recuerdo...». Me pidió que leyera el mío en voz alta y como no conocía a nadie allí no me importó decirles que se trataba de mi propia historia.

Recuerdo las primeras palabras que mi marido pronunció sobre nuestro bebé, que nació el 10 de agosto de 1947.

–Se parece a un mono con organillo –dijo Jim mientras separaba a nuestro bebé de su cuerpo–. Ten, cógelo, Ines. Quizá vomite en mi traje.

Freda, mi suegra, cogió al bebé y envolvió a la perfección a su primer nieto con un chal apretado.

–Vergüenza debería darte, hijo. Dámelo a mí –lo regañó–. De verdad, vaya cosa que decir como padre.

Miré a mi suegra, maravillada con su confianza, mientras pensaba que nunca iba a poder hacerme cargo de cuidar a este recién nacido. Tenía miedo de que se me cayera y no parecía satisfacer nunca su hambre. Apenas lo había alimentado y cambiado cuando su boca se abría de nuevo como un pico y lloraba para pedir más. Lloraba todo el tiempo.

–Va a ser un muchacho grande, eso seguro –había dicho la matrona después del parto–. Quizá tengas problemas alimentando a este pequeño. En poco tiempo, biberón.

Freda estaba en su elemento.

–He tejido algo para él –dijo, y con orgullo me mostró un pesado manto verde y naranja con borlas rosas y turquesas.

–Es maravilloso. Muchas gracias –dije, agradecida de que no pudiera oír mi voz interior pensando que sería una bonita manta de perro... si tuviéramos perro.

Echaba de menos a mi madre. El parto fue largo y doloroso, un dolor como nunca me había imaginado. Pensé que me iba a morir y, al parecer, había gritado llamando a *mamma* una y otra vez. Y cuando miré hacia abajo y vi a mi hijo por primera vez, cubierto de mucosa y sangre, sentí una ola de tristeza. Entonces entendí la unión que tiene una madre con su hijo, una unión que yo había cortado al venirme a vivir tan lejos. Lloré por lo que le había negado a mi propia madre.

Después, enfermé. Me siento avergonzada escribiendo esto ahora, pero hubo noches en que Harry lloraba para que lo alimentara otra vez y yo quería que se durmiera para siempre y que no se despertara nunca. Freda era maravillosa conmigo, pero Jim estaba aturdido y era inútil. Apenas lo vi los primeros días de vida de nuestro hijo. Se quedaba hasta tarde en el trabajo y dejaba la casa justo después del amanecer, y, a menudo, estaba fuera por las noches.

Freda se mudó a nuestra habitación vacía y se encargó de cocinar y de limpiar mientras yo me recuperaba del parto. A mediados de septiembre, me trajo mi habitual taza de café con leche de media mañana y, entonces, en lugar de volver rápido a la cocina, se sentó conmigo durante un rato.

—Bueno, Ines, querida mía, ha pasado casi un mes desde que nació el bebé y creo que ha llegado la hora de que vuelva con mi John. Puedo venir de vez en cuando, pero ahora tienes que hacer un esfuerzo. El bebé te necesita y Jim te necesita, así que aquí está el plumero. Tú empieza y yo terminaré de lavar los pañales de su señoría durante su siesta de por las mañanas; y esta tarde he hecho que quedes con tu amiga en el parque. Puedes empujar el cochecito del bebé y que esas pálidas mejillas tomen un poco de aire fresco.

Tiziana, mi amiga italiana, descubrió que ella estaba embarazada poco después que yo. Pasábamos tanto tiempo como podíamos juntas. Yo tenía náuseas y ella estuvo sana durante los primeros ocho meses, hasta que la ingresaron en el hospital con preeclampsia durante las últimas semanas. Tenía suerte de haber sobrevivido. Nuestra amistad se volvió más importante para mí cuando me di cuenta de que podría haberla perdido.

Dar de comer a los patos en el estanque se convirtió en nuestra rutina de por las tardes. Tiziana tuvo gemelos, nacidos unas semanas después que Harry, y ella también parecía encontrar difícil la maternidad. Hicimos el pacto de intentar hablar solo en inglés, pero era muy tentador volver al italiano.

—De todas maneras, este pan vale solo para los patos —refunfuñó y lanzó la mitad de la hogaza al agua verde. Esto dio pie a los graznidos y al revoloteo de las plumas de oca y de pato, así como al de alguna gaviota descarriada—. Cuánto daría por una *pagnotta* fresca del *panificio* de casa. Esto parece lana y está demasiado salado. ¡Qué asco! *Schifo!*

Se sacudió las migas del vestido y meció el cochecito para calmar a Luca y a Giuseppe.

—Escúchate –dije–. ¿Quién echa de menos Italia ahora?

Me había regañado en el pasado por recordar constantemente nuestro bonito país, al que siempre nos referíamos como el «*bel paese*».

—Intenta cuidar a estos dos tú sola –soltó–. Si estuviera en casa, estaría *mamma* para ayudar, o la tía, o mi hermana, o la mujer del piso de al lado. *Dio buono*, juro que voy a hacerle un nudo en la cola a Denis. No voy a tener más bebés y le he dicho que no se me acerque a no ser que me enseñe un condón. Ya he hecho mi parte. Jesús, dos es más que suficiente.

—Freda es muy buena, y ahora que le doy biberón a Harry, duerme durante toda la noche.

—¿Solo ahora usas el biberón? *Madonna buona*, los míos se tuvieron que agarrar al biberón directamente. Ni hablar de que me mordieran los pechos. Bastante tengo con dejar que mi viejo hombre interactúe con ellos.

Se recolocó los pechos y les dio una palmadita como para asegurarse de que aún estaban allí.

—Estoy orgullosa de estas, son mis dos principales recursos.

Me reí.

—¿De qué hablas, Tizi? Eres una mujer casada.

—¿Y? Nunca sabes qué podrá pasar, *amica mia*. –Movió un dedo delante de mí–. Podría dejarme, podría dejarle yo, nunca se sabe.

Tizi era única y, aunque siempre me sorprendía con sus afirmaciones, siempre me sentía mejor cuando estaba con ella.

—Bueno, Ines, ya que ha salido el tema, tengo que decírtelo. No iba a hacerlo, pero quizá tengas que saberlo.

Bajó la voz como si estuviera a punto de comunicarme un cotilleo que no quería que nadie más oyera.

—¿Saber qué?

Yo solo escuchaba a medias. Harry lloraba, así que lo cogí en brazos para mecerlo y calmarlo mientras caminaba alrededor de nuestro banco habitual.

—Denis piensa que tu Jim está a la caza de faldas.

—¿Caza de faldas? ¿Qué quieres decir?

—¿Nunca has oído esa expresión? *Dio,* ¿dónde has nacido? Ah, sí, en el campo, lo olvidaba. Las vacas y las ovejas no llevan falda, ¿no?

Se rio y luego, al ver la mirada confundida en mi rostro, suspiró y se puso de pie para colocar la manta a los gemelos, mientras murmuraba para que yo no pudiera oír lo que estaba diciendo.

—¿Qué decías de Jim y de las faldas? —le pregunté cuando volvió al banco.

Tiziana suspiró profundamente y luego, a su manera directa, me golpeó con las noticias.

—No hay manera fácil de decirte esto, *cara,* pero... Denis dice que Jim tiene un lío con Phyllis, la que trabaja en la farmacia Boots. Esa chica rubia. Seguro que sabes de quién te hablo. Alta, con la cara como un burro y los pechos enormes.

Harry aún lloriqueaba, así que lo cogí en brazos y lo mecí para intentar calmarlo. Mi cabeza repasaba lo que acababa de oír. Ahora lloraba de verdad y apenas podía oír a Tiziana, que seguía con su parloteo.

—En verdad, no sabía si decírtelo o no, pero somos amigas, ¿no? ¿Y recuerdas lo que me dijiste antes de que Harry naciera? Lo preocupada que estabas de que Jim no te prestara suficiente atención. Bueno, eso lo explica, ¿no? Tiene otra mujer. Una mujer sofisticada, dicen por ahí. Y, por lo que cuentan, ha estado ocurriendo desde hace algún tiempo.

Yo aún no había dicho nada. No sabía qué decirle. Con el tiempo, a pesar del quejido fuerte de Harry, lo volví a dejar en el carrito y empecé a caminar de vuelta a casa. Tiziana me gritaba para que volviera y habláramos. La ignoré.

Crucé el parque a zancadas, las ruedas del carrito se movían sobre las hojas que habían caído en el camino. Ignoré las miradas de curiosidad de la gente que paseaba tranquilamente y pasé a su lado corriendo como una loca mientras ignoraba los gritos de hambre de mi bebé. Empujé el carrito fuera de las puertas del parque y golpeé la dura acera. Pasé por casas y jardines delanteros que parecían todos iguales.

Dejé el cochecito en la puerta y alcé a mi hijo, sujetándolo sobre la cadera. Cerré la puerta de la entrada de un portazo tan grande que agrietó la pintura verde de la pared. Jim guardaba una botella de brandi en el aparador de la habitación principal y, aún con Harry en brazos, me serví una generosa copa. Tosí y resoplé, era fuerte y desagradable, pero me ayudó a calmarme.

–Venga, Harry. Estaremos bien. No llores, pequeño.

El bebé sintió mi ansiedad. Aún lloriqueaba mientras le preparaba el biberón con mis torpes dedos. Medía la fórmula en el cacito sin ser completamente consciente de lo que hacía.

Media hora más tarde, con Harry dormido en el sofá, a mi lado, y tras beberme casi media botella de brandi, me decidí a enfrentarme a mi marido cuando llegara del viaje de negocios que había anotado en nuestro calendario de la cocina. Ahora me preguntaba si realmente estaba fuera por trabajo o si estaba en los brazos de esa mujer, Phyllis, y reaccioné con rabia. Ya estaba harta de las lágrimas, hasta ahora no me habían hecho ningún bien. Jim no me quería, pero yo no estaba dispuesta a rendirme tan pronto y no iba a dejar que se saliera con la suya tras haberme arrastrado hasta Inglaterra solo para dejarme. En el fondo, y por extraño que pareciera, a pesar del modo en que me había tratado, aún creía amarlo. Es más, realmente creía en esos votos de matrimonio que había pronunciado en la pequeña capilla de Rofelle, creía que nos amaríamos en lo bueno y en lo malo. No podía aceptar que el hombre del que me había enamorado en Italia se hubiera convertido en un monstruo. Tendría que luchar por él y, además, ahora también tenía que pensar en Harry.

Por la mañana, la cabeza me daba vueltas, pero el bebé había dormido milagrosamente durante toda la noche. Puse pañales extra y biberones en el cochecito y me di prisa por ir a casa de mis suegros. Freda y John estaban en mitad del desayuno, sorprendidos de verme tan temprano.

–Por favor, *mum*, ¿podrías cuidar hoy de Harry? Olvidé mi revisión posparto en el hospital y, con Jim fuera, me será mucho más fácil acudir si dejo al niño contigo. Que voy en autobús...

Todo esto lo dije sin mirarla a la cara por si acaso notaba las mentiras que le decía. Me mantenía ocupada organizando los pañales en la cesta de debajo del cochecito.

Freda se inclinó para coger a Harry, que reclamaba su biberón con puños y gruñidos.

—Por supuesto que cuidaremos de este hombrecito. No te importa quedarte con los abuelos, ¿verdad? Te llevaremos a pasear al sol y podrás vernos recoger los primeros frutos. Recuérdame que te dé una bolsa para tus pasteles, Ines. Ahora, vete. No quieres perder ese autobús.

Bajé hasta la parada del autobús, pero mi destino no era el hospital.

Para cuando llegué al centro de West Croydon y encontré la farmacia Boots era casi mediodía. Vagué por la tienda fingiendo que buscaba cosméticos, probándome perfumes en las muñecas y mirando paquetes de medias de nailon hasta que una dependienta me preguntó:

—¿Puedo ayudarla, señora?

Tendría unos cincuenta años, pelo gris. Era bajita y regordeta.

—Estoy buscando un regalo para... para mi madre.

—¿Qué tal un nuevo y bonito pintalabios? Nunca se es demasiado mayor para un pintalabios.

Hurgó en un cajón de debajo del mostrador para encontrar una muestra y luego probó el color en el reverso de mi mano.

—Si su madre se parece en algo a usted, creo que le quedaría bien un color más oscuro.

Durante un rato siguió charlando sobre maquillaje que mi madre soñaría con ponerse mientras yo seguía mirando a mi alrededor para ver si podía identificar a Phyllis.

—¿Es francesa, querida? —me preguntó—. Es que tiene aspecto continental.

—Italiana —le respondí.

Cogí el espejo que me entregó para poder untarme la muestra en los labios. Mi reflejo lleno de rabia me devolvió la mirada. Detrás de mí, en el espejo, vi la mirada de otra mujer con el uniforme de Boots. No era rubia de verdad, las raíces oscuras empezaban a verse. Parecía más mayor que yo y su blusa tiraba de las costuras, los botones corrían el riesgo de saltarse en cualquier momento. No era hermosa, pero era atractiva. Estaba segura de que era Phyllis, la mujer de la que Tizi había hablado. Dejé caer el espejo al suelo y se rompió.

–Oh, querida –dijo la mujer con el pelo gris mientras se inclinaba para recoger los trozos–. No se ha hecho daño, ¿verdad? ¿Está bien, señora? Se ha puesto pálida.

–Lo siento –dije y me abrí camino, dejándola atrás–. He cambiado de idea.

Necesitaba aire fresco y tiempo para pensar.

Estaba chispeando. La gente corría, con el cuello encogido como tortugas, intentando escapar de las gotas de lluvia. El chaparrón creció en intensidad y me quedé de pie en la entrada, viendo a la gente salpicada por los charcos, preguntándome qué debía hacer. En la tienda, me había costado mucho contenerme para no ir hasta Phyllis y abofetearla en su estúpida cara. Pero eso no resolvería nada y, de todas formas, tenía que estar segura de que se trataba de la mujer correcta.

Mientras me demoraba fuera de la tienda e intentaba organizar mis pensamientos, vi que Jim se acercaba por el otro lado de la calle principal, con el cuello de su abrigo hacia arriba a causa del chaparrón. Lo vi entrar en Boots, pero incluso entonces crucé los dedos dentro de los bolsillos de mi abrigo, con la esperanza de que la bomba de Tizi no fuera verdad.

Unos minutos más tarde mis esperanzas se desvanecieron cuando la pareja salió de la tienda cogida del brazo. Los seguí hasta The Wheatsheaf, un *pub* donde Jim me había llevado de cena un sábado por la tarde antes de quedarme embarazada. Esperé hasta que supuse que ya estarían sentados y luego hice mi entrada. Estaban sentados a una mesa en un rincón y estaban cogidos de la mano. Por fuera, estaba calmada, pero por dentro hervía como una gran olla exprés. Me acerqué hasta ellos y me senté.

–Yo tomaré un brandi doble y un sándwich de carne asada, por favor, Jim –dije. La boca de Jim se quedó abierta de asombro–. ¿No me vas a presentar a esta persona?

La miré de arriba abajo, observando la ropa barata y los zapatos demasiado altos para las gordas piernas que tenía, y arrugué la nariz como si estuviera oliendo el perfume de un rebaño de ovejas. La miré fijamente.

Ella desvió la mirada de vergüenza, cogió su bolso del suelo y se levantó de su asiento.

–Me voy, Jim –dijo; casi se cayó por las prisas por salir de allí. Le lanzó una mirada de preocupación por encima del hombro mientras se tambaleaba hacia la salida.

–Sí, creo que es mejor que te vayas... Tengo que hablar con mi marido.

Grité las dos últimas palabras y los hombres de la mesa de al lado se rieron. Me giré hacia ellos y en el mismo tono de voz les dije:

–Sí, es muy gracioso, ¿verdad? ¡Gracioso para vosotros y gracioso para mi marido! Pero no tan gracioso para mí y para nuestro hijo.

–Ines, la gente nos está mirando –farfulló Jim, mirando alrededor, a los clientes del *pub*, ansiosos por el entretenimiento gratuito que les estaba ofreciendo.

El dueño del bar salió de detrás de la barra y vino hasta nosotros. Se inclinó sobre Jim.

–Señor, mejor llévese sus problemas a otra parte. Están molestando a mis clientes.

Mientras Jim y yo nos dirigíamos a la puerta, él intentó cogerme del brazo, pero yo lo rechacé. Los hombres de la mesa gritaron y se dieron la vuelta, así que volví sobre mis pasos, cogí un vaso de cerveza y se lo tiré por encima.

–Si es un circo lo que queréis, entonces yo también puedo actuar.

Una vez fuerza, me alejé del *pub*. Jim me seguía mientras yo le gritaba:

–¡Ahora me voy a casa, espero verte para la cena! Si no vienes y no me explicas quién es esa mujer, entonces haré las maletas y me llevaré a Harry a Italia conmigo.

–Ines, por favor, hablemos...

–No en esta calle.

Me giré a un par de transeúntes que nos miraban embobados y les grité también a ellos:

–¡Meteos en vuestros malditos asuntos! ¿No tenéis nada mejor que hacer?

El hombre tuvo la decencia de darse la vuelta, pero oí a la mujer chasquear la lengua y farfullar:

–Malditos extranjeros.

–Depende de ti, Jim. Es todo lo que tengo que decir por ahora. O te veo luego o iré con tus padres y les explicaré por qué me voy a Italia. Me pregunto qué tendrán que decir entonces sobre su querido hijo.

Paré un taxi, sin importarme dos peniques el dinero. Claramente él había estado gastándose nuestro dinero en esa mujer elegante mientras yo ahorraba como podía para nuestro viaje a Italia del verano siguiente. Me senté en la parte de atrás del taxi y miré las calles organizadas en filas con casas monótonas y gente apagada caminando con rostros solemnes. Me mordí el labio con fuerza para no romper a llorar ante el conductor y, una vez que estuve dentro de casa, las lágrimas volvieron.

Me serví otro brandi; me sorprendió ver que casi me había terminado la botella entera, pero me calmaba, suavizaba mi rabia y mi tristeza, así que cuando escuché la llave de Jim en la cerradura aún estaba sentada en la habitación principal en torno a mi vaso vacío. Estaba exhausta.

–Ines, lo siento.

Vino a sentarse a mi lado y yo no tuve energía para empujarlo.

–Eres un desgraciado, Jim. Me dijiste que estabas fuera por negocios, pero todo este tiempo estabas con esa... –no sabía muchas palabrotas en inglés, a pesar de que Tiziana me había enseñado algunas expresiones. Terminé mi frase sin convicción– con esa *puttana*.

–De verdad que tuve que irme de viaje. Es la primera vez que te he mentido, Ines. Lo juro.

–Entonces, eso lo arregla todo, ¿no? ¿Cómo puedo creerme una palabra de lo que dices? ¿Por qué me trajiste a Inglaterra? Delante de un cura, prometiste que cuidarías de mí. ¿Qué he hecho mal?

Me levanté para dejar la habitación y él me agarró del brazo.

—Ines, por favor, hablemos de esto con calma.

—Si querías a alguien que fuera *calma e tranquilla* como tus mujeres inglesas, no deberías haberte casado con una italiana. ¿Por qué no te casaste con esa *puttana*?

Le golpeé la mano para que la quitara de mi brazo y lancé el vaso vacío contra la chimenea, donde se rompió en pedazos.

—No has sido el mismo desde el día que nos casamos. ¿Por qué te molestaste en volver a Rofelle? Mi familia estaba bien. Me advirtieron de que no te conocía lo suficiente, que ninguno de nosotros te conocía lo suficiente.

En aquel momento, Freda entró de golpe en la habitación.

—¿Qué demonios sucede? He estado llamando a la puerta durante los últimos cinco minutos... —Y luego, al darse cuenta de que había entrado en mitad de una pelea, añadió—: ¿Preparo una buena taza de té para todos?

—¡Oh, té, té, té! —grité—. La respuesta para todos los problemas ingleses. No, no quiero una taza de té, Freda. Odio tu té. Odio Inglaterra. Y, por encima de todo, ¡odio a tu hijo!

Pasé al lado de ella y en mi prisa por salir de allí me topé con el carrito que Freda había dejado en la entrada. Sin pensármelo dos veces, empujé el carrito fuera de casa. Harry aún estaba dormido. Podía oír a Jim gritando mi nombre para que volviera, pero lo ignoré. Las puertas del parque aún estaban abiertas. Las cerrarían al anochecer. Las otras madres y niños que normalmente veía allí estarían ya en casa, ocupadas con el baño y pelando patatas para la cena. Me abrí camino hasta el estanque de los patos y me senté. Con las prisas por escapar, me había olvidado del abrigo, así que me coloqué una manta del niño sobre los hombros. Sentada allí, en el banco, mirando el agua verde y embarrada, pensé en la corriente fría y clara del río Marecchia, que pasaba por debajo de nuestro molino de agua, y las lágrimas me cayeron desenfrenadas por las mejillas.

Después de media hora, Harry se revolvió. Pronto sería su hora para la toma de la tarde. Mi ruta a casa me hizo pasar por la iglesia de Santa María Magdalena, donde a veces iba a misa los domingos. Tras dejar a Harry en el cochecito en el porche, entré y eché un penique en la caja para encender una vela. Las velas temblorosas arrojaban una luz tenue y me arrodillé ante la estatua de Nuestra Señora e incliné la cabeza para rezar.

«Ave María, por favor, ayúdame, me siento muy perdida. Guíame por el camino correcto. No puedo seguir así. Bendice a mi familia en Italia y bendice a mi pequeña familia de aquí. Amén».

Harry empezó a lloriquear por su leche. Hice la genuflexión ante el altar y, después de hacer la señal de la cruz, me fui, empujando el cochecito tan rápido como pude en la luz del crepúsculo.

La gente de mi clase de escritura aplaudió cuando terminé de leer y me preguntaron si escribiría una secuela, porque querían saber qué pasó después.

Seguí escribiendo de vez en cuando, pero solo era para mí, cuando necesitaba alejarme del dolor, y nunca volví a compartir mis palabras otra vez.

Capítulo 27

Memorias del otoño de 1947

Jim bajó conmigo a la ciudad el siguiente día de mercado. Supongo que se sentía culpable e intentaba arreglar las cosas. Me dijo que no lo necesitaban en el trabajo. Estuvo extrañamente juguetón con Harry y atento conmigo. Se ofreció a llevar la cesta de la compra.

–No sé cómo haces todo esto tú sola –dijo mientras levantaba el cochecito para subir al autobús.

Aquel día, durante un momento, parecíamos una familia normal. Una familia normal que hacía las compras en familia. Pero no éramos normales en absoluto. No podía soportar la idea de que Jim volviera a tocarme, tras saber que había estado con otra mujer. Y, de todas formas, últimamente no había querido hacer el amor conmigo. Yo estaba encantada, pero en mi corazón sabía que no era bueno. Vivíamos en la misma casa, pero no vivíamos juntos como yo imaginaba que iba a ser casarme con él. ¿Era yo una inocente y simple muchacha italiana de campo? ¿Eran todos los matrimonios en Inglaterra como este? Nunca había oído hablar de esposas infelices en las conversaciones en torno al fuego en mi hogar, en Italia. Sí, en mi hogar. Este lugar no es mi hogar. ¿Lo será alguna vez? No quería dirigirme a mi amiga Tiziana cada vez que Jim y yo teníamos un roce, así que, para mantenerme cuerda, razonaba dentro de mi cabeza. Una y otra vez tenía mis locas conversaciones en la cabeza.

«Te pega, Ines, y se acuesta con otras mujeres. Déjalo».

«Pero ¿cómo podría? –decía la otra voz–. ¿Cómo podría dejarlo? Hice mis votos ante Dios».

«Dios no querría que fueras infeliz. Prepara una maleta, coge a tu bebé y vete a Italia. Es simple».

«Se avergonzarían de mí. Hice la cama y ahora tengo que dormir en ella».

«Es una cama de espinas, no de pétalos de rosa. Te mereces algo mejor».

Y así continuaba la lucha mental. Al final, decidí aceptar la situación por lo que era. Tenía que probarle que era mejor mujer que Phyllis. En lo bueno y en lo malo. Ese era el voto que había hecho el día de mi boda. Era mi deber.

Nos sentamos en el piso de arriba y en la parte delantera del autobús. Recordó que me gustaban las vistas. No había autobuses de dos pisos en Italia. Y aunque la guerra hubiera terminado hacía dos años, aún había agujeros en la carretera y era un recorrido lleno de baches.

—Enséñame la canción otra vez, Jim —le dije—. La del granjero, para que pueda cantársela a Harry.

Tenía ganas de aprender y encajar con la forma de vida inglesa. Si no podía ser una buena esposa, entonces sería una buena madre y criaría a mis hijos a la perfección.

—Así es como el granjero conduce —empezó a cantar, poniendo a Harry en su rodilla y fingiendo que era una silla.

Él chillaba de la risa mientras Jim le hacía bailar, saltando de arriba abajo al ritmo de las palabras. Pero, después de un momento, la mente de Jim parecía estar en otro lugar mientras seguía haciendo saltar a Harry cada vez más alto, sin entender que le estaba haciendo daño a su hijo.

—Esta es la forma en que los soldados mueren, los soldados mueren, los soldados mueren. Esta es la forma en que los soldados mueren en una fresca mañana italiana —cantó sin entonar.

Cuando paró, Harry estiró los brazos hacia mí. Su carita estaba roja por el llanto. Lo cogí y metí su cabeza en mi abrigo.

Jim miraba a la distancia.

—Todas esas mulas esqueléticas —dijo— trotando para arriba y para abajo por esos caminos llenos de baches, cargadas de palos y de armas.

Intenté cambiar de tema y limpié el vaho de la ventana con la mano enguantada.

–Oh, ¡mirad todos! Está nevando. ¿Cómo dices *nevischio* en inglés, Jim?

–Aguanieve.

–*Acquaneve.*

–No, aguanieve, Ines. Como la maldita aguanieve ensangrentada que detuvo a los tanques. Surcos de barro. Desenterrándolos en el condenado frío. ¡Maldito tiempo!

Miré hacia atrás a los otros pasajeros. El autobús estaba casi lleno ahora, a medida que nos acercábamos a Croydon y Surrey Street con sus puestos de mercado.

–No hables mal, Jim –le regañé–. Necesitas darle ejemplo desde el principio a *Arry.*

–¿Por qué no puedes decir «Harry»? Harry es demasiado joven para entender nada, es un mocoso afortunado –soltó enfadado–. Tú puedes decir la hache, sé que puedes. Dices «*hello*» y «*herbs tea*»... Su nombre es Harry.

Enfatizó el sonido de la hache en inglés de manera petulante.

–Es *himposible* –respondí, intentando hacerle reír para distraerlo, pero ya no estaba en este mundo; sus piernas seguían sacudiéndose arriba y abajo, aunque ya no jugaba con Harry.

–Es imposible –repitió–, es jodidamente imposible con la aguanieve en las montañas levantarse por las mañanas, romper el hielo de las mantas, soplarnos los dedos. Los huesos están helados. ¡Huesos! Los huesos del viejo Bob sobresalen de los pantalones, con extremidades de espantapájaros.

De repente, el autobús frenó de golpe y nos lanzó a todos contra los asientos. Yo me golpeé la cabeza contra la ventana. Harry rompió a llorar. Yo grité mientras Jim se metía debajo gritando:

–¡Agachaos! ¡Que todo el mundo busque refugio!

–¡Levántate, Jim! –le rogué–. El niño está herido.

Harry ahora gritaba. Una mujer de mediana edad vino y observó cómo Jim se escondía agachado en el suelo. Él nos gritaba que nos metiéramos detrás de las rocas y que nos refugiáramos de las balas.

–¿Está bien, señorita? –me dijo–. No quiero interferir, pero mi hijo era así. Es la guerra, ¿verdad?

Asentí y ocupó mi lugar, cogiendo a Harry y hablándole a Jim con voz amable:

–Estás bien, hijo. Nos bajaremos todos en la siguiente parada y nos tomaremos un té juntos. ¿Vale? Los soldados han desaparecido en el horizonte. Ahora estamos a salvo, hijo.

Jim pareció calmarse y susurrar «gracias».

Dos mujeres sentadas detrás de nosotras murmuraban y mi nueva amiga se inclinó hacia mí y me dijo:

–No les hagas caso, querida, concéntrate en ti y en tu familia.

Nuestro pequeño grupo se bajó del autobús en la siguiente parada, la mujer levantó el cochecito de Harry para que yo pudiera sujetar a Jim. Había un Lyons Corner House enfrente, pero la mujer nos llevó hasta un grasiento café en su lugar.

–Hay menos gente aquí, querida. Y hay una mesa libre cerca de la ventana. Tu marido se sentirá menos acorralado.

Elsie se presentó después de que yo hubiera pedido las bebidas. Nuestro ángel de la guarda. Compartió una tetera con Jim. Yo probé un café, pero no era tan fuerte como el que necesitaba.

Nos acogió bajo su protección.

–No podemos hablar mucho aquí, queridos –dijo, tomando el mando y la tetera–, pero hacedme caso, esto es lo que tenéis que hacer en la tranquilidad de vuestra casa. Hablad. Yo no tuve a nadie que me ayudara y ahora me gusta poder ayudar siempre que puedo.

Jim estaba muy callado, con una mirada atormentada en los ojos, y yo vi cómo Elsie lo cogía de ambas manos.

–No hay duda de que has visto y has hecho demasiadas cosas en esa guerra horrible, ¿verdad, cariño?

Él la miró y, con el más leve movimiento de cabeza, asintió y dijo:

–Sí.

Después se giró hacia mí.

–Y tú, mi niña, necesitas que se abra. Es lo único que funcionó con mi Norman.

Empecé a decir algo, pero me interrumpió:

—No lleva una etiqueta colgada al cuello que te diga cuál es el problema, tienes que sonsacárselo. No va a ser fácil. Que Dios nos ayude, el matrimonio nunca lo es, pero la maldita guerra sigue removiéndonos a todos. Necesitas ser paciente.

Quería decirle que había intentado ser paciente, que él me había golpeado por mi paciencia, pero cómo podía hacer eso con nuestro hijo delante de nosotros y con gente comiendo huevos con beicon para desayunar en la mesa de al lado... Hubiera sido demasiado chocante.

Ella le dirigió su atención a Harry, arrullando y borboteando con él, y yo cubrí la mano de Jim con la mía mientras me decía a mí misma que haría que esto funcionara y ayudaría a que mi marido volviera a ser el hombre del que me enamoré en Italia.

Elsie escribió su dirección en un trozo de servilleta y me la entregó.

—Si me necesitas, aquí estoy —dijo, y yo doblé el papel y lo metí en mi monedero, con la esperanza de no tener que llamarla, a pesar de lo amable que era—. Mi Norman está bien ahora —dijo mientras se abrochaba los botones del impermeable—. Tiene un trabajo puliendo coches en un taller. Le llevó tiempo, pero al final lo consiguió.

De vuelta en casa, senté a Jim en el salón y le pregunté si podía cuidar de Harry mientras yo preparaba la cena.

—Pondremos al niño a dormir y luego cenaremos juntos —le dije—. Creo que tu madre ha dejado otro de sus famosos guisos para que lo meta en el horno. Tendremos una tarde bonita y tranquila.

Él me miró con ansiedad y yo saqué a Harry del cochecito.

Aunque me había dicho a mí misma que lo iba a intentar y que estaría tranquila y sería comprensiva, la tarea me parecía colosal. Tras quitarme los zapatos, me agaché con poca energía para restregarme los doloridos dedos de los pies. Sentí que quería salir corriendo, pero las palabras de Elsie resonaban en mis oídos, así que simplemente llevé al bebé arriba para cambiarle el pañal y le pedí a Jim que encendiera la cocina de gas para calentar el guiso de su madre.

Durante la cena, casi no hablamos. Seguí lanzándole miradas y diciéndome a mí misma que era el mismo hombre que me había amado en Italia y que debía darle otra oportunidad. Aunque quería que fuera él el que tomara la iniciativa y empezara a hablar, sabía que no lo haría. Quizá no podía, tal y como Elsie había sugerido. Dependía de mí. Echando los platos a un lado, en lugar de levantarme para lavarlos en el fregadero, le cogí de la mano.

–Mírame –dije, sin levantar la voz–. Mírame y háblame sobre esa mujer y dime qué piensas que salió mal entre nosotros.

Sus ojos se encontraron con mi atenta mirada. Frunció el ceño, se mordió el labio. Era obvio que no quería hablar, pero yo no iba a soltarle de la mano. Esperé.

–La conocí antes de la guerra –dijo al fin–. Salíamos juntos. Madre y padre nunca la aceptaron.

–Se llama Phyllis, ¿verdad?

–Oh, Ines, ¿qué sentido tiene todo esto?

Quitó la mano de la mía y se echó hacia atrás sobre la silla.

–El sentido es que tenemos que hablar. Ambos somos infelices.

–Te juro que no significa nada para mí.

–Entonces, ¿por qué? –pregunté–. ¿Por qué has estado con ella? ¿Y por qué eres tan cruel conmigo? ¿También le pegas a ella? ¿Crees que eso es lo que nos gusta a las mujeres?

No grité, quería permanecer tranquila. En el fondo, sabía que no podría comunicarme con mi marido, nunca podría.

–Elsie nos ha dicho que deberíamos hablar –seguí–. La forma en que te has puesto en el autobús... me ha asustado.

Él dio un golpe en la mesa con el puño.

–Era una entrometida.

–Era amable. Creo que tiene razón. Necesitas hablar conmigo, Jim.

Esperé un poco y luego le volví a preguntar por qué sintió que necesitaba estar con otra mujer.

–Quiero saber si he hecho algo malo. Dime por qué ya no soy suficiente para ti.

Él se pasó los dedos por el pelo. Estaba clareando en la parte de arriba. Recordé lo espeso que solía ser, el gran problema que suponía cuando intentábamos disfrazarlo en las montañas.

—Cuando estoy con Phyllis, de alguna manera, todo parece menos complicado —dijo—, como si la guerra nunca hubiera ocurrido. Como la vida de antes.

—Entonces, ya no me quieres —susurré.

—Te quiero. Claro que te quiero.

—No lo parece.

No pude evitarlo. Empecé a llorar en silencio.

—Por favor, no —dijo, se levantó y se acercó a mí.

Me agarró entre sus brazos y me meció mientras yo sollozaba.

—No lo entiendo. Dices que me amas, pero pareces decir que eras más feliz antes de la guerra. No tiene sentido.

—Te quiero —repitió—, pero no ha sido fácil, con el bebé y el nuevo trabajo. Y mi cabeza...

Se sujetó la cabeza entre las manos. Daba pena. Me dije a mí misma que debía ser paciente.

—Quizá podríamos volver a Rofelle y empezar de nuevo —sugerí—. Quizá puedas conseguir un trabajo allí. Éramos felices en Italia.

—Puede que sí. El tiempo que pasamos allí fue el mejor de mi vida, por eso volví a buscarte a Rofelle. Pero ¿qué podría hacer yo allí? No hay trabajos suficientes para los italianos. Pensé que una vez que volviera a Inglaterra podría dejar la guerra atrás, pero... —Se detuvo. Levanté las manos para tocarle la cara y le dije que siguiera hablando.— No puedo vaciar mi cabeza de lo que vi.

Su voz era apenas un susurro.

—Háblame, Jim. Cuéntamelo.

Le cogí de la mano y lo llevé arriba, a nuestra habitación. Nos tumbamos encima del edredón y me coloqué entre sus brazos. Primero, él dudaba, pero una vez que empezó a hablar no pudo parar. Escuché sobre los horrores que había visto y las cosas horribles que había tenido que hacer durante el tiempo que estuvimos separados. Fue como sajar un absceso y liberar el pus.

Como sabía muy poco italiano, lo habían enviado con los D-Day Dodgers, como los llamaban, para ayudar, después del armisticio, con la evacuación de los prisioneros italianos encerrados en un campo llamado Bergen-Belsen. Miles y miles de hombres, mujeres y niños de diferentes nacionalidades estaban en el campo, la mayoría judíos.

–Ninguno de nosotros podía creérselo cuando entramos en aquel lugar –susurró–. Nunca habíamos visto nada parecido. Había cuerpos apilados por todas partes, cuerpos que parecían palillos. Hombres y mujeres desnudos, niños pequeños... Tuvimos que disparar a los perros para que dejaran de comerse los cuerpos, que habían estado sin enterrar durante semanas. Y el olor... Ni encendiendo un cigarrillo podías evitar el hedor. Había criaturas tambaleándose, solo podría describirlos así, porque no parecían seres humanos, eran esqueletos andantes... Les dimos nuestras raciones. No podíamos saber que eso los mataría. No habían comido de verdad durante meses y la comida que les dimos era demasiado fuerte para ellos. Y lo más duro fue no mostrarles nuestro espanto, nuestro asco ante su olor, sus piojos, sus ojos, que miraban desde dentro de las cuencas. Fue duro tratarlos con dignidad cuando solo queríamos darnos la vuelta y vomitar...

Después de un rato, dejó de hablar y su cuerpo empezó a temblar. Lo agarré entre mis brazos y lo calmé como a un bebé, dándole palmaditas en la espalda.

–Ya está, ya está –le hablaba despacio mientras nos agarrábamos fuerte.

Después de mucho tiempo, levantó la cabeza y me miró.

–No me dejes, Ines. No podría soportarlo.

Y entendí entonces que no podía hacerlo. El modo en que había actuado no era su culpa. ¿Cómo podría dejarlo?

Esa fue la noche en que empecé a sentirme vieja.

Capítulo 28

Mientras tanto, Tiziana y yo nos veíamos de vez en cuando. No podía cargarles a Freda y John mis preocupaciones: les tenía demasiado cariño y no quería que supieran cómo se había estado comportando su querido hijo. Quizá fui inocente, debería haberle llevado al médico y haberle pedido ayuda. Pero en aquellos días nadie hablaba abiertamente de esas cosas. Un día, cuando la última gota colmó el vaso, estallé y le conté todas mis preocupaciones a mi amiga.

–¿Qué voy a hacer ahora, Tizi?

Estábamos sentadas en su desordenado salón, los niños jugaban sobre una alfombra de encaje colorida y hecha a mano que había cerca del fuego. Había recibido otro paquete de Roma que contenía galletas y café, y le había añadido unas gotas de anís a su *espresso*.

–Ya te lo he dicho muchas veces, *cara,* sé más firme con él.

–Pero ¿cómo puedo serlo cuando está así? Nunca lo has visto, parece un niño cuando le pasa. Me siento como si tuviera que cuidar a dos hijos.

Tiziana se encogió de hombros y se echó otro chorro de anís en la taza.

–Yo lo hubiera dejado hace mucho tiempo. No tengo tu paciencia.

Sabía cuál iba a ser su respuesta, pero me ayudó abrirme con ella.

–Lo que necesitas hacer es olvidarte de él durante un tiempo –dijo, y se arrodilló para separar a los niños, que se peleaban por un tractor de juguete.

Les dio un azote fuerte en el trasero.

–*Basta così.* Vosotros dos, ya es suficiente. Si tengo que volver a regañaros, os daré un azote más fuerte.

Volvió a sentarse en el sofá y se sirvió otro café.

–Este me pondrá aún más *nervosa*, pero ¿a quién le importa? Solo se vive una vez.

Lo removió tras echar tres cucharaditas cargadas del preciado azúcar y otro generoso chorrito de licor en la taza.

–Te digo una cosa, Ines, vámonos la semana que viene al cine o algo. Dejamos a los *bambini* aquí y la niña de la hermana de Denis cuidará de ellos. Siempre tiene ganas de pasar tiempo a solas con su novio. Puedes guardarte un par de chelines de los gastos de la casa para pagarle.

Así que hice lo que me sugirió. Me senté a ver *Breve encuentro* y lloré desconsoladamente mientras me imaginaba que Jim era Trevor Howard. Era tan romántica y triste. En realidad, no lloraba por esa relación amorosa condenada al fracaso, lloraba por la mía. Tizi se disculpó después, dijo que deberíamos haber ido a ver algo divertido, como *Dreaming* con Bud Flanagan como protagonista, pero no creo que nada hubiera ayudado en aquel momento.

A Jim le habían dicho que se tomara «días de descanso del trabajo», como había dicho su jefe, y estaba siempre a mi alrededor. Nunca le había gustado Tiziana y estaba convencido de que habíamos salido aquella tarde para conocer hombres. No importó las veces que le prometí que solo había ido al cine, porque no me creyó. Los golpes volvieron a empezar. Rofelle y nuestro noviazgo en las montañas parecía estar a una vida de distancia.

Cuando todo me superaba, escribía mis pensamientos o componía poesías. Recuerdo una clase de historia en la escuela cuando aprendíamos sobre las mujeres etruscas que guardaban las sábanas cuando sus maridos morían. Ya no necesitaban una cama matrimonial, así que las guardaban para usarlas como sudario cuando murieran. Para mí, era como si el Jim que había conocido en Italia hubiera muerto y ahora fuera viuda. Así que encontré una bonita funda de almohada que *mamma* me había dado para traerme a Inglaterra y escribí en ella. Escribí lo que había en mi corazón, la tinta se emborronaba con mis lágrimas. Jim lo descubrió y tuvimos una pelea enorme. Los golpes continuaron.

–¿Quién es? ¿Quién es ese hombre al que escribes? –gritaba, y esta vez me pegó en la cara para que no pudiera salir de casa durante una semana.

–Dímelo, puta loca –me gritaba–. Dímelo o te vuelvo a pegar. Siempre pensé que estabas loca y ahora estoy seguro de ello.

No podía darle una respuesta. No sabía quién era aquel hombre con el que había empezado a soñar. Solo sabía que ese no era Jim y me preguntaba a mí misma si la vida era solo esto.

Jim me tiró del pelo y se quedó con un puñado de rizos entre los nudillos. A la mañana siguiente tuve que peinarme con un estilo diferente para tapar la calva que me había hecho.

Anna saca la funda de almohada amarillenta del sobre de papel marrón y desdobla el material para leer las palabras de su madre. Algunas letras se han borrado.

Tus manos son manos suaves que tocan mi cuerpo, seda sobre seda.
No son garras de halcón, que rasgan las tripas de su presa.
Tus ojos están llenos de la luz de un sol que resbala por las faldas de las montañas, bañándome con su calor y su promesa.
Tus ojos no son destellos, que queman con ese olor acre, saltando de un fuego que escupe, haciendo agujeros en mi vestido de los domingos.
Mis enaguas cuelgan de ramas de sauce.
Me tumbo contigo bajo el sol del mediodía de agosto en las aguas poco profundas.
Tu boca es tierna, tu lengua es como el suave vientre de una trucha feliz cuando acaricias mis pechos.
No eres escarcha, no eres afiladas espinas de rosas salvajes ni zarzas.
No eres astillas del mango de mi azadón.
No eres la víbora enroscada en la cuerda de tender.
Tus manos son manos suaves que tocan mi cuerpo, seda sobre seda.

–¿Por qué? ¿Por qué no se fue mientras pudo?

Anna está al teléfono, necesita hablar sobre la última parte del diario con Francesco, que está de compras con Alba en Arezzo para la vuelta al cole.

Su respuesta es inmediata:

–Es fácil decir eso ahora desde donde tú estás, pero intenta imaginarte a ti misma en aquella época. No existía la misma libertad.

–Sé que tienes razón, pero aun así tengo ganas de gritarle que lo deje.

–Eh, acabas de decirme lo que tuvo que hacer en Bergen-Belsen. Has dicho que te sentías mal por él. Hoy en día la gente recibe terapia por mucho menos. Está claro que sufría un fuerte estrés postraumático. Si tú estás confundida, Anna, entonces imagina cómo debe de haber sido para ella.

–Lo sé, lo sé. Pero es tan doloroso leer al respecto.

–Debe de serlo. Pobrecita tú y pobrecita ella. Anna, antes de que se me vuelva a olvidar. Es sobre la medalla. ¡Lo siento! Tenía intención de decírtelo. Es de Danilo, se la entregaron por un servicio distinguido. Quién sabe por qué estaba en el molino. Debemos devolvérsela. Quizá la perdió.

–Eso es muy extraño. Cualquiera habría estado muy orgulloso y la habría guardado en un lugar especial. Quizá se la robaron. Me dijo algo sobre ladrones que les robaron antigüedades a los vecinos.

–Bueno, cuando se la devolvamos, podemos preguntarle.

–¿Vendrás conmigo la próxima vez? No puede soportar verme, y, para ser sincera, no tengo muy claro cómo acercarme a él.

–Claro que iré... –Se interrumpe y ella oye lo que le dice a Alba–. De ninguna manera... son horribles.

–¿Cómo van las compras? –le pregunta Anna.

Él baja la voz.

–Me ayudaría que estuvieras aquí ahora. La pequeña monita sigue cogiendo cosas horribles y me convence de que eso es lo que debe llevar a la escuela. ¿Qué opinas sobre deportivas rosas?

–¿Le quedan bien? ¿Son deportivas rosas adecuadas? No hay nada malo en el rosa. Suenan mejor que las marrones con lazos que me hicieron llevar a mí a la escuela.

–¡Ah! Esto es una conspiración. Os habéis unido contra mí.

–Solo disfruta del día juntos. Deja que fluya. Te veo luego. Por ahora, *ciao*.

Apaga el móvil y se imagina a Francesco rastreando las tiendas con su hija y se siente culpable por no estar allí para ayudarlo. Pero no es su lugar y Francesco necesita tiempo a solas con Alba. Anoche armó un escándalo cuando Francesco quiso terminar el cuento de antes de dormir un poco antes. Descubrió que su papá tenía planeado pasar tiempo después con Anna y se agarró a él, haciéndole quedarse para leer otros dos cuentos más. Hablaron de cómo lidiar con las pataletas de Alba cuando él llamó a su puerta casi dos horas más tarde y decidió que un día de compras parecía una buena oportunidad para pasar tiempo juntos a solas.

Mientras recoge los papeles de su madre, Anna piensa en los comentarios de Francesco. Tiene razón. Es muy fácil juzgar en la distancia, y su propia vida amorosa, aunque en nada parecida a la de su madre, tampoco ha sido precisamente fácil.

Como Anna tiene el día para ella, decide volver a ir en busca de Danilo. No puede esperar más tiempo. Se siente mal por haber cogido la medalla del bote, ahora que sabe a quién le pertenece. Es raro que no la guardara en un lugar más seguro. Los veteranos de guerra normalmente están orgullosos de sus condecoraciones. Quizá Danilo es modesto sobre su reconocimiento y no le gusta alardear de ello. Pero para Anna él parece más arrogante que modesto. Ansía cada vez más saber sobre la vida de sus padres de jóvenes y entender qué pasó para aclarar su romance. Espera que Danilo esté más abierto esta vez.

Mientras camina hasta la aldea de Danilo, vuelve a pensar en los días que ha pasado allí, en el día en que Francesco le enseñó el pequeño museo popular en el diminuto pueblo de Casteldelci. Allí aprendió cómo la gente lidiaba con el día a día: cómo usaban las cenizas del fuego para lavar la ropa con jabón hecho de cenizas de madera; o cómo dormían en la primera planta de la casa con los animales en la parte de abajo para recibir su calor, que se filtraba por grandes huecos entre las tablas del suelo. Había leído en el diario de su madre sobre cómo se vieron afectadas las vidas de la gente de a pie. El museo exhibía fotos espantosas de partisanos muertos, colocados en el puente del pueblo como advertencia de los alemanes para que no los apoyaran.

Le había afectado mucho leer las palabras en un cartel colgado en la sala principal de la exhibición: NUESTRO PASADO ES EL CONTRAPESO DE NUESTRO FUTURO. Estas palabras habían calado hondo en ella y habían dado mayor relevancia a la lectura de los secretos de Ines. Mientras aprendía más sobre su madre y su padre, tenía la esperanza de poder conocerse a sí misma también un poco mejor.

El tiempo aún era cálido, pero no el calor sofocante de julio o de principios de agosto. Un ruidoso zumbido de sierras mecánicas surgía del bosque como recordatorio de que el invierno estaba solo a la vuelta de la esquina. Los taladores están ocupados cortando y apilando troncos, como combustible para almacenar. En las pendientes, encima de ella, los cencerros alrededor de los cuellos de las reses crean una especie de música a medida que mastican el último pasto del verano. Cuando subió hasta aquí en julio, se paró a admirar las orquídeas y los vedegambres, pero ahora están marchitos. Achicoria y campos de escabiosa asienten en azul y violeta con la brisa y, al pasar rozando arbustos de enebro, aplasta una baya e inhala el aroma a ginebra.

Decide subir usando las rocas que dejó el último desprendimiento y cuando llega al borde de la diminuta plaza del pueblo se sorprende al ver mujeres lavando fruta y hojas de lechuga en la fuente. La última vez que estuvo allí el lugar estaba desierto, excepto por un solitario gato callejero. La saludan y le preguntan si quiere unirse a ellas para un pícnic, pero ella rechaza la oferta y sigue por el camino hacia arriba, pasando por la iglesia hasta la casa del viejo hombre. La puerta está cerrada, pero ella puede oír la radio encendida dentro, así que llama. No hay respuesta. Vuelve a llamar.

«Maldito viejo cascarrabias –piensa–. Probablemente se está escondiendo de mí».

Coge un cuaderno de la mochila y la foto de su madre que ha traído a propósito. Garabatea una nota, con la esperanza de que no vuelva a ser otro viaje perdido.

> Querido *signor* Danilo:
>
> No conozco su apellido, así que perdóneme y perdone mi pobre italiano. Vine a verlo antes, pero estaba muy ocupado para hablar.
>
> Me gustaría preguntarle sobre la guerra y, en especial, sobre mi madre. Esta es una foto de ella. Quizá la recuerde. Era Ines Santini antes de casarse con mi padre, Jim Swilland. Soy su hija.
>
> Puede ponerse en contacto conmigo en la casa rural de Teresa Starnucci en San Patrignano.
>
> Gracias y un saludo cordial,
>
> Anna Swilland
>
> P. D.: Por favor, devuélvame la foto, porque es un original y es muy especial para mí. ¡Gracias!

Justo cuando mete con cuidado la nota y la fotografía por el espacio de debajo de la puerta, la puerta se abre de golpe.

–¡Tú otra vez! Te dije que te mantuvieras alejada –le grita Danilo.

–Solo quería preguntarle algunas cosas sobre la guerra.

–¿Y qué pasa si no quiero contestar? Guerra, guerra, guerra... No necesitamos que nos la recuerden todo el tiempo. Ya te lo dije. No tienes ningún derecho a venir aquí a remover las cosas.

Se abre paso echándola a un lado, casi tirándola al suelo, y ella se tambalea, pero él no se disculpa.

–Te vi abajo en el molino –le dice mientras quita una camiseta de la cuerda de tender–. Te dije que tampoco fueras allí. Es privado... y peligroso. El techo podría ceder en cualquier momento.

–Yo no lo vi.

–Estaba pescando. Oí voces. Estabas con el joven Starnucci.

–¿Francesco?

Asiente.

–Ahora fuera. Tengo que ir a Badia y no quiero que estés husmeando alrededor de mi casa.

–Le he dejado una nota... –le empieza a decir ella.

–No estoy interesado.

Le cierra la puerta en las narices y ella se pregunta qué le habrá pasado en la vida para que esté tan amargado.

Le preocupa que destruya la foto de su madre y vuelve a llamar a la puerta. Dependiendo de su reacción, admitirá que ha encontrado la medalla y le ofrecerá devolvérsela. Se siente casi aliviada de que no haya respuesta, pero, como un perro con un hueso, no puede dejar de querer hablar con este viejo hombre sobre la guerra. Está segura de que le esconde algo. Quizá la siguiente vez se abra más si hace que Francesco vaya con ella.

Decidida a no dejar que el enfado le arruine la tarde, se desvía de su ruta de vuelta habitual a San Patrignano y sigue las señales que indican el camino a los restos de la Línea Gótica. El camino es empinado, lleno de agujas de pino secas y resbaladizas, y tiene que coger un palo para mantener el equilibrio.

En la parte alta, alguien ha erigido una estructura eólica rudimentaria hecha con trozos de metal. Las notas que la dulce brisa hace sonar cuando las piezas chocan son tristes. Lee un cartel sobre la Línea Gótica, clavado en un roble. Todo lo que queda de este lugar dedicado a las ametralladoras alemanas es la trinchera, ahora casi inundada de hojas muertas y piedras caídas, y un hueco más al fondo que servía de almacén. Un peral, marchito y torcido, está inclinado casi en paralelo con la pendiente de abajo y se pregunta si estaba ya allí cuando los soldados vigilaban ese lugar.

Su teléfono suena e interrumpe su ensoñación.

–¿Dónde estás? –le pregunta Francesco–. Hemos terminado las compras, gracias a Dios. Nos preguntábamos si ir a la pizzería para cenar. ¿Quieres unirte a nosotros?

Se ríe.

—Me encantaría. En este momento, estoy por encima de Montebotolino, admirando la vista más impresionante del mundo. No ha habido suerte con el viejo cascarrabias. Quizá necesite llevarte conmigo la próxima vez.

—Ven con nosotros a comer *pizza* y olvídate de él por ahora, Anna.

—Perfecto. Te veo luego.

Ha querido añadir un «te quiero», pero es demasiado pronto y sabe que Alba quizá estaba escuchando. No quiere que la pequeña se enfade, pero tarde o temprano tendrá que aceptar que su padre y ella quieren pasar tiempo juntos.

Francesco la deja en casa después de la tarde en la pizzería y la besa en los labios a modo de despedida.

—Puaj, qué asco —dice Alba desde la parte de atrás del coche y Anna tiene un presentimiento de que se acercan complicaciones.

Al subir las escaleras, se siente sola. Desea poder compartir la cama con Francesco y tener a Alba durmiendo en la otra habitación, como una familia. No está cansada, así que saca las últimas páginas escritas por su madre de la carpeta y las coloca sobre la mesilla. Tras dejarse caer sobre la colcha, empieza a leer de nuevo.

Capítulo 29

Junio de 1949

En junio de 1949 por fin volvimos a Rofelle. Tardamos más en ahorrar lo suficiente para pagar los billetes de lo que Jim había calculado y, mientras tanto, tuvimos otro bebé. La pequeña Jane era tranquila y robusta, comía bien y a los tres meses ya dormía durante toda la noche. Era un bebé mucho más fácil que Harry y su llegada a nuestra problemática familia fue un consuelo para mí.

El viaje en tren estuvo lleno de sobresaltos y sacudidas y Harry empezó a llorar muy fuerte porque había dejado caer su pequeño coche en la Estación Victoria. Al estar tan preocupada por la pequeña Jane, no me había dado cuenta. Estaba echando los dientes, pobrecita mía, y durante el viaje en tren lloriqueó todo el tiempo que estuvo despierta. Quise que la bautizáramos con el nombre de Assunta por mi madre, pero Jim insistió en el nombre inglés Jane y no tuve fuerzas para luchar. Pero cuando él no estaba cerca yo la llamaba Assunta y le hablaba en italiano. Y le cantaba sobre las montañas, los ciervos, las bayas del bosque y las setas de los campos. Me inventaba las canciones. Las palabras salían de mis labios como pájaros que se liberaban.

–Chist, pequeña Assunta. *Mamma* está aquí –le susurraba mientras la mecía y colocaba su mejilla suave junto a la mía para calmar su llanto.

Y el pequeño Harry gritaba:

–¿Por qué la llamas Assunta, mami? Es Jane, Jane, Jane.

Y daba patadas con sus pequeños pies mientras chillaba su nombre.

Harry era muy listo para su edad. Era un Jim en miniatura. Cuando le regañaba, salía corriendo y me sacaba la lengua a una distancia segura. O me daba patadas en las piernas, de la forma en que había visto cómo se hacía.

Viajamos durante dos agotadores días y medio en sucios vagones, con el olor a orina que salía de los pañales y de la ropa manchada. El vagón era sofocante, pero no queríamos abrir la ventana porque Harry estaba despierto y lo tocaba todo y Jim seguía desapareciendo para ir a fumar al final del pasillo. Hubiera ayudado si se hubiera ofrecido a echarle un vistazo a su hijo. Pero a estas alturas yo ya estaba acostumbrada a hacerlo todo sola y, en verdad, no me importaba nada, porque volvía a mi hogar, a la Toscana. Los niños se marearon al cruzar el canal e hice lo que pude para limpiarlos, pero todos teníamos un aspecto desastroso.

El tren avanzaba por su camino a través de Francia y de Suiza, y paramos en el control fronterizo antes de entrar en Italia. Hasta este punto del viaje, los guardias franceses y suizos y los comerciantes en los andenes parecían estar medio muertos, haciendo su trabajo con mucha seriedad y en silencio. Sin embargo, una vez que cruzamos la frontera, me sorprendió de manera inmediata el sonido de los gritos y de las charlas amistosas fuera del tren. Abrí la ventana y aspiré el aire como un animal que huele el territorio de su hogar. El nombre en el andén, CHIASSO, que significa «estruendo», me hizo reír fuerte. Pensé que era apropiado que la primera ciudad que había que cruzar para entrar en Italia llevara un nombre tan honesto.

El par de horas antes de llegar a Milán, donde tuvimos que cambiar de tren otra vez, parecieron convertirse en diez. Nos tomamos algo en un bar en la estación de Milán y me sentí avergonzada mientras estaba de pie y observaba pasar a mis elegantes compatriotas. Aunque la guerra solo había acabado hacía cinco años, había belleza y orgullo en aquellos italianos. Tenían estilo, ropa a medida y cortes de pelo a la moda que no había visto en la Inglaterra de posguerra. Habíamos empezado limpios el viaje, pero ahora parecíamos deshollinadores. El hollín del vapor del tren había dejado manchas en nuestras caras. Incluso los sándwiches sabían a carbón y los servicios eran del todo inadecuados para lavar a un bebé y a un niño pequeño.

En el siguiente y último tramo de nuestro largo viaje, hurgué en nuestras maletas para encontrar la nueva ropa de verano que había comprado para Harry y Jane. Estaba orgullosa de mis bebés. Quería presumir de ellos con todo el mundo en el pueblo en cuanto llegáramos. Justo antes de que el tren por fin entrara en la estación de Rímini, le señalé el mar a Harry. El agua resplandecía de manera seductora, a la vez que rozaba con dulzura la arena. Había algunas personas ya estiradas en la playa tomando el sol. Qué diferente a las playas de piedras y los remolinos grises de agua de la playa de Hastings, donde Jim nos llevó un lluvioso domingo la primavera pasada.

Papà esperaba en el andén. De repente, me entró timidez, pero, en cuanto nos vio bajar las escaleras, se quitó el sombrero y nos saludó con la mano para atraer nuestra atención. Corrió hacia nosotros con los brazos abiertos y yo era de nuevo su niña pequeña. Levantó a Harry en el aire, lo lanzó, lo besó con tanto fervor que empezó a llorar, lo que después hizo que Jane llorara también. Yo también lloraba ahora, pero las mías eran lágrimas de alegría.

—¿Dónde está *mamma*? —le pregunté, a la vez que la buscaba en el andén.

Me dijo que esperaba en casa, que el taxi era demasiado pequeño para llevarnos a todos por la carretera de Marecchia con el equipaje, así que se había quedado en casa preparando un buen caldo de pollo.

—Hemos matado a una de las gallinas para la ocasión —añadió—; y también ha hecho bandejas de *tagliatelle*.

Se inclinó para limpiar las lágrimas de las mejillas de Harry, que, con el pulgar en la boca, miraba con timidez a su abuelo.

Alberto, el hijo del dueño del bar de Badia, trabajaba a media jornada como taxista y *papà* nos metió a todos en su reluciente Aprilia negro, que Jim admiró con gran entusiasmo. Mi padre insistió en que Jim viajara delante y él se sentó detrás conmigo y los bebés, colocando a Harry en su rodilla.

—¿Cómo puede *nonno* tener esperanzas de hablarle a este pequeño nietecito si no habla nada de italiano? —dijo, sacudiendo la cabeza y mirándome—. ¿Eh, Ines? ¿Cómo lo vamos a hacer?

Durante el viaje hasta las montañas, intentó enseñarle a Harry palabras simples en italiano y yo esperaba que Jim no armara un escándalo.

–*Motocicletta* –pronunciaba con claridad y le señalaba una de las muchas motocicletas que nos adelantaban por la carretera chisporroteando.

Había muchas más en Italia y Harry se divertía imitando el sonido del motor cuando aceleraban. Jane dormía en mis brazos mientras yo miraba por la ventana las nuevas casas construidas, los campos cuidados y mis bellas montañas. Las veía con nuevos ojos. Cuando me fui, el paisaje tenía heridas de guerra, estaba desolado. Yo estaba orgullosa de ver la resiliencia de mi gente, de ver cómo habían resucitado una vida de la nada.

–Pararemos aquí durante un rato y tomaremos algo, y tú y los niños os podréis refrescar –dijo *papà* después de una hora de viaje.

Todo lo que yo quería era llegar al molino rápido para volver a ver a *mamma*, colocar los brazos en torno a ella y compartir a mis niños. No quería que el viaje durara más de lo necesario. Pero mi padre conocía al dueño del bar de la carretera de Pennabilli y quería presentarnos a mí, a sus nietos y a su yerno inglés, que habíamos viajado durante millas para visitarlo. Estaba orgulloso de nosotros. La mujer del dueño exclamó que qué guapo era el pequeño Harry y que qué bonita estaba la bebé.

–Pero, *signora* –dijo, con las manos alzadas en un gesto de pánico–, se va a resfriar con este frío aire de las montañas. ¿Dónde están los calcetines? ¿Y el chaleco? ¡Tápala! Coge este chal y tápala bien.

Seguro que no era su intención, pero me hizo sentir una madre inepta. En Inglaterra, siempre dejaba que Jane pataleara en el cochecito en el pequeño jardín de atrás con las regordetas piernas desnudas al aire fresco. Pero la gente de la montaña era precavida con el tiempo en primavera y esperaba hasta julio y agosto para deshacerse de la ropa de invierno.

Media hora más tarde estábamos de vuelta en el coche y empecé a reconocer mis lugares favoritos de la infancia. Mi corazón latía cada vez más fuerte al cruzar el Ponte Presale, donde ponían el mercado de los viernes. Luego divisé la gran roca llena de fósiles en el prado donde las vacas solían pastar. Después, la panadería, el cementerio de Badia y el nuevo edificio municipal con banderas italianas, que ondeaban con orgullo en la brisa, y escalones flanqueados por geranios que salían de grandes macetas. Luego, giramos en una curva para coger el camino que llevaba al molino. Esta parte del viaje pareció durar una eternidad, cada curva de la carretera era un purgatorio, hasta que, por fin, el coche giró bruscamente a la derecha por el embarrado camino hasta el molino. Allí estaba, al sol de la tarde, encaramado a su roca por encima del río. Apenas pude esperar a que el coche se parara. Abrí la puerta y, agarrando a los niños, salí deprisa del coche y llegué corriendo a los escalones del molino. Con la pequeña Jane en mis brazos y Harry colgado de mi falda, subí los escalones.

Nunca olvidaré el aspecto de mi madre cuando la vi por primera vez. Allí estaba, era una sombra de sí misma, parecía cansada y gris. Me sorprendí tanto que casi dejo caer a la bebé.

–¡*Mamma*! –gimoteaba mientras la besaba.

Dentro de mí pensaba: «¿Qué te he hecho? Es mi culpa, ¿verdad? Por irme al otro lado del mar y dejarte. Perdóname, *mamma*, perdóname».

Más tarde, cuando estábamos sentados alrededor de la mesa en la cocina, después de comer un caldo de pollo excelente y de que Jim y *papà* se fueran a tomar vino a la *osteria* de Rofelle, le pregunté a *mamma* si era mi culpa que pareciera tan enferma.

–No seas tonta, Ines. Los médicos dicen que tengo problemas de tiroides, eso es todo. Pronto volveré a estar bien cuando acabe con mis medicinas.

Cogió a Jane y la abrazó fuerte, luego se inclinó para tocar los suaves rizos de Harry y dijo que no quería hablar más de ello, solo quería disfrutar del tiempo conmigo y con sus nietos. «El doctor miente. Soy yo, soy yo, soy yo. Lejos, lejos de aquí, al otro lado del mar», me susurraban mis pensamientos, atacándome con lo que yo consideraba que era la verdad.

Durante los primeros días de aquellas vacaciones, hubo un patrón en la reacción de mis viejos vecinos y amigos. También había visto la misma mirada en los ojos de mis padres.

—Pero estás muy delgada, Ines —me decían.

Eso siempre llegaba después de los abrazos, después de soltarme y dar un paso atrás para mirarme de arriba abajo. Sus rostros mostraban sorpresa por mi estado. Sabía que estaban pensando que me había puesto esquelética, que mi pelo no tenía vida, que había dejado mi belleza en el tren a Inglaterra y se había ido para no volver.

—¿No te dan de comer en Inglaterra, Ines? —comentó Lucia, de la granja que hay un poco más arriba en la carretera, a la que nos invitaron a cenar una tarde.

—Ven y siéntate conmigo y te llenaré el plato. Hemos hecho *pizza* de flores de calabacín y queso *stracchino*. También liebre y jabalí al horno. ¡Come, Ines! Dame a la bebé. Siéntate y come.

También Ida, de San Patrignano, dejó cestas de huevos, tomates en rama y botes de mermelada de ciruela en la entrada del molino, justo como hizo los días antes de nuestra boda.

Ahora le tocaba a Jim ser el extranjero y observé cómo la gente le daba la bienvenida, lo acogía en su cálido círculo de comida, vino y amor. Sí, amor. Eso era. Eso era lo que a mí me había faltado en Inglaterra.

Nos quedamos durante dos semanas. El tiempo pasó volando y el día en que teníamos que partir llegó demasiado pronto. Fue muy difícil. Quería quedarme, pero ¿cómo podía hacer eso? Había sido mi decisión irme a Inglaterra con Jim en primer lugar. ¿Cómo podía pensar siquiera en dejarlo ahora y quedarme en Rofelle? En aquellos días, ya sabes, el divorcio se consideraba un gran escándalo. Si los jóvenes tuvieran la sabiduría de los mayores, entonces hubiera seguido lo que estaba realmente en mi corazón y me hubiera quedado en Rofelle. He aprendido a lo largo de los años que las respuestas a todas las preguntas que nos hacemos están ya dentro de nosotros. Lo único que tenemos que hacer es estar en silencio y escuchar.

El segundo domingo de nuestras vacaciones fui a misa a la pequeña iglesia de piedra donde hice mi primera comunión y donde luego me casé con Jim. Miré la cruz, murmuré mis oraciones y rogué un milagro que me permitiera quedarme. Todo lo que pude obtener como respuesta fueron las uñas de las manos de Jesús y la sangre que fluía por su cara desde la corona de espinas. Parecía decirme lo que yo ya sabía: que la vida era dura, que todo el mundo tenía que sufrir de una manera o de otra. Mi cruz era Jim y tenía que ser fiel a mis votos matrimoniales.

Me agarré a mi madre cuando nos besamos para despedirnos, como si fuera un trozo de barco y yo estuviera a punto de ahogarme en las frías aguas del canal de la Mancha.

–Siempre habrá un sitio para ti aquí –dijo mientras me abrazaba y me apretaba más contra su corazón.

Sí, fue maravilloso llegar, pero desgarrador partir, y hubo lágrimas por todas partes.

Y otra vez el tren me llevó lejos y durante millas me meció con la imagen de una cantilena: «Lo haría si pudiera, pero no puedo. Lo haría si pudiera, pero no puedo. No puedo, no puedo, no puedo, no puedo...».

De vuelta en Inglaterra, caí enferma y no pude deshacerme de la tristeza. Estaba constantemente cansada. Mis dos bebés habían nacido muy cerca el uno del otro y los dos partos habían sido largos y dolorosos. Cuando con el tiempo conseguí arrastrarme para visitar al médico, no me sorprendió descubrir que me diagnosticara problemas de tiroides. De alguna manera, sentí que era lo correcto que yo también sufriera lo que mi propia madre estaba sufriendo. Fue una temporada muy oscura para mí, pero mi doctora era una mujer amable y me invitó a que siguiera escribiendo mis sentimientos.

Y escribir ayudó un poco. Hablar con Jim, no. ¿Cuántas promesas me había hecho? ¿Cuántas promesas había roto después de nuestras conversaciones?

Muchas más de las que seguían en pie.

Capítulo 30

A las dos de la mañana, Anna está sentada en la cama y desearía que su madre estuviera sentada a su lado para poder decirle cuánto la quiere.

Quedan solo unas pocas páginas del relato, pero no puede mantener los ojos abiertos. Apaga la luz de la mesilla de noche y se queda dormida con la funda de almohada entre los brazos.

Sin ni siquiera molestarse en prepararse la habitual taza de té de por las mañanas, continúa con la lectura. La fecha de la página siguiente se salta casi veinte años. Se pregunta cómo podrá rellenar las piezas que faltan.

30 de septiembre de 1966

En las estanterías de la despensa de Willow's End hay un regimiento de tarros de mermelada de zarzamora. Casi no hay espacio para nada más. Deberíamos usarla toda durante el próximo año, pero cuando el sol de septiembre brilla así tengo que estar fuera.

Me he dado prisa por terminar mis tareas de la mañana, he limpiado la chimenea, he puesto fajina fresca y he restregado tanto el linóleo de la entrada que parece salami italiano. Antes de las diez estoy fuera de casa. El día es mío hasta que Jane vuelva de la escuela. Las cortinas del número 23 se mueven al otro lado de la calle. La vieja bruja se estará preguntando adónde voy otra vez. «La rara que se casó con Jim», así he oído que me llama. También se ha quejado con él del olor a ajo que sale de mi cocina. ¡Que se queje! En casa seguramente también habrían murmurado si una mujer inglesa se hubiera casado con uno de sus chicos.

Esta mañana es un poco más fresca que la de ayer y me abrocho la rebeca mientras bajo deprisa hasta el camino. Es una rebeca vieja de lana Aral de Freda; me queda un poco estrecha ahora, pero me gusta llevarla. Era una mujer amable, que Dios la tenga en su gloria. Fue como una madre para mí, me consoló cuando supe que *mamma* había muerto y me cuidó cuando pasé por momentos oscuros. Me aprieto más la lana alrededor de la cintura.

Solo tardo cinco minutos en salir de la fila de casas conejeras y, cuando llego al final de los campos de maíz, me paro y respiro el aire, hambrienta de su aroma. Si cierro los ojos, casi puedo imaginarme estar de vuelta en Rofelle. Las mejores moras están al final del campo, y mientras mis pies pisan los rastrojos de tallos de maíz, finjo que estoy de vuelta en la Toscana. Puedo fingir. Especialmente cuando la brisa prepara un baile con los árboles al final del campo y veo cómo se inflan las nubes y me imagino que estoy en los Apeninos y que se elevan sobre mí y me envuelven.

El sol es más suave que en agosto. Jim nos llevó a todos de vuelta a Italia con una parte del dinero que dejó Freda. No pudo evitarlo, porque ella dejó estipulado en su testamento que él estaba obligado a llevarme de vuelta a mi pueblo natal por unas largas vacaciones. En este rincón resguardado del campo, el sol consigue con su brillo dar un poco de calor. Me quito la rebeca de Freda.

La brisa juega con mis rizos. Tengo suerte, no tengo mechones canosos. *Papà* tuvo la cabeza llena de rizos negros hasta el día en que murió y quizá yo lo heredé de él. Una espina de las zarzas se me clava y yo me quejo y me chupo la herida; rezuma sangre y se mezcla con el zumo morado de las moras, que me mancha las manos. Es del color del vino de la *festa* del pueblo a la que fuimos el mes pasado. Los hombres se congregaban en torno a grandes botellas de fuerte vino tinto, sentados en el carro del agricultor Amedeo, dándose palmaditas los unos a los otros en la espalda y usando las manos de la forma en que los italianos hacemos cuando hablamos. Jim bebió una gran cantidad. Era gratis, así que bebió con avaricia y no se enteró de nada de lo que pasó aquella tarde por el estado en el que estaba.

Al fondo de la plaza, fuera del ayuntamiento, había espacio para bailar. Habían colocado sillas y mesas con caballetes debajo de la *loggia* por si llovía. Franco, el carnicero, supervisaba, loncheaba y compartía la suculenta *porchetta*. Ahora, al pensar en ello, se me hace la boca agua con el recuerdo de la dulce carne con aroma a romero y ajo. Todas las mujeres de Rofelle habían estado ocupadas durante días preparando y cortando lazos amarillos de pasta para mezclarla con las salsas de liebre salvaje y jabalí. Me dejaron ayudar y se rieron de mi torpeza.

—Te has olvidado, Ines, te has olvidado de cómo se hacen los *tagliatelle*. ¿Qué cocinas en Inglaterra? ¿Sándwiches?

Y es verdad, me había olvidado. Jim prefería su comida al estilo inglés, su plato lleno de patatas y de carne, todo nadando en salsa. A pesar de eso, mis amigos italianos me dejaron ayudar y me uní a las risas y a los cotilleos de aquella tarde y, por un momento, sentí que otra vez formaba parte de aquel lugar. Cuando terminamos de cocinar, nos sentamos todos juntos en fardos de heno y esperamos a que nos pidieran bailar polca y vals en la plaza. Las chicas jóvenes se sentaban modestamente, con la mirada baja, que levantaban de vez en cuando para mirar a sus enamorados.

Mi pequeña aldea quizá nunca forme parte de relucientes guías de viaje, pero aquella noche Rofelle era un lugar mágico. Velas y lámparas de aceite resplandecían en cada hornacina e infundían a las viejas rocas una calidez dorada. Volví a pensar en mí misma de joven, en cómo rechazaba aquel tipo de *festa*, la pequeñez del lugar, la bondad simple y la generosidad de la gente. Y me preguntaba cómo pude haber despreciado todo aquello.

Capriolo me sacó a bailar. Los años habían sido amables con él. Aún era esbelto, pero su pelo tenía mechones grises, lo que le daba un aspecto distinguido. Las mujeres me habían contado todos los cotilleos, me habían dicho que había estado casado con una chica de ciudad, de Florencia, pero que ella se cansó pronto de la vida de pueblo y él se negó a dejar su pueblo natal para irse a vivir con ella. Aún participaba en la política local, pero su trabajo principal era en el campo. Miré a Jim: bebía rodeado de otros hombres y se tragaba vasos de vino sin parar. Pero no me prestaba atención, su cara larga brillaba pálida a la luz de la luna. Jane ya estaba en la pista de baile, un joven la guiaba con paciencia al son de la música. Harry se había acercado para ver qué hacía su padre y vi cómo también él se servía un vaso de vino. «Déjalo –pensé–, ya casi tiene diecinueve años y pronto será un hombre y se irá a la universidad».

Me dejé llevar por los brazos de Capriolo, que me guiaban en un vals al ritmo del acordeón de Beppe. Era música folk pasada de moda. La música pop de los Beatles y de otros grupos ya estaba a punto de llegar a Italia. Las palabras de las canciones se me venían a la mente. Las cantaba despacio mientras me guiaba por la plaza y fue como si nunca me hubiera ido. La noche era cálida y tenía las mangas arremangadas. Podía notar cómo sus músculos se movían bajo mis dedos. Mientras girábamos una y otra vez, nos mirábamos de manera intensa a los ojos y el mundo más allá de nuestro espacio se volvió borroso. Y fue en ese momento cuando supe que, hacía muchos años, había cometido el mayor error de mi vida. Mientras bailábamos, un mechón de pelo rebelde le cayó sobre el ojo derecho, de la misma forma en que lo hacía cuando se inclinaba sobre los libros de la escuela en nuestra clase. Mis dedos ardían de ganas por colocárselo, pero sabía que las miradas de los pueblerinos, de mis parientes, quizá incluso de Jim y los niños, se nos echarían encima. Al final del baile le di las gracias y volví a sentarme sobre el fardo. Observé las sombras de los bailarines, que se movían alrededor de los muros de las viejas casas de piedra, y, de repente, no pude mirar más y corrí y corrí y corrí.

La calle abajo hasta el molino donde pasé mi infancia estaba alumbrada por la luz de la luna, pero incluso en la oscuridad encontré el camino hasta allí. Mientras me acercaba, el ruido del agua borboteando contra las rocas era cada vez más fuerte. Me apoyé en una roca, miré el río y deseé con todo mi corazón no haberme ido nunca.

Escuché pasos. Luego, la voz de Capriolo.

–¿Ines?

Y luego puso los brazos a mi alrededor y nos besamos. Sentir sus labios sobre los míos fue como volver a casa.

–Alguien vendrá. Nos verán –le dije.

Me separé. La luna llena nos iluminaba donde estábamos como si fuera la luz del día, cualquiera podría vernos desde el puente.

–Ven –dijo y tiró de mí hacia el camino del molino; nuestros pies resbalaban sobre las piedras por la prisa que teníamos.

Abrió la puerta del establo y, de la mano, entramos. Enseguida estaba de nuevo en sus brazos. Nuestros besos eran profundos, había urgencia. Nos tumbamos sobre el heno y, por primera vez en mi vida, hice el amor. Hicimos el amor en el suelo del establo y durante aquellos momentos bellos y tristes estuve en el paraíso. Cada parte de mí cantaba y, después, lloré en sus brazos.

–Nunca debí dejarte ir, Ines. Quizá si hubiéramos hecho esto antes de que te fueras a Inglaterra no te hubieras ido.

Detuve sus palabras con mis besos y lo agarré más fuerte. Mantuvimos los ojos abiertos y nuestras miradas nunca dejaron de cruzarse incluso en el éxtasis de nuestro acto de amor. Nunca me había sentido tan completa en mi vida.

–¿Por qué no lo dejas? Vuelve al lugar al que perteneces –me dijo mientras estábamos tumbados.

–¿Cómo podría? ¿Cómo podría dejar a mis hijos?

–Pero nos amamos. Lo sabes. Incluso cuando estaba en la cama con mi mujer pensaba en ti.

Sentí celos. Sabía que no tenía derecho, pero no pude evitarlo.

–Me hablaron de ella. ¿Cómo se llama?

–Rita –dijo y se apoyó en el codo para mirarme, inclinado sobre mí, que seguía tumbada en la paja–, pero ella no significa nada para mí.

–No hubo niños, ¿no? Una vez que hay niños, todo cambia.

Sacudió la cabeza.

–No debería haber dejado que te fueras –dijo y se sentó de golpe y me dio la espalda–. Pero me sentí muy culpable y avergonzado. No te merecía, Ines.

–¿Culpable? ¿Qué quieres decir?

–Tu hermano era demasiado joven para morir.

–Lo sé.

–Fue mi culpa...

Se giró para mirarme; yo seguía tumbada sobre el heno.

–¿Qué quieres decir, Capriolo?

Su voz era casi un susurro.

–Debería haberme llevado a Davide conmigo aquel día en lugar de decirle que se quedara en el campamento. Estaba enfadado conmigo.

–¿Cómo puede eso significar que su muerte fuera tu culpa? –Me senté y le toqué el brazo–. No lo entiendo.

–Quiso demostrar que era un hombre. Si lo hubiera mantenido a mi lado, entonces seguiría vivo y no se hubiera embarcado de manera temeraria en una misión en solitario. Fue un suicidio.

Lo acerqué a mí y le quité el rizo de la cara. Se había estado culpando por algo que había pasado hace años, durante la guerra. En ese entonces había muerte y destrucción a nuestro alrededor. ¿Cómo podía ser la muerte de Davide su culpa?

–Por favor, no estropees esta noche. Solo abrázame –le susurré–. La guerra ya nos hizo mucho daño. Se acabó.

Pero teníamos que irnos. Era pasada la medianoche. La *festa* estaba a punto de terminar y nos echarían en falta. Así que nos vestimos y él me quitó paja del pelo y me ayudó a abrocharme los botones de la parte de atrás del vestido.

Y luego me sonrió y, tras sacar una navaja de su bolsillo, grabó nuestras iniciales en un corazón, en la parte de abajo de la pared, cerca de donde habíamos hecho el amor.

–Eres un muchacho loco, muy loco... ¿Y si alguien lo ve?

–Las únicas criaturas que lo verán serán el ganado cuando se agachen demasiado para comerse el heno. ¿Y a quién se lo contarán, Ines?

Me reí y le alboroté el pelo; él me volvió a coger entre sus brazos.

–Eres tan hermosa, incluso después de tanto tiempo... –murmuró.

Si el reloj de la torre de la iglesia en lo alto de la colina de Rofelle no hubiera tocado los primeros toques de la medianoche, hubiéramos acabado sobre la paja otra vez.

Nos fuimos cada uno por un lado diferente.

Cuando llegué a la plaza, los hijos del dueño del pequeño hostal donde nos alojábamos habían trasladado a Jim hasta allí.

–Este se va a despertar como un oso. Espero que mañana tengas un buen café fuerte para su cabeza, Ines.

Me ayudaron a subirlo por las estrechas escaleras y, cuando se fueron, le quité la ropa y me tumbé a su lado en la cama.

Estuve despierta durante toda la noche.

Una semana más tarde volvimos a Inglaterra. La vida volvió a la rutina. El otoño se acercaba y empecé a hacer mermelada de zarzamora como una loca para mantenerme ocupada. Pensé que quizá me iba a volver loca otra vez, como después de que Jane naciera. Pero, esta vez, ¿quién me iba a cuidar?

En el campo, el sol se esconde detrás de las nubes y yo me estremezco mientras me abrocho los viejos botones de hueso de la rebeca de Freda. Solo una rama más de zarzas que recoger y volveré a la casa y pondré la sartén de hacer conservas sobre el fuego. Cojo más fruta, sin importarme las espinas, solo quiero que la tristeza desaparezca. Nunca volveré a Rofelle. No puedo. Causaría demasiado daño a demasiada gente, incluidos mis propios hijos.

Mi único consuelo es estar segura de que mi amor por Capriolo no es solo un sueño. Las náuseas que he estado sintiendo me hacen estar segura de que creamos vida en el establo. No le diré a Jim lo que pasó aquella noche cuando estaba tan borracho. Pero yo sabré la verdad.

En mi corazón anhelo un hijo. Me imagino que, cuando se incline sobre los libros del colegio, un rizo negro como un cuervo le caerá sobre los ojos. Imagino que se lo quitaré con ternura de la frente y le susurraré en italiano el regalo especial que es para mí.

Capítulo 31

Anna cuenta con los dedos de las dos manos desde agosto de 1966 a mayo de 1967: nueve meses. Ines no tuvo un hijo. Tuvo una niña y la fecha exacta del nacimiento fue el 15 de mayo de 1967.

«Eres una buena chica, Anna. Eres mi regalo especial».

¿Cuántas veces le dijo su madre aquellas palabras cuando estaba en la residencia?

Su mente se llena de ideas que la golpean una tras otra.

«Jim no era mi padre. Capriolo es mi padre. Pero ¿quién es Capriolo? Soy la bebé que concibieron en el establo. Mi madre había escrito: "Esta es mi herencia para ti. Haz con ella lo que quieras"».

La cabeza le da vueltas. A pesar de la lluvia, tiene que salir. Se pone los pantalones, una sudadera, un impermeable y las botas de montaña, cierra la puerta de un portazo a su espalda y se dirige a la parte baja del río. El terreno es pegajoso bajo sus pies. El río va lleno, pero ella sigue caminando. Y luego recuerda el día de la tormenta y cómo se refugió con Alba.

Acelera el paso. En el establo, quita un trozo de cuerda que mantiene la desvencijada puerta cerrada y entra. La lluvia salpica a través de los agujeros del techo y dentro huele a humedad, a pesar del sol de las últimas semanas. Se arrodilla en el rincón que hay cerca de la mesa improvisada de pícnic y encuentra el corazón grabado en el agrietado yeso, cerca del bebedero oxidado.

IS & DS. AGOSTO DE 1966.

Recorre las letras con el dedo y se imagina a su madre sentada allí, con el pelo revuelto, la paja enredada entre los rizos, observando cómo su amante graba las iniciales. Puede verlos en el heno mientras hacen el amor, puede escuchar los gemidos, los gruñidos de pasión. Tras salir de allí, cierra la puerta y sigue caminando, sin saber adónde dirigirse. Simplemente sigue el camino del río, ahora con más cauce por la lluvia constante.

Mientras camina, intenta identificar a este Capriolo o «DS». Frunce el ceño por la concentración mientras se esfuerza por encontrar a algún hombre que encaje con esas iniciales.

«Davide Santini... Oh, Dios mío, ¡no! ¡El hermano de Ines!».

Pero recuerda que el tío Davide murió durante la guerra. Por supuesto que no puede tratarse de él.

La lluvia ha parado para cuando llega a la cascada. Se sienta durante un rato con la intención de calmarse. El agua cae sobre la presa con un rugido y lanza espuma al agua que pasa por debajo. Observa cómo un par de peces intentan saltar de vuelta a la cascada. Una grulla gris con piernas larguiruchas está a punto de aterrizar en un tronco para pescar, pero, al notar su presencia, cambia de ruta. Sus amplias alas son un engorro cuando quiere maniobrar para alterar la dirección del vuelo. Mientras se eleva sobre su cabeza, oye el silbido del viento entre sus alas.

«Dario Starnucci».

Ese nombre le aparece en la mente y resuena en su cabeza como un anuncio de la megafonía pública. La sangre no le llega a la cara, el latido del corazón casi se le para.

«Dario Starnucci. Francesco ha hablado mucho de su padre. También fue un partisano. DS debe de ser Dario Starnucci. El padre de Francesco y Teresa también es mi padre».

Siente náuseas.

Se ha acostado con su hermano. El hombre al que ama es su hermano.

«Haz con ella lo que quieras», había escrito su madre.

Pero ¿qué se supone que debe hacer? Camina aturdida en dirección a casa. Pero no es su casa. Le pertenece a su hermana, que se la ha prestado para que pueda quedarse en Italia y ser feliz. Y ha sido muy feliz. Pero ahora nada parece estar bien.

Abre la puerta para entrar en la casa de la plaza y saca su maleta de debajo de la cama. Va metiendo sus cosas: un cambio de ropa interior, vaqueros limpios, camisetas, la chaqueta... Hará más frío en Inglaterra. Comprueba que su pasaporte y su tarjeta de crédito están en su bolso. Todo lo que quiere ahora es irse de aquel lugar, llamar a un taxi y coger el primer vuelo de vuelta a Londres. Arranca una página de uno de los cuadernos de ejercicios de los niños y garabatea una nota para decir que vuelve a Inglaterra por razones familiares.

Luego siente náuseas, vomita una y otra vez en la taza del baño hasta que echa la amarga bilis. Se siente anciana y deshidratada, así que descansa un momento en la cama.

Cuando los pájaros empiezan a cantar horas más tarde, se despierta. Con la primera luz, ve sus pocas pertenencias esparcidas por todas partes: piedras en forma de corazón recogidas por Alba a la orilla del río, los dibujos de la pequeña, el colorido mantel que había comprado en el mercado... y piensa que son *souvenirs* que mejor debería dejar allí. Piensa, con ironía, que al menos Alba estará contenta de ver que se ha ido, viendo lo celosa que está por su *babbo*.

El aeropuerto de Rímini está atestado de turistas rusos en un viaje de un día para ir de compras. Llevan bolsas llenas de ropa y zapatos de diseño. Se sienta con un *cappuccino* en el bar mientras espera para pasar el control de seguridad. Las grandes mujeres rusas en vaqueros apretados sacan endebles blusas y sandalias para enseñárselas unas a otras. Encuentra sus palabras duras y guturales comparadas con la melodía del italiano. No tienen ni idea de que han viajado todas esas millas para comprar productos hechos especialmente para ellas y no para el mercado italiano. Tampoco saben que han comprado en tiendas donde las italianas jamás pondrían un pie.

En una mesa cercana cubierta de la parafernalia del equipaje de un bebé, una joven madre inglesa se sienta exhausta y da de mamar a un bebé muy pequeño a la vez que intenta limpiarle la nariz. Anna recoge del suelo un juguete del pequeño niño de pelo oscuro y la madre se lo agradece y le explica que van de camino a Inglaterra para ver a su abuelo enfermo.

El aire acondicionado no funciona y hace calor en el área de descanso. Ve a un par de *carabinieri* de pie a un lado, concentrados en una conversación; son lo suficientemente guapos como para parecer salidos de las páginas de una reluciente revista de moda. Normalmente, Anna disfruta al observar a la gente. Abajo, en la plaza de Sansepolcro, había pasado mucho tiempo con un café viendo cómo se desarrollaban las diferentes escenas en la Piazza Torre di Berta. Había observado a personajes de todo tipo de clases sociales que entraban por los lados a un escenario de la vida real. Pero hoy quiere desaparecer de Italia y quiere que este día termine para poder escapar de la pesadilla.

Mientras comprueba las pantallas para ver si su vuelo está embarcando, se da cuenta de que el avión de Stansted ni siquiera ha aterrizado. Todavía le queda una hora de espera antes de ir a la zona de salidas. Sabe que debe comer algo, pero no tiene hambre. Imágenes de ella y de Francesco en la cama se proyectan en su cabeza. Una vez vio en el Canal 5 un documental sobre el incesto, muy tarde, por la noche. Un chico y una chica, adoptados en momentos diferentes por la misma familia, acabaron siendo pareja. Justificaron su amor explicando que nadie les dijo nunca que eran hermanos. Y ahora se sentía culpable de lo mismo. Sacude la cabeza para liberar el cerebro de esas imágenes y se agacha para hablar con el niño, que llora para conseguir la atención de la madre.

–¿Te gustaría que te leyera un cuento? –le pregunta.

Al menos así tendrá la mente ocupada y se distraerá de pensar en Francesco.

La joven madre hurga en la maleta y saca un libro muy usado sobre Pat el Cartero, y, con una sonrisa, le da las gracias a Anna. Empieza a leerle al niño y este se mete el pulgar en la boca y se apoya en ella para poder ver las imágenes.

–¿Anna?

Francesco se inclina y le toca el brazo. Ella salta para irse mientras le pide perdón a la joven madre y deja al pequeño llorando de nuevo.

La voz de Francesco suena llena de preocupación mientras la sigue y la agarra del brazo.

–¿Qué pasa? Para un minuto y háblame. ¿Les ha pasado algo a tu hermano o a tu hermana?

Ella sacude la cabeza. Simplemente debería fingir, inventarse una historia sobre Harry en coma o en cuidados intensivos, pero, en lugar de eso, dice:

–Suéltame.

–¿Eres tú, entonces? ¿Estás enferma?

Y luego rompe a llorar.

Él la abraza y, a pesar de todo, ella se hunde en su abrazo, sollozando tan fuerte que una policía se acerca a ellos.

–*C'è qualche problema?*

Francesco dice que no y le da las gracias educadamente, llevándose a Anna fuera del atestado aeropuerto, hasta un banco bajo la sombra de un pino mediterráneo. Ella recorre la línea de un grafiti obsceno grabado en la madera mientras evita su mirada.

–No deberíamos estar a solas –consigue decir.

–¿Puedes decirme qué he hecho mal?

–No eres tú. Somos nosotros.

Lo mira. Ojalá no fuera tan especial.

–Lo que dices no tiene sentido.

Él intenta cogerla de la mano, pero ella la quita de manera brusca.

–He descubierto –le dice– que tú y yo... estamos emparentados. –Hace una pausa y él hace una mueca–. Eres mi hermano. Mi medio hermano –continúa.

Él se ríe.

–¿De qué demonios estás hablando?

–Está en el diario. Jim no era mi padre. Tu padre era mi padre.

Se vuelve a reír.

–¿Has bebido *grappa*?

Ella levanta la voz, le dice que no se tome a la ligera lo que le está diciendo. Una pareja que toma el sol en un sucio cuadrado de hierba fuera de la zona de salidas está mirándolos y riéndose con disimulo.

–¿Tu padre se llama Dario? –le pregunta–. ¿Su apellido es Starnucci?

–¿Y? ¿Qué prueba eso?

Y entonces ella le cuenta lo que ha leído en el diario de su madre y las iniciales en el establo.

–¿No lo ves? Capriolo era tu padre, Dario, y también es mi padre. –Poniéndose de pie para ir a la zona de salidas, le dice–: Lo que hemos estado haciendo está mal. Tengo que volver a Inglaterra, Francesco. No puedo quedarme contigo.

–¡Anna, espera!

Intenta agarrarla del brazo, pero ella se suelta.

–Está bien, está bien. –Da un paso atrás–. Pero creo que estás equivocada.

–Ojalá fuera cierto.

Se pone a llorar otra vez y está harta de sentirse triste por culpa de la desgraciada vida de su madre y también por la suya.

–Por favor, vuelve a Rofelle conmigo –continúa él–. Dame veinticuatro horas para demostrarte que estás equivocada. Prometo que no te tocaré, pero no puedes desaparecer así de nuestras vidas. Por favor, Anna.

Ella no puede decidirse. ¿No sería solo prolongar la agonía? ¿O debería dejarle que haga las cosas bien? La pesadilla aún no ha terminado.

Sintiendo como si todo lo que tenía dentro hubiera desaparecido, le sigue hasta el coche.

Salen de los atestados y poco atractivos suburbios de Rímini y vuelven al valle Marecchia en silencio. El atardecer es dolorosamente bello esa tarde, con rosas, violetas y rojos que se funden en un telón de fondo de seda por detrás de las montañas. Francesco la deja en la puerta de la pequeña casa de la plaza que ella pensaba que no volvería a ver.

—Te recogeré mañana antes de las diez de la mañana. Mientras tanto, intenta descansar —le dice él y espera hasta que ella entra en casa.

Sin molestarse en lavarse, se quita los vaqueros y la camiseta. Levanta la colcha de la cama deshecha, se hunde en el colchón y, aunque es temprano, el estado de inconsciencia llega enseguida.

Capítulo 32

La lluvia cae de nuevo por la mañana, una lluvia fina que deja líneas de polvo sobre las hojas de parra que dan sombra a la pérgola. Una dramática tormenta de verano. Los relámpagos rompen el cielo y caen lluvias torrenciales durante media hora.

Justo después de las diez, Francesco llama a la puerta.

–*Buongiorno.* ¿Estás lista? –le pregunta.

–¿Dónde vamos?

Él se golpea suavemente la nariz con el dedo índice.

–Todo será revelado –responde con un tono enigmático.

–He tenido suficientes sorpresas.

Coge su paraguas cuando salen, pero él le dice que no lo necesitará y le señala el cielo azul que reemplaza las nubes de tormenta. No es la primera vez que ella se maravilla ante los extremos del tiempo en este país. Lo sigue fuera hasta su Fiat Panda y él le abre la puerta. «Justo como en los viejos tiempos –piensa–, solo que nada es como antes».

El coche sube por el camino de Montebotolino; a veces derrapa cuando el agua de las fuertes lluvias aún baja por la carretera. Las gotas de lluvia brillan por el sol, amontonadas como joyas sobre las espinas de las flores de ginesta que hay en los márgenes de la carretera. El vapor sube de la tierra caliente como el efecto de un escenario y la montaña de la Luna tiene un color violeta en la neblina.

Francesco aparca en un área abierta cerca de las casas.

–Ven –dice, y cuando ella duda, añade–: ¡Confía en mí!

Ella lo sigue durante unos metros hacia abajo por el camino marcado a un lado de un área de descanso con la habitual señal roja y blanca. La hierba está mojada y sus zapatos de viaje poco apropiados se mojan enseguida, pero no hace frío. La lluvia ha refrescado el aire y ha liberado el aroma de las flores y de la hierba. Se detienen frente a un huerto en terraza bien cuidado en la ladera. Hay media docena de colmenas con colores brillantes metidas dentro de una valla. En el rincón más alejado hay un hombre trabajando, colocando postes a las incontrolables tomateras. Es Danilo. Francesco se coloca los dedos sobre la boca y silba. El viejo hombre se da la vuelta y levanta una mano a modo de saludo.

–¿Qué estamos haciendo aquí arriba? –le pregunta Anna.

–Me dijiste que querías hablar con él. Bueno, esta es tu oportunidad.

–Ahora es demasiado tarde.

Se da la vuelta para volver sobre sus pasos, pero él se lo impide con una sonrisa en los labios.

–Habla con él. Te esperaré en el coche.

El hombre viejo le hace señas a ella para que se acerque y se siente. Debajo de un manzano, una vieja tabla de roble colocada sobre dos grandes piedras se ha convertido en un banco en bruto.

–Siéntese, *signorina*. Tenemos que hablar.

Él está nervioso. Tiene la mano manchada de verde por las tomateras y ella nota, por primera vez, los dedos deformes cuando se rasca la barbilla. Ella le dice:

–Vine a hablar antes contigo, sobre mi madre. Dos veces. No quisiste escucharme.

–Francesco me lo ha contado. Ahora te escucho.

–¿Qué puedes contarme sobre Dario Starnucci? –le pregunta.

–Era un buen viejo amigo. También él fue partisano. Puedo decirte que lo echo de menos ahora que ya no está...

–Amó a mi madre.

Ella termina su frase y se gira para mirarlo, pero él sacude la cabeza.

–Muchos chicos estaban enamorados de tu madre. Francesco me ha dicho que crees que Dario es tu padre.

–¡Sí!

–Bueno, pues te equivocas.

Ella experimenta un momento de duda y espera a que él se explique, pero el viejo hombre está mirando a la distancia. Del bolsillo de su camisa saca la foto que Anna puso bajo su puerta en su última visita a Montebotolino. La imagen en blanco y negro de su madre le devuelve la mirada y Anna desea que nunca se hubiera molestado en escribir su diario.

—Tu madre era muy bonita. Pero muy terca. —Toca la foto con los dedos ásperos y llenos de callos—. Siempre estuve enamorado de ella. Desde que éramos pequeños y solíamos hablar de camino a la escuela. La amé cuando jugábamos en el campo y, más tarde, cuando estábamos ocupados siendo partisanos y se unió a nosotros en el campamento de las montañas. Siempre la amé. —Le entrega a Anna la fotografía—. Sabía que ella no sentía lo mismo por mí. Yo era tímido con las mujeres. Quizá si hubiera tenido más valor en aquel tiempo para decirle lo que había en mi corazón, la vida hubiera sido diferente.

—No lo entiendo.

Danilo le cubre la mano con la suya y la aprieta.

—Tu madre estaba locamente enamorada del *inglese*. Estaba decidida a irse y a empezar una nueva vida. Aquí fue muy duro durante la guerra. Teníamos a los *tedeschi* viviendo encima de nosotros, había espías por todas partes. No había suficiente comida. No era divertido, fueron tiempos precarios... Creo que el *inglese* apareció cuando Ines estaba predispuesta al romance. Intenté hacerle reflexionar sobre lo que estaba a punto de hacer, dejar a sus padres tras la muerte de Davide...

—Todo eso lo sé.

—Ah, bueno, entonces también debes de saber lo que voy a decirte ahora.

Ella responde despacio, sin convicción, con la sensación de que empieza a entender lo que pasa:

—El *inglese* no era mi padre, Dario es mi padre.

Danilo sacude la cabeza.

—No, no lo es. —Le coloca la mano en la mejilla, con la voz llena de emoción—. Yo soy tu padre.

Ella mira fijamente al hombre viejo sentado a su lado con la sensación de que el mundo se ha vuelto loco.

–Todo el mundo me llama por mi verdadero nombre: Starnucci Danilo –sigue diciendo él, con el apellido primero, según la tradición italiana–. Pero durante la guerra me conocían como Capriolo.

–Entonces eres el hermano de Dario –consigue decir–. Pero ¿por qué no me ha dicho Francesco todo esto antes?

–No, no estamos emparentados, y él no lo sabía.

Él sonríe ante la confusión de ella y le explica:

–Al menos, no tenemos un parentesco cercano. Hay muy pocos apellidos por esta zona, porque en el pasado los primos solían casarse entre ellos todo el tiempo. No había mucha opción.

Ella observa la cara de Danilo, con la intención de ver algo de ella en él, pero todo lo que puede ver son rasgos envejecidos.

–¿Por qué me dices esto ahora? ¿Por qué no me lo dijiste la primera vez que nos vimos?

Se encoge de hombros.

–Es complicado. Me quedé sorprendido cuando apareciste en la *piazza*. Primero pensé que había visto un fantasma. Te pareces mucho a ella.

–Pero nunca hubiera descubierto...

–Me daba vergüenza. Por una parte, no podía entender por qué nunca volvió conmigo. Fui a Inglaterra a buscarla, ¿lo sabías?

–Aún no lo entiendo... ¿Cuándo viniste?

–Hace mucho tiempo, ¿quizá hace más de treinta años? Me dijo que no quería cometer más errores ni traer más vergüenza a su familia. Había tres niños en los que pensar y no podía llevárselos de Inglaterra. Me dijo que me olvidara de ella. Y, a pesar de que mi corazón me decía lo contrario, pensé que era mejor hacer lo que ella decía.

–¿Sabías de mí?

–Cuando fui a Inglaterra, ella no quiso que fuera a su casa, así que nos vimos en medio de la ciudad. Llegó con un bebé en el carrito. Yo sumé dos y dos, pero no podía estar seguro. De hecho, Ines me dijo que el bebé era de Jim y eso me hizo enfadarme aún más con ella.

–Entonces, ¿qué te ha hecho contármelo ahora?

–Francesco vino a verme ayer por la noche. Estaba confundido y molesto. Me dijo que habías descubierto los diarios de tu madre y que quería saber si pudo haber habido algo entre su padre e Ines. Quizá soy un hombre viejo y amargado, pero no podía dejarle creer algo que no era verdad. Se lo debía a su padre, tanto como te lo debía a ti. Francesco y yo hablamos hasta bien entrada la noche. Y te diré ahora lo que pasó. He mantenido esto oculto durante años porque estaba muy avergonzado. Soy la razón por la que tu tío Davide murió tan joven. Pero asegúrate de recordar mis palabras, porque no volveré a contar mi historia otra vez. –Él la vuelve a coger de la mano–. No tengo experiencia con la paternidad. Era demasiado tarde para Rita y para mí. Espero que no sea demasiado tarde para empezar ahora.

Anna se inclina hacia delante, con las manos agarradas mientras escucha cómo las palabras de su padre invaden su corazón, palabras que llenan los vacíos del diario de su madre, palabras que ella había anhelado escuchar desde que leyó las primeras enigmáticas frases.

Capítulo 33

Era costumbre en el campamento de la montaña de la Luna sentarnos en torno al fuego por la noche y hablar de la campaña del día siguiente. Uno de los eslavos de nuestro grupo nos había contado que había oído sobre un búnker en la cumbre donde los *tedeschi* guardaban munición. Necesitaba terminar de organizar a quién me iba a llevar para detonarlo, qué ruta seguiríamos, a qué hora partiríamos... Normalmente usaba ese tiempo antes de caer en el sueño para organizar los detalles, pero, en lugar de eso, mi cabeza estaba llena de Davide. ¿Dónde estaba?

Ojalá no le hubiera pedido que hiciera guardia en el campamento. Lo había dejado enfadado, lleno de resentimiento, sentado en una roca como un adolescente malhumorado. *Porca Madonna,* era un adolescente. Era fácil olvidarse de que solo tenía diecisiete años en aquellos tiempos fuera de lo normal; era demasiado joven para formar parte del baño de sangre de aquellos años. Debería haber estado bailando con su novia Carla, cazando jabalíes en el bosque conmigo, con su padre y con sus primos, no cazando hombres. Debería haber sido un adolescente normal.

No había nada que hacer. El sueño no me inundaba. Antes del amanecer, me arrastré fuera de la manta y me puse las botas. Alguien debía saber dónde estaba Davide, no me creía que pudiera vagar muy lejos. Quizá estaba arriba con Carla en Montebotolino. Los *tedeschi* habían ocupado su pueblo, así que ¿por qué se iban a molestar en registrar las casas allí? Tenía la esperanza de que estuviera en los brazos de su chica o arriba en la cueva donde él y yo solíamos acampar antes de la guerra las noches previas a nuestras mañanas de caza de pájaros.

La luz de la luna centelleó sobre las rocas de cuarzo que adornaban el camino y un pájaro trinó desde la profundidad del bosque. No era un ruiseñor, porque ellos solo cantan en mayo y junio. Me paré para escuchar mientras me preguntaba si se trataba de un guardia que podía oír mis pasos en la noche y que enviaba un código de advertencia. Pero la canción era demasiado bonita. Los petirrojos cantan cuando es completamente de noche o si hay altercados. Así que seguí mi camino, agitado, y mientras me acercaba al pueblo, un zorro salió corriendo delante de mí con un pollo robado entre las mandíbulas. Contuve un grito. Más adelante, me tropecé con un cuerpo medio enterrado entre las hojas. Le di la vuelta con el corazón en la boca y me alivió que no fuera Davide.

En penumbras, conseguí distinguir el tejado de la casa del carpintero a un lado del pueblo. Ahora lo usaban como puesto de guardia. Me agaché detrás de la fuente del pueblo para establecer un plan. Si me dirigía a la casa del cura, este me diría toda la verdad. Era un buen hombre, acogió a uno de mis partisanos en la cripta y lo envió de vuelta cuando era seguro. No se podía contar con todos los curas, pero el padre Luca era bueno.

Diez metros más allá, una cerilla se encendió e iluminó las caras y las manos de dos hombres con abrigos alemanes, con las solapas del cuello levantadas a causa del frío. Dieron caladas a los cigarrillos mientras se reían de algún chiste. Mi madre solía decir que estos jóvenes eran hijos de otras madres, pero dejé de pensar en ello hace mucho tiempo. Cuando has sido testigo de las repercusiones de una masacre, cuando has visto el estómago agujereado de un bebé por una bayoneta o el cuerpo de una chica joven violada con la falda por encima de la cabeza, haces las paces con el trabajo de matar. El enemigo es el enemigo.

Y luego oí un ululo. Primero pensé que era un perro salvaje o un lobo vigilando su territorio. Pero el grito fue escalofriante.

—Para, para, te he dicho que no lo sé...

Reconocí la voz de Davide mientras gritaba. La luz salía por las ventanas de la escuela, de donde provenían los espantosos gritos. Los guardias se fueron y me acerqué rápido como una rata entre las sombras hasta las casas de cerca de la escuela. Subido a un cubo, eché un vistazo dentro; luego, me resbalé sobre la superficie helada del recipiente de metal y este repiqueteó contra los adoquines. Los perros ladraron, las luces se encendieron en otros edificios y a mí me agarraron enseguida por detrás. Los guardias me arrastraron por los pies y me llevaron dentro de la escuela.

La imagen de Davide estará grabada en mi cerebro hasta el último de mis días. No describiré el horror. No puedo hablar de ello. ¿Cómo podría describir lo que le habían hecho, Anna? La guerra es una locura. Convierte a los hombres en lunáticos y algunas cosas es mejor que no las sepas. Los que la vivimos sabemos lo que nos hicieron y lo que hicimos o no hicimos. Solo puedo decirte que siempre me sentiré culpable por su muerte, porque, aunque intenté rescatarlo, llegué demasiado tarde.

Toni era el hombre que nos torturó. Toni, que había luchado con nosotros, que vivía con nosotros en el campamento, que había compartido sus historias de juventud en Londres y las masacres nazis que había visto en Italia. Desde el principio, nos había dicho un montón de mentiras para poder infiltrarse en nuestro grupo. Ni siquiera era el hijo de un barbero; había destrozado el pelo de Davide. El pobre chico parecía un convicto rapado después de que hubiera usado las tijeras con él. Eso debería haber enviado señales a mi estúpido cerebro. Su padre era *inglese,* su madre italiana y, sí, hablaba inglés, pero la mente de Toni había sido contaminada por su padre, un fascista camisa negra, y había venido a la Toscana para trabajar en el bando de la milicia.

Aún tengo cicatrices en las manos, pero no son nada comparadas con las cicatrices del corazón. No podía creerme la traición de Toni y me culpé por ello: había acogido a una víbora en nuestra banda y nunca me había dado cuenta. Había puesto muchas vidas en peligro. Ezio era uno de sus secuaces. Nunca me había creído que fuera la débil y desinformada comadreja que pretendía ser, pero Toni fue la gran sorpresa y se mofó de mí mientras me torturaba, burlándose de mi estupidez, denigrando el valor de nuestros esfuerzos mientras él les pasaba información a los nazis. Intenté no prestarle atención.

Mantuve la mirada dirigida a la ventana. Las copas de dos cipreses, plateadas y negras a la luz del alba, éramos Ines y yo. Mecidos por la brisa, éramos nosotros bailando. Tenía que escapar para estar con ella, para tener un futuro con la mujer a la que amaba. Eso fue lo que me hizo seguir adelante.

Cerca del alba, Toni nos dejó medio muertos con solo un guardia. Este se durmió. Yo conocía bien la clase. Era donde había ido al colegio. Las rejas de las ventanas eran endebles, decorativas. En aquellos días yo estaba muy delgado y mis días de lucha en las montañas me habían puesto en forma. Mientras el guardia roncaba, me desnudé y me colé a través de la última reja, donde el espacio era más amplio. Pensé que se me caería una oreja, pero una vez que pasó mi cabeza el resto fue fácil. El dolor en mis manos era una agonía, pero Toni no había empezado con el resto. Y cuando estás lleno de miedo el dolor pasa a un segundo plano.

El pueblo no estaba despierto y yo volví rápido al campamento para alertar a los demás. Teníamos que irnos de aquel lugar ahora que sabíamos que Toni nos había traicionado, pero, de todas formas, siempre nos movíamos y conocía un refugio de pastores abandonado cerca de Montelabreve que no habíamos usado aún. Allí, planeamos el rescate con cuidado y lo dejamos para después de casi una semana, suponiendo que nos esperarían mucho antes. Pero ese fue otro error de juicio. Porque cuando volvimos a la escuela habían quemado el lugar y habían disparado a todo el mundo en el pueblo. La calle estaba llena de cuerpos sin vida de ancianos, mujeres y niños, todos muertos fusilados. Llegamos demasiado tarde.

Tú quieres saber lo que pasó en la guerra, Anna. Te preguntas por qué hablamos solo de cosas pequeñas, incidentes del día a día, qué comíamos o qué nos poníamos, qué cosas nos hacían reír. ¿Por qué íbamos a querer hablar del resto? Aquellos acontecimientos dolieron mucho...

Los que vivimos aquellos días sabemos lo que pasó. Estamos desnudos ante nuestra propia mirada. Tú, que no estuviste allí, no puedes juzgarnos.

Solo yo puedo juzgarme y con ello tengo que vivir.

Anna no puede encontrar palabras para su padre, pero coloca los brazos alrededor del viejo hombre y los dos se abrazan. Cuando él deja de temblar, ella se levanta y le indica a Francesco que se acerque. Los tres caminan en silencio hasta la casa del hombre. Tras abrir la puerta, les hace un gesto para que se sienten en torno a la mesa de la cocina.

Anna es la primera en hablar, Danilo aún está visiblemente conmovido. Puede ver que está luchando por controlar sus emociones y ella se acerca más a él para cogerle de las manos, mientras le murmura a Francesco:

—¿Así que oíste todo esto ayer?

Francesco asiente.

—*Babbo* —dice ella despacio, por primera vez, y su padre le acaricia la cara con ternura—. Prometo que no volveré a preguntarte sobre estas cosas otra vez. Sé lo doloroso que es para ti, pero... aún tengo preguntas, piezas del puzle que tengo que encajar.

Danilo le aprieta la mano y ella lo entiende como un permiso para continuar.

—No debes sentirte mal por Davide. ¿Es eso por lo que no intentaste nada con mi madre? ¿Por eso no me hablaste cuando vine a verte?

Él asiente.

—Davide siempre estará en mi conciencia.

—No creo que pudieras haber hecho más de lo que hiciste. Davide no era un crío, no podías tenerlo siempre a tu lado. Y tú hiciste todo lo que pudiste para rescatarlo. No tengo ni idea de lo que es vivir una guerra, pero nada puede ser normal en tiempos como esos. —Se gira hacia Francesco—. ¿No es verdad, Francesco?

—Desde luego. Debería dejar de castigarse, *signor* Danilo. Necesita intentar encontrar un lugar de paz en su interior y dejar de darle vueltas a la guerra. Y en cuanto a Toni... Se acabó. No merece más su energía.

—No es fácil olvidar —dice el hombre, y luego se acerca la mano de Anna a los labios y la besa—. Pero ahora tengo una razón para seguir adelante.

Deja su mano y se levanta de la mesa. Su silla chirría contra el suelo de piedra.

–*Su, coraggio* –le anuncia–. No más conversaciones tristes, *cara mia* –le dice a Anna.

Coge una botella de vino con gas del armario de la esquina. Los tres brindan y le dedican el brindis a Davide. El estado de ánimo es aún solemne, pero hay esperanza en el aire.

La conversación se desvía sobre las novedades locales y Anna escucha cómo el amigo agricultor de Danilo ha perdido otro ternero por un lobo y cómo los oficiales de Arezzo no entienden nada sobre cómo vive la gente del campo. Observa al viejo hombre con un nuevo cariño y una nueva admiración mientras bromea con Francesco. Golpea con la mano la mesa mientras se ríe. Tiene la sensación de que, a pesar de su alegría por encontrarla, finge tener el valor de intentar pasar página en la vida. Le llevará un tiempo aceptar que él es su padre y espera que puedan pasar más tiempo juntos para poderse sentir más cerca de él, pero ya han dado un primer paso.

Después, Francesco lleva a Anna de vuelta a la parte baja de la colina. Han aparcado fuera del cementerio del pueblo, donde las tumbas están protegidas por grandes paredes y a la sombra de altos pinos.

–¿Estás bien, tesoro? –le pregunta y la acerca a él–. Has pasado por muchas cosas en las últimas horas.

Ella asiente.

–Al igual que mi padre. Ha sido una mañana increíble. Aún tengo preguntas sin responder, pero no puedo forzarlo. Quizá nunca sepa exactamente qué pasó.

–Quizá algunas cosas es mejor que no las sepamos. –La besa con delicadeza y ella piensa en lo afortunada que es. Después de un momento, él se separa–. Te traje aquí por una razón. Quería enseñarte por qué fue tan fácil para ti pensar que estábamos emparentados. ¡Ven!

Gira la llave en la puerta de metal y chirría cuando la abre. En los muros hay placas esmaltadas con nombres de muertos. Algunas exhiben fotos, tomadas cuando estaban vivos, al lado de inscripciones. Algunas imágenes son de jóvenes con uniformes militares de la Gran Guerra y de la Segunda Guerra Mundial. Hay hombres y mujeres, jóvenes y viejos, vestidos de domingo. Hay bebés y niños. Cirios rojos parpadean frente a algunos de los monumentos; flores de plástico desteñidas y flores de verdad están colocadas en jarrones. Dos cruces de metal oxidadas sobresalen de montículos de hierba.

—Mira los apellidos —le dice, y la coge de la mano para llevarla alrededor de los muros.

Gori, Valentini, Santini, Starnucci y Butteri son los principales nombres de familia.

—En pueblos como el nuestro —le dice—, remoto y aislado durante muchos meses en invierno, los matrimonios endogámicos estaban destinados a ocurrir.

—Entonces, podríamos estar emparentados —dice ella.

—Quizá de manera lejana, en un pasado lejano. Anna, ven y siéntate aquí conmigo —le dice, acercándola hasta un banco colocado contra el muro del cementerio.

—Danilo me habló mucho de Toni ayer. Sobre su traición. Anoche hablamos durante horas y me pidió que te contara algunos detalles.

—¿Sobre Toni? Es tan horrible... Ahora puedo entender la verdad de lo que he leído en el diario de *mamma*: la gente estaba dividida y era difícil saber en quién confiar. Cuando terminó la guerra, ¿cómo demonios podía convivir la gente, si habían sido enemigos? Quiero decir, Ezio fue a la boda... Cómo pudo atreverse, cuando Danilo sabía... —Se interrumpe—. Oh, Francesco, me va a llevar un tiempo adaptarme y llamarle «*babbo*».

—Todo a su tiempo, tesoro. Aún hay repercusiones, incluso ahora. Algunas familias no se hablan con otras por lo que pasó durante la guerra. Pero con el paso de los años cada vez hay menos rencor. La generación más joven está demasiado lejos de todo como para guardar rencores.

—Cuánta crueldad —dice y se levanta para caminar alrededor de las tumbas; mira las fotos hasta que encuentra el rincón donde los Santini están enterrados.

Una tumba exhibe la foto de un hombre joven que sonríe a la cámara y ella recorre los rasgos con el dedo.

–Francesco, ven a ver.

La imagen es de Davide, su tío.

Francesco se une a ella y la abraza por detrás y permanecen ahí. Le da un beso en la parte alta de la cabeza.

–Ayer le devolví la medalla a tu padre. Sabía que no te importaría, Anna. Y me dijo que no la merecía. Esas fueron sus palabras cuando la coloqué en sus manos y él inmediatamente la guardó en el bolsillo del pantalón. Luego me dijo algo que yo tomé como una confesión.

–¿El qué?

–Me dijo que buscó a Toni después de la guerra. Viajó hasta Roma. Aparentemente, Toni murió en un accidente. Lo atropelló un camión cuando conducía su moto. Dijo que dejaría a mi imaginación el averiguar quién conducía aquel camión. Me dirigió una mirada extraña y me advirtió de que nunca volvería a hablarme de ello.

–Y debemos respetar sus deseos. No diré ni una palabra –le responde Anna.

Se imagina de manera fugaz a su madre de rodillas en la hierba, a su lado, cuidando la tumba de su hermano, con el pelo oscuro que le cae sobre la cara. La imagina colocando flores en un tarro de mermelada. Durante un momento vívido siente su presencia, escucha a Ines, que le susurra que debe hacer lo que le dicta el corazón. Y luego la sensación se desvanece y sobre la hierba se repite un patrón en las sombras danzantes que arrojan los altos pinos.

–*Andiamo!* Vámonos –dice y coge a Francesco de la mano.

Capítulo 34

Octubre de 1999

Surgen de la iglesia y caminan bajo una avenida de palmeras ante los aplausos de familia y amigos, que les lanzan puñados de arroz. Alba corre delante, su vestido de dama de honor fluye detrás de ella. Salta riéndose mientras lanza pétalos de rosa a los recién casados.

Francesco se acerca a Anna mientras esperan a que Danilo los alcance. La gente del pueblo sigue parando al padre de Anna para felicitarlo por su nueva y recién descubierta familia:

—*Bravo, Danilo, bravissimo! Auguri!*

Él sonríe con placer y orgullo.

Teresa dirige cuidadosamente al hermano y a la hermana de Anna hasta la camioneta de la casa rural. Su familia inglesa ha decidido ir en el último minuto, la curiosidad les ha podido. No le importa, tiene suficiente felicidad para compartir y desafía a cualquiera a no sentirse cautivado por una boda italiana. Anna se ríe escondiéndose tras su ramo de flores cuando ve a un hombre del pueblo que le da a Jane un empujón en el trasero para ayudarla a subir a la parte de atrás de la camioneta de Teresa. El vehículo está decorado con guirlandas de flores y lazos blancos. Cynthia se engancha al brazo de Harry, sus tacones son del todo inapropiados para el adoquinado, su vestido de gasa rosa se le pega y apenas consigue cubrir la tripa de seis meses. La sonrisa de Harry es como una cremallera que ha sido ampliamente abierta.

Los novios conducen por la carretera hasta la casa rural en el Fiat de Francesco, que Harry, ayer por la noche, insistió en decorar al estilo inglés, atando viejas latas, globos y una bota de agua al parachoques. Atraídos por el alboroto, la gente sale de sus casas para ondear pañuelos, aplaudir y gritar con entusiasmo:

–*Auguri, Francesco ed Anna. Complimenti!*

Las barandillas de las escaleras de Il Casalone, la casa rural, están decoradas con ramas de laurel, guirlandas de rosas blancas y largas tiras de hiedra. Teresa y sus amigos del pueblo han estado ocupados durante días en la cocina y le han prohibido a Anna que se acercara a la preparación de la comida. La comida de la boda para compartir es tan importante como lo es el ritual de la misa nupcial.

Las mesas están llenas de un festín de comida colorida y apetecible colocada sobre lino Busatti lavado recientemente. Un octubre cálido y agradable ha seguido a un verano lluvioso, así que una mesa redonda separada está colocada fuera, en la terraza, con un queso parmesano entero, cortado en cuadrados y servido con *prosecco* a cada invitado que llega. Teresa y su equipo han estado ocupados preparando los entrantes de pimiento, calabacín y berenjena asados, empanadas con espárragos y alcachofas con quesos suaves derretidos, *cappelletti* caseros –pequeños *ravioli* en forma de sombrero rellenos de pechuga de pollo, ternera, zumo de limón y nuez moscada– y *tagliatelle* con la salsa de tomate y albahaca favorita de Anna.

Y para el plato principal Teresa lleva una bandeja con un lechón horneado servido con patatas pequeñas recogidas del *orto*. Lo han asado con aceite de oliva y romero picante. Para continuar, una ensalada de pétalos de capuchina, borraja y botón de oro con hojas de diente de león, acedera y rúcula salvajes, todo ello recogido de los campos de alrededor del pueblo por Teresa y sus amigas. Y todo esto acompañado por los vinos locales *sangiovese* y *chianti classico*.

Jane insistió en contribuir con una tradición inglesa. Puesto que decidió acudir en el último minuto, horneó una tarta antes de irse de Inglaterra y los tres pisos de columnas y de glaseado decorado consiguen los gritos de asombro de las invitadas italianas. Le confiesa a Anna que al cruzar el canal bajó a la cubierta para comprobar que la tarta estaba custodiada y alguien de la tripulación le echó una gran reprimenda. Antes de que Anna y Francesco corten el mejunje de glaseado, Danilo hace un discurso. Echa hacia atrás la silla, se levanta despacio y golpea con cuidado la copa para llamar la atención.

—No es costumbre hacer discursos en nuestras bodas –empieza, desabrochándose un poco la corbata del cuello de la camisa–, pero todos sabemos que esta no es una boda normal. Estamos aquí para celebrar la unión de estas dos maravillosas personas, que quieren pasar el resto de sus vidas juntos. Y me gustaría también celebrar haber encontrado a mi familia. Espero que me permitáis el egoísmo...

Hace una pausa mientras los invitados aplauden, algunos dan golpes con los pies en el suelo y él levanta las manos, esperando a que se calmen.

Cuando está listo, continúa:

—Algunos de vosotros aquí hoy ya sabéis mi pequeña historia. Mis viejos amigos también recordarán a Ines. Ines Santini.

Hay murmullos entre los invitados. Algunos se dan la vuelta para explicárselo a quienes están a su lado. Danilo continúa y algunos sisean para pedir silencio y poder oírlo.

—Echadle un vistazo a mi bella hija y estoy seguro de que veréis el parecido con Ines.

Suenan muchos comentarios y exclamaciones entre los invitados. Anna siente que se sonroja cuando todo el mundo se estira para mirarla. Francesco le planta un beso en los labios y hay más gritos y el tradicional «*tanti figli maschi*» («Que tengas muchos hijos varones»).

—La guerra ocurrió hace más de cincuenta años –continúa Danilo–. Algunos de vosotros vivisteis aquel tiempo, aunque preferiréis no recordarlo. Yo mismo quiero olvidarlo. En nuestra escuela en el pueblo están preparando un proyecto y algunos de los niños les preguntarán a sus abuelos por los recuerdos de la guerra. Y os animo a que seáis generosos con vuestro tiempo. –Él mira a Francesco y, después de aclararse la garganta, continúa–: No deberíamos enterrar nuestros recuerdos. Algunos son demasiado dolorosos para compartirlos y está bien así. Pero cometimos errores en aquel tiempo que causaron angustia... –hace una pausa y traga– y necesitamos aprender de aquellos errores. Luchamos duro por nuestra libertad, por la libertad de nuestros hijos.

Más murmullos entre los invitados.

Luego alguien grita «¡Viva Italia!» y unos pocos le hacen eco.

Otra persona grita «¡Viva Inglaterra!» y hay más aplausos entusiastas.

De nuevo, Danilo levanta las manos para pedir silencio.

–No era mi intención estar aquí como el viejo hombre que soy y hablar del pasado ni hacer política, así que alcemos nuestras copas y hagamos un brindis por Anna y Francesco, y deseémosles felicidad. Que ambos se agarren a esa felicidad, la mantengan dentro y nunca la dejen disminuir. Hoy me siento el hombre más afortunado, porque de alguna manera mi Ines ha vuelto a mí. Levantad la copa. ¡Por Anna y Francesco!

Hay gritos:

–Bravo! Auguri! Cin-cin!

Anna se inclina sobre él, le coge de la mano y se la pone en la mejilla. Sujeta los dedos desfigurados de su padre contra los suyos. Él le susurra:

–Tengo un regalo para los dos, pero debes esperar hasta después de la boda. Hoy no es el momento adecuado. Ven a verme pronto a Montebotolino.

Alba se le sube a la pierna. El viejo hombre le pellizca la mejilla con ternura con el segundo y el tercer dedo, y le acaricia la cabeza. Más tarde, cuando las mesas están colocadas contra los muros y el acordeonista empieza a tocar, consigue incluso que el vejete baile una polca con ella.

Aquella noche, en la cama bajo las mantas, Francesco acaricia el pelo de Anna y le limpia con el pulgar una lágrima que le cae por la mejilla.

–Lloras por Ines, ¿verdad?

Ella asiente.

–Y por mi padre. Y por mi pobre tío Davide. Soy muy feliz y no me parece justo.

–La vida no es siempre justa. Pero Ines hizo que nos encontráramos. Eso no hubiera ocurrido si su vida hubiera sido diferente.

Ella besa a su marido. Mañana comprará un cuaderno y empezará un diario.

Un diario que llenará con sus propias memorias.

Epílogo

Danilo murió cuatro años más tarde, justo después de su ochenta cumpleaños, pero no antes de conocer a sus nietos. Davide Danilo Jonathan Starnucci nació en junio del 2000, con el inicio del milenio, ocho meses después de que Francesco y Anna se casaran. Alba estaba en las nubes con su nuevo hermanito e igualmente emocionada cuando sus hermanas gemelas, Rosanna y Emilia, nacieron dos años más tarde.

El regalo de boda de Danilo para Anna y Francesco fue el molino en ruinas junto al río Marecchia.

Con el corazón roto de que ella hubiera hecho una nueva vida en Inglaterra, y sufriendo de mala salud, los padres de Ines accedieron a vender el viejo molino a un hombre de negocios de la localidad. Sus planes de tirar el edificio con varios siglos de antigüedad para crear un parque de vacaciones fueron truncados por Danilo. Consiguió persuadir al *comune* de que desestimara el proyecto, señalando la importancia del edificio, además del riesgo de inundación en el área cercana al río.

Con el tiempo, él compró el viejo molino, pero nunca lo restauró y estaba en un estado horrible cuando Anna y Francesco se embarcaron en su proyecto.

Hoy, después de muchas visitas de los arquitectos locales, análisis geológicos y estudios sobre el éxito del proyecto, Anna y Francesco han restaurado por completo el viejo molino de agua. Las piedras originales vuelven a usarse y una vez a la semana Francesco muele suficiente grano para vendérselo a los turistas y que hagan pan casero.

Es además un lugar de vacaciones, donde se puede experimentar la verdadera Italia. Cuando Anna no está ocupada criando a la familia, organiza cursos de cocina, de pintura y de lengua. A Francesco le encanta acompañar a los visitantes a dar paseos por las montañas y les enseña la rica fauna y la flora de la zona. Está a punto de publicar una guía sobre las mariposas y los pájaros del valle Marecchia.

El pequeño Davide habla tanto inglés como italiano con fluidez y sus hermanas serán criadas de la misma forma. Las animarán a estar orgullosas de ambas culturas.

Nota de la autora

Queridos lectores:

Quiero agradeceros mucho el haber elegido leer *La chica de la Toscana*. Aunque mi libro es ficción, buena parte de la historia se basa en un hecho real y siento que es importante honrar las experiencias de todas esas personas valientes que tuvieron que enfrentarse a tanto durante la Segunda Guerra Mundial en aquel rincón de Italia que tan bien conozco.

Si te gustaría estar al tanto de mis últimas publicaciones y unirte a mí en más viajes por la Toscana, por favor, inscríbete en el siguiente enlace:

www.bookouture.com/angela-petch

Tu dirección de correo electrónico nunca será compartida y puedes cancelar la suscripción cuando quieras.

Espero que hayas disfrutado de *La chica de la Toscana*. Si lo has hecho, no dudes en expresar tu opinión. Me encantaría oír lo que piensas y, además, ayudarás a que nuevos lectores descubran mis libros. O quizá puedes recomendárselo a tu familia y amigos.

Me encanta oír las opiniones de mis lectores.

Puedes contactarme por Facebook, Twitter, Goodreads o mi página web.

Muchas gracias por tu apoyo.

Agradecimientos

Esta historia se inspiró, en gran parte, en mi increíble suegra italiana, Giuseppina Micheli, que se enamoró del capitán Horace Petch de la Artillería Real del Octavo Regimiento, cuando se conocieron en Urbino el 13 de octubre de 1944. Pero mis amigos italianos de Badia Tedalda, en la Toscana, me contaron muchas más anécdotas. Esta deslumbrante campiña, donde vivo la mitad del año, está situada en la Línea Gótica, y la historia me susurra por los caminos y las montañas por donde paseamos de manera regular. Sin embargo, *La chica de la Toscana* es un trabajo de ficción. Cualquier parecido a personas reales es pura casualidad. Que nadie se sienta ofendido por mi imaginación. Cualquier error que aparezca relacionado con un acontecimiento histórico que he mencionado en la historia es enteramente mío.

Gracias, querida Pina, por compartir tus historias y tus cartas. *Grazie* a Fulvio Pieghai, de la Oficina de Turismo de Badia Tedalda, por tu tiempo y generosidad al prestarme fotos y memorias escritas por gente local. Gracias a mi maravillosa editora de Bookouture, Ellen Gleeson, y a todo el brillante equipo. Me habéis ayudado a pulir mi historia original y me encantó el desafío. Me gustaría también dar las gracias a mis amigos de varias editoriales a las que he pertenecido: Liz Minister, de Holbrook, que me inició en la aventura de escribir, The Felixtowe Scribblers, Arun Scribes, Sea Scribes y los autores CHINDI. Habría sido imposible sin vosotros...

Mamá y papá, Kenneth y Maureen Sutor, que nos dejaron demasiado pronto: os echo de menos cada día. Llevasteis a una joven familia a vivir a Roma a principios de los años sesenta y despertasteis en mí una pasión por Italia. Os quiero.

No hace falta decir que un agradecimiento especial se lo dedico a mi brillante familia y a mi marido, Fagiolino. Sin él estaría completamente perdida.

Índice